# 古書奇譚

チャーリー・ラヴェット
最所篤子 訳



集英社文庫

# 古書奇譚

## 主な登場人物

ピーター・バイアリー……古書商
アマンダ・バイアリー……ピーターの妻。故人
リズ・サトクリフ……美術系出版社の編集者
ジョン・アルダーソン……イーヴンロード・マナーの当主
ジュリア・アルダーソン……ジョンの妹
トマス・ガードナー……イーヴンロード・ハウスの当主
マーティン・ウェルズ……チャーチル村に住む画家
グレアム・サイクス……コーンウォールに住む学者
フランシス・ルラン……リッジフィールド大学図書館特別蒐集室室長
ハンク・クリスチャンセン……同図書館の保存修復室で働く
シンシア……アマンダの親友
サラ・リッジフィールド……アマンダの母
チャールズ・リッジフィールド……アマンダの父
アマンダ・デヴェロー……アマンダの祖母。故人
ロバート・グリーン……16世紀の作家。『パンドスト』を執筆する
バーソロミュー・ハーボトル……16世紀の書籍商
ロバート・コットン……16世紀の書籍蒐集家
ベンジャミン・メイヒュー……19世紀の書籍商
フィリップ・ガードナー……19世紀、イーヴンロード・ハウスの当主
レジナルド・アルダーソン……19世紀、イーヴンロード・マナーの当主
イザベル……19世紀、アメリカ人の女性

わたしに書物蒐集熱という不治の病を伝染させた、
わが父、ボブ・ラヴェットに捧ぐ。

光るもの必ずしも黄金《きん》ならず。
——ウィリアム・シェイクスピア『ヴェニスの商人』

世の中、見た目どおりなものなどめったにない、
クリームのふりする牛乳かす、
エナメル靴と吹聴する泥んこのぼろ靴、
孔雀の羽根着て澄ましているのは、そら鴉《カラス》。
——ギルバートとサリヴァン『軍艦ピナフォア』

# 一九九五年二月十五日、水曜日、ウェールズ、ヘイ・オン・ワイ

二月のウェールズが寒いのは珍しいことではない。雪や風がなくても、じっとりした冬の大気はピーターのコートに沁みこみ、骨の髄に溜まる。ヘイの街の狭い通りには数十軒の書店がひしめき、彼はその一軒の前にたたずんでいた。ウィンドウの温かな明りがこちらの気をそそるように、ヴィクトリア朝の小説のディスプレイを浮かびあがらせていたが、ピーターはまだドアを開けようとはしなかった。書店に入るのは九か月ぶりだ。あと数分待ったところでどんな違いがあるだろう。以前なら、こうしたものがみな親友のように、彼を安心させてくれた。あの頃は稀覯本を扱う書店に足を踏みいれたとたん鼓動が高まり、愛書家仲間との出会いも壮大な冒険の一部だったのだが。

ピーター・バイアリーは、やはり書籍商なのだった。英国をしげしげと訪れるのもこの職業ゆえだったし、こんな陰鬱な午後に、イングランドとウェールズとの国境を越えた有名な古書の街、ヘイ・オン・ワイに足を運んだのもこの職業ゆえのことだった。ヘイの街はもう何度も訪れている。しかし、ひとりでここに来たのは今日がはじめてだった。

今、三足の先がかじかむほどの冷気が身体の芯に忍びこむ中で、彼の目に映るのは壮大な

冒険ではなく、ただ居心地の悪い場所と見知らぬ他人、そして人見知りと心細さが嵩じて不安とパニックの発作に陥ろうとする自分でしかなかった。その予感が首の後ろに冷たい汗を噴きださせた。なぜ来てしまったのだろう？　居間で紅茶を飲みながらぬくぬくとくつろいでいられたのに。みぞおちに怯えを抱え、凍える街角に立ちすくむのではなく。

決心が鈍る前に、自分を追いたてるようにしてドアの把手を握り、次の瞬間、彼は、本来なら客を歓迎する暖気の中に立っていた。

「いらっしゃい」と広いデスクの上に漂うパイプの煙の向こうから歯切れのいい声が言った。ピーターはいくつかの音節をつぶやくと、開いた戸口から奥の部屋にすべるように入っていった。その部屋は四方の壁が本で埋めつくされている。彼は少しのあいだ目を閉じ、本できた繭が自分をあらゆる危険から守ってくれることを想像しながら、布と革と埃と言葉が醸しだす慕わしい香りを深く吸いこんだ。激しい動悸がゆるやかになると目を開き、書棚に視線を走らせて、旧知のものを探した。題名、著者、見覚えのある埃だらけの表紙――彼をなじみのある世界に連れていってくれるものを。

ちょうど目の高さの少し上に、美しい青い革の装丁の本を見つけた。以前、製本したときに使った子牛革を思いおこさせる。あれからもう十年近くにもなるのか？　彼はその本を書架からとりだし、なめらかでぜいたくな革の感触を味わった。背に押した金箔に目を凝らして、ピーターは微笑んだ。この本は知っている。旧友とはいえないまでも、知り合いではある。その表紙のあいだで過ごす数分間を思うだけで、彼の神経は休まった。

『ある雑纂文書の信憑性に関する審理』エドモンド・マローン著。歴史に名高い贋作者のひとり、ウィリアム・ヘンリー・アイアランドの正体を暴いた一大研究書だ。アイアランドはウィリアム・シェイクスピアの真筆だと称する文書や手紙、さらには『ハムレット』や『リア王』の〝オリジナル草稿〟までも偽造した。ピーターはマーブル紙の見返しをめくり、扉の頁を開いた。一七九六年の初版本だ。指に挟んだ十八世紀の分厚い紙の感触が快い。活版印刷機によって頁に残された圧痕の手触り。ぱらぱらと頁を繰り、読む。

　古来、この国に生まれ聊《いささ》かなりとも教養を有す者はなべて、偉大なる劇作家かつ詩人であるシェイクスピアを同胞と呼びうることに誇りを感ずるという。さればこそ、かの異才へ抱く崇敬の念に相応《ふさわ》しく、彼の名声と彼が遺したかの貴重なる作品を、われわれは慎重に扱う義務を有するのである。

〝かの貴重なる作品〟を、本物の〈第一・二つ折り本《ファースト・フォリオ》〉（全紙裏表に印刷し、二つに折って二葉で四頁とする判）で読んだことを思いだし、ピーターは微笑んだ。分厚い、一六二三年に編まれたシェイクスピアの最初の作品集だ。戯曲の多くはこの〈ファースト・フォリオ〉ではじめて印刷された。すでにピーターの心は鎮まっていた——恐怖もパニックも、古い書物にただ没頭しさえすれば消えてしまう。マローンの表紙を開き、頁が自然に分かれるのにまかせた。あの〈ファースト・フォリオ〉は、こうすると必ず『ハムレット』の第三幕のところで開いたものだ。開いたのは二八九頁。四インチ四方ほどの四角い紙切れが現れた。それが挟まれていた頁は褐色に変色し、すくなくとも一世紀はその紙がそこにあったことを物語っている。好奇心というよりも普段の癖で、彼は紙切れを裏返した。

鋭い痛みが胸を刺し、あやうく書物を埃っぽい床に落としかける。その痛みはすでに乗り越えたつもりだった。距離と、身辺の変化によって逃げおおせたと思っていた。けれど、ヘイ・オン・ワイの名もない書店の片隅にあってさえ、それは彼に追いついてきた。膝の力が急に抜け、書棚にがっくりとよりかかると、まるで夢の中にいるように、その紙が床に舞い落ちるさまを見つめた。その顔はまだそこにあった。彼はふたたび目を閉じ、その顔と、その顔にまつわるすべてが消えることを念じた。そして鼓動がもう一度おさまり、手の震えがとまるように気持ちを集中した。深呼吸し、目を開く。彼女はそこに澄ました顔で穏やかに横たわり、彼を見上げ、待っていた。それは彼の妻だった。それはアマンダだった。

だがアマンダは死んだ――九か月前に、ノースカロライナの赤い土に埋められた。ここから大海を隔てた地に。心臓の鼓動のひとつ分向こうの世界に。それにこの絵は、アマンダよりも、彼女の母親よりも、いや祖母よりもはるか昔の時代のものだ。彼女の肖像であるはずがない。だがしかし、それは彼女の肖像なのだった。

ピーターは身をかがめて床からその紙片を拾い上げ、もっと注意深く調べた。熟練した手による水彩画で、〝B・B〟というほとんど見えないほどかすかな署名があった。その水彩画の出所の手がかりはないかと、もう一度それが落ちてきた本を見直した。表紙の見返しに鉛筆で〝E・H〟という組み合わせ文字《モノグラム》があった。遠い過去に忘れられた持ち主のイニシャルだ。カバーの内側にあったカードに印刷されている説明書にも水彩画への言及はなく、ただ四百ポンドという値段が記されているだけだった。これと同じ本が、半分の値段でカタログに載っているのを何度か見たことがある。しかしその本たちは、死んだ彼の妻を描いた一世紀前の肖像画を隠してはいない。

目の前の棚に、ディケンズの未完の最後の小説、『エドウィン・ドルードの謎』の古ぼけた一冊があった。もともとのクロス装丁は隅や背がすり切れ、綴じは壊れ、何枚か頁がはずれているが、失くなっているものはない。ちょっと修復すれば、この値段の二倍か三倍で売れるだろう。

あたりを見回すと、その部屋にはまだ自分しかいなかった。震える手で、ピーターは水彩画を『エドウィン・ドルード』にすべりこませた。アマンダをここに残していくことはできなかった。家からこんなに遠く離れたところに置き去りにはできない。彼はマローンを書架に戻し、『ドルード』を小脇に抱えた。二十分後、そのディケンズも含め、一山の本の代金を払った彼は、両手に本をつめこんだ重い袋を提げて街のはずれにある駐車場に向かって歩いていた。

ウェールズ国境からオックスフォードシャーのキンガム村にあるピーターのコテージまでは車でほんの二時間余りだ。コテージは村の緑地から小道を行ったところにあり、他の家々と同じように、黄金色のコッツウォルズ産の石灰岩で建てられていた。一列に並んだテラスハウスの真ん中の家だったが、そこに住んで五か月になるというのに、ピーターはまだ分厚い石の壁を共有する隣人たちのどちらとも顔を合わせたことはなかった。

七時になる頃、彼は暖炉に火をおこし、紅茶のカップを片手に、コーヒーテーブルに載せた水彩画を前にしていた。ストレイヤー医師の忠告に耳を貸さず、彼はアマンダの写真をすべて箱に入れ、リッジフィールドの家の屋根裏に残してきた。なのにどうして彼女はここにいるのだろう。急にここが彼女のコテージのような気がしてきた。考えてみればソファやカーテンにウィリアム・モリスの柄を選んだのは彼女だったし、キッチンや温室の改装の指図をしたのも彼女だった。毎週末、ポートベロー・ロードのマーケットに通っては、あちらこちらの窓台におかれているピルキントン社製の花瓶や、二階のホールに飾られているバーン＝ジョーンズの版画を買ったのも彼女だった。彼女は田舎のオークションに行って家具を買い、職人を見つけて居間に天井から床までの作りつけの書棚を作らせた。その書棚は彼女からピーターへのプレゼントだった。彼の情熱を支えたいという彼女の情熱を、目に見える形で表そうとしたのだ。しかし書棚をのぞくと、コテージにあるものはなにもかもアマンダそのものだった。その彼女がここで過ごしたことは一晩もなかったのに、自分が五か月もこの家で暮らし、いつのまにか自分のコテージだと思うようになるなんて、コーヒーテーブルの上の彼女にそんなまなざしで見つめられていると、どこか間違っているような気がした。

その絵には、鏡の前に座り、長い豊かな黒髪を梳《くしけず》る女性が描かれていた。両肩を露わにし、髪が胸をかろうじて隠している。その黒髪と白い肌はアマンダのものだった。まっすぐな肩も、ブラシを強く握る手つきさえもアマンダだった。しかしなによりも驚くべき相似は、鏡の向こうから見つめるその視線――からかうような、挑むようなその表情だった。気味が悪いほど似ている――細い顔、高く白い額、とりわけ、笑っているのに、相手に襟を正させずにはいない深い緑の瞳。アマンダはそういう芸当をやってのけた。もちろん、その顔が彼女の顔であるはずはない。彼女は一九六六年生まれだった。水彩画はあきらかにヴィクトリア朝時代のものだ。それでも、ピーターは座ってアマンダの瞳を見つめ、彼女がどこからやってきたのか考えつづけた。彼女が今もここにいてくれればと願いながら。

彼はその瞳に――過去に――吸いこまれていた。数分後われに返ると、立って部屋を行ったり来たりしはじめた。この謎は解かなくてはならない。古書売買の専門家としての年月の中で、ピーターはそれなりに書物の来歴にかかわる謎を解いてきた。しかし、それはクロスワードパズルを解くのと変わらず、淡々とした気分で行うものだった。だが、今回は違った。水彩画の由来の謎は、自分と深くかかわっているような気がした。そして好奇心と悲哀が入り混じって、自分がすでにそれにとり憑かれつつあることを感じていた。この絵がどこから来たのかを知らなければならない。わずか二十九年前に生まれた彼の妻の、百年前の肖像画が、なぜシェイクスピアの贋作に関する十八世紀の書物の中にしまいこまれていたのかを。

問題はどこから手をつけるかだ。ピーターは絵については門外漢だった。宙を見つめ、部屋をうろうろと歩きながら一時間たって、ようやく二階の予備の部屋の書棚にあるもののことを思いだした。キンガムに引っ越してきてからその部屋に足を踏みいれたことがない。それはアマンダだけの書斎になるはずだった。だから、彼女がそこで肘掛け椅子に座って読書をした午後は一度もなかったとはいえ、やはりそこは侵してはならない場所のように思えた。今、彼はドアをゆっくりと開け、よどんだ沈黙の中を覗きこんだ。遠くの教会の鐘が九時を告げるのが聞こえ、最後の鐘が湿った冬の空気の中に消えていくのを待って、明りをつける。

窓際の書棚には六十五巻のそっくり同じに見える本が並んでいた——ピーターからアマンダへの結婚の贈りものだ。ふたりを結びつけたのが王立美術院の展示カタログだったから、そしてアマンダがヴィクトリア朝の絵画を心から愛していたから、ピーターはヴィクトリア女王の治世のあいだの毎年のカタログをアマンダに贈ろうと決めた——英国の美術の七十年を図版で追う旅路だ。全巻を探し求めるのに一年を要したが、アマンダも結婚式を計画するのにほぼ同じくらいかかった。今、その全集は、彼女がけっして使うことのない部屋の棚に辛抱強く並んでいる。

ピーターは戸口に立ち、しばらくのあいだ、この世ならぬアマンダの気配が押し寄せてくるのと戦った。ここが、彼女の本と彼女のお気に入りの椅子と彼女がストウ・オン・ザ・ウォルドのアンティーク・ショップで見つけたランプがおかれたアマンダの部屋だから、というだけではない。ピーターは彼女の趣味とともに暮らすことには慣れていた。だがこの感じは違う。それは彼女が今にも戻ってきそうな感覚だった——時折、彼に話しかけてくれる幻ではなく、本物の肉と血を備えたアマンダが。その感覚を抱きしめることを、ピーターはどれほど願っていただろう。しかし、自分はそれと戦わなくてはならないことを彼は知っていた。ふたりがはじめて出会ったときに感じたのと同じ吐き気と眩暈を覚え、身体を支えるために戸口によりかからなければならなかった。

「大丈夫よ」アマンダが言った。「入っていいのよ」彼女は廊下のつきあたりに立っていて、ピーターが視線を上げたときにはその姿はかき消えようとしていた。しかし、その言葉は彼が必要としている勇気を与えてくれ、彼は部屋に入り、奥の書棚に向かった。〝一八七三〟というラベルのついた巻をひきだし、おずおずと椅子の端に腰かける。これはみんなただの本だ。ただの物だ。これはただの部屋で、さっきのはただの僕の空想だ。彼は自分に言いきかせた。しかしほんとうはそれを信じてはいなかった。彼は本を開き、絵を見はじめた。

ピーターが英国に出発するしばらく前、ストレイヤー医師は、これから生きていくために彼がするべきことのリストをタイプして渡してくれた。その二番目は、〝規則正しい食事と睡眠の習慣を身につけること〟だった。これについては順調で、十一時までにはベッドに入り、運がよければ一時までに眠りにつく。そしてだいたい朝の十時まで寝ている。理想的ではないが、とりあえず規則正しくはあった。

ピーターが一冊目の王立美術院のカタログを開いたのは午後九時だった。最後の一冊を閉じたのは翌晩の七時。眠りもせず、食事もしなかった。今、彼は疲れ果て、かすんだ目でアマンダの部屋の床に積みあげた書物に囲まれてへたりこんでいた。何千枚もの絵画を見、何千もの説明文を読んだ。アマンダの顔は見つからなかった。B・Bのイニシャルもなく、そのイニシャルをもつ画家も見当たらなかった。

戸口に立って、床に積まれた本の山をふり返ったとき、彼はアマンダの存在が――部屋に入ったときはあれほど強かったその感覚が――消えていることに気づいた。不眠不休の二十二時間のあとで、この部屋は単なる部屋でしかないのだと実感した。耳をすませ、わたしの本を床におきっぱなしにしないで、と言うアマンダの声を待ち受けたが、なにも聞こえなかった。明りを消し、彼はドアを開けてよろよろと階下に降りていった。

はじめの二か月間、ピーターは近所の店で食料品を買う以外にコテージを出ることはなかった。クリスマスの前に、二度ほど用事があって近郊のチッピング・ノートンまで意を決して出かけたことはあったが、書店に入ることは避けた。店主がこちらの顔を見覚えているかもしれないと思ったからだ。ヘイまでの遠出はストレイヤー医師のリストの四番目、〝仕事を再開すること〟に取り組もうとする初の試みで、書物の世界がまだ存在していると発見したことは、気が進まないながらも全体として不愉快な経験ではなかった。それに、ストレイヤー医師の言うところの〝秘密の巣穴〟から自分は抜けだせるのだと知ったことも悪くなかった。

「なんですか、それは?」ピーターは訊いたものだ。

「君は、人生のほとんどを隠れ家にこもって暮らしてきたんだよ」ストレイヤー医師は言った。「君の秘密の巣穴は、君がほんとうに安心できる唯一の場所だ。子供の頃、それは自分の部屋で、そこに隠れていれば両親とかかわる必要がなかった。大学ではそれは稀覯書室で、アマンダと結婚してからは、地下にある君の書庫だった。君はこういう場所に自分を埋めているんだよ、ピーター。そして人生を回避しているんだ」

「アマンダと一緒に、僕はずいぶん巣穴から出てきていましたよ」ピーターは反論した。

「そうだ、アマンダと一緒にね。彼女は君にとって信頼できる相棒で、彼女がいれば世界は安全な場所だった。正直になりたまえ、ピーター。実際、君が彼女なしで出かけた場所といったら、書店か図書館だけだ――そこなら、アマンダが壁になってくれる必要はなかったからだ。自分と人とのあいだに、本を介在させることができるからね」

そういうわけで、彼はキンガムの秘密の巣穴から出てくるプロセスを、書店に出かけることからはじめた。そして、まさにストレイヤー医師が予言したとおり、最大限の努力を払って人との会話を避けたのだった。

だとしても、ストレイヤー医師は、ピーターが職業的人生を再開しようと小さな一歩を踏みだしたことを喜ぶのではないだろうか？　アマンダを失ってから、彼は自分の蔵書をずっと無視していた――ここ何年もかかって作りあげてきた、書誌文献目録のコレクションだ。それを英国に送るために箱につめたときでさえ、その書物は空の箱に収められる長方形の塊にすぎなかった。箱は今、庭の石造りの物置小屋に積まれたままになっている。

彼はヴィクトリア朝時代の挿絵画家についての本を一冊か二冊持っていたことを思いだし、小さな裏庭の明りをつけて、小屋のドアを開けると、箱を居間に運びこみはじめた。二時間後、箱はすべて開けられ、中身は天井から床までの作りつけの書棚に適当に収められていた。コーヒーテーブルの上に彼がおいた本は二冊、『児童書挿絵画家列伝』と、パーシー・ミュアの記念碑的研究、『ヴィクトリア朝の挿し絵本』だった。わずかでも眠らないと、またここにもたどりつけなかったときの落胆に耐えられそうもないと思ったピーターは、本をそこにおいたまま、水彩画を手に二階のベッドに向かった。そのあと十二時間、彼はぐっすりと眠り、王立美術院のカタログ全集と、それにはじめて出会った建物の夢を見た。

# 一九八三年、ノースカロライナ州リッジフィールド

一九五七年に開館したロバート・リッジフィールド図書館は、リッジフィールドでもっとも背の高い建物——九階建てで、円柱やコーニスの装飾のある、新古典主義様式の花崗岩とガラスの巨塊だ。その頂には不釣り合いな円屋根が居心地悪そうに載っている。

リッジフィールド家は清教徒革命の直後にスコットランドからノースカロライナに来て、そのあと二世紀にわたって成功に成功を重ねた。十九世紀にはそれなりに裕福だった商人の一家は、タバコ取引によって驚くべき財産を築き、ついで繊維業で莫大な富をなし、そして銀行業で成功して現在は胸焼けするほどの資産家である。そのあいだに、彼らは田舎の寂れた二年制のバイブルカレッジ（キリスト教会による、聖書を学ぶ学校）を、全米に名だたるリッジフィールド大学へと変貌させた。

図書館は、リッジフィールドでいちばん高い場所に建てられた——かつて、学生たちが深夜のあいびきに好んでつかった、キャンパスのはずれにある丘の上だ。上層階からは、リッジフィールドをとりまく田園風景が何マイルも見渡せる。トウモロコシとタバコの畑がパッチワークのように広がり、地平線で雲のように舞いあがる土埃は、砂利道を爆走するピック

アップトラックだ。図書館の正面玄関の上のジョージア産の花崗岩には、〝これより内に入る者は、知識のみならず智慧をも求めるべし〟という言葉が彫りこまれている。

はじめて図書館に足を踏みいれ、ノースカロライナの八月の焼けつくような陽射しを逃れて、狭い通路とどこまでも続く書架、そこに並ぶ百五十万冊の蔵書を包む薄暗くひんやりとした空気の中に身をおいた瞬間、ピーターは安らぎを感じた。彼は十八歳で、それまで図書館の最上階から見えるまさにその田園地帯で――どうしても自分とはなじまない気がする世界で――暮らしてきた。家族は、リッジフィールドから八マイル離れた小さな町で雑貨店を営んでいたが、やがて父親が商売を顧みなくなって店はつぶれた。それ以来、両親は、ひとり息子と時間を過ごすよりも、酒と喧嘩により大きな関心をもつようになった。彼はよく地平線にそびえるまだ知らぬ白い建物を眺め、今とは違う生活、つまり家族のしがらみと、日々、お互いまるで理解し合えない連中とかかわらざるをえない学校から解き放たれた生活を夢見たものだった。彼が描く夢は外界にあるすべてから守られて生きることだったが、守ってくれるものがなんであるのかは想像の外にあった。

何年も、彼は自分を守るさまざまな方法を試してきた。幼い頃は、暇さえあればほとんど切手のコレクションと一緒に自分の部屋にこもり、慎重な手つきで台紙に貼りながら、その小さな長方形の紙の背後にあるもっと広い世界については頭から追い出そうとした。高校時代は、ヘッドフォンと一山のクラシック音楽のレコードと一緒に地下室に閉じこもるのが習慣になった。しかし、どれだけ丁寧に切手を貼りつけようと、どれだけ大音量で音楽をかけようと、どうしても逃げおおせることはできなかった。心のどこかで、世界はこのドアの外にやはり存在し、究極的にはそれを避けることはできないのだと、彼は知っていた。

ピーターはリッジフィールド大学に進学する奨学金を得たが、新入生オリエンテーションは、みんなと〝知り合う〟ことを主眼においた、彼にとって恐るべき時間だった。ピーターはみんなと知り合いたくなかった。彼が望んでいたのは、世界の中に入れ子になったもうひとつの世界であり、そこで誰にも邪魔されず、ほんとうの自分になることだった。ツアーガイドに連れられて、図書館のロビーを抜けて書庫に入ったとき、彼はその場所を見つけたような気がした。ツアーのグループから遅れ、暗がりに消える書架のあいだにすべりこみ、ピーターは自分を守ってくれるものを発見した。それは本だった。

わずか二、三週間後、彼は図書館での勤労学生の身分を得た。それはまさに至上の歓びだった。ピーターは一日四時間、本を書架に戻して過ごした。正確には彼は貸出部門の所属だったが、作業はひとりだったし、そびえ立つ書物の壁のあいだの狭い通路をカートを押して歩いているとき、誰か閲覧者がいても、避けるのはたやすかった。

広々としたオーク材のテーブルと、閲覧カードの抽斗が並ぶ主閲覧室を、カートを押して通らなければならないときも、ピーターの姿は同輩の学生たちの目に入らなかった。カートは、なめらかな大理石の床を無音ですべっていき、学生たちの頭はどれも本の上に垂れたままで、彼が通っても、雲が太陽の前をよぎるたびにうつろう、天窓からさしこむ光ほども注意を惹かなかった。

二年生になった十月のある薄暗い雨の日——その正確な日付である十月十四日を、彼はのちに彼女に告げることになる——、ピーター・バイアリーはカートを押して閲覧室に入り、いずれ結婚することになる女性にはじめて目を留めた。彼女はひとりでテーブルに座って、ウィリアム・モリスの伝記を熱心に読んでいた。本をテーブルの上で斜めに立てかけ、堅苦しく背筋を伸ばして座っていた。その姿勢は、近づく中間試験の重圧にぐったりとうなだれた周りの学生たちをしり目に、本と真剣勝負をしているかのようだった。彼女が身に着けていたのは、ジーンズとTシャツという学生たちの非公式のユニフォームではなく、見事な仕立ての黒のスーツで、スラックスにはきちんと折り目があり、白いブラウスにはぱりっと糊がきいていた。肩にかかる黒髪に一筋の乱れもなかった。

彼女はほっそりしていたが、女子学生の多くがそうなりたいと熱望するようなスタイルではなかった。背は高かったが、仲間内の羨望を受ける女の子たちほどの背丈はなかった。彼女の体つきと身長をきわだたせているのは、多くの女子学生にまったく欠けていて、彼女が潤沢にもっているひとつの資質——気品だった。

彼ははじめ、彼女の美しさが目に入らなかった。もちろんそれに気づくのに時間はかからなかったが、しかしまず彼の目に留まったのは、彼女の異質さ、彼自身と同じく、リッジフィールド大学の中心をはずれた辺縁の住人らしい気配だった。彼女は周囲から浮いていた。そしてそれが彼の関心を惹いた。彼は叫びたくなった。**同志よ！**と。

ピーターは部屋の隅の椅子にそっと座り、カートから本を一冊抜きだした。それから三十分間、彼は本を読むふりをしながら彼女を観察した。頁を繰るほか（それは頻繁だった）、彼女は動かなかった。六時に彼女は本を閉じ、積みあげた他の本の上に載せると、赤い革のハンドバッグと一緒にとりあげ、出口のほうに向かった。ピーターはあとをつけた。彼女が受付で何冊かを返却すると、処理が終わるやいなやカウンターからそれらをさらった。

十分後、彼は書庫に隠れて彼女の本を念入りに調べた。ウィリアム・モリスの伝記の他にあったのは、ラファエル前派の画家ホルマン・ハントについての本、エドワード・バーン＝ジョーンズの版画集が一冊、ロンドンの王立美術院で毎年開かれる展覧会のカタログ——一八五二年と一八五三年の二巻だった。彼は美術書とホルマン・ハントの伝記にざっと目を通してから書棚に戻した。モリスの伝記は、貸出手続きをとらずに鞄の中にすべりこませた。なぜそんなことをするのかわからなかった。どういうわけか彼女が読んだ本をこっそりと自分のものにせずにはいられない気がした。一週間後、彼はそれを返却した。もし彼女がモリスのように複雑で多才な人物なら、自分とは格が違いすぎる。

それから一か月の間、彼は毎日、午後になると、すくなくとも半時間は彼女を眺めた。彼女のスケジュールは正確だった——毎日二時に図書館に現れ、十五分間書庫で過ごし、六時まで閲覧室の同じ椅子で本を読む。姿勢をけっして変えず、いつも洗練された服装で、上等なペンで黒いノートにメモをとった。

彼女は旺盛に読書した。ヴィクトリア朝の芸術家の伝記、同時代の詩、たまに歴史の本。二日か三日に一巻の割合で王立美術院のカタログを順番に読みすすめていた。彼女をはじめて見かけてから三週間たった頃、一八六三年の巻を棚に戻そうとして、一八六五年の巻の表紙が完全にとれていることに気づいた。彼女がそんな状態のその本を見るのだと思うと我慢できず、彼はその本とはずれた表紙をそっと書棚からとりだすと、階段を六階分のぼって、〝保存修復室〟と記された頑丈な木のドアの前に立った。

ピーターが足を踏みいれた煌々と明るい部屋は、解剖室を連想させた。しかし、カウンターに横たわっているのは人間の死体ではなく、きちんと並んだナイフとさまざまな種類の紙の束の隣におかれ、解体のあらゆる段階にある本だった。左手の棚には十冊ほどのすっかり修復が終わった本がおかれていた。何冊かは革の装丁で、金の装飾が施されている。この部屋は死体おき場というよりも、集中治療室だ、とピーターは思った。患者は全員、いつかここから退院する。完全に治癒しないまでも、すくなくとも大幅に回復して。白衣姿の男が表紙をはずした本を挟んだ、奇妙な万力のような機械の上に身をかがめていた。冷めたオートミールのようなものをむきだしの本の背の上に広げている。

「なにか用かい?」彼は、身体を起こして訊いた。男は丸い金縁の眼鏡の奥からピーターを見た。三十前後に見え、完璧にまっすぐに整えた、ほとんど白に近い金髪を肩に垂らし、同じように淡い色の髭を数インチほど顔から生やしていた。彼は髭の向こうで微笑み、ピーターがまず思ったのは、彼がマペットそっくりだということだった。ピーターは思わず微笑みかえした。

「修理してもらいたい本があるんです」ピーターは言った。

「それじゃ、図書館の人を通してもらわないと」と男は言い、微笑みが消え、その声の調子から、呼ばれもしないのに修復室に押しかけてきたのはピーターがはじめてではないことがうかがえた。

「僕は図書館の人間です」とピーターは言った。「貸出部門で働いてます」

「そこにおいて」溜息をついて男は言い、ドアの近くのテーブルに高く積みあがった損傷した本の山に向かってうなずいた。そして自分の作業に注意を戻した。

「いつごろできますか?」ピーターは訊いた。

「今ならだいたい六か月ってところかな。上の特別蒐集室からなにも降ってこなきゃだけど」

「六か月」とピーターは言った。「でも、僕は……その、お客さんが……いや、二日後にこの本が必要な学生がいるんです。ただカバーをとりつけてもらえればいいんですけど」ピーターは一方の手で本を、もう一方の手で問題の表紙を持ち上げた。白衣の男はこちらをふり返り、本とピーターを少しのあいだ、思案するように眺めた。表情がやわらぎ、微笑みが戻った。

「ふむ」彼は言った。「じゃあ、ガールフレンド用の山に積んでおいてやるか」本と表紙をピーターからとりあげた。

「ガールフレンド用の山？」

「ここに男が駆けこんできてなにか直せというときは、たいていガールフレンドがその本を必要なときだからさ。なんていうか、俺は恋とか騎士道精神とかいうやつに弱くてね。月曜日の午後でどうだい」

「月曜日なら助かります」ピーターは言い、若い男がまたオートミールのようなペーストに戻るのを見つめながら、あとずさりにそろそろと部屋を出た。

　書庫に戻ったあと、ピーターは保存修復室のことが頭から離れなかった。見回すと、急にそこらじゅうで破損した本が目についた。こっちは背がすり切れ、向こうのは見返しの紙が破れている。これまで彼は、書物について、自分を守る盾だとしか見てこなかった。しかし、今、それらはみずからの命を宿し、文学や歴史や詩の作品ではなく、本という〝物〟として、紙と糸と布と糊と革とインクの集合体として目に映るようになった。

　月曜の午後、保存修復室をふたたび訪ねると、あの本はドアの近くのカウンターの上で彼を待っていた。ピーターは前表紙、背、前の見返しを確かめた。「これがはずれてたなんて全然わかりませんね」

「まあなんだ、腕がいいからね」白衣の男が言った。

「ここで学生を雇ったりはしないんでしょうね」とピーターは言った。

「時々、インターンの学生が来るよ」と男は言った。「でもたいていの学生は特別蒐集室から送りこまれてくる」

「特別蒐集室？」

「ああ、ほら、最上階だよ。デヴェロー・ルームってなんですか？」

「デヴェロー・ルーム」

「特別蒐集室に行ったことないの？」

「ありません」ピーターは言った。

「本が好きなんだよね？」

「もちろん」ピーターは言ったが、この瞬間まで自分が本が好きだとは思ってもいなかった。

「本が好きなら、デヴェロー・ルームは間違いなく気に入るよ」と男は言った。「あのさ、確かちょうど今、上で学生のパートタイムの空きがあるはずなんだ。よかったらフランシスに口をきいてやるけど」

「フランシス？」

「特別蒐集室の室長のフランシス・ルランだよ。ここに書籍愛好家の卵がいるって言えば、君を採用してくれるかもしれない」

「それはありがとうございます」ピーターは言ったが、特別蒐集室とは実際なにをするところだろうと頭の中で考えていた。

「ところで、俺はハンクだ」と男は言い、手をさしだした。「ハンク・クリスチャンセン」

「ピーター・バイアリーです」とピーターは言い、ハンクの固い握手に応えた。「その……推薦をありがとうございます」

「どういたしまして」ハンクは言った。

ピーターは帰ろうと背を向けたが、戸口で立ちどまった。「それからこれ、ありがとうございました」補修された王立美術院のカタログを持ち上げた。

「彼女が喜ぶといいね」ハンクが言った。

ピーターはその本を書庫の定位置に戻した。翌日、彼女はそれを借り出した。

一九八四年十一月十五日、リッジフィールド図書館の二冊の書物がピーターの人生を変えた。彼は十時からの授業のあと、図書館に行った。特別蒐集室のフランシス・ルランとの面接がある三時半の前にシフトを終えてしまいたかった。三時に、書棚に戻す本を積んだカートをひきとり、あの謎の女性が返した本がないだろうかと目を通した。ほんの数秒で、彼は修復された王立美術院のカタログを見つけた。微笑を浮かべ、彼はカートを押してエレベーターに向かった。

その本をひきだし、正しい位置に戻そうとしたとき、ピーターははじめてそこから真新しいアイボリー色の紙片が覗いていることに気づいた。これまで彼女が本にしおりを挟んだままにしたことはなかった。上のほうに、ロイヤルブルーで〝A〟というイニシャルが印刷されている。その下に几帳面な筆跡で、〝わたしの崇拝者さんへ〟という宛名のあるメモがあった。

まず、この本を修復してくださってありがとう。壊れた本を触らなくちゃいけないのはほんとうに苦手です――もっとひどく本を傷めてしまいそうで。あなたがわたしを見ていることには気づいてました。一度、書庫まであなたのあとをつけていったこともあるの。あなたが『やあ』って声をかけてくれることを願っていたけれど、もう一か月になるのにまだ声をかけてくれないから、一歩踏みだすのはわたしの役目みたいね。学生会館のカフェで、今晩十時半に。

手紙はただ〝アマンダ〟とだけ署名されていた。ピーターはスチール製の書架によりかかった。シャツの布を通してひんやりとした金属が肌に触れる。手紙を読んでいるあいだ、とめていた息を深く吐きだしたが、本が周りでぐるぐる回転しているような気がした。少したって、いくらか心を落ち着けると、読み間違ったのではないことを確かめるためにもう一度その手紙を読んだ。彼女は彼に会いたがっている。話をしたがっている。彼女は彼に気づいていて、名前はアマンダという。どこでその名前を聞いたんだっけ？　突然、彼は約束を思いだした。あとたった五分で図書館の最上階までたどりつかなくてはならない。彼は丁寧に手紙をたたみ、シャツのポケットにすべりこませ、足早にアマンダ・デヴェロー特別蒐集室に向かった。

デヴェロー家のルイジアナにおける歴史は、リッジフィールド家のノースカロライナにおける歴史に負けないほど古い。一族の中で型破りの女傑がアマンダだった。両親を早く亡くしたために、二十歳になる頃にはほとんど肩を並べる者がないほどの財産家だった彼女は、第一次世界大戦の直後から書籍の蒐集をはじめた。まず手はじめに、十八世紀文学の世界でもっとも優れたコレクションのひとつを集め、それから十七世紀にとりかかり、最終的にはあらゆる時代の、英語で書かれた文学全般に手を広げた。

一九三九年、四十歳になり、独り身を通すものと思われていた彼女は、六十歳になるロバート・リッジフィールドの後妻になって、一族の者たちを驚かせた。リッジフィールドは男やもめで、一族を率いる家長だった。アマンダが彼と結婚したのは、彼の息のかかった前途有望な大学が、集めた本の保管場所にぴったりだからではないかと、うがったことを言う者もあったが、外から見るかぎりふたりは仲睦まじく、愛し合っているようだった。ふたりのあいだのただひとりの子供は女の子で、結婚の一年後に生まれた。

生涯、煙草をやめなかったアマンダ・デヴェローは（彼女は結婚前の姓を使いつづけた）、五十九歳のとき肺がんで死んだ。図書館の着工式の二週間前のことだった。ロバート・リッジフィールドは彼女の死から完全に立ち直ることはなかったが、妻に約束したとおり、アマンダのコレクションのために壮麗な書庫をつくった。特別蒐集室の中心がアマンダ・デヴェロー特別蒐集室であり、亡き愛書家に捧げる記念碑であった。彼女の珠玉の財宝は、そこに永久に安置された。

三時三十分、もうひとりのアマンダの手紙を読んだあとのまだ少しくらくらする頭で、ピーターはデヴェロー・ルームの中央にあるどっしりしたオーク材のテーブルにつき、フランシス・ルラン博士が現れるのを待った。彼が座っている彫刻を施した木の椅子は美しいアンティークで、足元には巨大な東洋風の絨毯が敷かれ、正面の大きなガラス製の陳列棚には、中世の手稿本が何冊か照明の下に飾られている。この陳列棚の上に、アマンダ・デヴェローの堂々たる肖像がかかっていた。部屋の四方に並ぶ十四台のマホガニー製の書棚の上には、それぞれ胸像が載っていた。彼が座っているところからも、ジュリアス・シーザー、アウグストゥス、クレオパトラ、カリグラの名が読みとれた。その十四台の書棚には古めかしい書物が隙間なく並んでいる。

彼の前に、すり切れた濃い茶色の革で綴じられ、表紙にはなんの印もない薄い書物があった。その隣には白いコットンの手袋が一組、おかれている。時計の針が時を刻む音さえしない静けさの中で数分間待ったあと、ピーターは、これはテストにちがいないと判断した。彼は手袋をはめ、そっと本を開いた。中の頁は端がぼろぼろになり、フランネルのように柔らかそうに見えた。ピーターは扉をめくり、読んだ。『デンマーク王子ハムレットの悲劇的なる歴史』。頁のいちばん下には、刊行年があった。一六〇三年？　シェイクスピアがまだ生きていた頃じゃないか。単なるインクと紙の組み合わせによって、ピーターが文字どおり息を呑んだのはその日二度目だった。彼は興奮し、畏敬の念に打たれ、名誉にうち震えた。シェイクスピアが健在だった時代に印刷された『ハムレット』を、その手に持つ機会に恵まれた人間がいったい何人いるだろう？　本文の一頁目を繰った彼の指は震えていた。

高校のときと、一年生の英文学の授業とで『ハムレット』は読んでいた。しかしこのテクストはそれとは違っている。頁を繰り、もう少しで亡霊が登場する場面まで読みすすんだところで、彼は背後に静かな声を聞いた。

「面白いかね？」

「僕の記憶とはだいぶ違っています」ピーターは言い、そっと本を閉じて、うやうやしくテーブルにおいた。ふり返ると、べっこう縁の眼鏡をかけた縮れた白髪の小柄な男性が立っていた。ピーターが予想していたようなツイードの上着ではなく、ブルージーンズと赤いポロシャツ姿だ。

「それは〈悪い四つ折り本《バッド・クオート》〉と言ってね」と彼は言った。「『ハムレット』の最古の版だが、テクストに、のちの版よりも問題がある。劇を観た誰かが記憶をもとに盗作したのではないかと考えている学者もいる」

「だとしても、はじめて印刷された『ハムレット』ではあるんですよね」ピーターは言った。

「そう。なかなかの掘り出しものだ」男性は言った。

「触るつもりはなかったんです。ただ……」

「いや、構わんよ。鑑賞する愉しみがなかったら、こういうものを持っていてもなんにもならん。君はその本をどう思ったかね？」

「あの……ええと……」ピーターは、その本を手にし、頁を繰り、著者がまだ生きて、呼吸をして、ロンドンの街を歩いていた時代に印刷されたその文字を、この目で読んだ経験について語る言葉を見つけようと苦心した。最近まで、彼にとって書物はその陰に身を隠すためだけのものだった。それから、彼は、注意深く手をかけて作られた作品として書物を見るようになった。けれど、この体験はまったく異質のものだった。それは天啓のごときものだった。この本には歴史と謎がつまっている。そのそばにいるだけで、ピーターは昂《たかぶ》る感情で上気した。「素晴らしいです」やっと彼は言った。コットンの手袋をはめた片手を軽くその本の上にのせる。指先から流れこんでくる書物の生命に触れられそうな気がした。「だって、この本の最初の持ち主は――この頁をはじめて読んだ人物は、最初に上演された『ハムレット』を観ているかもしれません。シェイクスピアとじかに知り合いだったかもしれないんですから」

「それはうちのいちばん新しい収蔵本でね」と男性は言った。「新しく発見された一冊だ。ミス・デヴェローはきっと目を輝かせただろう」

「お知り合いだったんですか？」ピーターは尋ね、アマンダ・デヴェローの肖像のほうに向かってうなずいた。

「ほんのわずかなあいだだがね。わたしがこのリッジフィールドの特別蒐集室の責任者として彼女の夫に雇われたときには、彼女はもうだいぶ身体を悪くしていたからな。わたしはフランシス・ルランだ」彼は手をさしだし、ピーターはそれを握った。

「ピーター・バイアリーです。お目にかかれて光栄です、先生《サー》」

「ピーター、この特別蒐集室で過ごすにあたって君が知っておくべきことがふたつある。ひとつ、適切に扱いさえするなら、なにを手にとってくれても構わない。もうひとつ、わたしは人にサーと呼んでもらわないことにしているんだよ。フランシスと呼んでくれるかね」

「わかりました。ありがとうございます……その……フランシス」いきなり親しげに呼びかけることにとまどいながら、ピーターは言った。彼は視線を蒐集室長から離すと、テーブルの本に戻した。「それで、『ハムレット』の初版ほどの古いものが、どうして新たに発見されたんですか?」彼は尋ねた。

「失われた書物はしょっちゅう、発見されている」とフランシスは言った。「学者たちは一八二三年まで、〈バッド・クォート〉が存在することすら知らなかった。そしてこの一冊がスイスの神学専門の図書館で見つかるまでは、現存するのは二冊だけだと思われていたんだよ。二世紀のあいだ、これを棚から手にとった者がいなかったんだね。だから、そこにあることを誰も知らなかった。それを先月、密かに買い入れたんだ」

「誰も聞いたことがなかった本とか、もうなくなってしまったとみんなが思っていた本を見つけるってすごいことでしょうね」

「それは愛書家たる者の夢だな」とフランシスが言った瞬間、ピーターはそれが自分の夢であることに気づいた。失われた文学上の至宝を見つけることよりも、栄光に満ちたことがあろうとは想像できなかった。知られざるシェイクスピアの戯曲の手稿、あるいはたった今、手にしていた版よりもさらに古い版の『ハムレット』——そしてそれを世界のために守護するのだ。そんなことが起こるかもしれないというかすかな可能性だけでも、ピーターの体中をアドレナリンがどっと駆けめぐった。

「さて」フランシスは言った。「いつ貸出部門をうまく抜けだして、ここで働きはじめられるかね?」

「それじゃ、採用していただけるんですか?」ピーターは訊いた。

フランシスはポケットから白いコットンの手袋を出して、それをはめながら言った。「ピーター、人間には本にとり憑かれた珍種か、それ以外かのどちらかしかいないんだよ。それはわたしにはどうしようもない。君は、これがもつ力を感じた」彼は『ハムレット』の四つ折り本を手にとった。「たいていの学生の目に映るのはただの古い本だ。だが君は、これのもつ深淵と重みを感じとった。この職業は選んでなるものじゃない。職業が人を選ぶんだ。これから、わたしは君を助け、教えることはできる。しかし、これだけは頭に入れておきたまえ――今日から先、君の、本を見る目はがらりと変わるだろう。わたしがなにをしてもしなくても、それは間違いない」

　ピーターはしばらく静かに座って、書物がつまった書架をひとつひとつ眺め、その書物の一冊一冊が、『ハムレット』が与えたような心の揺さぶりを与えてくれるという事実について考えた。最上等の麻薬がいくらでも手に入ると知ったばかりの麻薬常用者のような気分だった。フランシスは『ハムレット』をクレオパトラの胸像が載った棚に戻した。

「エリザベス朝の出版物は全部、このクレオパトラの棚にある」彼は言った。「コレクションの中でもことのほかミス・デヴェローのお気に入りでね。これが彼女の〈第一《ファースト》・二つ折り本《フォリオ》〉だ」彼は、書架の最上段に横に寝かされている、背の高い、分厚い一冊を指した。「きっと君にも面白いだろう」

「なぜ、全部の書架の上に胸像があるんですか?」

「ああ、気づいたかね」フランシスは微笑みながら言った。「ミス・デヴェローの、彼女がもっとも尊敬する蒐集家への敬意の印だよ。ミス・デヴェローにも、知られざる財宝を見つける夢があった。そして、将来の世代のために文化の一片を救ってきた蒐集家たちに非常な崇敬の念を抱いていた。知っていたかね、ピーター?　一年生の英文学の授業で『ベオウルフ』を君が読むことができたのは、ある書籍蒐集家のおかげなんだよ。ひとりの男が、イングランド最古の偉大な詩の、唯一今に伝えられている写本を救ったんだ。それ以上に多くのものが彼によって救われた。『ガウェイン卿と緑の騎士』『リンディスファーンの福音書』、書籍の世界における比類なき至宝とされる数冊。ロンドンの彼の蔵書は十四の書架に分かれていて、それぞれの上にローマの皇帝か、皇帝にゆかりのある貴婦人の胸像が飾られていた。ミス・デヴェローはこの部屋を同じように整えるよう、わたしに指示したのだよ」

「その蒐集家は誰ですか?」ピーターは訊いた。

「彼は、君の言うように、シェイクスピアをじかに知っていたかもしれない人物だ。名はロバート・コットンという」

# 一五九二年、ロンドン、サザーク

バーソロミュー・ハーボトルは、ボロー・ハイ・ストリートを闊歩し、《ジョージと竜》亭の扉を勢いよく開けて店に入ると、新調の上着《ダブレット》から街道の埃をはらった。まだ四時を過ぎたか過ぎないかの時間なのに、奥のバーから、おなじみのどんちゃん騒ぎが聞こえてくる。彼は床板を踏み鳴らしながら部屋を横切り、ドアを大きく開いて、友人たちの前に姿を現した。

「バーティ！」リリーが大声を出した。「てっきり君はウィンチェスターにいるものと思っていた」

「そして僕はてっきり君らが素面《しらふ》だと思っていたよ」とバーソロミューは言い、テーブルに着くや、ピールがさしだしたエールの入ったジョッキを受けとった。

「素面でいたってしかたないさ」とピール。「仕事がないもの」

「だが稼ぎどきだろう」バーソロミューは言う。「こんな陽気なら劇場は連日満員御礼じゃないのか」

「こいつは知らんのだ」とリリー。「この二か月、劇場は閉鎖されている。まず暴動で、今度は疫病だ」

「疫病は勘弁してほしいな」バーソロミューは言った。「しかし、暴動を見逃したのは残念だったなあ。それで、君はどうなってるんだ、リリー？　女王陛下の祝典局長ご就任はまだかい？」

「現祝典局長殿のエドマンド・ティルニーはもう死なないことにしたらしい。春になったら女王にまた請願してみるさ。一五九三年には運が開けるかもしれん」

「じゃあ、暴動は金になるって女王に進言しておいてくれよ」とピールが周囲に響きわたる声で笑った。

「ところで、荷馬顔負けの大荷物を抱えてカウンターから戻っておいでのこちらはどなたかな？」バーソロミューが言った。「その鈴なりのジョッキの向こうに隠れているのはクリストファー・マーロウ殿のご尊顔ではあるまいか？」

「ほかならぬその人さ」マーロウは言い、バーソロミューにエールの飛沫を浴びせながら、新しい全員分のジョッキをテーブルにおいた。

「君がここにいるなんて驚いたよ。町で疫病が流行ってるっていうのに」

「小生の訪問なぞ、ちょんの間さ、約束する」

「僕だったら」とピールが言う。「そのちょんの間にうまい酒とましな女にありつくな」

「それじゃあっという間だな」とバーソロミュー。「君は長もちしたためしがないんだから」テーブルからどっと笑い声が湧き、バーソロミューはエールを喉に流しこむと、学識豊かな俊英たちの生気みなぎる顔を見渡した。ほんの三年前に書籍業をはじめた頃、こういう友がいたらと願った、まさにそのとおりの面々だった。そして今、自分はこの場にいて、ロンドンでもっとも洗練され、粋で才気煥発な一党の懐に迎えられている。これほど才能ある作家たちが、ともに酒を酌み交わす間柄だというのはそうはあるまい。

隅にはトマス・ナッシュがもの静かに座っていた。バーソロミューはナッシュのパンフレット（装丁されていない小冊子。文学作品等の情報媒体として盛んに使用された）をパターノスター・ロウにある自分の店で何百冊も売っていた。それから、ジョージ・ピール。彼の『パリスの審判』は女王の御前で上演された。ピールの突飛なおどけはオックスフォード在学中にさかのぼる。それに飲む、打つ、買う、の派手なこととときたらバーソロミュー自身にまさるとも劣らない。つまり相当なもの、ということだ。辛抱強いジョン・リリーは他の誰にも負けないうまい書き手だと、バーソロミューは思っているが、ただ、クリストファー・マーロウだけは別格だ。マーロウに肩を並べられる者はない。

彼、バーソロミュー・ハーボトルが——読み書きができる者すらめったにいない寒村に生まれたこの男が、ここに座り、弱冠二十六のこの歳で、今を時めく劇作家たちとともに酒を飲み、笑っているなど、とほうもないことのように思えた。しかしその一方でバーソロミューは昔から自分の運を上げることに敏《さと》かった。まず地元の貴族の家にうまくもぐりこみ、次にはその紳士に頭のよさを認めさせ、自分をケンブリッジに送るよう仕向けた。とうとうロンドンに出て、書籍商として成功を収め、そのおかげでこんな文学界の綺羅《きら》星たちと席をともにしている。彼はいかさまカードでマーロウから金を巻きあげたことがあった。いかさまカードでマーロウから娼婦を巻きあげたことすらあった。畑の落穂をかき集めてその日暮らしをしている家族のことなどとうの昔に忘れ、彼は当世最高の作家に金を出させ、女と楽しく遊び戯れているのだった。

「じゃあ、詩人はみんな失業か」バーソロミューは言った。「手袋職人のせがれも？」

「ウィル・シェイクスピアか？」ピールが言った。「失業中とは言えんな。芝居を書いているわけじゃないが」

「なにを書いてるんだ？」とバーソロミューは訊いた。オックスフォード出でもケンブリッジ出でもなく、ストラットフォードとかいう田舎のグラマースクールを出た、この成り上がりのシェイクスピアをやっつけるのが、機知にあふれる友人たちの娯楽であるのは、承知のうえだ。

ピールはテーブルを見渡し、一同の目を自分に集めてから、決めの台詞《せりふ》を言う。「手袋職人のせがれは、なんとソネットをお書きあそばしているのだそうだ！」笑いの波が部屋を満たした。「ソネットだぞ、ありえんだろう。何冊くらい売れるかな、バーティ？」

「そうだ、君、ウィンチェスターの話をしてくれよ」とリリーが言った。「その新品の豪華なダブレットを拝見するに、旅が無駄骨だったはずはあるまい」

「諸君」とバーソロミューは言い、椅子の背によりかかった。「僕は本日、書籍商として、ここ十二か月全部を合わせたよりも多い金を稼いだ。であるからして、その話をするあいだのエールを諸君に奢《おご》ろう。それどころか、そのあと、ご希望の向きには二階で肉の歓びをご馳走申し上げようじゃないか」友人たちの歓声を浴びながら、新しいエールのジョッキから泡を吹き飛ばし、彼は語りはじめた。

　彼は、書籍と手稿の若き蒐集家であるロバート・コットンに、エリザベス朝古物協会の会合でどのような出会いを果たしたかを語った。その出会いから一週間もたたないうちに、彼はウィンチェスターから出てきた司祭と酒を飲んだが、そのとき司祭がかの地の伝説を口からすべらせた。それを聞いたバーソロミューはすぐさまハンプシャーへの旅支度をした。

「手はずを整えるのに二か月かかったが、こういうことに焦りは禁物だからね。つまるところ、僕に必要だったのは、力自慢のとんまと頭の呆けた聖堂番で、ふたりとも酒好きであってくれなきゃならなかった。聖堂番はわけもなかったよ。大聖堂近くの宿屋で、二晩か三晩、酒を飲んでいさえすればよかった。しかし、とんまのほうはなかなか大変でね。ようやく僕の用にうってつけの農夫を見つけたんだが、はじめはなかなか気を許してくれなくてさ。しかし、一週間か二週間、毎晩エールを奢ってやり、二度ほど売春宿に連れていったら、僕のあとをどこでもついて歩くようになった。僕が選んだのは火曜日の夜で、大聖堂の敷地は静まりかえっていた」バーソロミューは意地汚くエールを喉に流しこむと続けた。

「ご存じのとおり、僕の家族はウィカムの出身だ」

「そんなところの出身じゃないくせに」ピールが言った。

「まあね。だが、ウィンチェスターじゅうの人間がそれを知っているわけでもない。僕は老いぼれの聖堂番の家の扉を叩いた。その晩、あらかじめ酒をうんと飲ませておいたんだ。そのときの僕はウィカムからきた哀れな巡礼で、われらが町でいちばん名高い大司教様の墓前で、親父の健康のためにお祈りを捧げさせていただきたい、とこう言ったわけさ」

「ウィカムのウィリアムか」リリーが言った。

「いかにも。そこでだ。僕がまさにこの酒場でもてなしたくだんの司祭によると、ウィンチェスターにはウィカムの大司教は古い本を腕に抱えて埋葬されているというあまり知られていない伝説がある」

「若きロバート・コットンが興味をもちそうな本かい？」ナッシュが訊いた。

「まさに」バーソロミューはにやりとした。「聖堂番は怪しむふうもなかったよ。暖かい夏の夜だというのに、僕の〝兄弟〟と僕は、分厚い外套を身にまとっていたんだがね。奴は僕らを南の翼廊に入れてくれて、とっとと自分の家に戻っていった」

「それで外套の下には？」マーロウが訊く。

「僕は前もってウィリアム大司教のために祈りを捧げておいたんだ。大司教の礼拝堂で何日も午後じゅう過ごして、石棺の大きさを隅々まで測ってね。腕のいい、信頼のおける職人を見つけるのが骨だったが、なんとか探しあてて、大きなテーブル板を載せる架台みたいなものを作らせた。それは分解できるから、とんまと僕とで、大司教の墓の横で組み立てられた。で、ふたりで力を合わせ、鉄の棒も二本ばかり使って、石棺に載った大司教の彫像と大理石の板をこじ開け、その木製の台の上にすべらせた」

「それで見つけたのは？」リリーが言う。

「埃、何世紀分かの腐敗の臭い、それに気高き大司教猊下《げいか》さ。あの空っぽの眼窩でこっちを見上げられたときはどきりとしたね。誓ってもいいが、はじめに彼を見たとき、確かに聖堂の中にうめくような声が響くのが聞こえたよ」

「風だろう？」とピール。

「自分にそう言いきかせたさ」とバーソロミュー。

「で、本は？」とマーロウ。

「彼の手に握られていた。ほぼ二百年間、ずっと握られていたとおりにね。それをもぎ離すのにしばしかかった。遺憾なことにそのあいだにかの大司教の指を二、三本お折り申し上げてしまった。だが、それをひっぺがし、埃を吹きはらってみると……それはそれは、この目で見るなど望むべくもないような美しい挿絵で飾られた詩編でね。十一世紀だろうな。もっと古いかもしれん。それを袋に入れたあとは、ただ墓の蓋を押してもとに戻し、大聖堂から忍び出て、朝になったらきれいに忘れているように、相棒にたっぷりと酒代をはずんで一件落着さ」

「それで、そのロバート・コットンなる人物は君が見つけた品をどう思ったんだ？」ピールが訊いた。

「彼が言ったことはふたつだけだ」バーソロミューは言った。「どこから出たものかは知りたくない、それから、二十ポンドでどうか、とね」

「二十ポンド！」ピールは大声を出し、エールを噴いてテーブルじゅうに飛ばした。「本一冊にか？」

「二十ポンドあれば、疫病が昔話になるまで、僕らみんなでエールを飲んでいられるな」とマーロウが言い、空のジョッキをテーブルにどんと音をたてておいた。「もう一杯、みんなに奢ってくれよ。亡きウィンチェスターの大司教のために乾杯しよう」

次の一杯が全員にいきわたり、バーソロミューは勝利の物語と三杯目のエールに顔を紅潮させ、大劇作家のほうに向きなおった。

「さて、マーロウ君」彼は言った。「疫病が流行っているこの時期にロンドンにお出ましになったのはどういう風の吹きまわしか、君はまだ話してくれていないぞ」

「われらが親愛なる友、ロバート・グリーンに別れを告げにきたんだ」とマーロウが言った。

「グリーン？　あいつどこに行くんだ？」

「そういう訊き方もあるな」とリリー。「なぜなら、彼は、たった今死の床に横たわっているからさ」

バーソロミューはジョッキを下ろし、顔から血の気が引くのを感じた。彼ら全員の中で、誰よりも酒を愛し、誰よりも女を愛し、カードで半クラウン負けることときたら誰よりも多く、テムズ川に小便をしながらその負けた勝負に呵呵大笑するのが詩人のロバート・グリーンだった。これまで、バーソロミューは近い友人を失ったことがないという珍しい運にめぐまれてきた。そして無頼な生活を送っていても、彼は友情を尊ぶ男だった。グリーンがもはや浮かれ騒ぐ陽気な夜をともに過ごすことはないのだという事実は、思いがけない強さで彼に打撃を与えた。

「疫病か？」彼はささやいた。

「貧乏だよ」マーロウが言った。「本人は酢漬けのニシンの宴のせいだと言ってるが、みんなも承知のとおり、一度の宴くらいでロバート・グリーンをこの世の端に追いつめることができるものか」

「どこにいるんだ？」バーソロミューが訊いた。

「ダウゲートの靴屋に下宿している」とマーロウが言った。「アイサムとかいう男の家だ。女房がグリーンの面倒を見ているよ。どうやらあいつにちょっと惚れてるんだな。グリーンは礼をしようにも自分の金と言えるのは半ペニーも持っていないんだから」

「奴に会えないか」バーソロミューは言った。

「会いたがっているのは君だけじゃない」とピールが笑いながら言った。「ほんの一時間足らず前に、エム・ボールがあいつを探しにきたよ」

「愛人か？」とバーソロミュー。

「それ以上だな。腕に抱えた泣きわめく包みから判断するにね」ピールが言った。

「案内しよう」マーロウが言い、ジョッキを干すと椅子を後ろに押しさげた。

バーソロミューは酔っぱらい仲間たちにやわな感情を見破られまいと、威勢のよさをとりつくろい、ジョッキを勢いよくテーブルに叩きつけた。「よし案内してくれ」彼はマーロウに言った。「君はあいつが貧困のうちに死ぬと言うが、書籍商というのは、死の床で金儲けの種を見つけるものだからな」

バーソロミューはロバート・グリーンが死にかけている、ダウゲートの間口の狭い家の前でマーロウと別れた。アイサムの女房が彼を中に通してくれた。

「今日はずいぶんとお客さんがあるもんだねえ」彼女は言った。「といってもあの人の借金を払ってくれる人はいないけど」

階段をのぼりつめたところの扉をノックしようとしたとき、中から甲高い声が聞こえた。

「あんたの子に決まってるじゃないか、この罰あたり。その床でもうくたばるんだから、認めちまったらどうなのさ。そうしたところでなにが困るんだい。あたしはね、このかわいそうな日陰の子に、自分にも父ちゃんがいたって言えるようにしてやりたいだけなんだよ」

バーソロミューは扉に耳を押しつけたが、この立て板に水のようなわめき声に対するグリーンの低い返事はよく聞きとれなかった。すぐにまた女の大きな声が聞こえた。エム・ボールにちがいない。

「ろくでなしだよ、あんたは。あんたがこの世であたしにくれたものといったら、このふたつだけ。あたしらの息子と、この役にも立たない紙の束」物がぶつかる鈍い音がした。女がなにかを壁に投げつけたのだろう。「ふん、こんなもんあんたがとっておおき。と言ったってこれからあんたが行くとこじゃ、なんにもなりゃしないだろうけどね。あちらじゃ、あっという間に燃えちまうだろ。それじゃね、あたしはもうちょっとましな死人を選んで、この子の父親になってもらうことにするよ」

　腹立たしげな足音が近づいてくるのを聞いたバーソロミューが壁にへばりつくやいなや、扉が勢いよく開け放たれ、むさくるしい身なりの血相を変えた女が、弱々しく泣き声をあげるぼろの塊をひっつかんで飛びだしてきたかと思うと、猛然と階下に駆けおりていった。女が表の扉から出ていく物音が聞こえるのを待って、バーソロミューは室内に入った。

「察するに、君の母上かな」彼は旧友に向かって言った。

「バーティ！」グリーンは言い、咳の発作と笑い声のあいだのような音をたてた。「貴様に会えるとはな」

　ロバート・グリーンの、いつも血色のよかった顔は青白くやつれていた。これがかの『マミリア』や『パンドスト』のような偉大なロマンスを生み、ロンドンの日の当たらぬ有象無象の暮らしについて優れたパンフレットを何冊も書いた男と同じ人物とは信じがたかった。この男は、罪つくりな数多《あまた》の冒険に精を出してはみずから筆を走らせたものだった。しかし今や、例の風変わりな先をとがらせた髪型も産毛のような頭髪のもつれでしかなく、髭はむさくるしく伸び、身にまとうのは借りものの寝間着のみ。お気に入りだったガチョウの糞色と称する緑色のダブレットは、かさんだ借金のうちのいくぶんかを埋め合わせるために売りはらった、と彼はバーソロミューに打ち明けた。

「まだ書いているようだな」バーソロミューは、グリーンの枕元の粗末なテーブルに載ったペンと紙に気づいて言った。

「いまわのきわの懺悔さ」とグリーンが言った。「貴様ならきっと面白がるだろう。手袋職人のせがれのことを書いてみたよ」グリーンはベッドの横の紙の束に手を伸ばし、かつて朗々と響いた声の、力ない木霊のような声で読んだ。

「虎の心を役者の皮に押し包み、われらの羽毛で着飾った、成り上がりの鴉がいる。諸君のうちのもっとも優れた書き手に劣らぬ無韻詩を紡いでみせると大言壮語し、われこそはこの国でただひとり、舞台を揺るがす者《シェイク・シーン》だと慢心している」グリーンの声はふたたび咳と笑い声にまぎれた。

「君を送るのは残念だ」バーソロミューは言った。「君の諧謔《かいぎやく》を、こんなに肚の底から笑う人間は君自身しかいないからな」

「いかにも、まったくだ」グリーンは言って、枕によりかかった。「シェイクスピア氏はこれを面白がるまい」

「ところで、もうひとりの客人はどうしたんだ?」バーソロミューは訊いた。

「マーロウか?」

「金切り声を出して、腕に包みを抱えた客さ」

「ああ、枕をかわす相手には注意したまえよ、バーティ。枕をかわすと腹が膨れることしばしばだからな」

「うまいことを言う」とバーソロミュー。「それじゃ、あの糞便とすえた乳の臭いふんぷんたる包みは——拝察するところ君の胤《たね》か?」

「と、あれの母親なる淫売は言っているがね。フォーチュネイタス《幸運の子》、と子供を呼んでいるよ。まったくどういうつもりか。この世にあの餓鬼ほど不幸な生まれ損ないはない。それに俺は冥途の土産にあれをわが子と認めるつもりはないからな」グリーンは再度、咳の発作に見舞われ、今度のはさっきよりも長引いた。はじめて、バーソロミューは友が死にゆこうとしていることを実感した。ふたたび、思いがけない感情がこみあげるのを彼は感じた——失われんとする狂乱の宴を惜しんでではなく、驚くべきことに、それはもはや失われた魂を悼む心のほとばしりであった。なにしろかくのごとき人生を送ったロバート・グリーンが、その褒美として天国に迎えられることを期待できるはずもなかった。

「最期の頼みをきいてくれるか、バーティ」グリーンは咳が鎮まると言った。

「なんなりと言いたまえ、友よ」バーソロミューは言った。

「そこの床に本が落ちている」彼はベッドの反対側を指し、バーソロミューは薄い四つ折り本を拾いあげた。

「『パンドスト』か。君のロマンスの一作だな」

「そうだ」グリーンは言った。「魔がさして、それを例のあばずれにくれてやったんだが、あの女、臨終の床に横たわるこの俺につっ返してよこした。それを俺の代わりに売ってくれないか、バーティ？　たいした値打ちはないが、売ってその金をアイサム夫人にやってくれ。彼女がいなければ俺は路傍で野垂れ死にしただろう。かの婦人への恩義は、この世で俺が返しきれるものではない」

「承知した」バーソロミューは言い、本を小脇に抱えた。

「さあ、もう行け」グリーンは言った。「サザークに今宵、俺を待つ女どもがいる。誰かが行って慰めてやらねばな」彼はまた笑い、バーソロミューは返す言葉が見つからず、ただベッドの足元で低く頭を下げると、あとずさりに部屋を出て、そっと扉を閉めた。薄暗い階段で、グリーンがくれた本を見る。何シリングかにはなるだろう。書き手が死ねば、もう少し値がつくかもしれない。遅い午後の光の中に足を踏みだしたとき、彼はふと、まもなく世を去らんとする友の形見として、その本を手元におきたいと自分が思っていることに気づいた。ダブレットに手をつっこみ、半クラウン銀貨をひっぱりだすと、家の前に腰かけて鶏の羽根をむしっていたアイサムのおかみさんに向かって放った。

「下宿人の借金を返す」彼は言った。

「神様のお恵みを、旦那」とアイサムの内儀は言った。「とにかくなんにも返してもらわないよりましですよ」

バーソロミューは本を腕の下に抱えなおすと、セント・ポール大聖堂に向かって大股で歩きだした。午後の陽が、目に浮かぶ涙ににじんでいる。

## 一九九五年二月十七日、金曜日、キンガム

ピーターは目をこすって眠気をふりはらい、トーストが焼け、湯沸かしの湯が沸くのを待った。挿絵画家についての蔵書の索引に目を通したが、どちらもB・Bが何者か探りあてる助けにはならなかった。今、彼はキッチンのメッセージボードにピンで留めたストレイヤー医師のリストを見つめていた。もともとタイプされていた指示は、ピーターがこの数か月、余白に書きこんだメモでだいぶ見づらくなっていた。紅茶の輪染みと、こびりついたマーマレードの下に、それでも読みとれるリストにはこう書かれていた。

1. アマンダのために悲しむこと。自分の感情を受け入れること。
2. 規則正しい食事と睡眠習慣を身につけること。
3. 新しい知り合いをつくること。
4. 仕事を再開すること。
5. 仕事を通して人と親しくなること。仕事のために人を遠ざけないこと。
6. 本以外に熱中できるものを見つけること。

7. なにか新しいものを学ぶこと。
8. 以前の友人たちと連絡をとること。
9. アマンダの家族との関係を修復すること。
10. 逃げずに、立ち向かうこと。

〝熱中できるものを見つけること〟の横に、彼は〝詩〟と〝絵〟と書きこみ、線を引いて消していた。そういえば二か月前にチッピング・ノートンで水彩画のセットを買ったが、ほとんど忘れかけていた。一枚描いてやめてしまったのだ。〝以前の友人たちと連絡をとること〟の隣には、フランシス・ルランの電話番号が書いてあったが、キンガムに来てからその番号に電話をかけたことはなかった。〝新しい知り合いをつくること〟の横に、近くの教会の礼拝のスケジュールを走り書きしてあったが、出席するつもりはまったくなかった。ピーターの宿題はあまりうまくいっているとはいえなかった。

あの水彩の肖像画のことは忘れよう、と彼は決めた。今日はリストの四番目にとりかかろう。仕事を再開するのだ。とにかくヘイ・オン・ワイでは二十冊ほどの書物を仕入れたのだし、アメリカにはその買い手がいる。その午前中の残りいっぱい、彼は参考書籍を整理した。ヘイで買ってきた本の包みを丁寧にはずし、それだけ別にして棚においた。例の水彩画を忍びこませた『エドウィン・ドルードの謎』は修復が必要だから、修復をしよう。ハンクは優れた教師だったし、ピーターは書籍修復の専門家ではないとはいえ、これくらいの仕事はもちろんやってのけられた。彼は階段下の収納庫の暗がりに這いこみ、道具や材料を入れた箱をひっぱりだしはじめた。全部を明るいところに出してみると、見切りをつけた水彩の道具も外に出してしまったことに気づいた。

もとに戻そうとして、彼は急に、その水彩の道具を買ったときに女の店員が言ったことを思いだした。「この近所に、もうひとり絵描きさんが住んでますよ。しょっちゅう、うちに絵の具を買いにくるんです。ちゃんとしたプロでね。アンティーク・センターで古い水彩画を売ったりもしてますよ」並んだ箱を脇によけようともせず、ピーターは二階に駆けあがり、あの水彩画と車のキーをつかんで、外に飛びだした。

地元で〝チッピー〟と呼ばれるチッピング・ノートンはキンガムにいちばん近いマーケット・タウンで、ピーターは村の店で間に合わない買い物があるとここに来る。観光客に荒らされていないので、もっと名の知れたコッツウォルズの多くの町にくらべてずっと風情があった。市場の開かれる広場は急な丘の上にあり、四方を古い石造りの建物で囲まれている。どこにでもあるハイ・ストリートの店舗の他には小さな劇場があり（ピーターはまだ行ったことはない）、何軒かの洒落た外観のレストランがあり（ピーターはまだ食事をしたことはない）、アンティーク・センターがある。

ピーターが中に入ったときに鳴ったドアのベルは誰の注意も惹かず、彼はそのまま家具や、陶器、ランプ、花瓶などの迷路に足を踏み入れ、水彩画を探した。古書を売っている店を通りかかり、別の日にまた来て、改めてよく見てみようと頭の中にメモをする。三階で、彼は探していたものを見つけた――二ダースほどの、きちんと額装した絵だ。ほとんどはヴィクトリア朝のものだが、何点かは十八世紀の作品だった。彼には専門家の目は備わっていないが、アマンダの目にかないそうな作品はせいぜい一点か二点であるように思われた。それぞれ、隅に下がった値札の裏には〝M・ウェルズ、ローズ・コテージ、チャーチル〟というスタンプが押されていた。

チャーチル村は、チッピーに来るたびに車で通るが、一度も立ち寄ったことがなく、そのいくつかの通りに並ぶコテージ群に注意を向けたこともなかった。それでも、キンガム・ロードからほんの少し奥まったローズ・コテージは、五分ほどで見つかった。

ノックしてから、屋内の物音が聞こえるまでの手持ち無沙汰な時間、戸口に立ちながら、ふとピーターは、M・ウェルズを探し当てるのは、ストレイヤー医師の三番目の指示、〝新しい知り合いをつくること〟を実行することになるのだと気づいた。そう思ったとたん、見知らぬ人間に会う羽目になったときにいつも襲われるおなじみの胃のむかつきと、じっとりと湧く手汗と、眩暈とが押し寄せてきた。ローズ・コテージのドアの石造りの枠に片手をつくと、それを払いのけ、上着のポケットに入っている四角い紙に必死になって意識を集中しようとした。そうだ、それにあの水彩画の出所の探索を〝本以外に熱中できるもの〟にすれば、リストの項目ふたつを一度にクリアできるじゃないか。

ドアが開き、一週間も髭を剃っていないように見える、白髪を後ろに撫でつけた長身の男が現れた。絵の具が飛び散り、虫食いのある茶色のセーターを着て、いらだたしげな顔つきをしている。

「なにか売りにきたな？」彼は言った。

「いいえ」ピーターは言った。

「じゃあ神様について話しにきたんだろう？」

「いいえ、水彩画についてお話ししにきたんです」

男は、買おうか迷っている家具を見定めるような目でピーターを眺め回した。ようやく表情をいくらかやわらげると、背を向けて言った。「いいだろう。ちょうどやかんをかけたところだ。入って、茶でも飲んでいけ」

ピーターは男のあとについて、暗く雑然とした居間を抜け、広々とした、陽射しの明るいサンルームに入った。イーゼルの上に、野原を見渡す景色を描いた水彩画が載っている。今は雑木林がある場所に、美しいジャコビアン様式の邸宅が描かれていた。

「イーヴンロード・ハウスだよ」と主人が言った。「今はもう見えんがね。あんなに木が繁っちまっているからな。だが、まだ家はあるよ。とにかくその一部はね」

「キンガムのこんなに近くに、そんな立派な邸宅があるとは知りませんでした」とピーターは言った。

「それじゃ、あんたはキンガムの出かい？」

「いいえ」とピーターは言った。「その、僕はアメリカ人です。キンガムに住んでいるんです。

ピーター・バイアリーといいます」

「マーティンだ」と画家は言い、姓も名乗らなければ、握手の手もさしださず、ピーターのにらんだところ、キッチンと思われる場所にひっこんだ。「イーヴンロード・ハウスを見たらたいして立派とは思わんだろうけどな」と隣の部屋からマーティンの声が聞こえた。「見つけられたらの話だがね。もう何世代もあの一家は金に困っていてね。もう母屋に住んでいるかどうかも怪しい。たいしてお上品な連中じゃないから、平気でやじ馬を鹿撃ち銃で追っぱらうしな」

マーティンはティーポットと、カップをふたつ、ダイジェスティブ・ビスケットをふたつ載せた盆を手に戻ってきた。テーブルに盆をおくと、紅茶のカップをピーターに渡し、ビスケットをふたつとも自分でとった。「で、バイアリー君――興味があるのは水彩画の新作かね、それとも古い方かね？」

「古い方です」とピーターは言った。「でも、買おうというわけではありません。あなたならこれについてなにかご意見を聞かせてくださるんじゃないかと思いまして」彼は肖像画を出してテーブルにおいた。「画家が誰なのかをつきとめようとしているんです。あるいは、描かれているのが誰なのかを」マーティンは眉をしかめ、半分食べかけのビスケットをおくと、水彩画をとりあげた。注意深く表と裏を調べながら、一分ほどもその絵を見つめる。

「ヴィクトリア朝だな」彼は言った。「紙は一八七〇年代か一八八〇年代のようだ。スクラップブックでそういう紙はずいぶん見たことがある。いい作品だ。線が素晴らしい。水彩でこんなふうに細かいところを描くのは容易なことじゃないんだ。筆の使い方をよくわかっている人間だな。なかなかの腕前の画家だと思うね」彼は口を閉じ、目を凝らすように細めて絵を見つめた。「B・Bか。知らんな。今日は何曜日だね？」

「ええと……金曜日です」唐突な言葉にとまどいながら、ピーターは言った。

「第三金曜日か？」

「そうだと思います、ええ」

「じゃあ、あんたがすべきなのはロンドンに行くことだな」

「なんですって？」ピーターは言った。

「歴史水彩画協会の会合が毎月第三金曜日にある。ユニバーシティ・カレッジのホルデーン・ルームで六時半からだ。そこにいる人間なら教えてくれるかもしれん」

「ありがとうございます」とピーターは言った。「ご助言、感謝します。もし、B・Bの描いた他の作品をたまたま見つけるようなことがあったら、お電話を頂けると大変ありがたいのですが」彼は名刺を出した。そこには電話番号と〝ピーター・バイアリー、古書商、オックスフォードシャー・キンガム〟とだけ記されている。マーティン・ウェルズはピーターがさしだした手から名刺をとるそぶりをまったく見せなかったので、ピーターはそれをテーブルにおき、見送りもなく外に出た。その二十分後、彼はキンガム駅のプラットフォームから十三時二十一分発のロンドン・パディントン駅行の列車に乗りこんでいた。

　去年の春、コテージの修理中に、彼とアマンダがチッピーにフラットを借りていた頃、ふたりでよくこの列車に乗ったものだった——週末をロンドンで過ごし、美術館や劇場を訪れた。最後にロンドンに行ったとき、ふたりはテムズの南岸にそって長い散歩をした。ピーターはアマンダをサザーク大聖堂に連れていき、そこでふたりはシェイクスピアの弟、エドモンドの墓を見つけた。ウェストミンスターで橋を渡り、その午後をアマンダのお気に入りのテート・ギャラリーで締めくくった。あれから、ピーターはロンドンを訪れていなかった。

一年もたたないうちに、こんなに多くのことが変わってしまった。前は、ピーターとアマンダは列車で必ず向かい合って座り、テーブルの下でお互いを足でつついてふざけたものだった。いつも、アマンダはまっすぐに背筋を伸ばして座り、前のテーブルに本を斜めに立てていた。彼女は進行方向に向かって座るのが好きだったから、ピーターは後方を向いて座り、列車がすでに通りすぎた景色を眺めた。今、彼は車両の後部の、前を向いた席にひとりで座り、ぼんやりと先に横たわるものを見つめていた。

マーティン・ウェルズはややぶっきらぼうで、少しばかり気難しかったが、害はなかった。ピーターが厄介なことになるのは、いつも先走って考えるせいだった——彼は未知のものを病的に恐れる性質だった。ストレイヤー医師はピーターの恐怖症について膨大な説明をつけることができたが、ピーターを他人の中で落ち着かせることができるのはアマンダだけだった。彼女が隣にいれば、海を渡ることだけでなく、カクテル・パーティーに出席しておしゃべりすることも可能になった。アマンダはそういうことを全部、なんでもないものにしてくれた。彼女は彼の緊張が高まるのを部屋の向こう側にいても感じとり、隣に現れて手を彼の腕におき、彼の緊張をすべて吸いとってくれた。

ピーターは午後三時にパディントン駅に到着し、ふたつのことに気づいた。第一に、歴史水彩画協会の会合まで三時間以上をつぶさねばならないということと、その会合はおそらくカクテル・パーティーにかなり近いものだろうということだ。それについてあまり深く考えず、彼は足の向くまま地下鉄の駅のほうに進んだ。彼とアマンダが午後、別行動し、そのあと《フォートナム&メイソン》で落ち合ってお茶をした頃の習慣だった。アマンダはヴィクトリア&アルバート博物館かナショナル・ギャラリーかテート・ギャラリーに行く。ピーターはいつもブルームズベリーに行った。

ラッセル・スクエア駅でピカデリー線を降りると、十分後、彼は大英博物館の階段をのぼっていた。ロンドンに見るべきものは尽きない。だがピーターはいつも同じ博物館、しかも同じ展示室にやって来る。それは正面玄関の右手にある大英図書館の展示室だった。彼はすべての展示ケースをそらで覚えていた。『不思議の国のアリス』の原稿が児童書のケースから英文学のケースに移動されたときに、それと気がついたほどだ。

今日、『アリス』は、アリスが大きくなりすぎて廊下におさまりきれなくなった場面が開かれていた。ルイス・キャロルの几帳面な文字の反対側に、彼自身の手になる、アリスが狭すぎる場所で身体を折り曲げている挿絵が一面に描かれている。その絵を見てピーターは身震いした。閉所恐怖症が頭をもたげたためだけではない。そうではなく、それを見ている彼に、アマンダがささやいたからだ。「ほら、ラファエル前派の髪よ、わかる？　キャロルは画家のロセッティの友人だったから」アマンダはいつもこうだった。しばらくのあいだ眠りにつき、ピーターをそっとしておいてくれる。そして、前ぶれもなく彼のすぐそばに現れてなにごとかをささやくのだ。

ピーターはアリスを鑑賞するのにほんの一瞬しか立ちどまらなかった。いつもと同じで――ヘンデルの〈メサイア〉の直筆の楽譜やグーテンベルク聖書のような広く世に知られた収蔵品には軽く目を留めるだけだ。それは、メインコース、つまり彼が博物館に来るほんとうの理由に先だつ前菜のごときものだった。その主菜《アントレ》とはロバート・コットンが後世のために保存したコレクションだった。コットンの財宝のうち、常設展示されているのはほんの数点にすぎなかったが、それでもピーターを足しげくここに通わせるのに十分だった。フランシス・ルランがはじめてこの偉大な蒐集家のことを口にしたときから、彼はコットンに強く惹きつけられた。彼が古英語を学んだのは、コットンが救った『ベオウルフ』の写本のファクシミリ版（書物や美術作品を物理的形態を含め、可能な限り忠実に複製したもの）を読むためだ。今、彼はその原本の前に立ち、彼の崇拝の対象に無言の賛辞を送っていた。一七三一年の火災で縁が焼け焦げているが、精緻に綴られたレタリングの茶色の文字を、ピーターはやすやすと読むことができた。これは翻訳でも、ファクシミリ版でもない、あの『ベオウルフ』だ。英文学を永遠に変えたその実物の写本だ。

なぜか、コットンに親しむことは、ピーターの気持ちを明るくした。コットンがなし遂げた偉業は、書物の蒐集だけでなく、人生においてさえも、できないことなどないのだとピーターに信じさせてくれた。アマンダはそのことをわかっていた。《フォートナム&メイソン》の前の道で待っていた彼女は、彼が舗道を自信たっぷりに胸を張って歩いてくると、「ロバートに会ってきたのね」と言ったものだ。

六時十分、ピーターはグレート・ラッセル・ストリートのサンドウィッチ店に座り、コットンが少しばかり勇気をくれればいいのにと願っていた。会合に遅れるのはわかっていたが、ハムとチーズのトーストサンドを慌てて食べおわろうとはしなかった。彼がようやく夜の中に足を踏みだし、ユニバーシティ・カレッジまでの短い道のりを歩きはじめたときは、もう六時三十分になろうとしていた。

歴史水彩画協会の会合は、ピーターがホルデーン・ルームにすべりこんだときにはとうにはじまっていた。部屋はむっとするほど暖房がきき、たった今、歩いてきたロンドンの裏通りと変わらないほど暗かった。前方では、なにもない壁にスライドが次々と映され、声が単調に話しつづけていた。何列か椅子が並んでいた。かつては優雅な食堂におかれていたのかもしれないが、今は、アマンダなら〝ガレージセールにも出せないわ〟と言いそうなありさまで、そこに三十人ほどが座っているようだった。メモをとる者、じっと見入る者、落ち着かず身動きする者。すくなくともふたりは居眠りをしているらしい。壁にそって、布張りのソファや肘掛け椅子がおかれていたが、そこに座っているのはふたりだけだった。

ピーターがとりあえず座った肘掛け椅子のちょうど向かいのソファに、彼の目にはアマンダとひどく対照的に見える女性が座っていた。アマンダなら最前列に背筋をぴんと伸ばして座り、膝にノートをのせ、演者が言ったことをほとんど一語一句書きとめようと、ノートの上で右手を走らせているだろう。しかしこの女性は、両脚をオットマンにのせて、ソファの隅にもたれていた。その隣には本や書類がごたごたと散らばり、ウールのマフラーと丸めたセーターがおいてあった。彼女が身を預けているソファと同様、彼女の身体も誘惑的な曲線を描いていた。淡い茶色の髪にはブロンドが混じり、その乱れぶりは、まるでさっきまで地下鉄のプラットフォームに立っていて、電車がトンネルを抜けて乗客たちの列に突風を吹きつけながら到着したときのまま、整えなかったように見えた。暗がりで見える彼女の顔は、感じがよさそうだった。アマンダよりも丸顔で柔らかい顔立ちだが、同じように魅力的だ。彼女はピーターの頭上のどこか壁の一点を見つめていて、スライドのプロジェクターからの光が時折、彼女の凝ったイヤリングをきらめかせた。アマンダは、十六歳の誕生日に父親から贈られたシンプルなダイヤモンドのピアスしかつけなかった。女性はピーターに気づかず、演者にもスライドにも目を向けていなかったが、ピーターには、彼女が室内の誰よりも講演に集中していることが感じとれた。このささやかな一点については、彼女はアマンダに似ていた。

どういうわけか、話しかけるなら、ひとりの人間、それもアマンダとはまったくかけはなれた誰かに話しかけるほうが、一部屋分の風変わりな英国の水彩画愛好家たちを相手に、アメリカから来た客人の役を演じるよりはいくらか恐ろしくないような気がした。そこで講演が終わり、演者が質問に答えはじめると、ピーターはさっきの女性のあとに続いた。彼女はスライド・プロジェクターのスイッチが切られるやいなや荷物をまとめ、ホルデーン・ルームの外の広々としたロビーに出ていったのだ。彼が追いついたとき、彼女はセーターを着て首にマフラーを巻いているところだった。書類がはみ出ているバッグが、紅茶とコーヒー、それにビスケットが載っている折りたたみテーブルの脇の床におかれている。

「ちょっといいですか」とピーターは言った。

「あなたも？」と女性は言ったが、視線は彼に向けず、まだマフラーを直していた。「あそこにいるといつも閉所恐怖になるの。特にスライドを使った講演のときはね。おまけに水彩画協会はいつもスライド講演だし。リチャードのことどう思った？」

「なんですって？」

「リチャード・キャンベル教授よ――今晩の演者」

「じつは、ちゃんと聞いていなかったんです。水彩画のことはあまりよく知らなくて」

「あの人は自分の専門のことはよく心得てるわ。でも、人としてはまるで焼きジャガイモ《ジャケット・ポテト》みたいなのよね」彼女は言った。彼は居眠りをしている学生たちを前に、直立不動の焼きジャガイモが山高帽をかぶって授業をしているところを思い浮かべた。それはマグリットの絵に似ていた。アマンダはマグリットが大嫌いだった。彼女は、絵画はアーモリー・ショー（一九一三年にアメリカで開催された国際現代美術展）とともに死んだ、と言っていた。

「僕はピーター・バイアリーといいます」彼は言い、片手をさしだした。

彼女はそれをしっかりと握った。「バイアリー」ゆっくりと、その言葉をまるで上等なワインをテイスティングするように口の中で転がした。「いつだったかアマンダ・バイアリーって人がうちの雑誌に寄稿したことがあったわ。アメリカ人。けっこうな学者よ」それはいかにもアマンダらしかった。不意に現れて、これまで知らなかった才能でピーターを驚かせる。彼は急に、三年前、ロンドンにいたある晩、彼女が「美術愛好家たちの会合に行ってくるわ」と言いおいて出かけたことを思いだした。ピーターはホテルの部屋に残り、つまらないアメリカ映画を観たのだった。たぶんアマンダはホルデーン・ルームに来たのかもしれない。彼は一度も彼女に尋ねなかった。

「僕の妻です」ピーターはつぶやき、女性の左手の指になにも嵌《は》まっていないのを見て、ほとんど反射的に付け足した。「僕の亡くなった妻です」

「ピーター・バイアリー、水彩画についてろくに知識もなければ興味もないらしいのに、歴史水彩画協会の会合に現れた、妻を亡くした謎のアメリカ人ってわけね。ところで、なにか食べません？」

ピーターはその気楽で、軽薄ともいえる誘いに面食らったが、彼の興味を惹いたのは別のことだった。彼が〝亡くなった妻〟と言ったときに、彼女はお気の毒に、と言わなかった。人は必ず「お気の毒に」と言う。そしてこの頃、ピーターはその同情の言葉に少しいらだちを覚えるようになっていた。それは会話に割りこみ、他人とのあいだに越えがたい垣根をつくる。たとえ今の彼の人間関係が、郵便配達人と庭師との関係に限定されているにせよ、壊れやすいガラス細工のように扱われることに彼はうんざりしていた。

「あのね」と女性は言った。「今にみんなあそこのドアから出てきて、十分くらいかけてビスケットを一枚残らず食べて、お茶を一滴残らず飲んでから《スパゲッティ・ハウス》に行って、食事なんかそっちのけで、誰がバスケットのグリッシーニのお代わりをとったから五十ペンス余計に払うのかについて論戦するの。だからわたしは早めに抜けることにしてるんだけど、そうすると、たいていひとりで食事をすることになるのよ。あなたは謎の男だけど、連続殺人鬼には見えないから。もう一度訊くけど、お食事はいかが？　そんなに離れてないところにインド料理の店があるわ」

ピーターは迷った。もしそのリチャードとやらが彼女の言うように〝自分の専門のことは心得てる〟なら、ピーターはここにいて、他の人々がお茶を飲んだりビスケットを食べたりしているあいだに、彼に声をかけるべきかもしれない。その反面、この女性がアマンダのことを記憶しているほど丁寧に学会誌を読むのであれば、彼女が助けてくれるかもしれないし、すくなくとも正しい道筋を指し示してくれる可能性があった。

「アメリカにはカレー専門店はある？」彼女は彼の逡巡《しゅんじゅん》に気づかないようだった。「その店のヴィンダルーカレーは最高なの。アメリカ人はスパイシーな料理が好きなんでしょう？　苦手だったらマイルドにもしてくれるから」

いいじゃないか、ピーターは思った。なにが問題なんだ？　ここで自分はこのどこから見ても感じのいい女性と会話をし——いやすくなくとも彼女の話に耳を傾け、理由はわからないが手のひらに汗をかいていないし、胃に落ち着いている。じつのところ、腹も減っている。

この二日、ほとんど食事らしい食事をしていない。それに、スパイシーな料理を食べながら、ひとりの相手と会話をする努力をするのは、グリッシーニについて議論する三十人の集団の中で途方に暮れるよりも、ずっと好ましい見通しのように思える。

「いいですね」とピーターは言った。

「よかった」彼女は言った。「ところで、わたしはリズよ。リズ・サトクリフ。それから、言っておきますけど、親戚じゃないから」

「誰の親戚？」ピーターが訊いた。

「スチュ・サトクリフ」リズは言い、ピーターがぽかんとして彼女を見つめると、付け加えた。「五番目のビートルズ」

「てっきり四人しかいないと思ってました」とピーターは言って、ドアを開け、リズを寒い屋外へと先に通した。

「水彩画のこともビートルズのこともなんにも知らないアメリカ人ね」とリズは笑いながら言った。「じゃあ、なんの話をしようかしら？」

吹きつける風に、コートをしっかりと身体に巻きつけて、人気《ひとけ》のない通りを彼女のあとについて歩きながら、ふとピーターは気づいた。彼女の柔らかい手の感触を受けとめたとき、自分の反応はまったく尋常だった。ノースカロライナを出てから数か月、女性に触れた記憶はなかった。しかしリズ・サトクリフとの握手はなんの衝撃ももたらさなかった。それは素敵な手だった。思いかえしてみても、安らげる手だった。しかし、そのとき彼の頭にあったのは、〝はじめまして〟だけだった。

レストランで、ピーターは、自分はリズを気に入ったのだ、と結論づけた。彼女に惹かれてはいないが、一緒にいるとくつろいだ気持ちになった。自分は友達をつくることを学びつつあるのだろうかと彼は考えた。ストレイヤー医師は大喜びするだろう。彼がなにより気に入ったのは、席に着くやいなや、彼女がすぐに本題に入ったことだった。ピーターはおかげで世間話をする必要を免れた。

「それで」と彼女は言った。「あなたは水彩画なんかどうでもいいし、演者の話も聞いていなかった。それなら今晩来たのはどうしてなの？」

ピーターはコートの中に手を入れ、中性紙の封筒に入れたあの水彩画を出した。そっとそれを封筒から出すと、彼女の前のテーブルの上においた。

「綺麗な女性ね」とリズは言ったが、絵に触ろうともせず、身を乗りだそうとさえしなかった。「見事な作品だわ。この女の人、見覚えがある」

「そうなんです」とピーターは言った。

リズは水彩画をとりあげると、もっと仔細に調べた。「いやだ、わたし、会ったことあるんじゃない。あなたの奥さんに会ったもの。二年……いえ三年前だった。彼女、会合に来て、前の席に座ってずっとメモをとっていた。そしてあとで六つくらい質問して――すごくいい質問だったわ。奥さんはあなたと全然違うのね、そうでしょ？」

「全然ね」ピーターは同意した。

「これ、彼女でしょう？　奥さんよね」

「そう」とピーターは言った。「ただし、それは百年前の水彩画なんですけどね」

「彼女、上手に年をとったわね」とリズは顔色も変えずに言って、絵をテーブルにおいた。

ピーターは彼女に顔をひっぱたかれたような気がして、こらえきれずに笑いだした。延々と大声で笑うその声は、近くで食事をする数人の客の注意を惹くほどだった。そんなふうに思いきり笑ったのは……笑ったのは、そう、アマンダがなにか面白いことを言ったとき以来だった。

やっと一息つくと、リズは、ややばつの悪そうな顔をして言った。「ごめんなさい。わたし時々ちょっと無神経なことをしちゃうのよ」

「笑わせてもらいました」とピーターは言った。「おかげさまで」

「ということは、会合に来たのは、どうして亡くなった奥さんが百年前の絵の中にいるのか、専門家に説明してもらいたかったからね？」

「そんなところです」

「どうしてそんなことするの？」

ピーターはその質問についてちょっと考えた。それは今まで自問することを注意深く避けてきた問いだった――謎に押し流されるほうが、単純に楽だったということもある。しかし、彼はリズが突いたのは問題の核心であるとわかっていた。「ずっと別れを告げようと努力してきたからだと思います」と彼は言葉を慎重に選びながら言った。「これが彼女であってもらっては困るんです。これが誰なのかつきとめなくちゃならないのは、つきとめればもうこれは彼女ではなくなるから。そうすればたぶん、彼女はほんとうに去っていくと思うからです」

リズはふたたび水彩画をとりあげ、黙ってそれを見つめた。ピーターはぐいとビールを飲んだ。インドのビールを飲むのははじめてだった。冷えていて家庭的な味がした。

「それはサイン？」リズが訊いた。

「そう」とピーターは言った。「B・B」

「なんですって？」

「B・B。たいした手がかりにはならないですね」

「こんなことってあるかしら」リズは急に慌てた様子になった。頭がテーブルの下に隠れ、また出てきたときには、彼女は大きなキャンバス地のトートバッグを手に、片腕をその奥につっこんでいた。中から眼鏡をひっぱりだし、不器用にかける。ピーターはその顔が色を失うのを見つめていた。

「どうしたんです？」彼は言ったが、彼女の答えを聞くのが妙に怖かった。

「あなたほんとにピーター・バイアリーね？」彼女は訊くと、椅子によりかかって、腕を胸の前で組んだ。「それにあなたの奥さんはほんとに死んでるのね？」彼女の声にはわずかに責めるような棘《とげ》があった。

「そうですよ」とピーターは冷淡に言った。「お望みならパスポートを見せますよ。死亡証明書は家においてきてしまったけど、まったく僕ときたらうっかり者だ」

「それからあなた、水彩画についても、ヴィクトリア朝の画家についても、Ｂ・Ｂのこともほんとうになにひとつ《ファック・オール》知らないのね？」

「〝なにひとつ《ファック・オール》〟知らないとは言えません。あなたのその上品な言い回しをお借りすれば」とピーターは言った。「アマンダはヴィクトリア朝美術に情熱を傾けていた。だから彼女の知識からいくらか影響は受けています。しかし、Ｂ・Ｂが誰なのかはまったく見当がつかない」

「それじゃ、これを会合でポケットから出さないでくれて、ほんとに運がよかったわ」

「なぜ？」

「バイアリーさん、あなた信用できるわね？」

「ピーターと呼んでください」彼はテーブルの上で腕を組み、彼女のほうに身を乗りだした。

「それから、大丈夫、僕を信用して」

# 一九八四年、リッジフィールド

ピーターはリッジフィールド学生会館のカフェのドアの内側に立って、コカ・コーラの自動販売機の陰に隠れていた。反対側の壁際のブースに、今はアマンダだと知っている、見覚えのある少女の姿があった。彼女は彼に背を向けていて、いつもどおり姿勢よく座っていたが、今は前のテーブルに本を立てかけるのではなく、固く組んだ自分の手を見つめていた。

ピーターは手のひらに汗が湧いてきた。彼女を見つめているあいだに、壁の時計の針が十時三十五分を回って過ぎていった。秒針がゆっくりと回るのを目で追う。また刻まれる苦悶の一分間。胃が回転し、身体がよろめきそうになる。彼は壁によりかかり、思いきってもう一度アマンダに視線を投げた。ふたりの女の子が笑いながら店に入ってきて、ピーターは慌ててコーラの販売機に注意を戻した。

「なにか買うの？」とひとりの女の子が言った。

「ええと……う、ううん」ピーターは口ごもった。ふり返り、アマンダのほうに一歩踏みだし、また向きを変え、ドアの外に逃げ出した。夜の空気はひんやりとしていた。中庭をうろつき、鼓動が少しおさまるのを待つ。ふたたびカフェの中に戻ったとき、時計は十時四十分を指していた。アマンダはまだじっとしていた。バンドエイドを剝《は》がすときと同じだ。思いきってやるしかない。もうなにも考えず、彼は早足で十歩歩き、アマンダのブースの隣に立った。

彼女はふり向いて彼を見た。そのときはじめて、彼は彼女の瞳を見た――それは金色がかった深い緑で、自信と怯えを同時に湛えていた。その瞬間、彼はその瞳を見つめかえすことしかできなかった。とうとう彼女が、片手をさしだして沈黙を破った。「アマンダよ」

ピーターは彼女の手を握るべきだとわかっていたが、手のひらにまた汗がにじんでいたし、さらに、今にもぶっ倒れそうな気がしていたので、手は自分を支えるために必要だった。ちらりと下を見て、両足をしっかりと開いて立つと、深呼吸し、手をジーンズでぬぐってからそれを彼女のほうにつきだした。彼女のひんやりした繊細な指が彼の指に絡み、そっと握りしめたとき、彼の視界はぼやけはじめた。

「大丈夫」彼女は優しく言った。「わたしも緊張しているの」ピーターは返事をしようとしたが、口がきけなかった。あたかも彼の存在を形づくるすべての原子が、彼女の肌が触れている部分に流れこむかのようだった。それ以外のものは、彼の宙返りする胃も、回転する頭も、ぐらぐらする足も、なにもかも消えてしまった。「座ったら?」彼女は言った。そして手を彼の手からするりと抜き、ピーターはわれに返った。

「うん」彼はかろうじてつぶやくことができた。そしてブースの彼女の向かい側に座った。テーブルの上の彼女の手を見つめながら永遠のような一分間が過ぎた。「ちょっと緊張してて」とやっと彼は言葉を絞りだし、もう彼女が知っていることをわざわざ言った自分を心の中で呪った。

「変ね」とアマンダ。「わたしも。そんなはずないのに」

「ところで、僕はピーターだよ。ピーター・バイアリー」

「ハロー、ピーター」彼女は言った。彼は目を上げて彼女が微笑んでいるのを見、突然、のしかかっていたずっしりした重みが消えたのを感じた。アマンダの微笑みは彼の不安をあっさりと溶かしてしまった。

「一年生じゃないわよね」アマンダは言った。「それならオリエンテーションのときに見かけているはずだもの」

「二年だよ」とピーターは言った。「遅刻してごめん」

「ちょっと心配してたわ」とアマンダが言った。「今日、わたしのこと見ていなかったでしょ。図書館で」

「面接があったんだ。新しい仕事が決まった」

アマンダはただじっと座ったまま、微笑んだ。彼はまた彼女の瞳を覗きこみ、さらに気持ちが楽になるのを感じた。ブースの席の背もたれによりかかり、ようやく彼女の親しげな視線から目を落として、ほっと身体を震わせた。アマンダはほんのわずか唇を噛み、自分と同じようにテーブルの上で組まれている彼の手を見つめた。

「新しい仕事のことを話して、ピーター・バイアリー」と彼女は言った。そこでピーターは特別蒐集室での午後についてなにもかも彼女に語った。どんなふうにフランシスが棚から本を次々に出して、彼に宝石のようなコレクションのごく一部を披露してくれたかについて語った。シェイクスピアの〈ファースト・フォリオ〉を、ディケンズの『デイヴィッド・コパフィールド』の月刊雑誌連載の最初の号のオリジナルを、手にしたときの感動をせいいっぱい説明した。偉大な文学上の遺物を探しだして守護し、自分がいなければ誰も知ることがなかった素晴らしい財宝を、学者たちに知らしめたいという夢を打ち明けた。そしてなによりも、『ハムレット』の〈バッド・クォート〉によって、思いがけない衝撃に心を揺さぶられたことを伝えようとした。

「はじめて君を見かけたときみたいだった」彼は言った。「ただ美しくて貴重なものを見つけたというだけじゃなくて、新しい世界がまるごと自分の前に開けたみたいだった」

「わたしをはじめて見たとき、そんなふうだったの？」アマンダはにっこりして訊いた。

「ええと」とピーターは言った。「そうだよ。うまく説明できないけど。ただ、君にはなにか特別なところがあるってわかったんだ。ほんとうのこと言うと、これまで女の子に興味は全然なかったんだけど」

「その習慣を破ってくれて嬉しい」とアマンダが言った。

「僕もね」とピーターが言った。

「今度は」とアマンダは言った。ふたりの皿はとうに片づけられ、グラスは空になっていた。

「本に関係ない話をしてみて。兄弟や姉妹のことを話して」

「いないんだ」とピーター。

「いいわ、それじゃ親友のこと」

「それもいない」

「それじゃあなたは寂しい？　それともひとりが好き？」

　ピーターはこれまでそれについてよく考えたことがなかったが、とっさに答えた。「両方少しずつかな」

　アマンダはテーブルの向こうから手を伸ばし、彼の手をとった。手を包む彼女の柔らかい肌に触れて、さっきと同じように電気が走った。「どうしてそんなにひとりぼっちなの、ピーター？」彼女は言った。

　席に着いてからはじめて、ピーターは居心地の悪さを感じた。彼女は彼が答えたくない質問、自分自身にさえ問いたくない質問を見つけてしまった。そして、その居心地の悪さに彼女が気づいたことを、その表情から読みとった。

「言わなくていいわ」彼女は言って、彼の手をぎゅっと握ったが、離しはしなかった。

「わからない」とピーターは言った。「君以外の誰かに訊かれたら、子供時代を酔っぱらいの親から隠れて過ごしたからだと言って終わりにしたと思う。でもほんとうはそれが全部の答えじゃないんだ。ほんとうは、親と同じくらい自分にも原因があるんだよ。僕は昔から人に会うのが怖かった。怖かったし、それに面倒でもあった」

「面倒?」

「うん。誰かと知り合いになろうという努力をするのが面倒だった。自分の地下室でレコードを聴いたり切手を集めたりしていればいいじゃないかってね。それは楽だから」

「わたしには努力してくれてる」とアマンダが言った。

「たぶん、僕は君を待っていたのかもしれない」とピーターは言った。「人とかかわるエネルギーをこの瞬間のためにとっておいたのかも」

「初デートなのに口説くつもり?」とアマンダは言って微笑んだ。

「僕、僕は違う、そんな」とピーターは口ごもった。「つまり……そんなつもりじゃ……」

「大丈夫よ、ピーター」彼女は言った。「気にしないから」

「そう」ピーターは言って、ふたりは少しのあいだ黙って座り、まだ握りあったままの、耐熱プラスチックのテーブルの上の自分たちの手を見つめていた。

「あのね」とピーターが言った。「僕はリッジフィールド図書館でふたつ、僕を夢中にさせてくれるものを見つけたよ。稀覯本と、君だ」

「あなたがわたしに夢中で嬉しいわ、ピーター・バイアリー」と彼女は言った。「あなたの夢中なもののリストの二番目でもね」

ピーターは彼女が優しく自分をからかうやり方が好きだった。君と一緒にいられるなら、夢も、稀覯本も、図書館という安全な隠れ家も失ってもいいんだと、今は言わなくてもいい気がした。「今日は重大な日になりそうな予感がする」彼は言った。

「最高に重大な日よ」とアマンダは言い、身を乗りだして軽く彼の唇にキスした。ピーターは混じりけのない歓喜に、目がくらみそうになった。

春学期の半ばには、ピーターはほとんどの時間をふたりのアマンダと過ごすようになっていた。特別蒐集室の、アマンダ・デヴェローの鋼のような冷たい凝視の下で、彼は学び、働いた。生きているアマンダのほうはといえば、鋼とはほど遠く、カフェで毎晩会うときの笑顔は温かで、彼に会えたことを喜んでくれていると思えた。

フランシス・ルランは特別蒐集室の長というだけでなく、学部の教授陣のひとりでもあったから、ピーターのために、人文学部を通じて彼だけの専攻をつくってくれた。書誌学と書籍芸術学《ブック・アーツ》だ。英文学のコースでのシェイクスピア研究に加え、フランシスの指導で、〝稀覯本序説〟というあいまいな名前のついた講義をとり、ハンク・クリスチャンセンの書籍修復と復元についての授業を受けた。「〝入門〟と呼ぶべきかもしれないな」と彼は言った。「まともな基礎を仕込むだけでも、すくなくとも二年はかかるからね」ピーターはこれ以上ないほど幸せだった。

シェイクスピアの課題はすべて、アマンダ・デヴェローの〈ファースト・フォリオ〉で読み、授業で『ハムレット』を読んだときは、〈バッド・クォート〉の全文を読んだ。そのことを授業で話したとき、教授はピーターがなにを言っているのか、さっぱりわからなかった。ピーターが教授の無知について訴えると、「ここになにがあるのか、みんな知らないのだよ」と、フランシスは答えた。「教職員は目先のことだけで手いっぱいで、特別蒐集室を探検する時間などないんだ」

「でも、『ハムレット』を教えているんですよ」とピーターは言った。「はじめて印刷された『ハムレット』がほんの二百ヤードも離れていないところにあるのに。なぜ読みたくならないんだろう？　この手にとりたくならないんだろう？」

「われわれは特殊な人種なんだよ、ピーター」とフランシスは言った。

しかしピーターも自分の無知に恥ずかしい思いをしたことも少なくなかった。ある日、彼はトマス・デッカーの『バビロンの姦婦』の一六〇七年の初版本をクレオパトラの書棚から出した。その本を開こうとしたが、開かない。

「それは本じゃない」と助けにきたフランシスが言った。「スリップケースだ」本の前端であるはずの場所から、フランシスは布製の書帙《しょちつ》をひきだした。ピーターは本だとばかり思っていたものが、一方の端が開いていて、フランシスが今、テーブルの上で開いている書帙を入れるための単なる革張りの函だということを知った。書帙には見事な装飾が施されていたが、それを開くと現れたのは、ややすり切れたデッカーの戯曲だった。

「これの目的は単にデリケートな書物を保護することだけじゃない」とフランシスが言った。

「実際よりも本をずっと大きく見せるというおまけもあるんだよ」ピーターはそれが、内側の布製の書帙の巧妙なデザインのおかげだということを見てとった。一方を約二センチの厚みにしてあり、もう一方の側にデッカーの薄い本を入れるようになっていた。

「ハンクのところを卒業する頃には、君もこういうものを作れるようになるだろう」とフランシスが言った。

「どうして僕が好きなの？」ピーターはある晩、アマンダに訊いた。カフェからアマンダの寮に向かって歩いているところだった。春の香りが大気に濃くたちこめ、学生の姿はほとんどなかったが、リッジフィールドはいつにもまして生命力と可能性の気配に満ちていた。そんな問いかけをする勇気をくれたのは、彼をとりまく新しい命の息吹だった。

「高校の頃、恋人がいたの」とアマンダは言った。質問をすると、彼女はいつもなんの関係もなさそうな長い話をはじめ、突然、その話の終わりに質問の答えがひょっこりと顔を出す。ピーターは彼女のその答え方が好きだった。「彼はフットボールの選手だったけど、スター選手っていうわけじゃなかった。成績は上位のほうだったけど、優等生じゃなかった。たまにビールを飲むけど、お酒好きというわけじゃなかった。彼は感じのいい普通の人で、わたしは彼が感じのいい普通の人であることが好きだったの。たいていの高校生の女の子たちがすごいと思うものを見ても、興味を惹かれなかったわ。がっちりしたスポーツ選手、スピードの出る車、お酒にマリファナ、それよりもっと悪いものにも興味はなかったし、両親のベッドで、たいしてよく知らないどこかの男の子と不器用なセックスをすることにも興味はなかった。わたしはわたしの平凡な恋人と一緒にいて申し分なく幸せだったの」

「それで彼はどうしたの？」ピーターは言った。ふたりはキャンパスを横切る小道を照らす人工の照明からはずれ、うっそうとしたカエデの木の下で立ちどまっていた。木の間《こま》からさす月光だけが、アマンダの顔を照らした。彼女の髪はほとんど銀色に見え、ピーターは彼女を腕に抱き寄せ、その豊かな髪に顔をうずめたい衝動にかられた。

「卒業したわ」アマンダはほつれた一筋の髪を指でくるくると巻きながら言った。「彼は彼の道に進み、わたしはわたしの道を進んだ。夏のあいだに一度、コンサートに行かないかって電話をくれたけど、忙しいって言ったの。彼はほっとしたと思う。単にそのほうが楽だったの。つまりね、わたし、彼が平凡であることが好きだったけど、わたしたちの関係も平凡だったってこと」

「まだ質問に答えてくれてないよ」とピーターは言い、手を伸ばして髪を触る彼女の手をとり、それを握って彼女を近くに引き寄せた。彼女の香りで頭がくらくらした。「どうして僕が好きなんだい？　僕が平凡だから？」

「その反対よ」とアマンダは言って、頭を彼の肩にもたせかけた。「あなたを好きなのは、あなたが特別だから――わたしが全然知らなかった特別さをもっているから」

# 一六〇九年、ロンドン、サザーク

バーソロミュー・ハーボトルはまつわりつくような夏の暑さにもかかわらず、マントをしっかりと身体に巻きつけていた。空気に香の匂いが漂っていたが、疫病の年には珍しいことではない。しかし、彼には自分は疫病にかからないという信念があった。なんと言っても、まわりが死人だらけだった一五九二年の大流行も生き延びたのだ。あの夏、彼のウィンチェスターからの凱旋を祝ってくれた友人たちはすべて死に絶えたが、妙なことにひとりとしてペストで死んだ者はなかった。グリーンは、バーソロミューが見舞った翌日に死んだ。彼は自分が捨てた正妻に宛てて、アイサム氏に十ポンド支払うようにという遺書を残したが、その借財が清算されることはなかった。ピールは数年たってから梅毒で死んだ。ナッシュはエリザベス女王の治世の終わり近くに、腐った魚を皿一杯食って死んだ。長年のあいだに、リリーとは疎遠になった。旧友は結局、祝宴長になることはなく、バーソロミューの聞いたところによると、とりたてて理由もはっきりしないまま、貧しさの中で孤独に死んでいった。おおかた、自己嫌悪と焦燥が死因だろう。

マーロウの死は誰のそれよりも衝撃的だった。グリーンが死んでから一年もたたない頃、

《ジョージと竜》亭に肩で風を切って入っていったバーソロミューを迎えたのは、居並ぶ沈鬱な顔と、クリストファー・マーロウがデットフォードで喧嘩相手に刺殺されたという知らせだった。マーロウはわずか二十九歳だった。バーソロミューは一週間寝こみ、そのあとデットフォードまでわざわざ徒歩で出かけ、マーロウの墓標のない墓の前にたたずんだ。

バーソロミューは新しい友達をつくったが、グリーンとマーロウ亡きあと、サザークの酒場での日々は、昔どおりとは言えなかった。今でも《ジョージと竜》亭に寄ることはあり、演劇人たちのあいだで名を知られてはいる。高名な俳優でグローブ座の持ち主のリチャード・バーベッジと互いに酒を奢り合ったこともあるし、幾度かウィル・シェイクスピアが次の芝居の筋を語るのに耳を傾けたこともある。手袋職人のせがれは誰よりも光彩を放ち、バーソロミューはグローブ座で〈国王一座〉が『ハムレット』の悲劇を演じたのを観たとき、それを悟った。手袋職人のせがれにくらべれば、バーソロミューの旧友たちの多くは小者にすぎなかった。しかし、そういう自分は、シェイクスピアにとって二流の太鼓もちでしかない。偉大なる戯曲作家はバーソロミューに酒を何杯か奢らせはするし、〈国王一座〉の面々とともに暖炉の火を囲んで彼が紡ぐ物語を聞くことを許しもする。しかしバーソロミューは自分がシェイクスピアの身近な取り巻きに加えられることはけっしてないことを知っていた。

一五八九年に書籍商としての商売《あきない》をはじめてから、かれこれ二十年が過ぎたとはとても思えなかったが、人生はいつのまにか、砂のようにさらさらとこぼれ去りつつあった。この長い年月、彼がロバート・コットンに売った盗品の祈禱書のごときめぼしい品にめぐりあう機会はついになかった。コットンはまだ書籍の蒐集を続けていて、ウェストミンスターの立派な屋敷に移っていた。しかし、バーソロミューはいまだコットンに次に売る本を持たなかった。全ロンドンがわが足元にひれ伏すように思えた、勢いにまかせたあの若き日々は、先週、《ジョージと竜》亭の階上の部屋にペネロペという新顔の娘を訪ねた日のごとく、記憶に鮮やかだというのに。

今日、例の酒場に出かけるのは、珍しく川の南側で商売があるからだった。ウィル・シェイクスピアその人にじかに会い、マントの下にしっかりと抱えた本――およそ十七年のあいだ、バーソロミューが大切にしてきた本を見せることになっていた。彼はその本を手放すことはけっしてしないつもりだった。ところが先日、閉鎖されたグローブ座の外でシェイクスピアと数人の役者たちを見かけたとき、かの劇作家が新しい芝居の種がない、とこぼしていた。そしてバーソロミューは、まさにおあつらえ向きのものがあると申し出たのだった。《ジョージと竜》亭の奥のバーの長椅子に座り、自分が大劇作家とさしで会うのはこれがはじめてだということを痛感した。ここにいるのは彼と友人たちが、かつて軽侮した男だ。そして今、バーソロミューの心臓は国王に拝謁を許されたかのように早鐘をうっている。

「それで」とバーソロミューは言った。「劇場がいつ再開するか、なにかお聞きおよびですか？」

「今年の公演はだめですな」とシェイクスピアは言った。「一六一〇年の運を祈るしかないでしょう。それでも新しい公演となると、必ず一本や二本、新しい芝居が要る。客が『ハムレット』や『ロミオとジュリエット』を観に、いつまでも通ってくるとは思えんし」

バーソロミューは、その二大悲劇を観るためなら客たちはいつまでだろうと通ってくると思ったが、ただうなずいただけだった。

「それでなにをお持ちくださったのかな？」

シェイクスピアが言った。

バーソロミューはマントの下から薄い四つ折り本を出した。縁が少し傷んでいるのは、眠りの訪れの遠い冬の夜、彼が幾度となく書棚からとりだしたためだった。彼はその本をテーブルにおいた。「ロバート・グリーンの作です」

「グリーンね」とシェイクスピアは言って笑った。「あなたのご友人じゃなかったですか？」

「いかにも」とバーソロミューは言った。

「ご友人はわたしのことを成り上がりの鴉と呼びましたな」

「でしたら、これほどの復讐はないでしょう」とバーソロミューは身を乗りだした。「彼の物語をあなたの次の劇に使うのです。もはや誰も読まない物語が、ロンドンの民衆がこぞって押しかける芝居になる。成り上がりの鴉が最後に笑うのですよ」

「どんな筋ですか？」シェイクスピアが訊いた。

バーソロミューは本をとりあげ、一頁めを開くと読んだ。「〝人の心を悩ます激情は数多《あまた》あれども、とめどなき憎悪によってかような苦痛を与えうるものと申せば、嫉妬という伝染病《はやりやまい》をおいて他にあらず〟」

「嫉妬の芝居は書いたことがある」とシェイクスピアは言った。「バーベッジが次の公演で再演を打診してきていますよ」

「これは一味違います」とバーソロミューは言ったが、どこが違うのか判然としなかった。結局、デズデモーナと同じように、グリーンの『パンドスト』の主人公の妻も最後に死んでしまう。だがバーソロミューは強弁した。「それに、あなたが変えてしまえばいい。喜劇にしたっていいのです。妻が元気になってみんな幸せになるとか」

「あなたはちょっとした悪党ですね、ハーボトルさん？」

「わたしは酒も好むし、この酒場の上階に通うことも好みますが、若い頃ほどではない。それにわたしは商人ですよ」

「悪党の中の悪党ですな」とシェイクスピアは笑いながら言った。「あなたのウィンチェスター大聖堂での冒険の噂は聞いたことがありますよ」

「噂というのは、語られるたびに尾ひれがつくものと相場は決まっています」

「そして今、あなたはわたしにこの本を買って、気の毒な忘れられたロバート・グリーンに仕返しをしろという。そうだ、あなたを劇の中に入れるとしようか。盗っ人でごろつきだが、憎めない男。いうなれば小気味のいいごろつきだ。道化とはちょっと違う――道化よりも腹黒い――策略家か。商売人だな」

「お言葉は光栄ですが、そのどれもこれもがみなわたしだとは思えませんな」

「舞台は、誰をもあるがままの姿とは別のものに変えるのですよ」とシェイクスピアは言った。ふたりの男はエールをすすり、その言葉は宙に浮いた。ようやくバーソロミューが本をテーブルの向こうに押しやった。

「これを聞いたら、あなたの復讐はさらに甘美さを増すでしょうが」と彼は言った。「グリーン自身がこの『パンドスト』を死の前の晩にわたしにくれたのです」

シェイクスピアはその本をとりあげ、テーブルの上でぱらぱらと開いた。「そして、わたしがこれを買うと？」彼は言った。

「あなたは誤解している」とバーソロミューは言った。「わたしはこの本をあなたに売りたいわけではありません。必要なだけ、お貸ししたいと思っているのです」

「しかし、あなたは書籍商だ」

「いかにも普段はそのとおりです。しかし、今日のわたしは、ウィリアム・シェイクスピアの新しい芝居を楽しみにする観客のひとりにすぎません」

「それと、おべっかつかいだな」シェイクスピアが笑った。

「まあそうですな」とバーソロミュー。

「いいでしょう」とシェイクスピアは言うと、本を閉じ、それを自分のほうに引き寄せた。

「あなたのご友人のグリーン氏が書いたものを読んでみましょう。しかし、言っておくが、この話を芝居にしようと思ったら、本に少々、書きこみをすることになるかもしれませんよ」

「ご随意に」とバーソロミューは言った。「必要なだけ書きこんでください」

「『パンドスト』は劇の題名には向かないな」とシェイクスピアが言った。

「わたしは冬になるとそれをいつも読むのです」とバーソロミューは言った。「『真冬の物語』はどうです？　『真夏の夜の夢』と対になりますよ」

シェイクスピアは本を腕に抱えると、ジョッキに入ったエールを飲みほした。立ちあがり、バーソロミューに片目をつむって言う。「わたしがあなたなら、本の売り買いに専念しますがね」

シェイクスピアがバーを出ていったあと、バーソロミューは背もたれによりかかって微笑した。なぜなら、この書籍商はまさに策略家の悪党であり、そのことを自分でよく承知してもいたし、誇りにもしていたからだった。彼は、成り上がりの鴉に新しい芝居を書かせるよりも、もっと深遠なる企みをめぐらせていた。

グローブ座の外の通りは人であふれかえっていた。疫病はなく、天気は素晴らしく、シェイクスピアの新作がテムズ川にかかった橋の向こう側のロンドン子を引き寄せ、劇場を三千人の満員御礼にした。バーソロミュー・ハーボトルは、連れがそろそろ来てくれないと、バルコニーに席がなくなってしまうとやきもきした。ロバート・コットンが三時間もの長丁場を、土間客たちに混じって立ち見したがるとは思えなかった。

バーソロミューは何週間もかかって、ようやくコットンをグローブ座へのこの遠足に誘いだした。かの蒐集家はウィンチェスターの祈禱書をたいそう気に入っていたし、もうじきまた大変な獲物が手に入りそうだというバーソロミューのほのめかしが功を奏して、ようようウェストミンスターの屋敷から出かけてくる気になってくれた。時折、馬の蹄の鳴る音と馬車の雷のような音が群衆の騒音をかき消すように響きわたり、どこかの貴人が劇場の入口近くで吐きだされたが、バーソロミューの視線は川のほうに注がれていた。ウェストミンスターからであれば、おそらくコットンは舟で来るだろう。見覚えのある青と金のダブレットを陽にきらめかせながら、まだまだ余裕があるというように、コットンが悠然と劇場に向かって歩いてくるのが見えたのは、もう二時になろうとする頃だった。バーソロミューは財布を手探りして、自分の分ともてなす相手の分の、バルコニー席の入場料の四ペニーをつかみ出した。ふたりが列の最後尾に無理やり身体をねじこんだちょうどそのとき、ラッパが高らかに響き、群衆の喧騒が鎮まってそのあと芝居のあいだずっと続く低いざわめきに変わった。そして、絢爛豪華な刺繍を施した衣装を美々しくまとった男がふたり、舞台に立った。

「題名はなんだね?」コットンが訊いた。

「『冬物語』です」とバーソロミューが言い、コットンは座席にゆったりともたれ、それ以上なにも言わずに、劇が進むのを見つめた。

バーソロミューはこの芝居の誕生においておのれの果たした役割については口をつぐんでいた。しかし、劇が『パンドスト』の筋をそっくりそのままなぞっていることは、しっかりと念をおしておいた。グリーンのロマンス作品を種本にすることをもちかけたのは三年近く前のことだったが、あれ以来、彼はシェイクスピアと言葉を交わしていなかった。去年の十一月、宮廷で上演された新しい劇が、『冬物語』という題であることは聞いていたし、その題名が、自分が勧めたのとほとんど同じだったこともあって、ひょっとするとシェイクスピアは餌に食いついたかもしれんと、いくらかの希望をもっていた。しかし、確信がもてたのは、やっと四月になってからだった。ある寒々しい雨の日に、使いの者が、パターノスター・ロウの彼の店に包みを持ってきたのだった。中をあらためると、入っていたのは、バーソロミューがシェイクスピアに貸した『パンドスト』と、短い手紙だった。

ハーボトル殿
ストラットフォードにて当方所用につき、使いに託すこととお赦し乞う。『冬物語』にて、御身のお姿をいささかなりとお認めになられることと存ず。拝借した『パンドスト』を損じつかまつり、まことに恐縮のきわみなれど、ここにご返却して拝謝申し上げる。

W・シェイクスピア

バーソロミューは本を広げ、急いで数頁をめくった。余白は、劇作家の走り書きで埋めつくされていた。その日の午後、彼はウェストミンスターに、ロバート・コットンを訪ねた。『冬物語』を観ながら、バーソロミューはコットンのことをあやうく忘れかけた。リオンティーズ王は、いわれのない密通の疑いをかけて、妻のハーマイオニーを牢獄に入れ、不義の子と思いこんだパーディタを追放する。たまに小競り合いや喧嘩騒ぎが中庭で起こったものの、観客の多くはその物語に釘づけになった。第三幕の終わりに近づく頃、まずリオンティーズ王の幼い息子マミリアスの死の知らせが届き、次にハーマイオニー王妃の死が告げられたときには、バーソロミューは多くの顔が涙で光っているのを見、土間客の誰かの哀しげなすすり泣きさえ聞いた。シェイクスピアは、結末を変えればいいという自分の忠告をいれたのだろうかと彼はいぶかりはじめた。なぜなら物語はありとあらゆる悲劇のしるしを備えていたからだ。それに、バーソロミューは自分を下敷にした登場人物も見つけられなかった。とはいえ、そんなことは些細なことだ。シェイクスピアは芝居を書き、これでバーソロミューが一財産を手にするお膳立てはすべて整ったのだから。

物思いにふけっていたので、第四幕の出だしで、新しい登場人物が舞台に現れて歌っていることに、はじめ彼は気づかなかった。しかし行商人のオートリカスが「思慮の浅い間抜けどもは、この俺様のいい餌食」と、愚か者を騙しては日々の糧を得る自分の手管を鼻にかけたとき、バーソロミューは、コットンが、舞台の上に自分の連れの書籍商がいることに気づかないでくれることを心底から願った。「盗っ人、ごろつき、しかし憎めない男。いうなれば小気味のいいごろつきだ」とシェイクスピアは言った。バーソロミューはそのひととき、周到に練りあげた計画を忘れ、はるか先の世でこの芝居を観、役の仮面の下に透けてみえるバーソロミュー・ハーボトルが舞台を闊歩し、笑い、歌い、盗む姿に興じる人々に思いを馳せた。

　最後の二幕が進むあいだ、バーソロミューは呆気にとられて、オートリカスの役に隠れた自分が、どうやら劇を乗っとってしまったらしいのを見つめた。この悪党は本は売らないが、詩を売っている。はじめ、オートリカスが若いパーディタとその恋人を助けないことにし、「王様にご注進に及ぶのが正直者だと言うのなら、そんなことはするものか。隠しておいて悪徳を積むさ、それが俺の職業に誠を尽くすというもの」とうそぶいたときは少々、むっとした。悪徳を積むのがほんとうに俺の職業だろうか？　確かに、彼の職業人生のもっとも誇らかな瞬間は、誠と真実にあふれてはいなかったが、とはいえ、バーソロミューは、自分が誰かに深刻な害をなしたことは一切ないと信じていた。だから芝居が大団円になだれこむ中で、どうやらオートリカスも同じらしいとわかると安堵した。パーディタは父のもとに戻り、ハーマイオニーは蘇り、劇はバーソロミューが提案したように、幸福な結末を迎え、オートリカスの悪だくみは、せんじつめれば、登場人物たちの幸運に一役買っていた。

　芝居のあと、人の群れがどっと通りへ流れだし、バーソロミューはコットンを《ジョージと竜》亭にひっぱっていった。多くの観客は橋の方に向かったが、それでもかなりの人数がサザークに居並ぶ酒場に這入りこんだので、バーソロミューはあらかじめバーの給仕と話をつけて、目立たない片隅の席をとっておいたことを喜んだ。ふたりが席に着くと、彼にはエールのジョッキ、コットンにはワインを入れたカップがテーブルにおかれた。

「あの群衆の騒ぎを聞きましたか？　大受けでしたな」とバーソロミューは言った。

「驚くことでもないがね」とコットン。「シェイクスピアは人気者だ。ところで、君はまだ今日の午後がどういうことなのか話してくれていないぞ。隣に座っていた君と同様、わたしもよい芝居を愉しんだが、なにかめぼしい出物が遠くのほうにちらちらしているという話ではなかったかね」

「そうなのです。ですがここは辛抱のしどころですな、わが友よ。さて、伺いたいのですが、ウィル・シェイクスピアは当代随一の劇作家だとお考えですか？」

「それに議論の余地はなかろうな」とコットン。

「わたしに言わせれば、あれは時代を超えた不世出の劇作家ですよ」とバーソロミューは言った。「それに、おそらく未来永劫そうありつづけるでしょう」そんな口上を述べながら、旧友のロバート・グリーンの哄笑が耳に蘇った。しかしグリーンは、成り上がりの鴉が彗星のごとく天駆ける姿を見届けるまで命が続かなかった。

「そのお説を覆すような中世のギリシャの劇作家の手稿を持っているがね」とコットンは言った。「しかし、彼が重要な書き手だということは認めよう。とはいえ今日の力作が彼最高の出来とは思わんが」

「それには理由があるのですよ」とバーソロミューは、ここを好機とみて言った。「シェイクスピアが病だという話が、役者たちのあいだでもちきりです。この公演が終わったらあの男はストラットフォードに引退するつもりで、今年の冬はもう、保《も》ちそうもないというのです」バーソロミューはそんな噂などまったく聞いていなかったが、ふと、そういう噂を立てておけば役に立つだろうという考えが浮かんだのだった。

「それは残念だ」とコットンは言った。「彼は何年も前に、わたしの図書室を一度、使ったことがある。確か『ヘンリー五世』を書いていた。彼の最高傑作のひとつだと思うね。じつに感銘を受けた。あの男は口数が少なかったな――こういう芝居連中はたいてい酒に酔って大騒ぎしたり、けしからぬ振る舞いに及んだりするものだが、そういうところはなかった」

コットンがウィル・シェイクスピアのかんばしいとはいえない行状に疎いのは好都合だとバーソロミューは考えた。彼はエールをあおると、大仰な身振りをして袖で口元をぬぐった。

「あの男が死んだら、原稿目当てで殺到する輩が相当いるでしょう」彼は言った。「出版したいという人間もいましょうが、多くは原稿を破り捨ててくれようと思っているでしょうな」

「破る？」とコットンは言った。「誰がなぜそんなことを？」

バーソロミューは、コットンが文学的価値のある記念物の破壊は、すべて神への冒瀆だとみなしていることを知っていた。「嫉妬ですよ、もちろん」彼は言った。「今日の芝居で嫉妬という感情のもつ力を見たじゃありませんか。あなたは他の劇作家たちがシェイクスピアをどう見ているかご存じない――オックスフォードやケンブリッジが輩出した逸材をも凌駕する、グラマースクール出の小僧ですよ。それに、〈国王一座〉だとて否やはありますまい？　芝居が出版されれば、誰もかれもが上演してしまう。今はもう俳優たちは自分の役柄が頭に入っています。彼らにしてみれば、原稿を破ってしまえば、芝居を独占できるのです」

「しかし、彼の芝居はもう出版されている。見たことがあるぞ」とコットンは言った。

「いくつかはそのとおりです」とバーソロミュー。「十作ほどはあるでしょう。しかし、出版されていないものがすくなくとも三十作はありますよ」バーソロミューはシェイクスピアの戯曲が十八作、すでに出版されていて、残りの数は二十かそこらにも届かないことを承知していたが、彼は法螺《ほら》話のもつ威力の信奉者だった。「それに他の作品もある」いよいよ大法螺に熱が入る。「まだ発表されていないものです。『ハムレット』や『リア王』をしのぐ悲劇の原稿の何枚かを、わたしのこの目で見ています。それもあなたのものになるやもしれません」

「なんだと」と、バーソロミューがついに問題の核心に触れたことに気づかないコットンは言った。

「わずかな間ですが、シェイクスピアの全原稿を手にする機会があるのですよ。彼にはストラットフォードに借金があって、死ぬ前にそれをきれいにしたいと思っています。それに家族のためにいくらか残したいという希望もある」

「それで、君の申し出はその原稿をわたしの代わりに手に入れようと、そういうことか?」

コットンはこのやりとりではじめて身を乗りだした。

「ご明察」とバーソロミューは言った。

「しかし、知ってのとおり、わたしは当世の文学は集めておらん」

「先の世のことをお考えなさい。あなたはイングランドの産んだまたとない劇作家の作品を救う人物になりましょう。その手稿が書棚のあなたの大切なギリシャの戯曲の隣に並んでいるところを想像するのです。あれらの作品は、あなたの図書室にこそあるべきもの。どこぞの竈《かまど》の火の中などではなく」バーソロミューは商売人として長年の経験を積んでいたから、客がどんなときにあとに退けなくなるのかを心得ていた。コットンはその瀬戸際でぐらついていた。「たとえあなたのコレクションの栄光のためでなくても」と彼は言った。「イングランドのためにおやりなさい。そうすれば、わが国の詩人を超える者は天下にないことを諸外国に知らしめるでしょう」

この愛国心と詩にかかわる二重の訴えかけが最後の一押しになったようだった。なぜならこの商人《あきんど》は、彼の生贄の目がきらりと見覚えのある光を放ったのをとらえたからだった。コットンは一瞬、唇を噛み、それから訊いた。「いくらかね？」

「百ポンド」とバーソロミューは落ち着きはらって言った。「半分は前金で、残りはお届けの際に」

「百ポンドだと！」コットンは言った。「それでは街道の追いはぎではないか。君はあの劇の行商人並みのごろつきだな」

コットンの驚愕に、バーソロミューは動じなかった。いったん客が値段に文句をつけだしたら、商いは成功したも同然だと知っていたからだ。「さて困りましたな。あの男には借金がありますので。ほんとうにその値段のうちわたしの取り分はほんのわずかなのですよ。こんなことをするのも、シェイクスピアとの友情とイングランドの文学に対する愛情からなのですから」

「わたしがサザークの通りを五十ポンドも懐に入れて歩きはしないのは知っているだろう」

「もちろん」

「それに君が間違いなく手稿を渡せるという証拠が要る」

「見本ですな」とバーソロミュー。

「それでは火曜日だ」とコットンは立ちあがりながら言った。「見本を屋敷に持ってきてくれ。満足できれば、喜んで一回目の支払いをしよう。しかし、残りがその週のうちに届けられるのでなければ駄目だ」彼はバーソロミューが別れの言葉を述べるのも待たず、酒場の人混みをかき分けて戸口に向かった。

テーブルの上には、コットンがおいたまま、ワインの入ったカップが手をつけられずに載っていた。バーソロミューは、俺もひとつグローブ座の舞台で芝居の腕試しでもしてみるかな、と考えていた。台本も衣装も小道具もなく、今、彼は一世一代の大芝居をやってのけたのだった。しかもその観客は、教会の主教そこのけの素面だった。

## 一九九五年二月十七日、金曜日、ロンドン

「バイアリーさん」とリズは眼鏡をはずし、水彩画をテーブルの上のワイングラスの横において、ピーターのほうに秘密を打ち明けるように身を乗りだした。「ピーター。わたしのいる世界は狭い世界なの。そこに住んでいない人にとっては、たいして重要には思えないかもしれない。でも、わたしたちその世界の住人にとっては、なによりも大事なものよ。あなたはそこの住人ではないようだけど、あなたの亡くなった奥さんはそうだったかもしれない。あるいはすくなくとも理解してくれていた。わたしが住んでいるのはヴィクトリア朝美術の世界よ。それはコレクターや、教授たちや、ディーラーや、アマチュア愛好家やそれからわたしたちみたいな少数派――弱小出版社の編集者たちがつくっているの。歴史に残るような原稿を見つけたいと願っている、ね。ヴィクトリア朝美術の世界にはもうたいして秘密は残っていないわ。だから、わたしのような人間にとって、この小さな世界を揺るがす秘密――これから何年も、人々に語られるようなスキャンダルの出版にかかわることが、どれだけの意味をもつか想像できるでしょう」

ピーターはそれがどんなことかまさに想像することができた。それは〈バッド・クォー

ト〉をさらにさかのぼる『ハムレット』の未発見の版を見つけるようなものだ。広い世間ではたいした意味をもたないかもしれないが、稀覯書の世界においては、それは永久に消えない足跡を残すことだった。「わかる」彼は言った。「想像できます」

「あのね」とリズは言った。「B・Bはわたしの爆弾なの」

「ということは、あなたはこれを誰が描いたか知っている?」ピーターは震えが声に混ざろうとするのを抑えた。

「そうとは言えないわ」とリズは言った。「というのはね、うちの会員でコーンウォールに住んでいる人がいるの。かなり高齢の紳士で、なかなかのアマチュア学者よ。わたしの会社で彼の研究論文を二篇、出版したわ。よく研究されていて、よく書けていて、退屈だった。二年前、その人が電話をかけてきて、〝B・B〟というサインをするヴィクトリア朝の画家の手がかりを見つけたと言ってきたの。あまり詳しく話してくれなかったけど、もし自分の予感が当たっていれば、今度の本は退屈じゃないはずだと言っていたわ。色気のある本になるだろうって。彼がそう言ったのよ。それ以来、時々ヒントを出してはわたしをからかうの。いつも電話でね。ぜったいに書面にはしないのよ。彼の言葉から、わたしに言えることはふたつ。まず、B・Bはなんらかのスキャンダルにかかわりがあって、そのスキャンダルのおかげで、無名の画家についてのけちな論文が、実際に人が読むような本になるかもしれない」

「僕がその絵を会合で見せなくてよかったと言ったのはそのためですか?」とピーターは言

った。

「リチャード・キャンベルがあなたの水彩画を見ていたら、B・Bが誰なのかを探りだそうと嗅ぎ回りはじめたでしょうからね」

「もうひとつ言えるのは？」とピーターは訊いた。

「わたしのコーンウォールの学者は、あなたの絵を喉から手が出るほど本の挿絵に使いたいだろうな、ってことよ。B・Bの作品を複写する許可がなかなかとれないらしいから」

「このB・Bっていうのは誰なんです？」

「言えない」

「僕を信頼してないから？」

「そうじゃないの。今話した以上のことをわたしも知らないのよ。面白い話なのはわかってるんだけど、それだけ」

「ということは、あなたが提案しているのは、僕はこの絵をあなたに渡し、自分の亡き妻がふたつの別々の世紀に存在した理由を見つけるのを、その本が出版されるまでじっと待ったらどうかと、そういうこと？」

「ずっとお借りするわけじゃないわ。写真を撮らせたら、二、三日でお返しします」

「で、いつまで待てば、僕はそのスキャンダラスな物語を読めるんだろう？」

「じつのところ、最終原稿がもうそろそろ届くはずなの。急がせるから、六か月くらいあれば出版されるわ」

「サトクリフさん」とピーターは言って、自分の言い分を述べようと、組んだ両腕の上で身を乗りだした。「僕は情熱の人間です。それを執念と呼ぶ人もいるかもしれない。あなたのヴィクトリア朝美術への傾倒ぶりについて聞くかぎり、そのことはわかってもらえそうだ。僕には人生でふたつ、情熱を注ぐ対象がある。いや、こんな表現では足りないな。十年間、ふたつのものへの情熱が僕の人生だったんです。他にはなにもなかった。そのふたつのものとは、稀覯本と、アマンダ・バイアリーです。妻が死んでから、僕の人生は空っぽになった。なにかに情熱を抱く能力は彼女とともに死んだ。あるいはそう僕は思いこんだ。そして、稀覯本への情熱のほんのかすかな光をまた感じはじめたまさに今、僕はこれを見つけたんです」彼は水彩画を一本の指で叩いた。「一冊の稀覯本に挟まれた、僕の妻であるはずがない、しかし僕の妻を描いた肖像画をね。僕のふたつの情熱が一枚の四角い紙になって合体した。そしてこの紙は——これは僕をふたつの情熱のうちの一方から解放し、もうひとつの情熱にふたたび船出させてくれそうな気がしている。それはもうすでに、考えられないようなことをいくつも実現させてきたんです。僕の興奮を呼び起こし、好奇心を蘇らせた。これのおかげで僕はこんなところに座って見ず知らずのあなたと話さえしている。だからわかってほしいんですよ、ミス・サトクリフ。これは意味のない好奇心ではないってことを。これはつまらないおしゃべりじゃない。僕にとっては生死にかかわる問題、いや生き死にがおおげさだとしたら、すくなくとも、生き甲斐のある人生と、無為の人生を分ける問題なんです。この九か月間僕が生きてきたように生きることは人生とは言えないんだ」

「わたしがミス・サトクリフだってどうしてわかったの？」とリズは微笑みながら言った。

「指輪をしてないから。ただの勘です」

「勘は当たりよ。でも他の全部があなたの言ったとおりではないけれど。わたしには、あなたの情熱を抱く能力が死んでるようには聞こえないわ。ピーター、わたし、情熱には敬意を払うの。そしてあなたはそれをもっている。だから、妥協案を出すわね」

「妥協案？」

「そう。あなたには、この絵をわたしに貸して、コーンウォールの紳士の本のために写真に撮らせてほしいの。わたしはそれを来週あなたにお返しして、本の校正刷りが出たらすぐに、一揃いあなたのところに送ります。査読者よりも先に読めるわ」

「それで手を打つしかないか」ピーターは声に失望が混ざらないように努めながら言った。あまり辛抱したい気分ではなかった。

「取引はまだ終わってないわよ」とリズは言った。

「え？」

「あなたはわたしと夕食を済ませて、わたしをリズと呼ぶことにして、ヴィンダルーカレーの感想を正直に話して、その後エンバンクメントを一緒に散歩して、それから列車でおうちに帰らないとね」彼女は微笑み、ウェイターが香り高い二皿のカレーをおくと、水彩画をさっとさらった。

　そこでピーターはまさにそのとおりのことをした。水彩画のことも稀覯本のこともアマンダのこともなにもかも忘れ、ピーターはリズ・サトクリフと楽しい夜を過ごした。夕食後、ふたりは川に出て、エンバンクメントをウェストミンスターに向かって歩いた。風がやみ、月が雲間から現れたとき、ビッグ・ベンが十時の鐘を鳴らした。

「ロンドンに住むのは素敵だろうな」とピーターは言った。「ボートを見たり、国会議事堂の素晴らしい眺めを見物しながら川沿いを散歩できる」

「そうかもね」とリズは言った。「ほんと言うと、わたし、めったにこっちへは来ないの。家はハムステッドで、仕事はブルームズベリーだし、他の場所にはほとんど行かないから」

「それはもったいない」とピーターは言ったが、そのとたんに、他人の隠遁生活について批判したことを、うしろめたく感じた。

「まあ、ロンドンってそうなのよ」とリズは言った。「必要なものはみんな近所に揃ってるし。名所や綺麗な景色はあってあたりまえでね」彼女はウェストミンスター橋の階段のいちばん上で立ちどまって、頭上で光を放つ、名高い時計の文字盤を見上げた。「でもあなたの言うとおりね――ここはなかなか素敵なところだわ」


　ピーターが玄関の鍵を回して、冷たくそぼ降る雨の中から居間に入ったときは、もう真夜中を過ぎていた。居間を照らすのは留守番電話の点滅する受信ランプだけで、よろめきながら電気のスイッチのほうに向かった彼は、床の真ん中におきっぱなしになっていた書籍修復の道具箱につまずいてあやうく転びかけた。玄関から部屋を横切った反対側に電気のスイッチをとり付けるのを名案だと思った電気屋を心の中で呪いながら、彼は明りをつけ、サーモスタットのスイッチをいじりはじめた。コテージの暖房はお世辞でいっても気まぐれで、今の気温は、サーモスタットが主張する摂氏二十度というよりも華氏二十度のように感じられた。アマンダなら間違いなく黙っていなかっただろう。いじった結果、家が暖まりはじめるか見届けるには疲れすぎていた彼は、キッチンで湯たんぽにお湯を入れ、重い足どりで二階の冷えきった空っぽのベッドに向かった。階下では、留守番電話が闇の中で点滅していた。

ピーターはめったに伝言を受けとることはなかった。受けとるときは、たいていフランシス・ルランかハンク・クリスチャンセンかアマンダの親友のシンシアからだった。ピーターはこの三人が集まってコーヒーを飲みながら、今週は誰の番か決めるためにくじ引きをするところを目に浮かべた。誰であっても、みんな必ずもっともらしく聞こえる質問をしてきた。しかし三人が電話をかけてくるほんとうの理由は、ピーターが生きていて、電話を折り返せるか確かめることだと、彼は知っていた。彼は一度も電話を返さなかった。ごく稀にクライアントが電話をよこし、購入品についてのアドバイスや、特定の本を探す手助けを求めてくることがあった。そういう電話には、折り返すことも時々あった。

翌朝、朝食を食べおえるまで、ピーターは留守番電話をチェックしようと思わなかった。伝言がクライアントからで、ヘイにまた行く口実をくれることを彼は期待した。早朝、目覚めてベッドに横になったまま雨の音を聞きながら、水彩画が挟まっていたマローンの『ある雑纂文書の信憑性に関する審理』を手に入れなかったことをくよくよと考えていたのだ。なぜ全部の頁に目を通して、余白に書きこみがないか確かめなかったんだろう？　どうして買ってしまわなかったんだろう？　法外な値段の本一冊、買えないわけではない。それにそうすれば、彼は泥棒にならずにすんだはずだ。

留守電のメッセージは聞きなれない声だった――英国人の男性で、歯切れのいい上流階級の発音だ。「バイアリーさん」と声は言った。「ピーター・バイアリーさんですね。わたしはジョン・アルダーソンと申します。友人から稀覯本にお詳しいと伺いました。少々取引もなさっているとか。そうしたらこのキンガムにおいでだというじゃありませんか。じつは図書室の書物を何冊か選んで売りたいと思っていまして、その仕事をお願いできないかと思っているのです。わたしは午前中はほとんど在宅しております。いつでもお茶を飲みにお寄りください。それでご興味がおありなものがあるか見ていただけたらと思います。こちらはジョン・アルダーソンです。家はコーンウェルに向かう道沿いです。イーヴンロード……」機械はかちりと切れた。暖房システムと同様、それ自体の意志があって、余分に働かされるのはまっぴらだとでもいうようだった。

この声が言っているのはイーヴンロード・ハウス――マーティン・ウェルズが話していた、荒れ果てた屋敷のことだろうか。ジョン・アルダーソンの声は、訪問者を散弾銃で追いはらうようなたぐいの人間には聞こえなかった。雨がやみ、ピーターは寒い日の十時頃に紅茶を一杯飲もうかという気分になるほどには、英国になじんでいた。コーンウェルは二マイルしか離れていない。ということは、イーヴンロード・ハウスはもっと近いはずだ。彼は徒歩で行ってみることにした。

コーンウェルへの道は、一台の車が通るのにぎりぎりの幅しかなく、背の高い生垣がずっと続いて、風だけでなく世界をも遮断していた。ピーターはひとりの快さを味わいながら一マイルを歩き、錆びた鉄の門にたどりついた。門には赤い字で、〝イーヴンロード・ハウス――立ち入り禁止〟と大書した貼り紙があった。門扉はゆるんで、崩れかけた左右の石の門柱からぶら下がり、ピーターは、その貼り紙が招かれた客にはあてはまらないことを願いながらやすやすと中に入った。深いわだちのできた、泥の小道をのぼって原っぱを横切り、また生垣のあいだを下っていくと、道が急に左に折れて、イーヴンロード・ハウスの廃墟が現れた。かつての宏壮なジャコビアン様式の屋敷の面影はあったが、どう見ても住める状態ではない。

一方の側翼は、崩れ落ちてがれきの山になり、その向こうで二頭の犬が臭いを嗅いでいた。ネズミを探しているのだろう、とピーターは思った。ほとんどの窓は割れ、スレートタイルが陥没したところ以外の屋根は生い茂る草や灌木で覆われていた。屋根の輪郭からつきでた煙突のいくつかは地面に落ちて石の山を作り、もはや煙が上がることのない、無残な切り株を残している。それは素晴らしい、書誌上の希少な財宝との出会いがありそうな家には見えなかった。

それでも、ピーターはノースカロライナで、その中におさまっている書物の価値とはとてもつりあわない外観の家をいくつも訪れたことがあった。家の脇に回ってみて、ピーターは、間違いなく屋敷は無人だと確信した。というのも、かつてキッチンガーデンだったと思われる場所に、二台の大きなキャンプ用トレーラーが停まっていたからだった。キャラバン、と地元の人々がその手の車を呼んでいるのを彼は聞いたことがあった。これがジョン・アルダーソンの今住んでいる家なのだ。ノックするのは良策ではなさそうだった。犬たちに囲まれたらしいのが不安だった。

「アルダーソンさん！」なかば返事がないことを願いながら、彼は呼ばわった。すると、警告もなく、大気が轟音とともに爆発した。彼はとっさに地面に伏せ、冷たいものがカーキのズボンに染みこむのを感じた。痛む耳をじんじんさせながら転がって仰向けになると、白髪交じりの老人が、かつて西の翼棟だったがれきの山に仁王立ちになっていた。二頭の涎《よだれ》を垂らした猟犬がその前に座り、老人は煙の出ているショットガンを小脇に抱えている。

「今のは警告だ」と老人は唾を吐いた。

「アルダーソンさん。あなたがわたしに電話をくれたんですよ」ピーターは憤慨して言った。

「僕はピーター・バイアリーです」

「その名前をもう一度言ってみろ、ショットガンか犬か、好きなほうをお見舞いするぞ、アメリカ人。立ち入り禁止と言ったら立ち入り禁止だ」男は銃をふたつに折り、上着のポケットからカートリッジを二個出した。ピーターはこれ以上話しても無駄だと判断し、立ちあがった。

「お邪魔して申し訳ありませんでした」と彼は言った。「間違えたのだと思います」ピーターは向きを変え、泥だらけののぼり坂を門のほうに歩きだした。男がカチリとショットガンをもとに戻したときの金属音が聞こえた。

「もっと速く歩けるだろう、アメリカ人！」男は怒鳴り、声が谷にこだました。「犬どもに教えてもらえ」

ピーターは犬たちがどうやって教えを授けてくれるのか、のんびりと待ってはいなかった。泥に足をとられながら、せいいっぱいの速さで丘を駆けのぼった。背後で笑い声と吠え声が聞こえたが、ふり返って犬が追ってきたか確かめはしなかった。次の丘の頂上にたどりついたとき、もう一発の銃声がのどかな空気を切り裂いた。ピーターは門に向かって丘をすべり降り、息を切らせながら道によろめき出た。

冷えきり、濡れて泥だらけの姿でキンガムに戻る道を歩きながら、息づかいが徐々に落ち着いてくると、ふと彼は今朝、自分が謎のアルダーソン氏に会いに出かけたとき、緊張していなかったことを思いだした。今度ばかりは、知らない人間を怖がることの効用が証明された、と彼は思った。

二時間後、風呂に入り、新しい服に着替えたピーターはもう一度、留守番電話のメッセージを聞いた。その声は、イーヴンロード・ハウスの無愛想な男の声とはあきらかに違っていた。この声は感じがよく、ピーターがどうしても無視できない種類の声だった。村の商店の女主人にアルダーソン氏が住んでいる場所を訊いてみようかとも思ったが、この五か月、ほぼ毎日パンや牛乳や新聞を買っていながら、無言でうなずいてみせるだけだったくせに、急にその沈黙の慣習を破るのはきまりが悪くてとても考えられなかった。ピーターがこの近所で言葉を交わす間柄と言えるのはふたりだけで、ひとりは二十ポンド札一枚と引き換えに、週に一度、狭い庭でぶらぶらと暇をつぶす庭師と、郵便配達人だけだった。ピーターはどちらの名前も思いだせなかった。それから、マーティン・ウェルズが知っているかもしれないという考えが浮かんだ。マーティンは村の電話帳に名前が載っていて、ピーターは画家がいらだたしげな溜息とともに、お茶の招待を受けてくれたことを喜んだ。「この前お邪魔しましたし、水彩画協会についてのご助言のお礼をと思いまして」とピーターは言った。

「わかったからさっさと済ませよう」とマーティンは言った。「三十分で行く」

「ジョン・アルダーソンね」とマーティンは三枚目のビスケットに手を伸ばして言った。「アルダーソンに会いたいならイーヴンロード・ハウスなんか行っちゃだめだぞ。アルダーソンはイーヴンロード・マナーに住んどるんだ。あの道をもっと先まで行ったところだよ。アルダーソンの名前を出して、よくもイーヴンロード・ハウスの地所から無事に出てこれたもんだ」

「あやういところでした」とピーターは言った。

「アルダーソン家とガードナー家は何世紀も憎み合っとるんだよ」とマーティンは言った。「いつからかはよく知らんが、お互いにまともに挨拶もせんのはヴィクトリア朝より前からだ」

「両家は隣人同士なのですよね？」とピーターは訊いた。

「川を挟んで向かい合わせに住んどるよ」とマーティンは言った。「両家が殺し合いをしないですんどるのは、せいぜい二、三フィートの幅の川のおかげだ。ただ、アルダーソンは害はないよ。イーヴンロード・マナーもなかなか立派な屋敷だと聞くし」

「イーヴンロード・マナーは図書室もある立派な邸宅で、イーヴンロード・ハウスはがれきの山なのは、どういういきさつがあるんです？」

「その答えは訊く相手によるな。ガードナーは、アルダーソン一族のおかげで奴の家は没落したと言うだろう。ただ、理由は言わないがね。アルダーソンは、前世期、自分の先祖はせっせと働いとったのに、ガードナー家は酒に酔い、不平を言っては、狙撃ちばかりしとったからだと言うだろうね。だがアルダーソン家が王様みたいな暮らしをしてるというわけじゃないよ。あの屋敷をちゃんとした状態で維持するために、いろんなものを売らなきゃならなかったらしいからな。夏になると毎週火曜日に邸内ツアーがあるよ」

チョコレート・ダイジェスティブ・ビスケットがなくなると、マーティンは帰りたそうなそぶりをした。しかし、この三十分間の訪問で、彼の頑なな様子はいくらかやわらいでいた。冬の太陽の光が注ぐ表に出たとき、彼は礼は言わなかったが、それよりもはるかに気前のいい言葉をピーターにかけた。「ふん、まともなお茶を淹れられるアメリカ人てのも、おるものなんだな」

# 一九八五年、リッジフィールド

特別蒐集室でのピーターの役目のひとつが、訪れる研究者の相手をすることだった。それはふたつの理由から、彼にとって楽しみな仕事になっていた。ひとつは、研究者たちのために資料を出すときに、そういうことでもなければ出会わなかったような本や原稿を調べるチャンスにしばしば恵まれたから、そしてもうひとつの理由は特別蒐集室が単なる保存のためだけではなく、目的があって存在するのだという証明になるからだった。リッジフィールド大の住人たちが特別蒐集室の資料をめったに利用しないことにいらだちはあったが、遠くヨーロッパや日本から、学者たちが定期的に訪れることでピーターの心は慰められた。コレクションは生きて呼吸する存在――収蔵本が入るたびに新しい情報をとり入れ、新たな学識という形で知識を送りだす存在なのだ、と。

そんな学者の訪問の準備をしていたときだった。ピーターは『グリーンの三文の知恵』の初版を手にしていた。一五九二年にロバート・グリーンという二流の作家が死の床で書いた告白書で、その中に、はじめて印刷された、ロンドンの演劇界の一員としてのウィリアム・シェイクスピアに関する言及がある。東京大学のヨシ・カシモト博士は何冊かの他のエリザベス朝の文献と合わせて、このパンフレットをリクエストしていた。

ピーターは書帙から脆《もろ》く壊れやすいパンフレットをとりだすと、グリーンの文章を読みはじめた。エリザベス朝の言い回しに関する彼の知識は完璧にはほど遠かったが、テクストの終わり近くで、シェイクスピアを〝成り上がりの鴉〟と呼ぶその言及を見つけるのに苦労はなかった。

「カシモト博士の準備は整ったかね？」ピーターがグリーンのパンフレットをケースに戻したとき、ちょうど部屋に入ってきたフランシスが言った。

「万全です」とピーターは言った。「エリザベス朝の無名の劇作家にご興味があるようなので、一般的な図書目録にないうちの蔵書も何冊か出しておきました」

「きっと喜ばれるだろう」とフランシスは言った。「君はコネリー先生のシェイクスピア研究を今学期でとっているんだったね。それならカシモト先生の公開講義に出席するといい。いろいろ刺激を受けると思うよ」

「変ですね」とピーターは言った。「コネリー先生はシェイクスピアの講義が学内であるなんて、全然言っていませんでした」

「それはそうだろう。カシモト先生はオックスフォード派だから」

「それじゃ英国人なんですか？」とピーターは訊いた。

「いや」とフランシスは言った。「オックスフォード派というのは、オックスフォード伯エドワード・ド・ヴィアこそ、一般にストラットフォードのウィリアム・シェイクスピア作だと言われている戯曲群を書いたと信じる一派だ」

「なんですって？」とピーターは言った。

「シェイクスピア劇の作者が誰かということについては、重大かつ当然至極な疑問があるのだ」フランシスが説明した。

「高校の英語の授業ではそんなこと一度も習いませんでした」とピーターは言った。

「そうだろうな」とフランシスは言った。「オックスフォード派は学界に殴りこみをかける厄介な存在だからね」

「シェイクスピアがシェイクスピアじゃなかっただなんて、どうして言えるんです？」そんな突拍子もない話に混乱してピーターは言った。

「主にふたつの理由からだ」とフランシスが言った。「まず、ウィリアム・シャクスピア《shakspere》として知られるストラットフォードの商人だが――彼は名前を綴るとき、〝k〟のあとに〝e〟を入れたことは一度もない。彼の人生についてはそこそこ記録が残っているんだが、彼がその人生において偉大なるウィリアム・シェイクスピア《shakespeare》だったという証拠はおろか、物書きだったという証拠がなにひとつないんだ。しかも偉大なるシェイクスピアの名前の綴りには必ず〝k〟のあとに〝e〟がつくんだよ」

「でも、大昔のことですよ」とピーターは言った。「その頃は、手紙や原稿をとっておくべきだという考えがなかったんでしょう」

「そのとおり」とフランシスが言った。「それがまさにストラットフォード派の意見だ。ストラットフォード派とは、シェイクスピア劇はストラットフォードのウィリアム・シャクスピアによって書かれたと信じている一派だ」

「でもそうなんでしょう？」とピーター。

「もうひとつ問題があってね。シェイクスピアには、彼がなんらかの教育を受けたという証拠がまったくない。おそらくはストラットフォード・グラマー・スクールに通ったのだろうがね。オックスフォードにもケンブリッジにもヨーロッパのどんな大学にも入らなかったのは確かだ」

「それじゃ」ピーターは、出会ってからはじめて、自分がフランシスと議論しているらしいことにとまどいながら言った。「彼は天才だったんですよ。書き方を教わる必要がなかったんだ」

「それもよく論じられている」とフランシス。「しかし、問題は彼の文章の質ではなく、文章が表す内容だ。シェイクスピア劇の作者は、法律、美術、音楽、医学、軍事的な戦略、哲学はじめ他にもいくつもの専門分野の知識がある。特にイタリアの宮廷生活に詳しい。ラテン語とギリシャ語を含め数か国語の原典を引用している。人間、天才として生まれることはあるだろうが、ストラットフォードのシャクスピア氏は、これほどの教養をいったいどこで身につけたのだろう？」

「ということは、シェイクスピアがシェイクスピア劇を書いたのではないと、ほんとうにお思いなんですか？」とピーターはどう反論していいかわからず、途方に暮れながら言った。

「ああ、それは違う。わたし自身はそれでもストラットフォード派なんだよ。しかし疑問の余地があることは認めるがね。疑問を抱かないのは愚か者だと言ってもいいくらいだ」

「いつか決着がつく日は来るんでしょうか？」ピーターは訊いた。

「おそらくはね」とフランシスは言った。「誰か野心のある書籍ハンターがシャクスピア氏かエドワード・ド・ヴィア、あるいはクリストファー・マーロウ、それともフランシス・ベーコンを作者として裏づける、確たる証拠を発見したときにな。彼らは皆、作者である可能性があるとして名前が挙がっているんだよ」

ピーターはデヴェロー・ルームの普段は頑丈な床が、足元で揺らぐのを感じた。カシモト博士の到着を待っている本とパンフレットの山をじっと見下ろす。大学に来れば、世界に対する自分の先入観が揺さぶられるのだろうと期待していたが、師と仰ぐ人に、このような西洋文化の根本的常識に疑義を示されてみると、それは真実は真実でなく、現実は現実ではないと言われるようなものだった。しかし、やがて彼は肩におかれたフランシスの手を感じ、穏やかな声が奇妙な悪夢を光り輝く夢に生まれ変わらせるのを聞いた。

「ピーター、ストラットフォードのシェイクスピアが書いた原稿を一枚見つけたら、たいしたものじゃないかね？　それともアン・ハサウェイに宛てた、『ハムレット』の第三幕に手こずっているとこぼす手紙を？」

「聖杯ですね」とピーターはうやうやしい口調で言った。そんな言葉が口からこぼれ出たことに驚いていた。その喩えは自然に浮かんだものだった。

「いかにも」とフランシスは言った。「聖杯だ」

## 一九九五年二月十八日、土曜日、キンガム

今回は、ピーターは車に乗った。また逃げださなければならないとしたら、もう徒歩でそれをやるのはごめんだった。イーヴンロード・ハウスの無愛想な入口の前を数百ヤードほど通りすぎたところで、道がこぶのように盛り上がり、小さな石の橋を越えた。橋の下にはイーヴンロード川が流れている――幅十フィートほどで、最近の雨のせいか泥で濁り、水量が増していた。さらに四分の一マイルほど行くと右手に、壺の装飾を頂いた、一対の石造りの門柱が現れた。柱の上の石にはイーヴンロード・マナーと刻まれている。鉄の門は開いていて、小綺麗な砂利の私道が並木のあいだを小さな丘の上へと続いていた。ピーターは私道に乗り入れ、まもなくイーヴンロード・マナーの前に砂利を踏む音をたてて車を停めた。ブレナム宮殿（世界遺産に指定されている英国の宮殿）とはいえないが、朽ち果てた隣家とは天地ほどの差だ。広々とした階段の続く先に巨大な木の扉がある、ジョージ王朝風の三階建ての正面を見上げて、ピーターはジェイン・オースティンの小説に入りこんだような気分になった。芝生はきちんと整えられ、屋敷の左手にある芝のクロケットのコートの奥には装飾的な形に刈りこまれた植込みがあり、その先には庭園がある。ピーターは今度こそ正しい場所に来たと自信をもった。

玄関に出てきたのは家政婦で、彼を応接間に通すと強いアイルランド訛りで、アルダーソンさんにお伝えしてくるので、お楽にしていてくださいと言った。部屋の内装はアマンダの好みからすると少しフランス風すぎるが、この眺めはきっと喜んだだろう。背の高い窓から、広々とした緑のイーヴンロード峡谷が見渡せる。彼は、ふたりがチッピング・ノートンで過ごした夏のあいだに、なぜアマンダは火曜日にここに来なかったのだろうといぶかった。そして、いや来たのかもしれないと思いなおした。いつだったか彼が本を読みふけっていたとき、「ちょっと出かけてくるわ」とだけ言い残していったことがあった。

「バイアリーさん」歯切れがよく、親しみのこもった声が背後から聞こえた。ピーターがふり返ると、波打つ白髪にきちんと櫛を入れた、珍しいほど長身の男が立っていた。

「ジョン・アルダーソンです」と男は言い、手をさしだした。

「はじめまして、アルダーソンさん」ピーターは言い、アルダーソンのしっかりした握手に応えた。

「どうぞ、ジョンと呼んでください。ミス・オハラがなんと言ったか知りませんが、このイーヴンロード・マナーでは堅苦しいことはご法度なんですよ」

「彼女はとてもよくしてくださいましたよ」とピーターは言った。

「それじゃ用件に入りましょうか、バイアリーさん。じつは、何冊か本を処分したいのです。日曜日に牧師にそのことをたまたま話したとき、キンガムに書籍の売買を仕事にしているアメリカ人の男性がいると教えてくれましてね。あなたのことかと思うんですが」

「そうです」とピーターは言い、ポケットから名刺を出してジョンに渡した。その朝、見つかったのがその一枚だけで、少し皺《しわ》になって角がちぎれていたが、用は足りる。

「では」とジョンが言った。「ここには、まったく使い途のない古い本がいっぱいつまったささやかな図書室と、園芸や美術や法律についてのわたしの蔵書――実際に読む本ですが、それを積んである寝室が三部屋あるんですよ。今のありさまだと金とスペースの両方を無駄にしている気がしましてね。それであなたに図書室に目を通して、売れそうなものがないか見ていただこうと思ったんです。書棚のひとつかふたつでも空けば、とね」

「喜んで」とピーターは言い、突然、なじみ深い、しかしほとんど忘れかけていた興奮が脈打ちながら全身を伝わっていくのを感じた。あの宝探しの期待感。イーヴンロード・マナーほど宝探しにふさわしい場所で本を買ったことはめったになかった。

ジョンはピーターを図書室に案内した。二面の壁沿いに八台の濃いバーガンディ色の書棚が並び、残りの二台が暖炉の左右におかれていた。部屋の中央にある広いテーブルには大型の書物が積みあげられている。暖炉の横の書棚は床から天井までそびえ、他の書棚は頑丈な作りつけの戸棚の上に載っていた。

ほとんどの装丁は十九世紀のものに見えたが、何冊かあきらかに古いものがあった。ピーターはひと目で、ここにある書棚の一台や二台分の本を持ちだすのはあっという間にできそうだと見てとった。たとえ内容がありきたりの本だったとしても、装丁だけで他のディーラーに売ることができる。掘り出しものがだいぶ見つかりそうだ。空いた場所があるのは一台の書棚だけだった。埃が積もっていないところを見ると、何冊かの本は、最近とりだされたのかもしれないと推量したが、ミス・オハラの難しい顔つきを思いだし、きっと彼女は、週二回は図書室ではたきをかけるのだろうと考えなおした。

「さて」とジョンは言った。「ご覧になっていただいてよろしいですかな。わたしは仕事に戻ります。よかったら二時間ほどあとでお茶にしましょう」

ピーターは今後の方針を提案できる程度に図書室を検分するには、二時間ではとても足りないと思ったが、それでもとりあえずざっと目を通し、目の前の仕事がどんなものか判断することはできる。彼は錆びついた車輪が回るように書籍商としての自分が動きだすのを感じた。謎の水彩画のことは頭から消え去っていた。

一冊目はほとんどすぐに見つかった。すでにテーブルの上においてあったので、彼はまず、積んである大型本の山からとりかかった。山のいちばん下に、ピーターは対になった二巻を見つけた。濃い茶色の子牛革の装丁は、あきらかに他の本よりも百年以上は古く、背には『英語辞典』という金文字が押してあった。他の書籍愛好家なら、このセットに失望したかもしれない。状態は非常に良好とはいえ、初版ではないからだ。しかしこのサミュエル・ジョンソン博士の偉大な著作の扉に〝第四版〟の文字を見て、ピーターは小躍りした。何年も前にフランシス・ルランが話していたのだが、第四版にはジョンソンの最後の修正や補遺が加えられている。「デヴェロー・コレクションに入れられたらと思うよ」フランシスは言っていた。

ピーターはそれを見たとたん、この本はリッジフィールドには売るまいと決めた。アルダーソンから適正な値段で買い取り、アマンダの記念として――彼のアマンダの記念として、デヴェロー・ルームに寄贈しようと思った。まだ見るべき本は数千冊もあったが、彼は数分間、ジョンソンの著作を手にとらずにはいられなかった。〝宣伝文〟の中に、彼は、自分の弱さに怯えながら二十世紀に生きる男やもめにとって、心の慰めとなる言葉を見つけた。〝完全とは達成しがたいものである。しかし少しずつそれに近づいていくことはできよう。わが辞典が再版されるにあたり、改訂《リヴァイザル》によって、非難されるべき部分の縮小に努めた〟。崇高な努力だ、とピーターは思った。そして、もしストレイヤー医師が、ピーター、やりなおすことによって、君は君自身の非難されるべき部分を縮小できると思うよ、とひとこと言ったなら、自分はもっと早く前に進めただろうかと思った。

　書籍がつまった書棚に誘われて、ピーターはジョンソンの辞典を脇におくと、仕事に戻った。一時間後、彼は素晴らしい十八世紀の本を数冊見つけ、書棚数段分の、十九世紀の説教をまとめた価値のない本をより分けた。ちょうど床に座りこんで書棚の下段にとりかかろうとしたとき、開いた扉をノックする音が聞こえた。顔を上げると、肩を丸め、髪の毛を四方八方に乱れさせた陰気そうな女性が入口に立っていた。ジャガイモの袋かと思うような仕立ての、地味な灰色の服を着て、足には泥まみれの長靴を履いている。はじめ、彼は庭師のひとりかと思ったが、彼女がほつれた髪を顔から払いのけると、当家の主人と同じ、高い額と尖った顎が目に入った。彼の娘にしては年がいきすぎている。ピーターは、たぶんジョン・

アルダーソンの妹だろうと推測するしかなかった。

「散歩に行ってたのよ」と彼女はほとんど聞こえないような声で言った。つぶやくようなこの言葉で、長靴についた泥だけでなく、そんな服を着ていることから、薄い胸の前で腕をしっかりと組んだ、身構えるような態度まで、自分に関するすべてを説明できたつもりのようだった。

「まだ陽は出ていますか？」とピーターは訊いた。英国では、会話で言葉に困ったときは、天気を話題にすれば間違いないと知っている。彼はこう言って応対しながら、床から立ちあがった。しかし、彼女の態度も、声の調子も、それ以上彼の接近を促すものではなかった。

　彼女はじっと彼をにらみつけてから部屋を見回した。その目が、ピーターが仕事にとりかかる前から空だった棚に留まった。そして、ピーターが、自分でした質問を忘れかけた頃になって、彼女はうなるように言った。「いいえ」

「それは残念」と、ピーターは無理に笑顔をつくった。見知らぬ人間との会話において、彼は社会的能力により欠けている側であることに慣れていた。自分のほうが相手よりも世間話に長《た》けているらしいという状況は彼を狼狽させた。

　またしばらく間があり、動こうとしない彼女は言った。「兄はあなたに箱を見せた？」この不可解な質問をつぶやきながら、彼女は視線を自分の足に貼りつかせたままだった。

「いいえ」とピーターは言った。彼女がなんのことを言っているのか見当もつかないので、それ以上、言いようがない。

女性は不満そうな声を漏らすと、足をひきずるように部屋を横切って、窓際の机のそばに行った。田舎道を散歩する人らしい歩き方じゃないな、とピーターは思った。彼女は抽斗を開け、小さな真鍮の鍵をとりだし、またすり足でこちら側に戻ってくると、その鍵を戸棚の扉の鍵穴にさしこんだ。カチリと音をたてて扉の鍵が開き、彼女はかがんで蝶番のついた木の箱をひっぱりだした。箱の縁は、灰色がかった鈍い茶色に色褪せた、真鍮の帯で覆われている。箱の上部に貼られたラベルは剝がれかけていて、彼女はそれをさっとむしりとると、手の中に丸めた。しかし、それより早く、ピーターは十九世紀の手書きの文字を読みとった。

〝売却を厳に禁ず〟。

彼女はその箱を図書室のテーブルの真ん中において、蓋を開けた。「そんながらくたを全部見る手間を省いてあげる」と言うと、ピーターが立っているところの書棚を顎でさした。「一週間あげるから見積もりして。それを過ぎたら兄に言ってよそに電話させるから」この謎めいた脅迫を残し、彼女は後ろを向いて部屋を出ていった。

ピーターは埃だらけの箱の蓋を開け、たちまち、これに出会えるなら、たとえ今朝、銃で撃たれたとしてもその甲斐はあったと思った。その箱は宝の山だった。古文書についての経験は少なかったが、ピーターのにらんだところでは、箱の中に入っているものは図書室の装丁された本すべてを合わせたよりもさらに価値があった。箱の中の文書をざっと読んだだけでも、チャールズ一世の署名のある委任状、ウォルター・ローリー卿の書簡、フランシス・ベーコンの署名のある証書があった。歴代のカンタベリー大司教が署名した教会の文書があり、ロバート・グリーンの署名のある詩の原稿があった。もちろん、どれも慎重な調査と真本であることの証明が必要だが、ここにはピーターが数か月はかかりきりになれるだけのものがあった。

彼は一点ずつ、文書を箱からとりだし、そっと図書室のテーブルの上に重ねていった。そして、ちょうどもとに戻そうとしたとき、箱の底になにか別のものがあることに気づいた。はじめ、ピーターは本だと思ったが、すぐに、注文誂えの書帙であることに気づいた。デヴェロー・コレクションの書架で見たどの書帙も足元にも及ばないほど豪華なものだ。細工は十九世紀のようだった。ヴィクトリア朝中期だろう、とピーターはあたりをつけた。それを開くのに数分かかった。注意深く、あとで組み立てられるように解いた手順を記憶に刻みながら開いていく。中には、簡素な革綴じの薄い四つ折り本が入っていた。

ピーターはおそるおそる表紙を開いた。扉の文字を読んだとき、息がとまった。自分が、これにくらべれば箱に入っていた他の文書など意味を失うほどの発見をしたことを知った。もしテクストが完全に揃っていれば、これこそ彼がずっと見つけたいと夢見てきた財宝かもしれない。頁を繰りはじめ、不意に、その目が余白に書きこまれた走り書きを読みとったとき、腹を拳で殴りつけられたように両の肺から息が勢いよく漏れた。彼は気づかなかったが、その吐きだされた息はある言葉をつくっていた。

「聖杯だ」

# 一六一二年、ウェストミンスター、ロンドン

厚い雲がロンドンの上に垂れこめ、そのことをバーソロミューは感謝した。ロバート・コットンの屋敷の重厚な樫の扉は、その昔、バーソロミューがこじ開けた、ウィカムのウィリアムの石棺の蓋よろしく、彼の行く手を阻んでいた。今回は、バーソロミューはどうにかひとりでこじ開けられた。無事に中に入り、扉を閉めてから、彼はようやくランタンに火を灯した。

バーソロミューはコットンの屋敷を数回、訪れたことがあった——一度は数か月前、シェイクスピアについて蒐集家のコットンに話をもちかけはじめた頃だ。そして、もっと最近、ほんの三日前に、『パンドスト』を届けた。今、彼は急ぎ足で階段をのぼると図書室に入った。ランタンの薄暗い光の中で、皇帝たちの胸像が彼を見下ろし、にらみつけている。下から照らされたその顔に威嚇されながら、彼は獲物を探して書棚を調べはじめた。コットンが、数日ケンブリッジに行くと口をすべらせたのは、もっけの幸いだったが、バーソロミューはコレクションが無防備だと思うほど、甘くはなかった。近隣の誰か力自慢が、コットンから二、三シリングもらって、いつ表の玄関の見回りに来るかわからない。彼は急ぐ必要があっ

た。

ネロの胸像がおかれた書棚で、彼は二十年前にコットンに売ったウィンチェスターの祈禱本を見つけた。それも盗って、ウィカムの墓に戻すべきだろうかと考えた――彼のその他の数々の過ちの償いとして。しかし、祈禱書は大きな本だったし、それが消えたらコットンは間違いなく気づくだろう。それに、バーソロミューは、墓から祈禱書を盗ってきたことは罪ではないと言い訳した。自分は美しい書物を後世の人々のために救ったのだ。コットンの図書室に保管されるほうが、ウィンチェスターの石の箱の中で塵に戻るよりずっといい。

バーソロミューは、自分がやっていることを盗みだと思わないようにした。なんと言っても、彼は『パンドスト』をコットンに売ったわけではない。シェイクスピアの原稿を手に入れられるという証拠としてさしだしただけだ。おかげで、存在さえ怪しい原稿の支払いに、コットンから五十ポンド巻きあげたが、それはバーソロミューに言わせれば、盗っ人というより悪党の所業だ。彼には、シェイクスピアがオートリカスという人物を通して彼のためにつくった規範にそって生きんとする望みがあった。盗っ人なら、悪意のない盗っ人。悪党なら、気の利いた痛快な悪党。まったくの善人ではないにしても、憎めない男として。

アウグストゥス皇帝の書棚の二段目に、バーソロミューは『パンドスト』を見つけた。それをとりだし、そっと布で包んでその場を離れようとしたとき、階下の扉のあたりで人声がするのを聞いた。次の瞬間、重いブーツが足音をたてて階段をのぼってくる。図書室の奥には百フィート下のテムズ川を見下ろす窓がひとつあった。バーソロミューに思案している猶予はなかった。図書室の扉が大きく開かれたとき、彼は窓下の石畳に向かって跳躍した。

痛みが脚をつらぬく前に、彼は骨が砕ける音を聞いた。その瞬間、バーソロミューにこれまで感じたことのない安堵が訪れた。計画が成功するかどうか、まんまと逃げおおせて引退し、残りの人生を田舎で悠々と過ごせるかどうかも、もはや問題ではなかった。脚を骨折しても回復する者はいるし、身体に毒が回る感染を免れる者もいる。しかし、バーソロミューは、自分はそうならないことを、焼けつく確信とともに直感した。その刹那、彼は自分はへまをやり、おそらく数日のうちに死ぬだろうと知った。しかし、その末路の約束とともに訪れた平安は、石の上で、ねじれた脚を下敷にして横たわる彼を繭のように包んだ。それから痛みがやってきた。

彼の船頭は、二、三十ヤード離れたところで待っていて、バーソロミューは追補を逃れるなら急がなくてはならないことを知っていた。おそらく一分もすれば彼がどこに行ったか追っ手が気づいて、屋敷の正面から川に向かう小道に駆けつけてくるだろう。激痛に構わず、音も立てずに、彼は屋敷の壁にすがって立ちあがると、片足で跳ねながら川に向かった。動くたびに想像を絶するほど痛みが増したが、バーソロミューは全身全霊を、声を漏らさないことに集中し、頬の内側を噛みしめ、やがてだらだらと温かい血が流れるのを感じた。小舟にたどりついて船べりに倒れこむと、彼は下流へ急げ、と船頭につぶやくように命じた。船が川の中央に向かって動きだし、闇に包まれたとき、バーソロミューは石畳を蹴るブーツの足音を聞き、それから前後を失った。

彼は自分の下宿で気がついた。脚の痛みが全身に炎のように広がっていた。下宿の内儀が濡らした布を額に載せてくれ、船頭がそばに立っていた。バーソロミューは、また暗闇に戻る前に、自分にはもうひとつ片づけるべき仕事があることを自覚していた。船頭に小声で指図を与え、布で包んだ本と金貨の袋をダブレットの隠しからひきだし、万一のために用意しておいた書きものと合わせて手渡した。

船頭が去ると、バーソロミューは枕にもたれかかり、下宿の内儀の介抱に身をまかせた。女は、何度か彼と寝床をともにしたいい思い出があり、心をこめて手当をした。

その後数日間はこの世の境を行き来していたのだろう。骨接ぎ師が骨折を診にきたときは、苦痛にのたうちながら目を覚ました。脚がますます膨れ、腫れあがると、調剤師が何度か往診した。毎回、感染を退治しようと、バーソロミューの脚を酢で洗い、内儀に首を振って帰っていった。

朝、バーソロミューは事故以来はじめてすっきりとした頭で目覚めた。痛みはいくらかおさまっていたが、彼は闇が自分に手招きしているのを感じていた。罪を悔いるなら今かもしれない、とふと思ったが、その思いつきをなんらかの行動に移す前に、せり上がってきた闇が彼を覆いつくし、彼はその抱擁の中にすべり落ちていった。

セント・ポールの墓地にあるバーソロミューの墓に墓石はおかれなかった。下宿の内儀は彼に好意をもってはいたが、墓石の用意にと彼から受けとっていた数シリングで、彼の借金のいくらかを埋めることにしたのだった。とはいえ、彼が冷たい土の底に降ろされたとき、彼女が流したのはそら涙ではなかった。

マシュー・ハーボトルは自分の苗字にどんな由来があるのかまったく知らなかった。二年前に死んだ母親は、彼が父親やその名前について訊くたびに、いつも話をはぐらかしたものだった。彼の母は、リルとしか名乗らなかった。母は《ジョージと竜》亭の二階の一室で、出産のときに死んだ。赤子も死んだ。その頃にはマシューは十六歳になっており、旅籠の厩番としてもう何年も働いていた。彼の母が、別の稼業をもっていたことは知っていたが、そのことは昔から知っていたし、それを恥ずべきこととか、不道徳とは思っていなかった。母の死後まもなく、彼は役者たちに混じって新しい仕事をはじめた。グローブ座から誰かが宿屋にやってきて、マシューに声をかけたのだった。なぜその男がこんな厩番をわざわざ探しにきたのかはわからずじまいだったが、彼はさしだされた仕事を喜んで受けとった。

マシューは小柄だったが、長年の力仕事のおかげで頑丈な身体つきで、新しい仕事にはぴったりだった。グローブ座の天井桟敷のさらに上の、屋根裏のような隙間にしゃがんでは、雷が必要なときには大砲の弾を転がし、妖精や神々を演じる俳優たちを舞台に降ろす。劇によっては舞台の下で働くこともあった。近づいてくる馬の蹄の音をたて、セリから小道具を押し上げる。劇団が旅回りをするときは、マシューは小道具と衣装の始末のほか、馬たちの世話をし、その他、言われることをなんでもやった。

マシューは劇を観たことがなく、読むことを習ったこともなかったので、折々に俳優たちに届ける台本を理解することはできなかったが、自分の仕事の合図に耳をすませながら、劇の端々を聞いてはいた。彼にとって、演劇とは闇の中に響いてくる切れ切れの会話と、うねるような群衆のどよめきだった。低いざわめきがどっという歓声になり、ときに三千人がいっせいに息を吞む、聞き違いようのない音に変わる。

たまさか俳優たちが、マシューに昔の酒場で一杯やろうと声をかけてくれることもあった。そんなとき、かつて自分が厩番として働き、二階にいる娼婦のせがれだった酒場に行き、言葉に命を吹きこむ男たちの傍らでエールのジョッキを手にしながら、王様になったような心持ちになった。俳優たちの目配せや、二階に向かって顎をしゃくる様子から、彼らの多くに亡き母と遊んだ覚えがあることに気づかないほど彼はぼんくらではなかったが、俳優たちに自分の父親や自分の名前について尋ねても、その答えはいつも同じ——高笑いと、もう一杯エールを奢ろうという申し出でしかなかった。だから、ある早朝、彼が衣装と小道具でいっぱいの部屋で眠っていて、見知らぬ男に揺り起こされ、「お前の父親からの届け物だ」というささやきを聞いたときは仰天した。

マシューは、眠気で朦朧としながらも、父の消息についてせいいっぱい使者を問いただしたが、男はただ、運んできた布包みとずっしりした布袋、それに折りたたんだ紙を示しただけだった。「手紙を読めばわかる」と彼は言った。マシューがこの、顔も知らない父からの不可思議な手紙を読んでくれないかと頼もうとしたときには、使者は姿を消していた。彼にとってみれば、それは判読不能な線ののたくりでしかなかった。

しかし、布袋の意味することははっきりと理解した。彼は三度、金を数えた。五十ポンド、すべて金貨だ。見たこともないし、いつか見ようとも思っていなかった大金だった。彼は金と、余白にびっしりと書きこみのある本を藁布団の中に隠した。本については使い途の見当がつかなかったが、とりあえずは隠しておくのが得策のように思えた。

その日、あとになって、彼は俳優のひとりに、例の紙に書かれていることを読んでほしいと頼んだ。彼は寝床の端に黙って座り、ほとんど意味のわからない言葉にじっと耳を傾けた。

わが息子へ

お前がわたしから便りを聞くのはこれが最初で最後になるだろう。なぜなら、わたしがこの手紙を送る羽目になったということは、死が近づきつつあると悟ったからであり、これが届く頃には死に追いつかれているはずだからだ。ものごとの順序が違っていれば、お前を呼びにやったかもしれないが、それについては誰にもなんとも言えぬ。この手紙と一緒にふたつの財宝を送る。金については、きっとこれから身を立てるために使ってくれると信じている。この世でお前が安穏に暮らすだろうと思うのは、あの世へ赴く支度をしている父にとって慰めだ。もうひとつの宝は、できるだけ長く手元におくことだ。そしてもし万一にも手放さねばならぬことがあれば、このロンドンでは手放さぬように。息災を祈る。

愛する父より

バーソロミュー・ハーボトル

追伸　顔を合わせたことはなかったが、わたしはお前が働いている音は聞いていた。つい最近、先週もグローブ座の芝居に行って、お前が天井桟敷《ヘヴンズ》にいるのを知っていた。今頃わたしが向かっているのがそこならよいのだが。

こうしてマシュー・ハーボトルは、五十ポンドを出資してクラーケンウェルにあるレッド・ブル座の、無口で文字の読めない共同経営者となった。グローブ座でやっていた仕事を、彼は〈チャールズ王子一座〉のためにレッド・ブル座で何年も続けた。以前と変わらず、彼は地方を回る俳優たちに同道し、晩年、そんな旅の途中にエクセターで地元の貴族とのカードに興じた末、思ったよりも多額の借金を背負いこんだ。あの奇妙な本はロンドンの外で売れという父の言葉を思いだし、彼は借金のかたにその本をさしだした。相手はこの申し出を了承し、そのうえ扉の頁の、その男の言うところによると、本のかつての所有者たちの名前が並んでいる下に、マシューの名前を書き入れることも請け合ってくれた。その並んだ名前の中のひとつは、〝バーソロミュー・ハーボトル〟だと男が言ったのを聞いて、マシューはそうすれば父が喜ぶかもしれないと考えた。マシューは男に、マシュー・ハーボトル、レッド・ブル座と書いてほしいと頼み、あとはなにも考えずに本を渡した。翌朝早く、一座はバースに向けて出発した。

## 一九八五年、リッジフィールド

　ピーターにとってリッジフィールド大学での自分の成長を刻むのは、講座や学期ではなく、何冊かの本との出会いだった。そして中でも特別な一冊がケルムスコット・プレス版の『チョーサー著作集』だった。

　学年末試験期間中のある晩、カフェで、アマンダは、特別蒐集室にウィリアム・モリスが印刷した本はあるかしら、と彼に尋ねた。

「もちろん」とピーターは答えた。「全部はすぐに思いだせないけど、ケルムスコット・プレスのいいコレクションがあるよ」ケルムスコットは、ヴィクトリア朝の作家、芸術家、デザイナーであるモリスが所有し、経営していた個人的な印刷工房だ。「『チョーサー』があるのは知ってる」

「ケルムスコット版の『チョーサー著作集』？」アマンダは驚嘆した。「バーン＝ジョーンズの挿絵の？　本物なのよね、つまり、ファクシミリ版じゃないのね」

「うん、そうだよ」とピーターは言って、ハンバーガーにかぶりついた。「なんで？」

　アマンダは美術史の授業のためにエドワード・バーン＝ジョーンズについてのレポートを

書きあげたところだった。画家の中世風の挿絵を見るため、『チョーサー著作集』のファクシミリ版を利用した。本物を見たいか、とピーターが訊くと、彼女は片足で彼のふくらはぎを撫であげ、ささやいた。「お願い」

試験中の一週間は、図書館は夜通し開いていたが、特別蒐集室はいつもどおり五時に閉室した。ピーターはドアの鍵を開け、警報システムを解除してからデヴェロー・ルームに続く狭い通路にアマンダを招き入れた。非常口のサインの緑色の光だけが部屋を照らしていた。彼は図書室の巨大なテーブルにおかれた読書用ランプをつけ、アマンダのために椅子を引いた。それから暗がりに少しのあいだ姿を消し、大版の本を抱えて戻ってきた。繊細な空押し加工が施された白い革の装丁だ。テーブルの上の箱から、ピーターは白いコットンの手袋を二組とりだすと、アマンダのそばに座り、本を開いた。

それが百年足らず前に印刷されたものだとは信じがたかった。分厚い紙、テクストをとりまく精緻な木の葉の意匠、挿絵は、絵で飾られた手稿本のそれだ。古めかしい書体すらも含め、すべてが十五世紀の書物そのものだった。そしてもちろん、それこそモリスが目指したものだった。紙の重みを指のあいだに感じながら、ピーターはそっと頁を繰った。コットンの手袋をはめた指先でも、手組みの活字と木版の挿絵の手触りが感じられた。彼は手組み活版の本の感触がなによりも好きだった。本への愛と、きめ細かな心遣いが頁のあいだから匂い立つかのようだった。バーン＝ジョーンズの挿絵が二枚ある見開き頁を広げると、彼は背もたれによりかかり、アマンダがその芸術性と技巧の素晴らしさにじっくりと身を浸すのを眺めた。彼女はコットンの手袋に包まれた指先をゆっくりと頁の上にすべらせ、短い、小さな溜息をついた。

「なんて美しいの」彼女はあがめるような口調で言い、ピーターは頁からアマンダの顔に視線を移した。

「君もね」彼は声に出さずにそう言った。彼女の顔は綺麗だといつも思っていたが、その本をじっと見つめる彼女は特別な輝きをまとっていた。魔法にかけられたみたいだ、とピーターは思い、自分の手助けで彼女にそんな感動を味わわせられたことに胸を躍らせた。どうしてこれまでアマンダをデヴェロー・ルームに連れてくることを思いつかなかったのだろう。突然、頭の中に、コレクションの中の、彼女が喜びそうな本が次々と浮かんだ——ヴィクトリア朝作家たちの著作や、彼らに影響を与えた中世の芸術家たちの作品。しかし、彼の稀覯本への情熱と、彼女のヴィクトリア朝芸術への情熱がこれほど完璧に交差するのは、この十九世紀印刷術のもっとも有名な例をおいて他にはなかった。

　テクスト、挿絵、そしてデザインが互いに響き合うさまに、ほとんど催眠術にかかったようだったピーターは、アマンダが椅子の中で身動《みじろ》ぎした音を聞かなかった。だから襟の上の素肌を撫でる、彼女の安いコットンの手袋のわずかにざらついた感触で、はじめて彼はわれに返った。ピーターのアマンダとの身体的接触は、これまでのところ、毎晩、学生会館から寮まで手をつないで歩いて帰ることと、ごくまれな抱擁、それにアマンダの寮の入口前で交わす、短く慎み深いおやすみのキスに限られていた。アマンダの他のすべてと同じく、そうしたキスも厳しく抑制されていて、ピーターはそれが気に入っていた。その素早いキスは、彼の毎日において一日のハイライトだったが、はたと立ちどまって、そこから先に連なるものについて、さらにはそこにどうやってたどりつくかについて考えると、未知への恐怖が、彼の生活の中でアマンダがつくりあげた平安を侵略するおそれがあった。しかし、デヴェロー・ルームのふたりだけの静けさの中で、彼女の動作があまりに素早かったために、ピーターは未知を恐れる暇がなかった。ただし、あとになってから、彼女はそのときを計画していたのだろうか、と考えた。その部屋ならピーターが世界の他のどこよりも安心できることを彼女は知っていたからだ。

彼女のコットンの手袋をはめた片手が彼の頭を彼女のほうに引き寄せ、彼女は唇を彼の唇に押しつけた——彼が慣れ親しんでいる例の素早い乾いたキスではなく、永遠に続く、濡れた唇の、口を開けたキスだった。そして彼女の舌が彼の口の中に挿しいれられる、まぎれもない感触があった。彼女のもう一方の手が下に降りて、ピーターの腕をひっぱり、彼女の腰に巻きつけたので、彼は彼女を抱く腕に力をこめ、彼女の身体を自分に引き寄せた。ピーターの目は閉じ、自分たちがどこにいるのか、すべてを忘れた。ただ腕に抱き、唇に押しつけられるアマンダのぬくもりだけが存在していた。くちづけは永遠のようにも、刹那のようにも感じられた。彼は彼女の首筋に唇を這わせ、彼女は指を彼の髪に走らせた。彼は彼女の背を愛撫し、ふたりはくちづけし、すべては消え、ただアマンダと、彼女の唇と髪と身体だけが残った。そしてそのとたん、彼女は身を引くと、彼がまったく予想もしなかったことをした。彼女は笑いだした。ピーターはすぐに、彼女は彼のことを笑っているのではなく、心から嬉しくて笑っているのだと感じとった。ほの暗い光の中でも、彼女の瞳は輝いていて、毎晩、寮の前でのキスのあとに彼が一瞬、目にするあの微笑みが、その顔で生き生きと躍っていた。それはけっして消えることがないように見えた。

とうとう、彼女はもとの椅子に座りなおした。「ねえ、わたしたちったらまったく」と彼女は言った。「弱虫くん《ミスター・テイミッド》と堅物ちゃん《ミス・メソディカル》がお互いにのぼせあがって、稀覯書室でいちゃいちゃしてるなんてね」これが愛の告白だとピーターが気づいたのはあとになってからだった。そのときは、そのもろもろの馬鹿馬鹿しさを、アマンダが面白がっているだけのような気がした。それからアマンダはなによりも彼の度胆を抜くことを言った。ピーターのほうに秘密を打ち明けるように身を乗りだすと、彼女はふたりを見下ろしているアマンダ・デヴェローの肖像に向かってうなずき、ささやいたのだ。「お祖母様がなんて思うかしら？」

「アマンダ・デヴェローが君のお祖母さん？」とピーターは言って、手袋をはめた手をアマンダの背から離し、ふり返って肖像画を見た。「なんで気づかなかったんだろう。君の目は彼女の目にそっくりだ。会ったことはあるの？　どんな人だった？」

「〝どんな人だった？〟ですって？」アマンダは繰り返した。「ピーター、わたし、あなたに大変な秘密を打ち明けたのよ――これを聞いちゃうと、これまでわたしが好きになった男の子は全員逃げだして、虫唾がはしりそうな奴らばかりが寄ってきたわ。あなたわかってるの？　わたしはとてつもなくリッチな女相続人なのよ。あなたは今、わたしについてありとあらゆる先入観をかき集めるべきところでしょ」

ピーターは身を乗りだして、彼女の首筋に熱烈なくちづけをし、彼女を抱き寄せた。「悪いけど、僕の君に関するイメージはもうできてるから」

「ピーター」アマンダは笑いながら彼を押しやった。「これはわたしには重大なことなの。だからこそミドル・ネームでリッジフィールドに入学したのよ。わたしはアマンダ・ミドルトンじゃないの。アマンダ・リッジフィールドよ。大学で打ち明けたのは、あなたがはじめて。なんていうか、それなりの反応があるだろうと思ってたんだけど」

「いいかい」とピーターは椅子に座りなおした。「そんなのたいしたことじゃない。そりゃ、君がお金の心配をしなくていいとかそういうのはすごくいいことだよ。でも、僕は君に、僕の家族で僕のことを判断してもらいたくない。それなのに、君を君の家族で判断するなんてどうしてできる?」

「たいしたことなんだってば」とアマンダは言った。「あなただってそう思ってるでしょ。笑ってるじゃない」ピーターは否定できなかった。「ね、にやにや笑いがとまらないくせに。それにわたしの目も見られない」

「僕が君の目を見てないのは、君の首のキスマークに目がいっちゃうからだよ。にやにやしてるっていうけど、君がどうやってそれをつけたのか思いだすと……」

「あなたほんとにわたしがリッジフィールド王家みたいなものの一員で、とんでもないお金持ちで、そのせいで大勢の人がわたしやわたしのデート相手に、ある種の態度をとることを気にしないの？」

「気にしない」と、彼のふたりのアマンダにつながりがあったという発見の当初のショックから立ち直ってきたピーターは言った。「もうちょっとキスしてもいいかな」

「それから、わたしの両親に会ったら、リッジフィールド家の大事なアマンダにふさわしいかどうか、思いつくかぎりのテストにかけられるけど、それも気にしない？」

「君の両親が誰だとしたって、それはあたりまえだろ」ピーターは彼女のほうに身を乗りだしたが、彼女はそっと彼を押しやった。

「それから、わたしの正体がみんなにばれたとき――それももうすぐだと思うけど、みんな、あなたがわたしのお金のためにわたしに付きまとってるんだと考えるわ。それも気にしないの？」

「アマンダ」とピーターはそっと言うと、彼女の両手をとった。薄い手袋を通して彼女の不安なぬくもりを感じる。「そんなことどれも僕にはどうでもいい。君を愛してるんだ」彼はなにも考えずにそう言い、そしてそれはこの世でもっとも自然で、嘘いつわりのないことのように思えた。しかし、彼の告白は、思いがけずその会話の深刻さの度合いをさらに増してしまった。ピーターは彼女の手がこわばるのを感じとり、彼女が返事を迫られていると思う前に、その手を握りなおして話題を変えた。彼は孫娘を見下ろす、アマンダ・デヴェローの肖像画を仰いだ。「で、真面目な話だけど」とピーターは言って立ちあがると肖像を指さした。「アマンダ・デヴェローについて、なにもかも聞かせてくれないか」

彼は、アマンダが椅子の中で緊張を解き、その唇から安堵の小さな溜息が漏れるのを聞いた。「そうね」と彼女は言った。「祖母はわたしが生まれる前に亡くなったし、母は祖母のことをあまり話さないんだけど、わたしがいくつか聞いた話だと、お祖母様って相当な人物だったらしいわ」

ピーターはその夏、家に帰らなかった。そのあとの学生時代の日々を暮らすことになる、フランシス・ルランの地下のアパートを借り、午前中は図書館でハンク・クリスチャンセンの修復作業の助手をし、相変わらずデヴェロー・コレクションに親しんだ。午後はフランシスの庭の芝刈りや、彼の車を洗車し、家賃の足しにした。ふたりはよく広々とした玄関前のポーチに座ってアイスティーを飲みながら、本についてや、フランシスの気の向くことを話題に、とりとめなく会話した。

ピーターはアマンダと毎日会っていた。ふたりはかつてのリッジフィールド家の私有地で、今は大学の所有になっているリッジフィールド公園で長い散歩をした。暑い午後には映画に行き、アマンダの両親の旅行中には、アマンダの家のプールで泳いだ。「いつかは両親に会ってもらわなきゃならないけど」とアマンダは言った。「でも今は夏を楽しみましょう」ピーターがいつかは彼女の両親に会わなくてはならないという、この一言をのぞいて、ふたりは将来について話さなかった。ふたりはただ、今を生きていた。それは完璧な夏だった。

ある週末、ふたりはアマンダの車でライツヴィル・ビーチまでドライブし、ビーチから三ブロック離れた安いモーテルの別々の部屋に泊まった。ピーターは自分が払うと主張し、シーサイド・インという、栄光の日々は遠く過ぎ去り、その栄光もたいして輝かしくはなかったとみえるモーテルが、彼の払えるぎりぎりのところだった。アマンダは文句を言わなかった。ふたりは日光浴をし、ホットドッグとアイスクリームと揚げすぎて焦げたシーフードを食べ、浜辺を歩き、打ち寄せる波に足首を浸しながら、巧みなキスを交わした。ピーターはアマンダ以前に女の子にキスをしたことはなかったが、その春、ふたりでデヴェロー・ルームをしげしげと訪れたおかげで、ふたりはたっぷりと練習を積んでいた。

「これまで海に来たことある？」ふたりで手に手をとって波打ち際を歩きながら、アマンダが訊いた。

「五年生のときの校外学習でね」とピーターが言った。「ああ、あれは惨めな三日間だったな」

「そうなの？　聞きたいわ」

「レベッカ・ファーガソンって子に夢中だったんだけど、もちろん、どうにかしようなんていう度胸は僕にはなかった」

「恋人がいたなんて一度も話してくれなかったじゃない」

「ほんとだよ、いなかったって」とピーターは言った。「彼女の目にはグレン・ベイリーしか映ってなかった。けど、僕は五年生らしく、思いっきりおおげさにうじうじしたら、相手の子が気がついて情けをかけてくれると思ってたから、そうしたんだ」

「わたしなら情けをかけたのに」とアマンダが言って、腕を彼の腰に回した。

「いや、どうかな、かけなかったと思うよ。僕は世界一うじうじした五年生だったからね。手をつないでビーチを散歩してるふたりのあとを尾けるわ、夕食では隣のテーブルから彼女をじろじろ見るわ、たき火のそばでふたりが並んで座っているあいだ、暗いところで泣いてるわ。三人とも、あと三十歳年をとってたら、接近禁止令を出されちゃったよ、きっと。そのときは、僕に誰も気づかなかったけど」

「暗いところで泣いてたの？　かわいそうに」アマンダは言った。彼女は立ちどまって、両腕をピーターに回し、彼を引き寄せて、長く温かいキスをした。「じゃあ、今回のビーチのほうがいい？」彼女は訊いた。

「ほんのちょっとだけね」とピーターは言った。

アマンダはもう一度、短いキスをすると、彼から離れて波打ち際を走りだした。ピーターは彼女を追いかけ、ふたりとも笑っていた。彼は、アマンダと一緒にいるとだいたい一日に一度は押し寄せてくる思い――人生でこんなに幸せだったことはないという思いを噛みしめた。

その晩、ピーターは自分の部屋で目を覚ましたまま横になっていた。彼はまだ、日々を誰かとともに過ごすことと、プラトニックとはいえ、熱烈な身体の触れ合いの目新しさに慣れようとしているところだった。今はまだベッドをともにしないというふたりの暗黙の了解には満足していたが、淡いブルーのビキニ姿の彼女を心の中で再生しながらベッドに横たわっていると、彼の身体はアマンダを痛いほど求めた。彼はその痛みを抱きしめた。それは彼に、アマンダが本物だということを教えてくれた。人生ではじめて、自分がなにを激しく求めているかを、彼ははっきりと知った。

ピーターは恋の詩を読むことに没頭した。デヴェロー・ルームのエレガントな書架のものだけでなく、特別蒐集室のコレクションからはみ出したそれ以外の部屋の、もっと質素な書棚のものも読んだ。そうしたいくつもの部屋には、原稿や本がつまった床から天井に届く書棚が立ち並んでいた。時折、ピーターはデヴェロー・ルームのもっと名誉ある場所にふさわしいと思うような本に出くわすことがあり、そのことをフランシスに訴えるのだが、必ずと言っていいほど却下された。しかし、それでもフランシスはピーターのこうした努力を奨励した。「本のことを学ぶいちばんの方法は」と彼は言った。「本とともに時間を過ごし、本について語り、本を擁護することだよ」

夏が終わりに近づいた頃、といってもその美しい日々が終わるという考えが、彼の夢に忍びこむにはまだ間がある頃だったが、ピーターは倉庫で、間違いなくそこにあるべきではない本を発見した。それはエリザベス・バレット・ブラウニングのソネットをまとめた小冊子だった。もしピーターがこれらの詩を――後世『ポルトガル語からのソネット』として知られ、一八五〇年版が初版と言われるこの本を、数日前に探したのでなければ、彼はその扉に記された一八四七年という年の重要さに気づかなかったかもしれない。これは、この二百年間でもっとも広く知られた詩のいくつかをまとめた私家版で、世に出るよりも丸三年も前に印刷されたものだった。これならデヴェロー・ルームへ昇格する候補として、フランシスでも否とは言わないだろう。

「それはワイズ本だな」と、ピーターがその詩集を見せたとき、フランシスは言った。

「なんですって？」

「トマス・ワイズは十九世紀終わりから二十世紀初頭にかけての非常に名高い愛書家のひとりだよ。彼は書籍商であり、かつ書誌学者で、十九世紀のパンフレットのそれは見事なコレクションを所有していた。ジョージ・エリオット、チャールズ・ディケンズ、ジョン・ラスキン、そのほかヴィクトリア朝の有名作家ほぼすべて網羅していた」

「すごいですね」とピーターは言った。

「そうだ」とフランシスは言った。「一九三四年、ジョン・カーターとグレアム・ポラードというふたりの書籍商が、これらの希少なパンフレットと考えられてきたものが贋物であり、ワイズが贋作者だと証明するまではね。この本は」フランシスはテーブルに載ったソネット集を人差し指で叩いた。「そのうちの一冊だ」

「そのふたりはどうやって証明したんですか？」ピーターは訊いた。

「ふたつの方法でね。まず、彼らはいわゆる消極的証拠を探した。出所、同時代の文献、同時代の献辞、とにかく、そのパンフレットが触れこみどおりの時代のものであることを示す証拠だが、そのうちで欠けているものがないか探す。次に、彼らは積極的証拠にとりかかった。実際、このふたりはこの分野で科学的分析法の利用を導入したパイオニアだよ。彼らは紙に含まれているものを分析させ、活字を鋳造所のカタログと比較して、それがいつ鋳造されたのかを調べた。見事な仕事ぶりだ」

「ワイズは大勢を騙したってことですね」とピーターは言った。

「そうだ。彼は賢くて、パンフレットを市場に出すのは一度に一冊か二冊にして、その出所がみんな同じだというのが目立たないようにした。残念ながら、彼は特にアメリカ人蒐集家を餌食にするのがお好みだったようだね」

「アマンダ・デヴェローのような、ですか」

「そのとおり。彼女はワイズが贋造にせっせと励んでいる頃、蒐集していたからね。その結果、われわれは、大英博物館以外で、ワイズの偽書の最大のコレクションのひとつを持つことになった」

　ピーターは今や面目を失ったソネット集をとりあげた。「ということは、これは倉庫に逆戻りか」

「いや、そうは思わんね」フランシスは言った。「はじめてわたしがその詩集を書架に入れたときは、ワイズの贋造が明るみになってまだ二十年ほどしかたっていなかった。世の人はまだ、彼のパンフレットはなによりもまず、自分たちが払った金額に見合わないまがいものだと考えていた。だが、今やワイズは史上もっとも優れた贋作者のひとりとみなされていて、皮肉なことに彼のパンフレットは彼が主張したとおり、希少なものになっているんだよ。君の言うとおりだ。そろそろデヴェロー・ルームにワイズ氏のために書棚のスペースを少々つくるとしよう」

# 一九九五年二月十八日、土曜日、キンガム

ピーターは、前にシェイクスピアの『冬物語』の下敷となったグリーンの『パンドスト』を見たことはあったが、初版本ではなかった。大学二年でシェイクスピアの講座のための論文の準備をしていたとき、リッジフィールドのクレオパトラの書棚にあった一六〇七年版を読んだのだ。今、彼の目の前の、イーヴンロード・マナーの図書室の広々としたテーブルの上にある一冊には、一五八八年と記されていた。その年を見たとたん、シェイクスピア選集の脚注の文章を思いだした。〝『パンドスト』の一五八八年版の原本としては、唯一、大英図書館所蔵の不完全版のみが知られている〟。

シェイクスピアが彼の劇の下敷とした本の初版、かつ初の完本を発見したとすれば、ピーターは文学史の流れを変えるという夢を果たしたと思ってもいいほどの事件だ。もしこの本が本物で、巧妙な偽書でなければ、おそらく電話一本で、ワシントンのフォルジャー・シェイクスピア図書館に六桁以上の数字で売ることができるだろう。にもかかわらず、ピーターの前にある稀有な書物が何版であるかという情報は、その本に関する限りほとんど世の関心を惹かないだろうし、間違いなく取るに足りない価値しかない。ゆっくりと頁をめくり、そ

の本を調べていると、エドワード・ド・ヴィアの大擁護者である日本のヨシ・カシモト博士の声がピーターの耳に蘇った。「シェイクスピアの名で出版された戯曲と、ストラットフォードのウィリアム・シャクスピアを結びつける同時代の文書をひとつでも見せられれば、わたしは自分の主張をとり下げて、ストラットフォード派の足元にひざまずくだろう」それはシェイクスピアの戯曲の書き手としてさまざまな候補者を推す人々が一世紀半にわたって、形を変えて繰り返してきた決まり文句だった。「一点でも証拠となる文書を出してみたまえ」その主張は声高に響いた。「そうすれば、われわれは文学史上最大の謎が解決したと宣言しよう」震える手で、ピーターはその文書を取りあげた。

これまで知られているウィリアム・シェイクスピアの筆跡で現存しているのは、六つの署名と、おそらく他の数人の劇作家と共同で執筆された戯曲『サー・トマス・モア』の三頁の手書き原稿の一節だろう。ピーターはシェイクスピアの筆跡の例をすべて原典に当たってその目で確かめたことがあった。茶色のインクで書かれた『トマス・モア』の断片を見たところでは、おびただしいループや妙に角度をつけた斜めの線が頁に躍るようにちりばめられ、テクストは紙の右端に近づくにつれ斜めに上がっていた。

今、彼が手にしている『パンドスト』のどの頁の余白も、まさに同じ茶色のインクで書かれた同じループと斜線、そして右肩上がりのテクストでいっぱいだった。その筆跡と、余白に書かれたものの内容は、ピーターのわれながら大ざっぱな検証によれば、ウィリアム・シェイクスピアのペンから生まれたというあらゆる徴《しるし》を示していた。なによりも驚くべきは、前扉の見返しに書かれたものだった。おそらく本の所有者の名と思われるリストの三番目に、余白《マージナリア》の書きこみと同じ筆跡で、〝Ｗｍ・シャクスピア、ストラットフォード〟という文字があったのだ。ピーターはカシモト博士が、世界中からつめかけたシェイクスピア学者たちの前に立ち、自説を撤回する姿を目に浮かべた。ここにいるピーター・バイアリー氏によって、ストラットフォードのウィリアム・シャクスピアこそすべての戯曲の真の作者だと信ずるに足る証拠がわれわれに提示されたのであります、と。コテージに帰ったらアマンダが待っていてくれて、この驚異の発見をふたりで分かち合えたらどんなにいいだろう、とピーターは痛切に思った。

アマンダのことを考え、彼女が彼を待っていてくれず、彼の興奮を分かち合ってもくれないことを思いだすと、ピーターは現実に戻った。確かに、目の前の本は、英文学において、もっとも重要な遺物に数えられるかもしれない。しかし、世間はその真贋について確証を求めるだろう。そうした重要な資料をすぐさま額面どおりに受け入れてしまうには、成功した贋作者の話があまりに多くあふれていた。そのことを思ったとき、別の声が蘇った——さえない灰色の服を着た、陰気な女性の声だった。「一週間あげる」と彼女は言った。ピーターが『パンドスト』の真贋を七日で証明できなければ、アルダーソンは別の書籍商を呼び、その人物が今世紀最大の文学史上の発見をすることになってしまう。

ピーターは、次の一週間、自分が安眠するところを想像できなかった。マージナリアの分析をしなければならないし、本の来歴を追跡し、紙とインクのテストができるラボを見つける必要がある。こんな短期間で、その本が本物であることを完全に証明することは無理かもしれないが、その発見を公にし、アルダーソン家と外の世界との橋渡し役になる程度のことはできないことはないだろう。

なによりも重要なのは、この本がどこから来たのか――どうしてそんな貴重な資料が四百年以上も見つからなかったのかをあきらかにすることだ。ピーターは扉の見返しの名前のリストを改めて見直した。どれも違う筆跡で書かれている。もしこれが、ほんとうに本の所有者なら、来歴を追うのはそれほど難しくないかもしれない。リストを読みながら、四番目の名前で彼の息づかいは乱れはじめ、最後まで来ると完全にとまった。四番目は〝R・コットン、アウグストゥス　BⅣ〟と読めた。ピーターにはその略語がはっきりと理解できた。どこかの時点で、この本は、偉大なロバート・コットンの図書室の、アウグストゥスの胸像を戴く書棚の四段目に納まっていたということだ。リストの最後はインクではなく鉛筆で書かれていて、コットンよりもさらに暗号めいていたが、ピーターの驚愕は同じく大きかった。〝B・B／E・H〟。その筆跡は、ピーターが盗んだ水彩画に、B・Bという同じイニシャルを署名した画家のそれに間違いなかった。

ピーターは本を閉じると、息をついた。じっとしていられず、立ちあがると室内を大股で歩き回り、立ちどまっては、茫然としたまま二、三秒ごとに棚の本を直した。たとえ数フィートにせよ『パンドスト』から少し距離をおいてみると、興奮と好奇心は徐々に小さく縮まり、恐怖がゆっくりと頭をもたげてくる。理由はどうあれ、彼は値段のつけようもないほど貴重な品を託された。もしそれを失くしたり、お茶をこぼしたりしたら？　もし彼が間違っていて、恥をかくことになったら？　もし彼が間違っていなくて、みんなが彼にスピーチをしろとか、テレビに出演しろとか言ってきたら？　あらゆる未来は危険に満ち満ちているように思えた。

落ち着こうとして、ピーターは文書を箱の中に戻しはじめた。ネルソン提督の署名のある委任状を手にしたとき、偶然、文書のうちのひとつの右上隅に目が留まった。ほとんど見えないような薄い鉛筆で〝E・H〟と、『パンドスト』で見たのと同じイニシャルが書かれていた。ここではそれは絡みあった筆記体で書かれている——ヴィクトリア朝の本でよく見られる、モノグラムだ。ピーターは他の文書も調べてみると、すべて同じ隅に、同じ薄い鉛筆のモノグラムがあった。その日、彼が調べた他のどの本にもそんな印はなかった——所有者の印があるものには、単に〝アルダーソン〟と書かれていた。E・Hとは誰なのだろう？　なぜこの署名のある古文書のコレクションが、アルダーソン家の図書室にあるのだろう？　そしてこの人物は謎のB・Bとどんな関係にあるのだろう？　ピーターはE・Hのモノグラムから視線を上げ、目の前の空の書棚を見つめた。そして、まるでピッキングが成功して鍵が回ったときのように、パズルのはじめのピースがかちりと嵌まったのを感じた。

彼は以前にこのモノグラムを見たことがあった。彼が盗んだ水彩画が挟まっていた本——シェイクスピアの文書の贋造を主題にした本の見返しに書かれていた。もし図書室にそんな本があって、そこに貴重きわまりないシェイクスピアの文書に書きこまれたのと同じ筆跡の署名があったとしたら都合がいいはずがない。彼は、あの暗い顔をした女性が空の棚に向けた意味ありげな視線を思いだした。彼女は箱のことを知っていたし、おそらく『パンドスト』についても知っているはずだ。シェイクスピアの偽書についてのマローンの著作を図書室から持ちだしたのは彼女だろうか？　彼女は彼をはめようとしているのか？　『パンドスト』が偽物だと知っていて、疑われずに、兄を動かしてそれをうまくアメリカ人のカモに売りつけさせようと目論んだのか？　それとも彼女はそれが本物であると知っていて、単に意味のない不安でピーターを煩わせたくなかったのか？　そして、ジョン・アルダーソンは、いったいこのことについて、なにを知っているのか？　ピーターにとって確かなのはふたつのことだけだった――さっきの陰気な女性は信用ならないということと、彼女の示した期限は無視できないということだ。彼女はあきらかに書籍の世界についての知識がある――例の贋造についての本と、おそらく棚にあったそれ以外の本をヘイまで売りにいく程度の知識は。彼は、兄ではなく彼女のほうがこの図書室に対する権限をもっていて、もし彼女が、あのアメリカ人は信用できないから別の人間に変えようと言えば、アルダーソンは耳を傾けるだろうという気がしてならなかった。

　ピーターはちらりと腕時計に目をやった。四時を回っている。アルダーソンはまもなく戻ってくるだろう。ピーターは兄のほうの信頼を得る必要があったが、経験からいって、誰かの信頼を得るにはたっぷりと金額をはずんだ小切手にまさるものはないことを知っていた。彼は『パンドスト』を凝った書帙に折りこみ、素早く残りの文書を箱に入れて、戸棚に戻した。戸棚の扉の鍵をかけ、鍵を机の抽斗に戻す。暖炉の右側の書棚から、彼は適当に三冊の本をひきだすと、『パンドスト』の上に積みあげた。それから、本を調べるふりに戻ると、やがて応接間を通って近づいてくる足音が聞こえた。

「順調ですかな」とジョン・アルダーソンが、ゆったりとした足どりで部屋に入ってきた。

「ええ、なかなか順調です」とピーターは言った。「非常にいいものが数点ありました」

「ほう、それはよかった」

「じつのところ、ぜひ買い取らせていただきたいものがあります。友人が何年も探していたものなんですよ。ジョンソンの『英語辞典』なんですが」

「だが、初版でもありませんよ」とアルダーソンは言った。「たいした価値はないだろうと思うが」ピーターは、ジョン・アルダーソンが本についてほとんど知識がないふりをしながら、自分の『辞典』が第何版であるか知っていることに興味を覚えた。

「二千ポンドお支払いします」とピーターは言った。一般の販売価格としては高かったが、それくらいの値段を払うのはピーターにとって苦ではない。その本をリッジフィールドに寄贈できるのは彼にとって喜ばしいことだったし、ピーターの見るところでは、その本の価値を正確に知っているジョン・アルダーソンは、これでこの近所のアメリカ人書籍商は、分別はないが金はあると思いこむだろう——その思いこみは、妹のほうが彼の排斥運動をはじめたときに、非常に役に立つはずだ。

「二千?」アルダーソンはあきらかに驚いていた。

「他にも買い取りさせていただきたい本はたくさんありそうなのですが」とピーターは言った。「しかし、これについては特別熱心なお客様がいるもので」

「まあ、そういうことなら二千でいいでしょう」とアルダーソンは、少し笑った。

「数日ほど、こちらにお邪魔できないのですが」とピーターは言いながら、小切手帳をひきだして手形を書きはじめた。「構わないでしょうか」小切手を切り取るとアルダーソンにさしだす。その目に閃いた貪欲な光をピーターは前にも見たことがあった。所有している古書に、その価値よりも高い値がついたと思った売り手の目だ。

「構いませんとも」とアルダーソンは言った。「まったく問題ありませんよ」彼はピーターから小切手を受けとり、シャツのポケットにしまった。

「それから、できれば二、三冊、持ち帰らせていただけないかと思うのですが」彼は『パンドスト』とその上に載せた三冊をとりあげた。「参考資料がコテージにあるもので、これについてもう少し調べてみたいのです」それは微妙な瞬間だった。アルダーソンのためらい方にピーターは不安を覚えた。お互いに、相手が必ずしも見た目どおりの人間ではないと感づいたのかもしれなかった。

アルダーソンは古文書の箱が収められている鍵をかけた戸棚にさっと視線を走らせ、それからピーターに微笑みかけた。「もちろんです」彼は、あきらかに装った朗らかさで言った。「必要な本はなんでも持っていってください。さて、お茶でもいかがかな？」

「残念ですが」とピーターは言った。「五時にアメリカから電話が来ることになっているので、帰らなくてはなりません。数日中にお電話します」

「わかりました」とアルダーソンは言った。「玄関までお送りしましょう」正面の階段を、まだ残る夕方の光に向かって半分ほど降りかけたとき、ピーターは背後からかけられたアルダーソンの声を聞いた。ピーターが彼に会ってからはじめて、その声はほとんど気づかないほどかすかに震えていた。「妹のジュリアには会わなかったでしょうな」

「ええ」ピーターは落ち着きはらって言った。「お目にかかりませんでした」

「そうですか、では」とアルダーソンは、ほっとした声を出した。「次回、ご紹介しないといけませんな」


自分の犯罪現場に戻るのは気が進まないものの、ピーターはジュリア・アルダーソンがどんな本を自宅の図書室から持ちだしたのか調べる必要を感じた。ヘイ・オン・ワイの店に短い電話をかけると、翌日は日曜だったが、店主は午後ほとんど店にいることが確認できた。もうひとつ、ピーターはわが家の冷蔵庫がほぼ空であることも確認したので、もう一度、コートを着ると、暗い中、散歩がてら村の店まで行こうと家を出た。一日に一度か二度、必要に応じて食料を買いに店まで歩いていくのは、心安らぐ習慣になっていた。

ピーターは冷凍のチキン・ティッカ・マサラの夕食を選び、いつもどおり、レジの短い列に並びながら調理方法を読むふりをした。こうすれば、うっかり誰かと目を合わせることがない。調理方法をそらで暗誦できるほど、この夕食をさんざん調理していたが、こうするおかげで何か月も、うまく他の買い物客たちと会話を交わさずにすませてきた。そのために、彼はアイルランド訛りで名を呼ばれたことに、すぐには気づかなかった。その声は「おやバイアリーさんじゃねえかね？」と言った。

「なんですって？」とピーターは言った。これが、どんな形であれ外で人に話しかけられたときの彼のとっさの返事だ。こうすれば、とりあえず時間だけは稼げる。

「あんたミスター・バイアリーでしょ」と女は言った。今や、ピーターの隣に立っている。

「そうですが」とピーターはほんの少し視線を上げて、イーヴンロード・マナーの家政婦をそこに認めると、ふたたび向きを変えてポテトチップのディスプレイを熱心に眺めはじめた。

「お屋敷を探りにきたのはあんたがはじめてじゃねえですからね」とミス・オハラは言った。

ピーターがこの家政婦との会話を避けようとしたのは、特に不安だからというより、習慣によるものだった。その日の朝、銃で狙われたせいか、人前で言葉を交わすことはそれほど恐ろしくなくなっていた。そして今、急に、ミス・オハラはアルダーソン家の内情に関する情報源としてうってつけの人材かもしれないという考えが湧いてきた。彼はふり返ると、彼女の目を見つめた。

「だったら、僕より先に誰が来たんです？」と彼は訊いた。

「コーンウォールから爺さんが来ましたよ、絵を見たいって言ってね。言っとくけど、ジュリア様はえらくご機嫌斜めでしたけどね」

ピーターは驚きを隠そうとした。その老人とは、リズ・サトクリフが秘密にしている学者にちがいない。ということは、その絵は謎のＢ・Ｂの手によるものだろう。アマンダの絵、イーヴンロード・マナー、そして『パンドスト』のつながりはますます強くなるようだった。

「ジュリアさんはご結婚されていないんですね」と彼は言った。

「一度もね」とミス・オハラは言った。「恋に望みを失ったんですよ。いつも悪い相手にばかりひっかかるって、ジョン様が言うの」

「そのご老人がコーンウォールから来たとき、ジュリアさんは図書室にあるものをなにか見せましたか？」

ミス・オハラはこれを、店でレジの列に並びながらの雑談にふさわしくない、立ち入った質問だとは思わなかったようだった。「見せたんなら気がついたわね。その週は本にはたきをかけたから。年に二度、棚から一冊ずつ出して、はたきをかけるんですよ。その日は一日、図書室にいたっけね」

「それなら、本がなくなったらわかりますね」

「ジュリア様が、だいぶ前に棚一段分の本をご自分の部屋に持っていきましたよ。おおかたどこぞの男の気でも惹こうとしてんでしょうよ。あたしはジュリア様の部屋には入れてもらえないんだけど、そこにまだあるんじゃないかね。ジョン様は下の部屋の本には指一本触れたことがないの」

「次の方」とカウンターの後ろから店員が呼んだ。ピーターは前に進み出ながら、頬がゆるむのを抑えられなかった。本物の探偵になったような気分だ。犯罪が行われたかどうかは知らないが、あの冴えないミス・ジュリアが、間違いなく最有力容疑者だ。ヘイに戻らなくては、と彼はますます意を強くした。あの見覚えのある青い装丁の本が、今でもそこにあってくれることを願った。

# 一九八五年、リッジフィールド

ピーターはアマンダの誕生日を完璧なものにしたかった。

「変な日に誕生日よね」と彼女は言った。「だって、ハロウィンの日にはみんながお祝いしてるけど、わたしにはなんの関係もないんだもの」その晩の計画は彼女がすでに立てていたから、ピーターの仕事はプレゼントを探すことだった。彼は、彼女の情熱と彼の情熱を表し、それゆえにふたりの関係にとって特別ななにかを見つけたかった。アクセサリーは予算に合わなかった。アマンダは、毎日、同じダイヤモンドのピアスをつけるので満足していたうえ、彼女の装飾品への関心はそこで終わっているようだった。スカーフ、ハンドバッグ、チョコレート、花束——フランシス・ルランが勧めてくれたもののすべて——は同様にふさわしくない気がした。

近所のアンティーク・ショップで、埃っぽい奥の部屋にあった箱の中に、ピーターはジョージ・マクドナルドが一八七〇年に発表した空想小説、『北風のうしろの国』の古い版を見つけた。その本は、ラファエル前派の流れをくむ画家、アーサー・ヒューズの挿絵で飾られていた。ヒューズはアマンダにとって、崇拝するエドワード・バーン゠ジョーンズにひけをとらない存在であることを、ピーターは知っていた。これが、ピーターがアマンダに贈る最初の本になるのだ。前表紙と、背が半分ほどなくなっていた。折丁がいくつかゆるんでいて、そうした頁の束のひとつは、文字どおり本の真ん中あたりから糸でぶら下がっていた。多くの頁の縁は破れていた。真剣なコレクターにとって、それはまったく無価値な本だった。ピーターはその本を一ドルで買った。

それをハンク・クリスチャンセンに見せたとき、ハンクも、それは再製本するのにうってつけの素材だ、とうなずいた。

「すごくいいプロジェクトになると思うよ」とハンクは言った。「それに、もし失敗しても、その本は君のだから、平気だしね」

「失敗したくないですよ」とピーターは言った。

「大丈夫」とハンクは言った。「仕上げたら、エレガントな本になるよ、きっと。アマンダの誕生日はいつだって？」

「ハロウィン」とピーターは言った。

「なら、もう一か月か」とハンクは言った。「さっさととりかかったほうがいいな」

ピーターはハンクの工房で、学生と助手の中間のような立場になっていた。他のスタッフが帰ったあと、よくハンクとふたりで仕事をした。ふたりは本の修復以外について話すことはめったになく、たいてい、心地よい静けさを分かち合いながら、何時間も並んで作業をした。沈黙を破るのはたいていハンクで、穏やかにピーターに指示を与えたり、一時間かかってようやく思いついたらしい冗談を口にすることもあった。そんなときは、眼鏡の奥で瞳をきらきらさせながら、ピーターが笑うのを待っている。ピーターはいつも笑い声を立てた。彼にとって、ハンクは賢くて面白く、そして長時間黙っていても平気な、気を遣わない相手だった。もしどうしてもと言われれば、ハンクを友人と呼んだかもしれなかった。

その春、ハンクの製本の仕事をいくつか手伝ったものの、ピーターは製本の仕事を一から十までひとりでやったことはなかった。『北風のうしろの国』をカウンターにおいて、どう攻めるか作戦を立てながら、彼は一か月で間に合いますようにと祈った。

最初の作業は、残っているもとの表紙をとりはずすことだった、ピーターは製本機に本文のブロックをクランプで固定した。一年前にはじめて会ったとき、ハンクが身を屈めていた、あの上向きの万力のような器具だ。リフティングナイフを使って、ピーターは背と裏表紙の残骸を切り離した。背にどろりとしたペーストを数滴落とし、その水分で頁の背の糊をゆるませる。三十分もすると、糊は柔らかくなり、ピーターはリフティングナイフを使ってそれをこそげ落とした。装丁をはずした本を製本機からとりはずし、本文の頁をはがす作業をはじめる。まず折丁を互いに綴じ合わせている糸をはずし、ひとつひとつ分けた。その午後の終わりまでには、本はばらばらの折丁になって、カウンターの上に載っていた。

ピーターはその翌週を、『北風のうしろの国』の頁の破れの補修に費やした。補修する箇所ははじめに思ったよりも多かったが、本文に影響があるものはほとんどなく、挿絵にかかっているところは、まったくなかった。ピーターはほっとした。というのは、紙を補修するとき、破れ目に貼りつける繊維質の多い楮紙《こうぞ》という和紙は、乾くと不透明な白になるからだ。熟練した修復家なら、楮紙の小さな切れはし、それどころか一本の繊維を使って、挿絵にできた破れを、補修の跡が見えないように修復することができる。しかしピーターはとても熟練者とはいえなかった。小さな筆と、特殊な糊と、楮紙の細い切れはしを使ってひとつひとつ頁の縁の破れを補修する作業は、面倒で退屈だと思う者もいるだろうが、ピーターはこの数時間の慎重な反復作業のあいだ、ほとんど禅の境地に達していた。彼は一日七時間働き、英文学のゼミを欠席し、ハンクが電気を消して終業時間だよ、と声をかけるまで時がたつのも忘れた。

『北風』の折丁をもう一度かがり合わせる前に、ピーターは新しい見返しにする材料を選んだ。上品な革の表紙にする計画だったので、ピーターが選んだのは、青、金、白が混じりあった、職人の手染めのマーブル模様の紙だった。それから本の折丁を順番に並べ、かがり台にぴんと張りわたした三本の麻のテープに縫いつけはじめた。この麻布が本の背の内側になる。一日がかりで、ピーターは本文をしっかりとかがり合わせた。頁は楽にめくることができるが、そっと引いても、はずれてくることはなかった。ピーターは『北風』がほんとうに息を吹き返しつつあることを感じていた。

「ねえ、お願い」とアマンダが言った。「ヒントだけでいいから」ふたりは図書館の裏手のベンチに座って、勉強の合間の息抜きに、秋の涼しい夕べを楽しんでいた。

「ヒントはなし」とピーターは言って、怒ったふりをしてそっぽを向いた。

「こうしたら話すんじゃない」アマンダは言って彼の脇腹をくすぐったが、ピーターは笑って身をよじったものの、頑として口を開かなかった。

「意地悪」とアマンダはすねた声で言い、彼の背中から両腕を回し、頭を彼の肩にもたせかけた。「ふたりのあいだに秘密があるなんて嫌よ」

「ないよ」とピーターは、急に真剣になって言った。「ほんとうの秘密はね。でもこれは君の誕生日のプレゼントじゃないか。僕だって少しくらい楽しみがほしいよ」

「じゃあ、いいわよ」とアマンダは言い、彼の頰にキスして腕を解くと立ちあがった。「なら、わたしにも勉強させてよね」

「ちょっと」ピーターはスキップしながら図書館に戻っていく彼女の後ろ姿に向かって呼びかけた。「休憩しようって言ったの、君だろ！」


「いい出来だ」と、翌日、『北風』の頁をぱらぱらとめくりながら、満足そうにうなずいてハンクは言った。「こういう仕事を見ると真実《まこと》の愛がこもってるのが伝わってくるよ」

ピーターは、ハンクが言うのがピーターのアマンダへの愛ではなく、本への愛情のことかもしれないとは思わずに、真っ赤になった。「ありがとう」それだけを絞りだした。

「どんな革を使うか、考えたかい？」ハンクが言った。

「もし残ってたら、青の子牛革がいいと思うんだけど」とピーターは言った。「その、値段がいくらするのか知らないけど……」ピーターの語尾がとぎれた。彼は、この仕事に使っている材料の費用について、どうやってハンクにきりだそうかとずっと迷っていた。革はそれだけでも非常に高価だが、楮紙からテープまですべて費用がかかる。図書館でのピーターの労働時間のほとんどは、作業研究の時間とみなされていた。彼は少しずつ書籍の取引をはじめていて、このよちよち歩きの商売でわずかな利益を上げていたが、その売り上げのほとんどを、あちこちのチャリティ・ショップやアンティーク・ショップからさらに本を買うのに費やしていた。彼の両親は小遣いとしてしぶしぶ月に二十ドルか三十ドルを送ってくれていたが、それは幾晩かアマンダとコーヒーを飲めば消えてしまった。彼は『北風』の再製本の材料代をどうやって払えばいいかわからなかったが、とにかく、借りがいくらになるのか知る必要があった。

「そうだね」とハンクは言った。「この作品の分くらいの大きさの青の子牛革なら、四時間ってところだな」

「え？」

「今学期、あと四時間、働いてくれれば、子牛革をあげるよ」

「それ以外の材料は？　ボール紙とか、見返しや、金箔は？」ピーターはハンクの瞳に、見覚えのあるきらめきを見た――そのきらめきをはじめて見たのは、ハンクがガールフレンド用の本の山のことを話したときだった。

「ボール紙を二、三度駄目にする頃までにだいたい三時間の貸し、プラス、革に四時間かな。

でももちろん、君は八月からこっち、三十から四十時間くらい超過で働いてるから、借りがあるのは俺のほうだと思うよ」

「ありがとう」ピーターは笑顔で言った。他に言う言葉が見つからず、彼は作業に戻った。

結局、彼はボール紙、つまり本の表紙になる分厚い紙の裁断をしくじらなかった。本文をかがりつけた麻のテープにそれをとりつけると、ピーターはその週いっぱい、製本プレス機に本を挟んでおいた。「本を新しい表紙になじませるんだよ」とハンクが言ったからだ。

十月二十日、ピーターは再製本のもっともデリケートで、神経をすり減らす作業にたどりついた。彼が選んだ高価な青い革で本を覆う作業だ。本がプレス機にかけられているあいだに、彼は革をちょうどいいサイズに慎重に裁断し、革すき包丁で縁を薄く削った。革を表紙に糊づけするのは午後いっぱいで済ませなければならない作業で、ピーターは素早く丁寧に手を動かす必要があった。糊の湿り気で、革がボール紙の上で伸びて、縁に巻きつけやすくなったが、同時に痕がつきやすく、また破れやすくもなった。ピーターはハンクが部屋の向こうから見つめているのを感じながら、革をひっぱり、伸ばし、くるみ、ぴったりと本の上に押しつけた。彼はハンクが、手を貸そうか？　と言いたくてたまらないのを知っていた。きわどいところにきて、実際、ピーターが角を折りながら、別の角を押さえる手がもうひとつほしいと思ったときなどは特にそうだった。しかし、ハンクは助けの手をさしのべたい気持ちをこらえ、ピーターは、なにがなんでも『北風』をひとりで製本しようという決意のもと、助けを求めたい気持ちに抵抗した。その日の午後の終わりには、革表紙の本は、乾燥させるためにふたたびプレス機にかけられた。

　翌日、おそるおそるピーターは本をプレス機からとりはずした。一晩、ほとんど眠れずに、革の浮きや、表紙を台無しにする皺のことを心配していたが、装丁はすっきりとなめらかだった。マーブル模様の見返しをつける作業を終えて、本を仕上げ用プレス機にかける。フェルトでくるんだ本をそっと挟み、ピーターは背の作業にかかった。熱した真鍮の道具を使って、彼は表題と著者名を金文字で刻印し、〝北風のうしろの国〟と〝ジョージ・マクドナルド〟のあいだには、装飾的な百合の紋章《フルール・ド・リス》を入れた。

　ピーターが表紙に金箔でＡ・Ｒの刻印を入れて最後の仕上げをしたときは、アマンダの誕生日までまだ一週間近くあった。誇らしい気持ちでいっぱいになりながら、翌日、彼はハンクにその仕上がりを見せた。

「お見事、ピーター」ハンクは言って、表紙を開くと、新しい綴じによってそれがなめらかに動き、楽々と頁が繰れることに感心した。「初心者は製本のとき、締めつけすぎることが多いんだけど、これはほんとうに手にとった感じが気持ちいいね」ハンクから本を受けとったとき、ピーターの胸は満足感ではちきれそうだった。

　そのあとの数日間、ピーターは『北風』を保存修復室の棚においておいたが、仕事に来るたびに下ろしては、そのひんやりしたしなやかな革の感触を味わった。ハロウィン当日の三十一日、工房を出る少し前に、ピーターはカリグラフィ用のペンと濃い黒のインク壺をとりだした。このためにずっとレタリングの練習を積んできたのだった。『北風』の前扉に、彼は十九世紀の書体にできるだけ似せた字で書いた。〝アマンダへ、愛をこめて。製本者ピーターより。一九八五年十月三十一日〟。

## 一九九五年二月十八日、土曜日、キンガム

ピーターは『パンドスト』の脆くなった表紙を開き、ほとんど一晩かかりそうな検証をはじめた。まず所有者の変遷からだ。著者本人から謎のB・Bまでの所有者の系譜は、その本が本物であることを裏づける、もっとも重要な証拠のひとつになる可能性があった。ピーターは英国の書籍蒐集の歴史について多少の知識はあったから、リストの名前のいくつかに見覚えがあった。しかし、所有者同士のつながりを調べ、エム・ボール、バーソロミュー・ハーボトル、ウィリアム・H・スミスなどの名前の人物を特定する作業が必要だ。そのリストはこうなっていた。

R・グリーンからエム・ボールへ
バーソロミュー・ハーボトル
Wm・シャクスピア、ストラットフォード
R・コットン、アウグストゥス　BⅣ
マシュー・ハーボトル、ンッド・ブル座

ジョン・バグフォード
ジョン・ウォーバートン
R・ハーレー、オックスフォード
ウィリアム・H・スミス代理人、B・メイヒュー
B・B／E・H

十の名前。この貴重な書物がひっそりと生き延びてきた四世紀以上もの歴史を語ってくれるだろう十の手がかりだ。

アマンダと一緒に夜な夜なデヴェロー・ルームを訪れた経験から、ピーターはフランシスが閉室後に職場に来ることはぜったいにないことを知っていた。だが彼にはいつも土曜日の二時から五時まで研究室で仕事をする習慣があった。特別蒐集室は、この時間は公には開室していないが、フランシスは一週間のうち邪魔が入らずに仕事ができるのはこの時間くらいのものだと言っていた。ピーターは夕食を終えたあと、ド・リッチ著『英国の書籍及び文書蒐集家』を調べ、バグフォード、ウォーバートン、ハーレーが誰かについて記憶が正しいことを確かめると、フランシス・ルランの直通の電話番号にかけた。

そうしながら、リッジフィールドを離れて以来、フランシスと言葉を交わしていないことに、彼は思い至らなかった。フランシスの電話番号はストレイヤー医師のリストの八番目の隣に書いてあったのだが、電話が四千マイルの彼方で鳴り響いているあいだ、彼はこの〝昔

った。

行ったとき、ピーターの目に入ったのはリストではなく、余白に走り書きされた数字だけだった。

の友人たちと連絡をとること〟という項目のことも頭になかった。番号を調べにキッチンに

キンガムに来てからというもの、ピーターはアメリカにいる友人たちに電話もせず、手紙も書いていなかった。ハンクも、アマンダの両親も、彼女の親友のシンシアも皆、葬儀で最後に会ったときに彼に必ず連絡をとるようにと懇願し、全員が彼の留守番電話にメッセージを残していた。アマンダを思いださせるものすべてから逃れようとして、ピーターはアメリカでの生活とのかかわりを完全に絶ち、残された人々が彼の長い沈黙をどう解釈するかについてほとんど心を向けることはなかった。そういうわけで、『パンドスト』の見返しの名前の人物をつきとめることに全神経を傾けていたピーターは、フランシス・ルランの声に混ざった興奮と安堵の響きの意味を理解しなかった。

「ピーター、ああよかったよかった。みんなほんとうに心配していたんだぞ。君、大丈夫かね？」

まるでフランシスが、君は今どんな靴を履いているのかね、と訊いたかのように、それはピーターにとってまったく見当違いの質問に思えた。「人を探しているんです」とピーターは言った。

「リッジフィールド夫妻か？」とフランシスは訊いた。「彼らはニューヨークにいるよ。しかし、もし君が電話してきたら、と言って電話番号をおいていってくれた。君の声を聞けば、

な、ピーター」

さぞほっとするだろう。われわれがみんな、なにを考えていたか、君には想像つかんだろう

いらだちがピーターの声に混じりはじめた。以前は、彼とフランシスはどんなときもお互いを理解していた。なのに今、僕らはどうしてこんなちぐはぐな会話をしているのだろう？

「違います」とピーターは言った。「そうじゃなくて、探している人間がいるんですよ」いったん夢中になると、ひとつのことしか考えられないピーターは、自分の要求を言葉にする方法を他に思いつけなかった。フランシスが答えるのを待たず、続けた。「はじめの三人は、おそらくエリザベス朝かジェームズ一世時代の人物だろうと思います。ひとりはロバート・グリーンとなんらかのかかわりがあります。名前はエム・ボール。それから他のふたりはハーボトルという姓で――バーソロミューとマシューです。マシューはレッド・ブル座と関係があります。それから、もっと後の時代、十八世紀か十九世紀の名前ですが、それがB・メイヒューとウィリアム・H・スミスです。後のほうの名は確かに珍しくはない名前ですが、おそらく書籍蒐集家だろうと思います」

「ピーター、どうしたんだね？」

もし、ひと息ついてフランシスの質問に答えようとしたなら、そこに、親が子をなだめるような調子を聞きとったかもしれない。かつて、ピーターが頑なになるとストレイヤー医師の声によくその響きが混じったものだった。しかし、彼はフランシスを無視することを選んだ。「ああ、それからいいお知らせがあるんです。ジョンソンの『英語辞典』の第四版を見

つけました。買うとおっしゃるでしょうけど、僕はアマンダの記念にデヴェロー・ルームに寄贈しようと思います」ピーターは一瞬、口をつぐみ、アマンダ・デヴェローの肖像を思い浮かべた。「僕のアマンダですが」と彼は付け足した。

「それは素晴らしい。聞くんだ、ピーター。そっちで誰かに診てもらっているかね？　つまり医者にということだが」

「どうして僕が医者に行くんですか？」ピーターは、フランシスの言わんとすることをまったく理解せずに言った。「僕は健康そのものですよ。もっとも、銃で撃たれたのは別ですけど」

「撃たれた？」フランシスが言った。「いいかね、ピーター、君はぜひ——」

「それでこの名前について、助言をしていただけますか？」とピーターはさえぎった。

電話線の向こうで沈黙があり、やがてフランシスが話しはじめた。今度はさっきよりも静かで落ち着いた声だった。以前のフランシスだ、とピーターは思った。「そうだね、エム・ボールはロバート・グリーンの愛人だ」彼は言った。「娼婦で、やくざ者の妹だった。彼女は死の床にいるグリーンのもとに現れて、私生児として産んだ息子の父親だと認めさせようとしたという逸話がある。彼は拒んだがね。バーソロミュー・ハーボトルを君が知らないとは意外だな。その名前は君のお気に入りの本の一冊に書かれているよ。彼は書籍商で、一六一〇年から一六二〇年のあいだに死んだ。彼が所有していたことを示す署名が、うちの『ハムレット』の〈バッド・クォート〉に残っている。あとの三人は、調べてみないとわからないが、レッド・ブル座がクラーケンウェルにあったことは知っている。ロンドン大火で焼け落ちたはずだ」

「すみませんが」とピーターは言った。「マシュー・ハーボトルかウィリアム・H・スミス、それにメイヒューについてわかったら、留守電にメッセージを入れていただけますか？　僕、出かけるかもしれませんので」

「ピーター、これはいったいどういうことなんだ？」とフランシスは訊いた。

「僕は聖杯を見つけたかもしれないんです」そう言うと、ピーターは電話を切った。

ということは、ロバート・グリーンはこの『パンドスト』を愛人に渡したのだ。それを彼女がハーボトルに売り、ハーボトルは『冬物語』の種本としてシェイクスピアにそれを売った、というのは簡単に想像がつく。シェイクスピアとロバート・コットンのあいだにつながりがあったという証拠はないが、劇作家である彼がコットンの図書館で調べものをしたとしてもおかしくない、というのがほとんどの学者の一致した意見だ。もしかすると『パンドスト』は贈りものだったのだろうか？　そしてコットンは蔵書を人に貸したことで知られている。ことによるとレッド・ブル座で『冬物語』の公演が行われ、このマシュー・ハーボトルは本を借りて、結局返さなかったのかもしれない。しかしピーターは、推測のこの部分はやや弱い気がした。なにしろ、十七世紀の劇団は脚本家を雇うことはなかったし、この流れではハーボトルという名前の一致が説明できない。

ピーターはその晩、『パンドスト』のマージナリアを丁寧に書き写した。休んだのは朝食の前にとった仮眠だけだった。裏表紙の見返しは『冬物語』の第四幕でオートリカスが歌う歌の下書きと、その周りのごたごたした走り書きでいっぱいだった。その塊を何時間もかかって解きほぐしたものの、それでも、多くの印や略語の意味に確信はなかった。歌詞のちょうど上に、ピーターは短い語句を見つけた。その上に書かれた別の言葉でずいぶん見えにくかったが、強いライトと拡大鏡の助けを借り、彼はついにそれを判読した。〝B・ハーボトル＝オートリカス〟。

バーソロミュー・ハーボトルが曲者の商人、オートリカスのモデルだったのなら、いかにして『パンドスト』がロバート・コットンの手からハーボトル家に戻ったのかについては、いくつもの可能性が浮かんでくる。バーソロミュー・ハーボトルがあとで返すつもりでそれを借りたのかもしれないし、単純に盗んだのかもしれない。『冬物語』はシェイクスピアの後半生で書かれたものだ。その頃、彼はすでに劇作家として名声を築いていた。もしハーボトルがいつかその本に値打ちが出るとにらんだなら、親族に渡した可能性もある。

居間のソファで眠りに落ちながら、ピーターは、『パンドスト』がロバート・グリーンから彼の愛人へ、さらに悪徳書籍商からウィリアム・シェイクスピアへ、ロバート・コットン、そして最後にこのマシュー・ハーボトルなる人物にたどりついた道筋を、おおよそ把握できたと感じていた。しかし、バーソロミューが死んだとき――フランシスの話では一六二〇年よりは前だ――マシューが生きていたとすれば、一六六六年の大火の年のあと、それほど長く生きたはずはない。そして本は、その時点でロンドンの外にあったのは確実だろう。しかし、リストの次の名前はジョン・バグフォードで、彼は一七一〇年頃に活躍した蒐集家であり、書籍商でもあった人物だ。それでは『パンドスト』は四十五年間、どこに隠れていたのだろう？　そしてもしこれがオックスフォード伯ロバート・ハーレーの蔵書だったなら、なぜ彼の他のコレクションと一緒に、大英図書館に収められていないのだ？

## 一七二〇年、北イングランド、ヨークシャー、ウェイクフィールド

ジョン・ウォーバートンはウィスキーをあおると、グラスをおいた。確かに職を失ったのはウィスキーのせいだが、今夜の取引が首尾よくいけば、もうしばらくは酒と頭上の屋根に不自由することはないはずだった。

図書室の中央にある大きなテーブルの上に、彼は増えつづけるコレクションの中からふたつの古文書の山を積みあげていた。左側の山は、彼の胸算用では今夜がお開きになるまでに彼に五百ギニーをもたらしてくれることになっていた。それは中世のもので、アングロ－サクソンや初期英語の写本の貴重な例が含まれている――まさに夕食に招いた客の興味を惹きそうなものだ。右側は、彼が売りたくない手稿の山――エリザベス朝とジェームズ一世時代の戯曲のコレクションだった。このうちのいくつかは、古い友人で、今は故人となった書籍商かつ印刷物の大蒐集家ジョン・バグフォードから買ったものだ。エクセター近郊の邸宅に放置されていたエリザベス朝の文書を見つけたバグフォードが、それをトランクに入れて、わが家の玄関に降り立った日のことは鮮やかに憶えている。

ウォーバートンは、その午後ずっと、自分のコレクションを代表する戯曲のリストを作っ

ていた。これを机に入れておき、戯曲は別の場所に隠して客の詮索好きな目から守るつもりだった。リストの戯曲は五十五点にのぼり、中にはロバート・グリーン、トマス・デッカー、クリストファー・マーロウ、ウィリアム・シェイクスピアの作品もあった。二、三点をのぞいて出版されたものはなく、ウォーバートン所有の版しかこの世に存在しない。

目録を完成すると、彼は文書の山を抱えあげて調理場に運んでいき、食器棚のいちばん上にしまいこんだ。いくら執念深い愛書家であっても、そこまで宝探しに出かけるとは思えない。だが彼は戯曲のコレクションのうち一点だけ——余白にウィリアム・シェイクスピアによる書きこみのある印刷本が、テーブルの上の中世の手稿の横にそのままになっていることに気づかなかった。

ロバート・ハーレーとその息子エドワードの図書室を管理する、ハンフリー・ワンリーは夜八時にジョン・ウォーバートンの家に到着した。

「ウォーバートンさん」とワンリーは片手をさしだした。「名高い蒐集家にお目にかかれて光栄です」

夕食後、ふたりの男は図書室に入り、ワンリーは血が騒ぎだすのを必死で抑えた。図書室のテーブルの上に載せられた手稿の多くはきわめて平凡なものだったが、何点か極上の品があったからだ。

「これなど、どんなコレクションに入れても、九世紀英語で書かれた写本の最高の例だと思うが」ウォーバートンは福音書の一部の古写本を開きながら言った。「しかし、最高とはいえないでしょう」

「素晴らしいには相違ありませんが」とワンリーは言った。

「にしても、これ一点で百ギニーの価値はある」とウォーバートンは言った。

「値段についてはもう少しあとでお話ししませんか。その結構なポートワインをもう少しいただきましょう」こうしてワンリーは、夜更け過ぎまでワインが注がれつづけるようにはからった。相手がグラス一杯飲み干すごとに、彼は一口すするだけで、ふたりで手稿を空の櫃《チエスト》につめはじめたときには、ウォーバートンは千鳥足になっていた。やがて、屋敷の主《あるじ》は椅子にくずおれ、ワンリーが残りの作業を引き受けた。

今だと思ったワンリーは、テーブルの上の数点の文書はまだ調べていなかったが、すべてをさらって櫃に入れ、蓋をしっかりと閉じた。

「現金でお支払いしましょう」とワンリーは言った。

「五百ギニー」とウォーバートンはろれつの回らない口調で言った。

「それはお話になりませんな」とワンリーはてきぱきと言った。「この売渡証に署名していただきましょう」彼は机に紙を一枚おくと、ウォーバートンの手にペンを握らせた。

「じゃあいくらだね？」とウォーバートンは薄目で紙を見た。「三百か？」

「百ギニー」とワンリーは言った。「公正な値段です。あなたもご承知のとおり」まあ不公正な値段ではなかろう、とワンリーは思った。確かに安い買い物ではあるが。

「百だと？」とウォーバートンは言った。「しかしわしは――」

「その値段か、このお話はなかったことにするかです」とワンリーは言った。「こちらにおいてまいりましょうか？」

「いや、待て！」ウォーバートンは声をあげた。酔ってはいたが、自分の手元の請求書の山は、百ギニーあればお釣りがくることに気づかないほどではなかった。彼はペンをとると、インク壺に浸し、売渡証に名前を殴り書きした。翌朝、目を覚ましたとき、彼は机につっぷし、片手に百ギニーを握りしめていた。


ウォーバートンが調理場に隠した戯曲の手稿を探しにいったのは一年が過ぎた頃だった。調理場の扉を押し開けると、目に入ったのは、テーブルの上に広げられたベッツィ・ベイカーご自慢のパイの材料だった。料理人のベッツィは悪くないパイをつくる。油断のならないハンフリー・ワンリーの目を逃れるために手稿を隠した背の高い戸棚に手を伸ばし、ウォーバートンは、あると思っていた一抱えの紙束ではなく、ほんの数枚の紙しかないことに驚いた。消えた書類を探して他の戸棚を調べはじめたとき、ちょうどベッツィが庭から入ってきた。

「おはようございます、ウォーバートン様。朝のお食事が足りませんでしたかね？」

「いや、そうじゃない」とウォーバートンは言った。「朝食は結構だったよ」

「おやまあ、ありがとうございます、ウォーバートン様」とベッツィは言いながら、彼が手にしていた文書の中から『コルシカの女王』（一六四二年のフランシス・ジャック作の戯曲）の一頁を抜きとった。「あの高い戸棚に手を伸ばして紙をとるのがほんとに難儀でございましてねえ」

「なんだって？」とウォーバートンは言った。「まさか……」彼は質問をしかけたものの、言葉を終えることができなかった。

「あたしのために旦那様がそこに載せといてくださった紙でございますよ。とるたんびに背中が引きつれちまってね。でもこれがパイを見事に仕上げる秘訣なんでございますよ、旦那様」そう言うと、その頁をパイ皿に押しこんだ。「パイ皿には必ず紙を敷くもんですからねえ」


ハンフリー・ワンリーは櫃からウォーバートンの書物の最後の数点をとりだし、買った覚えのない本に気づいた――ぼろぼろで、書きこみでいっぱいの古いロマンスだった。両方の見返しにも書きこみがあったので、その本には図書室の蔵書票を入れず、代わりにこれまでの所有者のリストに、自分の雇い主の名前――〝R・ハーレー、オックスフォード〟――を書き加えた。

ワンリーがその古いロマンスをもっとよく調べて、図書室の目録に記録しようとしたとき、ハーレー卿が客を伴って部屋に入ってきた。客はケンブリッジシャーから来た蒐集家だった。「ワンリー」とハーレー卿は言った。「こちらの友人が、エリザベス朝の衣装に関する研究に使えそうな本を、この図書室から何冊か借りたいそうなのだが」

「かしこまりました、旦那様」とワンリーは言った。「どうぞご自由にご覧くださいますように」

「ありがとう、ワンリー」とハーレーは言い、図書係と客を残して、さっさと部屋を出ていった。

「こちらにご入り用なものがあるのではないかと存じますが」とワンリーは言い、手稿を櫃から出していたテーブルの上の棚を示した。

「すまないね、ワンリー」と客は言った。「一分で済むよ」

実際、探していた本を客が見つけるのには一分少々の時間しかかからなかった。彼がそれをワンリーに見せると、ワンリーは貸し出し本の帳簿にその題名を丁寧に記録した。そのあいだに、客は、テーブルに載っていた薄い本をとり上げた。それは『パンドスト』という題のロマンスだった。彼は、その晩、寝る前に読むために、それを部屋に持って上がろうと思いついた。

あいにく、ロバート・ハーレーのもてなしは夜遅くまで続き、夕食後に出されたポートワインは質も量も申し分なく、客は床に入る前に本を読もうという意欲も気力もなくしてしまった。翌朝、客は『パンドスト』を鞄に入れたまま家に向かって出発した。

六年後の一七二六年、ハンフリー・ワンリーが死んだ。彼が後半生のほとんどをかけてロバートとエドワード・ハーレーのために築きあげた図書室は、その時代においてもっとも充実した書籍と手稿のコレクションであった。手稿のコレクションは一七五四年に国に売却され、大英博物館、そしてのちの大英図書館の礎をなした。

しかし、一七二〇年のあの夏の日に、客として訪れた蒐集家が拝借した薄い本は、ハーレアン・コレクションに戻されることはなかった。それを借りた男は、帰宅した二週間後に死に、本はハーレー家、オックスフォード＝モーティマー伯の蔵書票のある、エリザベス朝の衣装に関する三冊の隣にとり残された。嘆き悲しむ未亡人は、衣装の本は返却したが、その一冊は屋敷の図書室の棚に押しこんだ。本は二冊の分厚い二つ折り本のあいだにすっぽりと隠れ、百五十年以上の時をそこで過ごした。

# 一九八五年、リッジフィールド

毎年恒例のリッジフィールド大学ハロウィン仮装舞踏会がはじめて開かれたのは、一九五八年、七棟の新しい学舎の落成を祝ってのことだった。学舎の建設を可能にしたリッジフィールド家を讃え、大学は改称された。昔からの教授陣は、そんな舞踏会は、かつての保守的なバプティスト系の学校が金で売られた事実を世間に見せびらかすようなものだと陰口をたたいたが、あまり声高にはたたかなかった。広々とした学部のラウンジや、新しい図書館に備えられた個人閲覧室や、学生の知的レベル及び自分たちの給料の目覚ましい向上には満足していたからだ。

仮装舞踏会は大学全体の行事で、華々しく飾られた広い体育館で行われたが、ピーターは参加したことは一度もなかった。しかし今回ばかりは、アマンダが誕生日のために行きたいと言うので、嫌だというわけにはいかなかった。ピーターはずっとふたりだけの世界にこもっていられれば満足だったが、アマンダには、カフェとデヴェロー・ルームでの自分とのデートの他にも社会生活があることも知っていた。彼女がパーティーに出たことや、劇を観にいったことを話し、そうした行事にエスコートしてほしいとピーターを誘うたびに、彼は勉強があるとか、図書館の仕事のせいで大学の授業についていく時間がないとかと主張した。これまで彼女は、彼をそうした幻想に浸らせてくれていたが、ハロウィン舞踏会に彼の腕につかまって入場するのを思いとどまってはくれなかった。

「それにね」と彼女は言った。「仮装舞踏会のいいところは、衣装の下に隠れられるところよ。あなたはピーター・バイアリーじゃなくなるの。ロミオになるのよ」

「ロミオは最後に死ぬって知ってるよね」とピーターは言った。

「知ってるわ」アマンダはささやいた。「でももうひとつ、彼、ジュリエットと寝るのよ」

ピーターにはこれが約束なのか、尋ねる勇気はなかった。今のところアマンダと寝ていないことに不満はないと自分に言いきかせつづけてはいるが、それが本心だと自分に思いこませるのがだんだん難しくなりつつあった。舞踏会の夜、ピーターは必死になってデヴェロー・ルームでアマンダを待っているプレゼントのことだけを考えようと努力した。

　彼女は演劇科からふたりの衣装を借りてきた。彼女の寮の部屋のドアにかかった長い鏡に自分を映して見たとき、さすがのピーターも自分がピーター・バイアリーには全然見えないことを認めないわけにはいかなかった。金色の上履き、緑色のタイツ、それに見事な金の刺繡を施したダブレットの陰に、本物のピーターはすっかり隠れてしまった。これまでアマンダの寮の部屋に入ったことはなかったが、ルームメートは夕食に出かけているからそこで着替えていい、と彼女が言ったのだった。そのあいだに彼女は廊下の奥の浴室で支度した。アパートで着替えて、ロミオの扮装でリッジフィールドの街を八ブロックも歩くなんてとんでもない、とピーターが言ったからだ。

ドアがノックされ、ピーターは鍵を回してアマンダを部屋に入れた。彼女はまるで絵のように美しかった。青と銀の豪華なタペストリーが肩から床に垂れ、同じ色のリボンが巧みに髪に編みこまれている。なによりも素晴らしいのは、ふたりがキャピュレット家の舞踏会——仮面舞踏会——の場面の衣装を着ているということだ。だから、ふたりとも飾りのついたマスクをつけている。これがあればピーターは冷や汗をかかずに、なんとか体育館の人混みの中に足を踏みいれられそうな気がした。

「あなた素敵よ」とアマンダは言って、彼のダブレットを整えた。「わくわくする?」

「どきどきしてるよ」とピーターは言った。

アマンダは彼の手をとり、身を乗りだして、軽く唇にキスした。「心配することなんてないわ。マスクをしててもキスはできるもの」

「心配してるのはそこじゃないよ」とピーターは言った。「もう何か月も、君の友達みんなが僕に会おうと待ち構えてるだろ。マスクをしてたって、見世物にされる気分だよ」

「まず、わたしにはそれほど友達がいないの。それから、あなたは誰とも話す必要はないから。ただわたしと踊って、素敵でいてくれればいいだけ」

「そのあとでプレゼントを開けるんだね」

「あなたにもプレゼントがあるわ」とアマンダは言って、彼の片手を両手でとった。

「でも、今日は君の誕生日なのに」とピーターは言った。

「そうだけど、でも、わたしたちふたりのための日だもの」彼女は彼をドアのほうにひっぱった。

ピーターはアマンダには山ほど友達がいて、ふたりで仮装舞踏会に入っていけば、どっと自分に襲いかかってくるだろうと想像していた。僕はロミオなんだ、と強く自分に言いきかせ、頭の中で劇の台詞を繰り返しながら、この運命に立ち向かう覚悟を決める。だが体育館に入って、パンチのグラスを手に十分間、騒々しいダンス・ミュージックのせいで話もできないままふたりだけで立ち尽くしていると、アマンダがさっき言った、自分にはあまり友達がいないというのは、ほんとうなのかもしれないという気がしてきた。そういえば、名前を聞いたことがあるのは三人だけだった――ルームメートのジル、幼馴染でやはりリッジフィールドに入ったシンシア、それから同じ美術史専攻のアリソンだ。友達の数はピーターよりも三人多いが、彼が恐れていたような、きらびやかな社交界の花形たちが押し寄せてくるわけではない。

音楽がゆっくりしたバラードに変わると、アマンダはパンチをおいて指を彼の指に絡めた。「踊って」と彼女は言った。ピーターは彼女に導かれるままに体育館の真ん中に出ていき、互いにもたれかかりながら揺れる何百もの身体に囲まれた。彼女が彼の手を腰に引き寄せ、自分の手を彼の肩にのせると、ふたりは踊りはじめた。ステップを数歩踏んだあと、ピーターは彼女がリードしていることに気づいた――彼はダンスのことはなにも知らないのだ。しかし、そのリードがもたらした結果は、ふたりの周囲の、背を丸めて、足をもぞもぞと動かしていたカップルたちよりも、はるかに優雅だった。ピーターは身体の緊張を解き、口には出さずに、彼女に伝えようとした。そうだ、リードしてくれ。僕はどこまでも君についていく。マスクの奥に彼女の瞳のきらめきが見えた。彼女は無言のまま語っている、そうピーターは思った。ダンスフロアに大きな弧を描いてアマンダに導かれながら、ロミオとは違い、彼は愛する人の声にならない言葉をすべて受けとめた。

そのあと入口のそばに立って、入ってくる風に当たって涼みながら、アマンダはピーターを彼女の友達に、一度にひとりずつ紹介した。

「で、この人があなたのロミオなのね」とシンシアは言った。彼女はマリー・アントワネットの扮装で、仕上げに首に血まみれの傷跡をつけていた。「わたしたちのジュリエットをつかまえるなんて、あなた運がいいわ」

「おお、彼女は松明《たいまつ》に輝き方を教えている」とピーターは言った。マスクと、衣装と、自分の言葉ではない台詞のおかげで、シンシアとの顔合わせはずっと楽になった気がした。

「彼女、あなたのこと、ほとんどなにも教えてくれないの」とシンシアは言った。「でも、アマンダは昔から隠し事がうまかったものね。彼女から聞きだせたのは名前だけ」

「名前になんの意味があるの？」とアマンダが言って、ピーターの手を握りしめた。

「僕を恋人とだけ呼んでくれ。それが僕の新しい洗礼名だ」とピーター。

「あなたたちお似合いよ」とシンシアは笑いながら言って、アマンダを軽く抱いた。人混みの中に戻る前に、彼女はピーターの手を握って言った。「いつか、あなたがほんとうは何者なのか教えてもらうからね」ピーターはアマンダ以外の誰かが、彼がほんとうは何者なのか知ることがあるのだろうかと思った。今は、仮面をつけたロミオでいられることが嬉しかった。モンタギュー家の若き跡継ぎのおかげで、彼は大学での初の本格的なパーティーを乗り切ることができた。次はいつ、衣装と仮面なしでロミオの登場が求められることになるんだろう、と彼は考えた。

彼とアマンダは、涼しい十月の空気の中を、手をつないでキャンパスを横切って歩きながら、仮面をとった。遠くでリッジフィールド・チャペルの鐘が午前零時を告げていた。

「あれが鳴ってるってことは、君の誕生日のプレゼントは遅れちゃうね」とピーターが言った。

「待つのは平気」とアマンダは言った。「ねえ、今晩あなた最高だったわ」

「僕はただ君のリードについていっただけだよ」とピーターは言った。

「わたしがどれだけあなたに頼ってたか、わかってないでしょう？　去年、あの舞踏会に行ったときは惨めだったの。隅っこに二時間立って、ダンスに誘ってくれた男の子たちを全員断って。ただ場違いな気分だった。今晩はほんとに自然な気がしたの——踊ることも、暗がりでのキスも、友達との馬鹿みたいな会話も。わたしはただ、あなたにずっと支えてもらっていただけ」

「僕は君が僕を支えてると思ってたけど」とピーターは言った。

「だから相思相愛っていうんじゃない」とアマンダが言った。

デヴェロー・ルームで、ピーターはアマンダに彼女の誕生日のプレゼントを渡した。修復したときと同じ細心さで包装してある。

「これのために、ずっとこそこそしていたのね」とアマンダは言って、包みの重さを手ではかった。

「開けて」とピーターは重々しく言った。

アマンダはそっと包みを解いた――思ったとおり彼女は包み紙を破らなかった。

「本だわ」彼女は微笑んだ。「本だってわかってた気がする」

「開けて」とピーターはもう一度言った。

アマンダは本を開き、注意深く題名を読み、それから頁をめくった――目を奪われるような挿絵が現れるたびに手をとめながら。

「綺麗だわ、ピーター」と彼女は言った。「それにこの装丁、素晴らしいわ。どうやって……その、こんなこと聞いちゃいけないってわかってるけど、どうしてこんな……こんな美しいものを買えたの？」

「たった一ドルだったんだ」

「いやね、ピーター。そんなはずないでしょう」とアマンダは言った。「こんな本を誰が一ドルで売ってくれる？」

「まあね、僕が買ったときは今のとおりの姿というわけじゃなかった。ばらばらになってたようなものだったから、君のためにかがりなおして製本したんだよ」

「あなたが……」アマンダは本を閉じ、はじめて、表紙にある自分のイニシャルを見た。しなやかな革を優しく両手で撫でながら、なにをどう言えばいいか本当にわからなくなったように見えた。ピーターのそばにいるとき、アマンダはめったに言葉を失うことがなかった。彼はそんなことをなし遂げた自分に、あふれるような誇らしさを感じた。彼は頰が紅潮するのを感じて、ダブレットを見下ろし、意味もなく気恥ずかしさを隠そうとした。そんな必要はないことに気づいて顔を上げたとき、アマンダの目は涙で曇っていた。

「君を泣かせるつもりじゃなかったんだ」と彼は言った。その瞬間、彼女の腕が彼に巻きついた。その身体はすすり泣きに合わせて震えていた。ピーターは、ひょっとして自分は知らずに彼女の人生の辛い思い出に触れてしまったのだろうかと思った。アマンダの叔父さんが悲劇的な製本事故で死んだとか、そういうことだ。しかし、アマンダはようやく涙ながらに口をきいた。

「世界でいちばんパーフェクトなプレゼントだわ」と彼女は言って、しがみついていた腕をゆるめたので、彼女が涙を袖で拭きながら微笑んでいるのが見えた。「こんなことをしてくれるなんて、どれだけあなたが……わたしを愛してくれてるのか想像もつかない」

「すごくだよ」とピーターは簡単に言った。自分の力で、愛する女性の心をこれほど動かすことができたと思うと、今度は彼が涙をこらえる番だった。

「ああ、ピーター」彼女は言い、涙に濡れた目で彼の目を見つめた。「わたしも愛してるわ」

「知ってるよ」とピーターは言って、微笑した。知ってはいたが、彼女がそれを口にしたのはじめてだったからだ。「君の気持ちは知ってる」

「さあ、もう泣くのはおしまい」とアマンダは言って、深呼吸した。「これは完璧なプレゼントだったわ。そういうことでこれ以上メロドラマみたいなことはやめましょう。それに今度はあなたがプレゼントを開ける番よ」

「包みがないけど」とピーターは言った。

「わかってないわね、ロミオ」とアマンダは言って、ピーターの手をとると、ドレスの前を編み上げた紐に導いた。「さあ、プレゼントを解いて」

## 一九九五年二月十九日、日曜日、キンガム

ジュリア・アルダーソンが売った本を調べにヘイに出発するのは、もう少し陽が高くなってからで構わないため、朝食をとりながら、ピーターはもう一度、『パンドスト』の所有者のリストをにらんでいた。その本がシェイクスピアからコットンへの贈りものだったのか、それからどんな経路でマシュー・ハーボトルからジョン・バグフォードの手に渡ったのかが判明すれば助かるのは確かだ。しかし、もっとさし迫った問題は、B・Bとは、E・Hとは誰なのか、そしてなぜ本がイーヴンロード・マナーにたどりついたのか、だ。もしこの本が偽書であれば、シェイクスピアの評価が爆発的に高まった十九世紀に作られた可能性が高い。真本であることを証明するには、ピーターは謎のイニシャル、イーヴンロード・マナー、そしてジュリア・アルダーソンの奇妙な態度がどうつながるのかを解き明かす必要がある。しかし不幸にして、アルダーソン家について信頼のおける情報源は家政婦しかおらず、彼女に再会するには偶然を祈るほかなかった。マーティン・ウェルズは一家についてなにか知っているかもしれないものの、あの画家が日曜の朝に前ぶれもなく訪問されることを歓迎するとは思えなかった。

二杯目の紅茶を飲みおえ、三枚目のトーストを食べおわったとき、ようやくピーターは日曜の朝は、近所の人たちと知り合う絶好の機会であることに気がついた。ストレイヤー医師が、村人と知り合うには教会がいいと言っていたが、この数か月、ピーターにとって知らない人間に会うよりもさらに興味がもてないことがあるとすれば、それはたったひとつ、神のもとで時を過ごすことだった。いっそ信仰を捨ててしまえたら、どんなに楽だろうとよく思ったが、ピーターはいまだに信者であり、そして彼の信仰とは神はくそったれであるということだった。

ピーターがセント・アンドリュー教会の前方の何列かの席に固まっているわずかな信者たちからなるべく離れた後列の席にすべりこんだときは、もう八時の礼拝がはじまっていた。夕方、ひとりで村はずれまで散歩するとき、墓地に続く門の前を百回も通ったことがあったが、教会の建物はおろか敷地の中に足を踏みいれたことは一度もなかった。内陣はじっとりと薄暗く、効率のいい魔法瓶のように冷気を内側に保っていた。

ピーターの一家は、クリスマス・イヴやイースターのような行事のときだけ近所のバプティスト教会に行っていたが、アマンダの導きで、ピーターは大学三年のときに米国聖公会に出会った。はじめは彼女を喜ばせるためだけに通っていたが、やがてその典礼や音楽の美しさを認めるようになった。数年たつと、なにも疑うことなく子供のように神を信じてきた気持ちは、アマンダに寄り添われながら、深く成熟した信仰に成長していった。アマンダを失っても、ピーターは神への信仰を失わなかった――つまるところ、神を信じていなければ、起こったことについて神を責めようがないではないか。

英国国教会の礼拝は米国聖公会の典礼によく似ていて、ピーターはいつひざまずき、立てばいいか、またいつ、祈りや唱和に加わるべきかもすぐわかった。しかし、彼はじっと座り、コートをしっかりと身体に巻きつけたまま、寒さと全能の神を拒絶した。彼は聖体拝領を受けなかった。

会衆とオルガンが最後の讃美歌を喘鳴《ぜいめい》のように歌いおえると、すぐに活動の中心は会衆席の後部に移り、コーヒーのトレイがどこからともなく現れ、カップが回された。ためらいがちに、ピーターは身を寄せ合う人々の輪に加わり、カップに手を伸ばした。はじめのうち、誰も彼に気づかないように見え、よりによって教会で見も知らぬ人たちの一団と話をしようなどと思ったのが浅はかだったと考えはじめたとき、横で元気のいい男の声がした。「あんた、ウェスト・ストリートのコテージを修理したアメリカ人だろ」ピーターが返事はおろか、話しかけてきた相手を確かめる間もなく、女が口を出した。「そうそう、店でお見かけしましたよ」

突然ピーターはちょっとした有名人として注目の的になり、ほとんど目新しいこともない、決まりきった日常の気分転換として温かく迎えられた。はじめに彼に話しかけた男は、聖堂番のアランだと名乗った。背が高くて横幅もある白髪の老人で、着ているツイードの服のために毛を刈られた羊は何頭にもなりそうだった。彼はピーターの肘をとると、人の輪の中を連れ回し、キンガムに住む年寄りたちに引き合わせた。

「それで、このキンガムでアメリカ人がなにをしとるのかね？」とコーヒーをすすりながら握手をした小柄な男が訊いた。

「じつは、僕は書籍商なんです」とピーターは言った。「古書を売買しています」そう付け足し、自分が村に腰を据えた理由はこれで説明がついたというような顔をした。この告白は、ピーターが慈善事業家か、ノーベル賞受賞者だと名乗ったとしても、これほど熱烈ではあるまいと思われるほど、人々の輪に大変な賞賛の声を巻き起こした。

「それで、村でなにかいい本は見つかったかね？」とアランが尋ね、ピーターがまさに必要としていたきっかけをつくってくれた。

「昨日、イーヴンロード・マナーで何冊かいいものを見つけました」と彼は言った。「でも、じつは、間違って先にイーヴンロード・ハウスに行ってしまったんですが」これを聞いてみんなのあいだから爆笑が起きた。

「それは確かに大間違いだな」とひとりの男が言った。

「一日でイーヴンロード・ハウスとイーヴンロード・マナーにねえ。てことは、あんたはこの村の〝古《いにしえ》の遺恨〟を見たというわけだ」と別のひとりが、『ロミオとジュリエット』を引用した。

「どういう意味ですか？」とピーターが言った。

「ガードナー家とアルダーソン家のあいだには何世紀も続く諍《いさか》いがあるのよ」とピーターが今まで気づいていなかった女が言った。ひどい猫背で小柄なので、他の教区民たちの肘の下に隠れてしまいそうだった。しかし、その声はしっかりとして、明瞭だった。

「それについて誰かが本を書いているんじゃなかったかい?」とシェイクスピアを引用した男が言った。

「そうそう」と小柄な女が言った。「コーンウォールの紳士が二、三か月前にここに来てね。うちの姉と長いこと話してましたよ。その話をちゃんと知ってるのは姉ですからね」マーサと名乗るこの女性にさらに年上の姉がいるというのは信じがたい話だったが、またしてもあの得体のしれないコーンウォールの紳士が人の口にのぼったことで、優雅なイーヴンロード・マナーの住人と、荒れ果てたイーヴンロード・ハウスの住人とのあいだの確執は、なんらかの形でB・Bの正体とつながっているにちがいないとピーターは確信した。

「面白そうなお話ですね」とピーターは言った。「まさにシェイクスピア的だ」

「そんな事情になったのは悲しむべきことなのですよ」と牧師が言った。「隣人同士がそんな態度をとってはなりません」

「あの人らの誰も、この教会の敷居をまたぐことなんかありませんよ」とアランが言った。

「それに牧師先生をお茶に呼んだりもしませんさ。だからせっかく隣人同士の態度についてお説教なすってもあの人らには届きませんて」これでまた、一同はどっと笑い、それが週に一度の集いの終わりを告げる合図にもなったらしかった。陶器の触れ合う音を響かせながらコーヒーカップがトレイに集められ、そのトレイもさっと片づけられた。信者たちはスカーフを巻き、野を越えてチャーチルから吹きよせる朝の風に備えながら、出口に向かった。

牧師も別れの言葉をかけるためにささやかな信徒たちの群れのあとに続き、気がつくとピーターはひとりになっていた。しかし、それは彼の思い違いだった。「うちにケーキを食べにおいでなさいな。ルイーザがその話をしてくれるから」と声が言った。ピーターが見下ろすと、マーサが彼の隣に立って、手袋をはめているところだった。彼は腕時計に目をやった。九時半だ。そろそろ車で出発したいところだったが、アルダーソン家とその隣人の歴史についてもう少し深く探るチャンスは、あまりにも魅力的だった。

「ケーキですか、いいですね」と彼は言ってマーサに腕をさしだすと、彼女をエスコートして外に出た。

マーサとその姉は教会から小道を百ヤードほど行ったところの三部屋のコテージに住んでいた。家に着いたとたん、マーサは新しい薪を暖炉の火にくべ、ピーターにジンジャー・ケーキを分厚く切って出すと、寝室に消えて姉を連れてきた。ルイーザはマーサよりもさらに小柄で、もっと背中が曲がっていた。その姿に、ピーターは『不思議の国のアリス』で、アリスが縮んで顎が靴にくっついてしまう場面を思いだした。暖炉のそばの椅子に座ったまま彼女を見下ろしつつ挨拶をしていると、恐ろしく皺だらけの八歳の子供に話しかけているような気分になった。マーサは姉を椅子に座らせたあと、また姿を消して、すぐにお茶のトレイを持って戻ってきた。彼女はそれぞれのカップにお茶を注ぎ、まだ一言も発していないルイーザのほうを向いた。

「バイアリーさんはね、アルダーソン家とガードナー家のことをすっかり聞きたいんですって」と彼女は言った。嬉しそうな笑みがルイーザの顔に浮かんだ。何世紀も昔のゴシップを、誰であろうと耳を傾けそうな人間に話すのが、人生の晩年にさしかかった彼女の生き甲斐であるらしかった。

「あれはなかなかの話だからね、ほんとに」と彼女は言った。そしていったん言葉を切ると、お茶をすすり、さっそく物語をはじめた。

「じいさんがイーヴンロード・ハウスのガードナー家で働いていたのよ。一八七〇年代、まだほんの子供だった時分からね。それであたしが小さい頃、ふたりでお屋敷の庭に散歩にいってはあの一家の話をいろいろとしてくれたんですよ。ガードナー家の皆さんは親切で穏やかな人たちだって、じいさんはいつも言ってたっけねえ」親切で穏やか、というふたつの言葉は、現ガードナー家当主との対面をふり返ったとき、ピーターの頭に浮かぶ形容詞ではなかった。

「じいさんが、ガードナー家の誰かが大声を出したのを聞いたといったら、アルダーソンの名前が出たときだけだったんですって。よくよく憎んでいたんだねえ」

「なぜなんです？」ピーターが訊いた。

「どれくらい昔からなのか、あたしも知らないのよ。言い伝えでは、イングランド内戦のときはどちらの家も王党派で、両家で二百人の軍勢を隠していたという話だけど、どこに隠したのかねえ。その頃、お屋敷はどちらもそんなに大きくなかったそうだから。でも、どこかで仲違いしたんだわね。どっちの家も、二百年前には、イーヴンロード川に粉ひき場を建てたがってたってことはわかってるの。ほら、ガードナー家は川の南側の土地を全部持ってて、アルダーソン家は川の北側を持ってたけど、川の持ち主は誰なのか、誰にも決められなかったんですよ。ただ、その話の前から、仲はあんまりよくなかったらしいけど。うちのじいさんが働きだした頃には、フィリップ・ガードナー様が家を継いでなすってでね。じいさんは昔よくフィリップ様の話をしてましたよ。フィリップ様は画家きどりだったんですって」

ピーターはこの新事実を聞いてお茶にむせそうになった。フィリップ・ガードナーがB・Bなのか？　コーンウォールから来た男がキンガムで質問をして回ったのはそのためか？

「どんな画家です？」ピーターは訊いた。

「あんまりたいした画家ではなかったみたいよ」とルイーザは言った。「じいさんの話では、フィリップ様は何度も何度も王立美術院だか水彩画協会だかに入ろうとしたんだけど、結局駄目だったんだって。アルダーソンさんのせいだっていつも言ってたらしいよ。もっとも、その頃にはガードナー家は、うまくいかないことはなんでもアルダーソン家のせいにしてたけど。じいさんが言ってたけど、一八六〇年代に洪水が谷に押し寄せて、羊が全滅したときだって、アルダーソン家のせいにしたらしいから。どうやってアルダーソン家の人たちがお天気を変えるのかわからないけどねえ」

「でも、このフィリップ・ガードナーという人は画家だったんですね？」話題を戻そうとピーターは訊いた。

「そうね」とルイーザは言った。「絵は描いてましたよ。それで画家と呼ぶもんなのかあたしにはわからないけど。じつはね、お屋敷を維持していくもっとあてになる方法を見つけたっていうのがほんとうのところなの。ウィットニーのお金持ちの未亡人を奥さんにもらったんですよ。でも、それもあんまりうまくいかなかったんだけど」

「愛人のことを話しておあげよ」とマーサが言った。

「ほんとうのところはわからないんですよ」とルイーザは言った。「でも、フィリップ様がご結婚されたあとで愛人を作りなすったという噂は使用人のあいだで聞こえててね。でも、これだけは確かなんだけど、未亡人とご結婚なすってから四年で、奥様は姿を消して、旦那様は不思議な亡くなり方をしたの」

「事故ってことになったんだけどね」とマーサが言った。

「あれは事故なんかじゃないね」とルイーザが言った。「すくなくとも、じいさんはそうは思ってなかった。どっちにしてもフィリップ様が亡くなって、ご家族の礼拝堂に埋葬されてからは、誰もあのお屋敷を気にかけなくなっちゃったのよ。その頃から、荒れていってねえ」

「愛人が一緒に埋められてるって話だけどね」とマーサが小声で言った。

「あんたそんな話を真に受けるもんじゃないよ」とルイーザ。

「でも姉さんだって知らないじゃないの。じいさんも礼拝堂には入ったことないんだから」

「あれはまだあるのかねえ」とルイーザが言った。「子供の頃、じいさんが指さして教えてくれたけど。その頃だって、蔦がびっしりはびこって、崩れかけてたし」

「どこにあったんですか?」とピーターは尋ねた。フィリップ・ガードナーの結婚に関するスキャンダルの謎をあきらかにすれば、B・Bに関する手がかりが得られるだろうか。

「家の先の丘を下ったところですよ」とマーサが言った。「ただトマスが案内してくれるとは思えないけど」

「トマス? 今、イーヴンロード・ハウスに住んでいる人ですか?」

「あたしの聞いたところでは、庭のキャラバンに住んでる人だけどね」とマーサが言った。

「そうよ、トマスよ」とルイーザが言った。「フィリップ様の甥の孫よ」

「つまり」とピーターは言った。「このフィリップ・ガードナーは挫折した画家で、裕福な未亡人と結婚し、四年後に謎の死を遂げた、とこういうことですか?」

「そうそう」とルイーザは言った。「誰も奥様を人殺しで訴えなかったけど、とにかく死体をあっという間に埋めちゃったの。そうじいさんが言ってたよ」

「フィリップ様っていろんな書類とか、そういうのを集めてた人だったたっけね?」とマーサが訊いた。

「ああ、そうだったね。忘れるところだった」

「どんな書類ですか?」ピーターは訊きながら、またひとつ、証拠の破片が正しい場所に嵌まりそうな興奮を押し殺そうと努力した。

「未亡人のお金が入ったんで、フィリップ様はちょっと自慢しようとしたんじゃないかしらね。それでアルダーソンさんが蒐集家きどりで家具やら美術品やら集めてて、特にあれに弱いって知ってたの……あれ、なんて言うんだっけね？　王様の手紙とか署名とかそういうやつよ」

「古文書ですね」とピーターは助け舟を出し、イーヴンロード・マナーの秘密の箱を思い浮かべた。

「きっとそれだね」とルイーザが言った。「とにかく、フィリップ様はそういうものを自分で集めだしたの。よくじいさんに見せびらかしたんですってさ。ほんの数年しか続かなかったけど」

「アルダーソンさんを怒らせたい一心でやってたんだね」とマーサが言った。

「そうに決まってるわね」とルイーザは笑いながら言った。

「それで、コレクションはどうなったんですか？」とピーターは訊いたが、ほぼその答えはわかっていた。

「さあねえ」とルイーザは言った。

「アルダーソン家に売ったとは考えられませんか？」

とピーターは訊いた。

「ガードナー家の人間なら、どんな高値がついたって、そんなことするくらいなら暖炉にくべて燃やしちまうでしょうよ」とルイーザが言った。

「それでこの話をみんな、コーンウォールから来た人に話したんですか？」ピーターが尋ねた。リズ・サトクリフがヴィクトリア朝美術の世界に向けてすっぱ抜こうと躍起になっているスキャンダルに、今ここでぶつかったのはほぼ間違いないようだった。

「ああ、そう」とルイーザが言った。「あんたさんよりもっと年のいった紳士だけど、あたしから見たら若僧だねえ」ルイーザとマーサは笑いだし、ピーターもなんとか調子を合わせようとした。なぜなら彼の頭は、ルイーザの物語のもつれた糸をたぐり、それを解きほぐしてすべての証拠がぴたりとおさまる筋書きにまとめようとしていたからだ。

「もしかして、その紳士の名前を憶えていませんか？」ピーターは訊いた。

「憶えてますよ」とルイーザは言った。「グレアムって言ってたよ。白い髭をぼうぼうに生やしてててね」

「それで姓は？」

「苗字かい」と、ルイーザは急にしぶい顔をした。「さあ、知らないね」

「あたしも知らないねえ」とマーサが言った。

# 一八五六年、ロンドン

フィリップ・ガードナーはオックスフォードからの列車を降り、つい最近落成したパディントン駅の、ガラスと鋼鉄製の巨大な洞窟の中に入っていった。彼は二十四歳で、ロンドンにひとりで来たのはこれがはじめてだった。腕に抱えているのは、絵の入った大きな紙ばさみで、それが将来への道を開いてくれることを彼は夢見ていた。彼は急ぎ足でプラットフォームを駅の出口のほうに向かい、一頭立ての辻馬車を呼びとめた。

「王立美術院まで」と御者に告げると、鞭がぱちりと鳴る音とともに、馬車はフィリップを乗せ、彼の未来に向かってがたがたと動きだした。

ベンジャミン・メイヒューは、乗ろうとする汽車の出る時刻より十分早くパディントン駅に着いた。彼はオックスフォード大学のホーリーウェル・ミュージック・ルームで開かれる本のオークションに向かうところだった。最近亡くなった教授《ドン》の蔵書を処分するという話を聞きつけたのだ。ベンジャミンは、相当な数の貴重な書籍が競りにかけられることをオックスフォードの知人から聞いていたが、昨日、店に来た書籍商仲間にオックスフォードまではるばるその競売に出かける意味はあるだろうかと尋ねられたときは、その蔵書は、つまらない宗教関係の雑文の寄せ集めにすぎないと断言した――進んで競争相手を増やすことはあるまい。

出発まで何分かあったので、ベンジャミンは《W・H・スミス》に向かった。イングランドの鉄道のターミナル駅のどこでも見かけるようになった書店チェーンのひとつだ。ベンジャミンは新聞と書籍の棚をじっくりと眺め、ふとオーナーのウィリアム・ヘンリー・スミスその人が書いたパンフレットに目を留めた。彼の目をとらえたのは、この偶然ではなく、パンフレットの題名だった――『シェイクスピア戯曲の真の作者はベーコン卿か？』ベンジャミン・メイヒューは、ウィリアム・シェイクスピア以外の誰かが、その名を冠する戯曲を書いたなどという意見に出くわしたのはそれがはじめてだった。大英帝国でもっとも成功した新聞販売店《ニュースエージェント》の経営者がそのことについてどんな説を唱えているのか興味をもったベンジャミンは、そのパンフレットを一部、タイムズ紙と一緒に買い、まもなくオックスフォード行き列車の一等車に気持ちよく落ち着いた。

『シェイクスピア戯曲の真の作者はベーコン卿か？』の中で、ベンジャミンが読んだのは哲学者フランシス・ベーコンこそシェイクスピアの作品の作者であるというスミスの主張だった。スミスはシェイクスピアを〝お粗末な教育しか受けず、名声に無頓着で、金儲けに汚く、劇場の経営にばかり熱を入れた人物〟と呼び、これは、〝現在、彼の名がこれらの戯曲に結びつけられているというだけで、われわれが彼をその作者である〟と考える根拠には不足であると述べていた。一方、ベーコンについては、スミスによると〝彼のもつ経歴は、もしわれわれがシェイクスピア劇に内包されるいくつもの手がかりをもとに作者の人物像を描くことを求められたならば、まさに描くだろうと思われる人物の経歴そのものである〟と書いていた。さらにスミスは、なぜベーコンが自分の名前と劇場が結びつけられないようにしたのかを論じ、また、彼が法律家として教育を受けている事実によって、シェイクスピア劇の作者があきらかに法律の広い知識を有することの謎に説明がつくと、議論を展開していた。

汽車が蒸気とともにオックスフォードに到着するまでに、ベンジャミンはそのパンフレットを三度も読み返していた。文学上の論争に関心のある裕福な商人は、古書商にとって最高の客になりそうだ、と彼は思った。その日の午後、彼はホーリーウェル・ミュージック・ルームの競売でおおいに買いあさった。マローンの『ある雑纂文書の信憑性に関する審理』の初版にはずいぶんと張りこんだ。この本の中でマローンはシェイクスピアの稀代の贋作者、ウィリアム・ヘンリー・アイアランドの正体を暴いている。それは、スミスに安値で見せるのにうってつけだ、と彼は考えた――ベンジャミン・メイヒューの経験上、得意客をつかまえようと思えば、その客が熱を入れているものと関係の深い書物に、市価より安い値をつけて餌にするのが一番だった。

## 一九九五年二月十九日、日曜日、ウェールズ、ヘイ・オン・ワイ

キンガムを出てヘイ・オン・ワイに向かいながら、ピーターの心は渦を巻いていた。中性紙の封筒に入れた『パンドスト』は、車の後部座席の革鞄に入っている。フィリップ・ガードナーは挫折した画家で、自分が失敗した恨みを隣人のアルダーソンに抱いていた。ガードナーは裕福な未亡人と結婚し、アルダーソンへのあてつけで古文書の蒐集をはじめた。四年後、彼は死に、愛人と殺人の噂が近隣でささやかれた。この奇妙な話のどこかに、自分が盗んだ水彩画と、『パンドスト』の真贋についての鍵があるはずだ、とピーターは確信していた。アルダーソンが古文書のコレクションを手に入れようとして、フィリップ・ガードナーを殺害したのだろうか？　それとも、アルダーソンは愛人と共謀していたのか？　それに、一族の礼拝堂にどんな秘密が眠っているのだろう？

ひとつだけ、ピーターがほぼ確かだと思えることがあった。フィリップ・ガードナーの貴重な古文書のコレクションは、結局、彼の敵の手に渡ったのだ。マーサとルイーズのコテージを出たあと、ピーターは小道を歩きながら、突然、イーヴンロード・マナーの文書の隅にひとつひとつ、Ｅ・Ｈと、絡みあうようなイニシャルが鉛筆で書かれていたことを思いだし

た。彼はそれを、以前の所有者のモノグラムだと考えたのだが、今になってみるとE・Hはイーヴンロード・ハウスを指しているのだと合点がいった。そして、彼の鞄の中に大切にしまいこまれた『パンドスト』にも、同じイニシャルがあった。

ピーターは、ヘイ・オンワイの《チャーチ・ストリート・ブックス》のウィンドウの前で、ほんの四日前に目を皿のようにして見つめた同じディスプレイに興味があるふりをし、誰かが店に入って主人の注意をそらしてくれることを願いながら、うろうろと立っていた。無用な会話をするのはごめんだった。特に「あんた、あの水彩画を盗んだ奴じゃないかね？」からはじまる無用な会話は。

五分後、客が店に入っていって、店主の注意がそちらに向いた。エドモンド・マローンの本は、まだ、ピーターが四日前においた場所にあった。その隣には、ウィリアム・ヘンリー・アイアランドが、みずからが行ったシェイクスピアの原稿の贋造の詳細をまとめた二巻本と、アイアランドの戯曲、『ヴォーティガン』があった。彼がシェイクスピア作として売ろうとしていたものだ。四冊とも、見返しにE・Hの組み合わせ文字のイニシャルがあった。

その棚に並んでいる次の二冊はもうひとりの有名なシェイクスピアの贋作者、ジョン・ペイン・コリアーによるものだった。またしても、イーヴンロード・ハウスのモノグラムが記されている。ピーターは不吉なパターンを読みとった。ジュリア・アルダーソンがこのシェイクスピアの贋作者の手による本、あるいは彼らに関する本のコレクションを、イーヴンロード・マナーの図書室から持ちだして、『パンドスト』の真贋に疑いがかからないように画策したのはほぼ間違いない。これらの本は、どこからみても贋作者として訓練を積もうとする人間の蔵書だ。今、ピーターの足元の鞄に入っているのが、その贋作者の最高傑作なのだろうか。

　同じ棚のその隣にあった本は、ピーターの疑念をさらに深めただけだった。『シェイクスピア戯曲のテクストに関する注釈と修正』——コリアーが自身のもっとも大胆な贋作をもとにして書いた本で、その偽書は『パンドスト』とあまりにも似通っていた。一八五二年、コリアーは驚くべき発見を発表した。一六三二年に印刷されたシェイクスピアの戯曲の〈第二《セカンド》・二つ折り本《フォリオ》〉を入手したというのだ。この本の余白には何千もの覚書とテクスト注釈が書きこまれていた。コリアーは、これらの注釈がシェイクスピアの戯曲の〝より純粋な原稿〟に由来するものだと主張した。そのフォリオは、数世代分のシェイクスピア学者に研究材料を約束するものだった。ところがコリアーは、その本を精密な調査に引き渡すことを拒否し、デヴォンシャー公爵の図書室に隠してしまった。老公爵が死ぬと、息子は大英博物館にその本を細かく調べることを許可した。マージナリアはあきらかに贋作であり、あらゆる証拠がコリアーを贋作者だと指し示していた。

　今、ピーターが手にしているのは、緑色のモロッコ革でぜいたくに製本し直された、コリアーの悪名高い本だった。裏表紙の内側の隅に、蝶の形の小さな印章が押されている——製本者のマークだ。表紙の見返しには、おなじみのE・Hのモノグラムがあり、さらにもうひとつ、『パンドスト』のマージナリアに対する疑念がいやおうなく膨らむものがあった。その頁の上部に不揃いな書体で、〝ジョン・ペイン・コリアーより、フィリップ・ガードナーへ。一八七七年〟という献辞があったのだ。つまりシェイクスピアの注釈の贋作者として名高いコリアーは、ピーターの見るところ画家Ｂ・Ｂである可能性がもっとも高く、『パンドスト』の所有者でもあったフィリップ・ガードナーの知人ということになる。『パンドスト』もコリアーが贋造し、ガードナーの古文書の中にまぎれこませたのだろうか？　コリアーが『パンドスト』を〝発見〟しなかったのは、一八七七年よりもずっと以前に、贋作者として告発されていたからだろうか？

ピーターは、それでも『パンドスト』が本物であることを願っていたが、すでに自分の期待の整理をつけはじめていた。コリアーが作った、これまで記録されていないシェイクスピアの偽書の発見、それもこれだけ大胆な贋作は、シェイクスピア研究の池に小さなさざなみを立てるだろう。注釈が本物だった場合の大波乱には届かずとも、発見には違いなく、学術雑誌に論文の一本も載るくらいの価値はあるだろう。その場合でも本は熱心な入札者を集めるだろうし、しかも完全に揃った初版本となればなおさらだ。たとえシェイクスピアの貴重極まりないマージナリアがなかったとしても、それは重要な作品の、じつに珍しい一冊なのだから。

かつてイーヴンロード・ハウスの蔵書であり、おそらく最近までイーヴンロード・マナーの蔵書であった、シェイクスピアの偽書に関する本のコレクションは全部で十冊あった。最後の三冊は、コリアーの正体を暴露し、彼の贋作を日の目にさらした書物だった。ピーターは十冊すべてをきちんと積み重ね、表の部屋に持っていき、カウンターにおいた。

「おや、またあんたかね？」と店主が言った。

ピーターはうつむいたまま小切手帳を出した。「ええ。新しいお客さんが文学の贋作に興味があって、ここで見たことを思いだしたんです。全部、買い取ります」

「ああ、そりゃなかなかのコレクションだよ。変なカップルが二か月くらい前に持ってきてね。文学好きという感じじゃなかったな。かといって、盗んだ本じゃなさそうだがね。本泥棒にとっちゃ、あんまりぱっとしないタイトルだからさ」

「それを持ちこんだ人の名前を憶えていらっしゃいませんよね？」とピーターは言いながら、ジョン・アルダーソンが妹のぺてんに加担しているのだろうかと考えた。「来歴を少し調べようかと思ったものですから」ディーラーが別のディーラーに売り物の出所を尋ねるのは、慣習にかなうやり方とはいえなかったが、その理由が学術的なもので、商売に関するものでなければ、ルールは曲げられることもある。

「どれどれ」と男は言いながらカウンターの下から大きな帳簿をひっぱりだし、頁を繰りはじめた。「おとなしいご婦人だったね、あんまりぱっとしないというか。言ってる意味わかるかね」

「ネズミみたいな感じですか？」ピーターが言った。

「そうそう」と男は言った。「まさにそういう感じだよ。けど、小切手は男のほうに宛てて書いたからね。ああ、これだ」彼は言い、帳簿の書きこみにそって指を動かした。「トマス・ガードナーって男だ」

# 一九八五年、リッジフィールド

童貞の喪失をとりまくすべてはピーターにとって安心できるものだった――慣れ親しんだデヴェロー・ルームという場所、アマンダの慣れ親しんだ腕というだけでなく、ロミオの役を演じた名残りが、盾《プロテクション》となってくれ、最奥に秘められた自分をさらけ出しすぎないですんだ。別の種類の用心《プロテクション》については、アマンダが他のなにもかもと同じようにとりはからった。脱ぎ捨てた衣装に囲まれて、柔らかなカーペットの上で愛を交わしながら、彼女はダンスフロアで彼を導いたときのように彼を導いた。そのあと、彼は彼女の横で身体を丸めて、頭を彼女の裸の腹にのせたまま、彼女の肌の火照りが自分の手の下で少しずつ鎮まっていくのを感じた。ふたりは黙ったまま横たわり、その沈黙を破るのは、ふたりのひとつになった呼吸だけだった。ピーターは生まれてはじめて、誰かとの深い一体感を覚えていた。

とうとうアマンダが手を彼の手に重ねて、そっと口を開いた。彼女の声は、ふたりの上に広がる洞窟のような空間にもかかわらず、カーペットのせいでくぐもっていた。「わたし、はじめてだったの」彼女は言った。

「僕もだよ」ピーターが言った。

彼女はそっと彼の手を両手でとると、自分のなめらかな肌の下のほうにいざなった。「二度目も同じくらい素敵か、試してみましょう」彼女は言った。

ハロウィンの二日後の土曜日の朝、ピーターはキャンパスを横切って図書館に向かって歩いていた。うつむいて、前かがみになり、本を胸にしっかりと抱いて——これが中学生の頃からずっと、外界から彼をうまく守ってくれてきた姿勢だ。ところがそのとき、彼の脇で潑剌とした声がした。

「おはよう、ロミオ。今日はわたし、頭がくっついてるんだけど、誰だかわかる？」ピーターは顔を上げて、アマンダの友人のシンシアを見ないわけにはいかなかった。彼女は満面の笑顔で、ピーターと並んで歩いている。

「おはよう、シンシア」彼はつぶやいた。「悪いけど図書館に行かなくちゃいけないんだ」

「わたしも行くところなの」と彼女は明るく言った。ピーターは嘘だと思った。不安な展開だ。彼は足どりを速めたが、シンシアは笑顔のまま歩調を合わせた。リッジフィールドじゅうで土曜日の朝に図書館に行く学生は、じつのところ彼ひとりしかいないのだ。

「やっとちゃんと話せるわね。仮装パーティーでは、まともな会話なんかできないもの」ピーターは、そこが舞踏会のいいところなんだ、と考えていた。「ねえ、アマンダはいつもあなたのことを話すけど、〝ピーターと一緒にこれをやった〟〝ピーターと一緒にあれをやった〟っていうのばっかりで、あなたがほんとうはどんな人なのかって話になると、全然話してくれないの」

「僕はどちらかというと内気な人間だと思う」とピーターは言い、本を握りしめる力を少し強めた。できるだけ早くこの会話から逃げだしたかったが、アマンダが彼のことをいつも話している、とシンシアが言ったとき、嬉しさが身体を駆けめぐったのは認めないわけにいかなかった。それから、アマンダが友達にピーターとわたしはセックスしたのよ、と話したかもしれないという考えが浮かび、とたんに、胃がぎゅっと締めつけられた。彼は小道の煉瓦の模様を食い入るように見つめながら、シンシアと並んで歩いた。

「いいじゃない、別に」とシンシアは言った。「内気でも。ああ、わたしはそうじゃないわよ。わたしがどんな気分でいるか、知りたくても知りたくなくても、みんな知ってるの。でも、そういえばアマンダもいつもちょっと内向的なところがあるわね」

「アマンダと僕はそういうところが似てるんだと思うよ」とピーターは言った。

シンシアはピーターの腕に手をかけて軽く握り、ひっぱって彼を立ちどまらせた。ずっと地面ばかり見ているのは失礼だと思ったので、彼は顔を上げてシンシアを見たが、それでも目を合わせるのは避けていた。両手が汗をかきはじめ、彼は本を落とすのではないかと心配した。「ねえ、ピーター」とシンシアは言った。「あなたが内気な人っていうのはわかるわ。きっとそうなった理由があるんだと思う。でも、わたし、あなたの友達になりたいの。ほんとうに。そうなりたい理由はとっても単純なことよ。わたしは六歳の頃からアマンダを知っているの。彼女はわたしのいちばんの親友よ。でね、あなたと付き合いだして、彼女、ほんとうに幸せそうなの。このわたしが見たことないほどね。あなたはたぶん、それほどたくさんデートしたことないでしょ、だからアマンダと比較する人があんまりいないんじゃない？」

「誰ともデートしたことないよ」とピーターはつぶやいた。

「だったら聞いて。アマンダのあなたへの気持ちは——女の子が、その辺のデート相手に対してもつような気持ちなんかじゃないの。彼女、ほんとに真剣なのよ、ピーター。それでね、ここが大事なところなんだけど、あなたも彼女に真剣なら、わたし、親友と一緒にこれからの人生を歩んでいく男性とぜひ友達になりたいと思ってる。でも、もしあなたがいい加減な気持ちなら、今すぐそう言ってちょうだい。そしたらわたし、アマンダに、彼女の気持ちを傷つけた罰としてピーターのケツに蹴りを入れといたって、報告するんだから」

シンシアは笑顔のままだったが、ピーターはこの最後の脅しが冗談ではないことを感じとった。もうひとつ気がついたのは、この演説のあいだに、いつのまにか手の汗がひき、自分がシンシアの目をまっすぐに見つめていることだった。

「こんなことを君に話すのは少し変な気がするけど」とピーターは言った。「だって、僕は君のことほとんど知らないから。でも、うん、僕は彼女に真剣だ。彼女はまだ気づいてないかもしれないけど、僕は、君の親友と一緒にこれからの人生を歩んでいく男だよ」ピーターはこう宣言しながら、誇らしさで頬が紅潮するのを感じた。しかし、視線を落とすことなく、シンシアを見つめつづけた。

「よろしい」彼女は言うと、彼の腕に腕をかけ、図書館のほうに彼をひっぱった。「じゃあ、ケツに蹴りを入れるのはやめとく」

「それから、友達をやるのはあんまり得意じゃないけど、僕は君の友達になりたいよ」

「ピーター」とシンシアが言った。「あなたは最高の友達になると思うわよ」ふたりはうちとけた沈黙の中で、図書館までの残りの道を歩いた。そしてシンシアは入口で彼の頬にキスをすると、キャンパスの反対側の寮のほうに戻っていった。ピーターは笑いながら重いドアを押して中に入り、彼女はいつから自分を待ち伏せしていたのだろうと考えた。


デヴェロー・ルームのテーブルに本をぽんとおいたとき、ピーターはフランシス・ルランの研究室に明りがついているのに気づいて驚いた。午後の仕事のためにフランシスが来るまで、特別蒐集室には自分だけしかいないものと思っていたのだ。いつもの椅子に座ると、今日のニューヨーク・タイムズ紙がテーブルに開いてあり、〝ナショナル・ギャラリー、米国最古の印刷物を収蔵へ〟という見出しの記事のところで折り返してあった。彼は新聞をとりあげて読みはじめた。

その記事には、ソルトレークシティの稀覯書を扱っているマーク・ホフマンという書籍商が、アメリカで印刷された最古の文書、『自由民の誓約』のブロードサイド版を発見した経緯が書かれていた。一六三八年か一六三九年に、マサチューセッツ州ケンブリッジで印刷されたという『誓約』は、記録はあるものの、実際に印刷されたものは一部も現存しないとこれまで考えられてきた。

「それはアメリカ文化史における聖杯だな」ピーターが新聞をテーブルにおいたとき、フランシスの声がした。

「ほんとうに百五十万ドルの価値があるんですか？」とピーターは訊いた。それがホフマンの代理で『誓約』の取引に当たっているニューヨークのディーラーの提示額だった。

「オークションにかけたらどんな金額がつくんだろうなあ」とフランシスは言った。「それ一部しかないからね。百五十万ドルというのは強気の金額とは思うが、馬鹿げてはいない。それ問題は、誰が買えるか、だ」記事によれば、米国議会図書館と米国稀覯書協会が詳細な科学調査を行って、『誓約』は本物だという結論を出していた。

記事には、歴史文書、それもモルモン教会に関連するものを探すことに情熱を注いでいたホフマンが、最近、ソルトレークシティで三回起きたパイプ爆弾事件のうちのひとつで負傷したことについても書かれていた。地元の警察は、ホフマンを爆弾事件の容疑者とみているらしかったが、そんな暴力行為と『誓約』の燦然たる発見とのあいだを結ぶ線はなかった。

「もし、そういうものを見つけたらどうします？」とピーターはフランシスに訊いた。

「この連中がやったのと同じことをするだろうな」とフランシスは言って、鉛筆で新聞を軽く叩いた。「疑って、専門家に送るよ」

「こういう専門家は、カーターとポラードがワイズの贋作を暴いたのと同じテクニックを使ったと思いますか？」とピーターは訊いた。

「科学調査の技術は五十年前よりも今のほうがもう少し進んでいるが、そうだね、基本的には彼らも三つのポイントを検証しただろう。まずは出所、つまり過去の所有者の履歴だ。これだけ古くて貴重な物の場合、それがどこから出たもので、なぜそんなに長期間、発見されないままだったのかを問う必要がある。次に、内容を見なくてはならない。テクストにその時代にそぐわないものが混ざっていないか——綴りや、言葉の使い方、その時代には存在しないもの、などなどだ。その点はこの文書の場合、あまり問題にならないがね。『誓約』のテクストは様々な史料の中に記録されているから、誰でも調べればわかる。最後が材料だ。インクは言われているとおりの古いものか？　紙は正しい時代のものか？　印刷技術や活字書体はその時代に合っているか？」

「それで、これは本物だと思いますか？」とピーターは訊いた。

「先にこの目でその科学調査報告書を見たいがね。それを見ずして贋物ではないとはっきり判定できない。しかし、本物である可能性は高いようだね」

「アメリカではじめて印刷された文書か」とピーターは言った。「大変なものですよね」

「そう」とフランシスは言った。「確かに大変なものだ」

# 一八七五年、ロンドン

彼がその女をはじめて見たとき、彼女は一八七五年の王立美術院展でジョン・エヴァレット・ミレイ（一八二九—一八九六。ラファエル前派の有力な画家）のカンヴァスの前に座っていた。彼は贔屓にしている書籍商のベンジャミン・メイヒューに会いにいく途中でそこに寄ったのだった。メイヒューとは珍しい古文書の購入について打ち合わせをすることになっていた。フィリップ・ガードナーは、かつてみずからの作品がロンドンの画廊の壁にかけられる夢を抱いたが、王立美術院と王立水彩画協会の度重なる却下にあって、自分には芸術家としてのとびぬけた才能はないと諦めていた。技術的には申し分なかった——もし彼に、結婚するという先見の明がなかったなら、複製画家としてそれなりの暮らしを立てていくことになったかもしれない。が、彼にはオリジナルの作品を作りだす芸術家としての創意が欠けていた。美術界に拒絶され、彼はひっそりと、可もなく不可もない水彩画を描いて田舎の屋敷の壁に飾り、年に一度、王立美術院を訪れてはみずからの不足を再認識するのだった。毎年、彼は展示室を回りながら、時折、人だかりができているカンヴァスの前で立ちどまり、なにがその絵をそれほど特別なものにしているのか、自分に見抜けるかどうか試そうとした。見抜けたことは一度もなかった。

女が手袋をはめた手に持っている小さな冊子には下線が引かれ、余白にもびっしりと書きこみがあった。彼女は背が高く、フィリップに言わせれば近寄りがたい風があった。髪は黒く、射抜くような視線は誘惑的であり、かつ不安をかきたてるようでもあった。顔の線は鋭かったが、そのドレスの下にあるのは見るからに女らしい曲線だった。フィリップには婦人を公の場で見つめる習慣はなかった。彼の結婚は、彼に収入を、妻に地方の邸宅をもたらした建前上のものだったが、二、三シリングを懐に、コヴェント・ガーデン近くのとある通りにぶらりと足を向ければ、必要な性的欲求のはけ口は得られた。だから、彼はなぜこの婦人に自分が惹かれるのかわからなかった――おそらく、彼女が絵の中の人物のごとく、しんと動かなかったからかもしれない。それとも、あまりにも堂々と落ち着きはらって見えたからか。あるいは、彼女があきらかにひとりきりだったからだろうか。

彼女の目はカンヴァスに注がれ、他の見学者が彼女と絵の中の男のあいだに割りこんでも、たじろぐ様子もなかった。その男は闘牛士のように見え、女を運びながら岩だらけの道をのぼっている。女の両手は男の首の後ろで組まれ、その顔は男の肩ごしにこちらに向けられているが、その表情からは、女がさらわれつつあるのか、救助されているのか、それとも単に足首を痛めたせいで、ピクニックの場所から丘に運び上げてもらっているところなのか、フィリップにはなにも読みとれなかった。そうした可能性を検証していて、思ったよりも長くフィリップはそこにとどまっていたのだろう。横で声がし、気がつくと、彼が観察していたさっきの女が立ちあがって、彼に向かって口をきいていた。

「ラスキン（ジョン・ラスキン。ヴィクトリア朝の美術評論家）はその絵が嫌いなのです」と女は言った。まだ視線は絵に注がれていたが、手にした小冊子を持ち上げた。「恋人たちの一方に身体があって顔がなく、もう一方に顔があって身体がないのは、手抜きだそうですわ」フィリップは連れのない婦人が、公の場で、連れのない男に向かって臆面もなく話しかけてきたことに面食らった。しかし、世の習いに背くこの振る舞いは、それ以外のいくつかの要素によって彼にとってその刺激を弱められた。まずフィリップが意表をつかれたのは、女がアメリカ人だったことだった。第二に彼を驚かせたのは、彼女にあきらかに教養があるらしいことだった。女性との知的な会話は、姉の死と、自分の結婚という二重の悲劇以来、彼がずっと恋しく思ってきたものだった。第三に、そしておそらくもっとも強力な作用を彼に及ぼしたのは、彼女の漂わす、蠱《こ》惑《わく》的な香りだった――彼はそれをなんと表現していいかわからなかった。しかしふり返って女を見、その香りに包まれた瞬間、彼は女を自分のものにしなければならないと知った。

「このふたりは恋人同士なのですか？」彼は訊いた。「僕にはわからなかった」

「あら、もちろんそうですわ」と女は笑って言った。「この絵は『愛の王冠』というんですもの」女は一歩、絵に近づくと、目を細めてカンヴァスを見つめ、それからふり返ると、はじめてそのまなざしを彼に向けた。「でも、おっしゃることわかりますわ。ふたりは敵同士と言ってもよさそうね。紙一重ですわ」

　フィリップ・ガードナーは自分の無知を、批評家の鋭い鑑識眼だと解釈されたことに舞いあがり、自分に愛と危険とを混同する奇態な癖があることに気づかなかった。

## 一九九五年二月二十日、月曜日、ホーンズロウ、イングランド

　ピーターはその晩、ヒースロー空港近くの名もしれぬホテルに泊まった——ヘイからロンドンに向かって車を走らせたが、都会の交通量の中を運転するつもりはなかった。いつも車を空港に停め、地下鉄で市内に入ることにしている。ほとんど眠れなかったが、それは仇敵同士であるはずのジュリア・アルダーソンとトマス・ガードナーが、どうやら手を結んでいるらしいという事実を理解しようとしていたせいだけではなかった。教会で、両家のあいだの〝古《いにしえ》の遺恨〟について『ロミオとジュリエット』を引用した男が、知らずに的を射たことを言っていたのだとしたらどうだろう？　ピーターは筋書きが見えてきた気がした。

　どういういきさつか、ジュリアとトマスが出会って恋に落ちる。ふたりのあいだを裂くのは、両家の不和だけでなく、トマス・ガードナーの貧しさだ。ところがジュリアは有名なヴィクトリア朝の贋作者がウィリアム・シェイクスピアの筆跡で書きこみをした稀覯本を見つける。彼女はアメリカ人の書籍商が近所に住んでいることを聞きつけ、恋人と一緒にこのアメリカ人を騙して、『パンドスト』をなにも知らない彼のクライアントに莫大な値段で売りつけさせようと考えた。そうすれば、生き残っている親族は顔をしかめるにせよ、ふたりは

イーヴンロード・ハウスを建て直し、末永く幸せに暮らすことができる。だが、もしこのアメリカ人書籍商が贋造に気づいたら？　自分たちの計画を守るためにふたりはどこまでやるだろうか？　ピーターは『パンドスト』について、できるかぎりのことを調べなくてはならなかったが、同時に、なるべく早くイーヴンロード・マナーに戻り、なんの問題もないふりをする必要があった。

翌朝、ピーターはなんらかの答えが見つかるかもしれない場所――大英博物館に行こうとしていた。彼とアマンダがハネムーンではじめて英国に来たとき、フランシス・ルランは、ピーターのために大英博物館の司書、ナイジェル・クックに会えるように手配してくれた。「これから英文学の書籍を扱っていくなら、あそこの知り合いが必要だ」とフランシスは言った。「あそこには他にはないようなものがあるからな」ハネムーンのさなかに半日をつぶして、図書部門の埃っぽい部屋や散らかったオフィスで過ごすのはおかしなものだった――ボートでキューガーデンズに行ったり、《サヴォイ》で晩餐をしたりするのにくらべると、ロマンティックとはいいがたい。しかし、アマンダがはじめてテート・ギャラリーとヴィクトリア&アルバート博物館を訪れたとき、ピーターは彼女の情熱をたっぷりと満足させた。だから彼女もピーターのために喜んで同じことをした。不安と興奮でいっぱいのピーターはアマンダの手を握り、ナイジェル・クックのあとについて迷路のような部屋べやを抜け、彼のオフィスに向かった。

ナイジェルはピーターに、人生最大の書誌学的興奮のひとつを与えてくれた。『ハムレット』の〈バッド・クォート〉との出会いと比較しても遜色ない興奮だ。彼はピーターに、ロバート・コットンの図書室にあった写本を触らせてくれたのだ――十一世紀の、驚嘆するほど美しい挿画で飾られた祈禱書で、ラテン語の題辞によれば、ウィンチェスター大聖堂と、ウィカムのウィリアム大司教にゆかりのあるものだった。さらにナイジェルはピーターとアマンダに、施設を簡単に見せてくれた。カタログ作成室、客員研究者の部屋、インクと紙の試験を行うラボ、それにリッジフィールドにあったような修復工房。

「わたしでお役に立てることがあればいつでも連絡してください」と、ナイジェルは一般公開用の展示室でふたりに別れを告げるときに言ってくれた。彼は名刺をさしだし、ピーターはそれを財布にしまった。あれから七年がたったが、それはまだそこに入っていた。

ピーターは午前九時五分にホテルの部屋からナイジェルに電話をかけた。おなじみの、他人と接触することへの恐怖感がこみあげてきて、番号の最後の数字を押す前に逡巡したが、汗に濡れた手のひらを掛布団でぬぐうと、ボタンを押した。ナイジェルはすぐに彼のことを思いだし、なにも訊かずにピーターが頼んだことに手を貸そうと言ってくれた。当然、ピーターはナイジェルにすべてを打ち明けたわけではなかった。そんな秘密に巻きこまれるのは迷惑だろう。

「『パンドスト』の初期の版を持ってまして」とピーターは言った。「おそらく記録にないものだと思います」ナイジェルは博物館にある唯一の、しかし不完全な初版と、ヒンマン照合機《コレーター》を使わせてくれると言った。さらに、ラボはもちろん紙とインクの分析をやってくれるとも言った。結果は数日以内にわかるらしい。

「それから、ピーター」とナイジェルは言った。「連絡をくれてほっとしました。二か月ほど前にフランシスと話したんですが、君のことを心配しているようでしたよ。大丈夫ですか？」

ピーターは、この質問について自分が慎重に考えをめぐらせたことに、驚いた。確かに、この数日で、自分は飛躍的な進歩を遂げた――赤の他人にみずから話しかけ、本の世界の探求に戻り、新たな情熱につき動かされるまま、秘密の巣穴から這い出てきた。しかし、自分は大丈夫だと言うのは――それは少し先走りすぎな気がした。長い沈黙のあと、彼はその問いに、最善と思える返答をした。「わかりません」彼は言った。

次の番号をダイヤルする前のピーターのためらいは、さらに長かった。アマンダ以外の人間に電話をかけるのは普段から大嫌いだが、すくなくともナイジェルは自分の問い合わせをすぐに理解して受け入れてくれるのがわかっていた。しかし、リズ・サトクリフに関してはそんな保証はなく、それどころか――彼は彼女にすでに断られたことを頼まなければならないのだ。ベッドに腰かけて十分間、彼女の名刺をにらんだあと、なにを話すべきか考えをまとめることを諦め、番号をダイヤルし、ヴィンダルーの皿を挟んで彼に微笑みかけていた彼女の顔を思い浮かべた。だが、聞こえてきたのはアマンダの声で、ピーターはぎくりとし、同時にほっとした。

「彼女、あなたのこと好きなのよ」アマンダは言った。「あなたが連絡すれば喜ぶわ」ピーターは、単に電話をかける以上のことをけしかけられている気がしたが、アマンダに返事をする前に、リズが電話に出た。

「ピーター・バイアリー、まあ驚いた」彼女は言った。ピーターは声を失い、電話線は一瞬、沈黙した。「約束のこと、まさか気が変わったわけじゃないでしょうね」とリズが助け舟を出した。

突然、自分が必要なことのためには電話では不十分だという思いが湧いてきて、ピーターはそれに押しつぶされそうになった。協力してくれるようにリズを説得しようというなら、じかに顔を合わせて話をしなければならない。「僕、今日ロンドンに行くんだけど」彼はようやくのことで言った。「それで、君がランチをしないかと思って。その、僕と一緒にランチを、ということだけど」

「ランチね、素敵」とリズは言った。「オフィスはブルームズベリーだけど、どこでもあなたに合わせるわ」

「僕、大英博物館で仕事があって」とピーターが言った。

「午後一時に博物館の階段のところで待ち合わせるのはどう?」

「いいよ」とピーターが言った。「それがいい。じゃあ一時に」

「了解」と朗らかにリズは言い、電話を切った。

ピーターは《W・H・スミス》に寄ると、朝刊を買い、ロンドン市内に向かうピカデリー線の座席に座った。タイムズ紙の一面をまるまる読みおえてから、ようやくピーターは、リズ・サトクリフはデートに誘われたと思ったかもしれないと気がついた。

ピーターが地下鉄の駅から出てきたとき、朝靄は晴れ、ラッセル・スクエアには冬の陽射しが注いでいた。大英博物館までの数ブロックを早足で歩きながら、新鮮な空気を胸いっぱいに吸いこむ。彼が図書部門に続く入口の係員に、閲覧者カードを見せたのは十時三十分だった。

「会えて嬉しいですよ、ピーター」とナイジェルは言い、中央にテーブルがあり、四方の壁に本がずらりと並んでいる狭い閲覧室に案内した。「ずいぶん久しぶりですね」

「七年になります」とピーターは言った。彼は一瞬、ナイジェルがその年月に起きた出来事を尋ねるのではないかと恐れたが、そんな心配は無用だった。ピーターはすっかり忘れていたが、ナイジェルは典型的な英国人であり、よく知らない人間との会話には唯一無二の話題がある。

「じつにいい天気ですね、今日は」と彼は言った。「しかし、長くはもたないでしょうが」

「それでも、今だけでも楽しめますから」大英博物館の奥深くにこもっていては、ふたりともそんなことは望めそうもないとわかっていたが、ピーターはそう言った。

「『パンドスト』の初版本とそれ以外のロバート・グリーンの著作を何冊か、頼んでおきました」とナイジェルは言った。「コレーターは廊下を少し行ったところの右手の部屋にあります。助手に『パンドスト』の一五九二年版と一五九五年版を印刷してもらってきます――マイクロフィルムしかないんですが、必要であれば照合はそれでもできます。手持ち無沙汰にして申し訳ないが、どうしても仕事に戻らなくてはならないんですよ。資料が来たらすぐにこちらに持ってこさせます」

こうしてピーターは、観光客や学校の児童たちがロゼッタ・ストーンやギリシャの彫刻に向かって、展示室から展示室へと流れていくずっと下の、書物に囲まれた部屋にひとり、とり残された。彼は『パンドスト』を入れた鞄をテーブルにおくと、書棚に目を通しはじめた。そこにあるのは主に一般的な参考図書だった――分厚い『オックスフォード英語辞典』がずらりと並び、何段もの図書目録があり、背が低くどっしりした、学者のあいだではDNBと呼ばれる『英国人名事典』の長い列があった。

ピーターは、待っているあいだに、『パンドスト』の来歴について少し調べてみようと思い立った。DNBなら所有者のうちの何人かについて、もう少し手がかりを与えてくれるだろう。彼は本を鞄から出した。そうしながら、家を出る前にそれを書帙に戻せばよかったと後悔した。中性紙の封筒では、こんな貴重な品を保護するには不十分だ。『パンドスト』をテーブルの上に広げ、部屋に誰か入ってきても本が見えないように鞄をおく。今一度、所有者のリストに目を通し、それぞれを結びつける物語を組み立てようとした。

R・グリーンからエム・ボールへ

バーソロミュー・ハーボトル
Wm・シャクスピア、ストラットフォード
R・コットン、アウグストゥス　BⅣ
マシュー・ハーボトル、レッド・ブル座
ジョン・バグフォード
ジョン・ウォーバートン
R・ハーレー、オックスフォード
ウィリアム・H・スミス代理人、B・メイヒュー
B・B／E・H

作家は愛人に本を渡し、愛人はそのあと、書籍商のハーボトルにそれを売った。ハーボトルはその本をシェイクスピアに売るか、贈った。シェイクスピアはその書籍商をモデルにしてオートリカスという劇中人物を創作する。そしてシェイクスピアはその本をロバート・コットンに贈った。おそらく、図書室を使わせてもらった感謝のしるしだろう。そのあと、合法的にか、非合法的な手を使ったのかわからないが、ハーボトルがコットンからその本を取り戻し、血縁者、おそらく息子に渡した。若いほうのハーボトルは、十七世紀のどこかの時点で本を処分したが、おそらくロンドンではなかったために本は一六六六年の大火を免れた。そして本はジョン・バグフォードによって購入され、さらにジョン・ウォーバートンに売り

渡された。

ピーターはバグフォードとウォーバートンを調べるためにDNBの該当の巻を下ろした。ピーターが確かめたところでは、バグフォードは一時、書籍を商っており、印刷サンプルの蒐集で名高かった。一方、ウォーバートンの経歴によると、彼は〝一七二〇年七月、深酒をし、ワンリーを惑わそうと試みるも、かえって手玉にとられ、言われるままに多くの貴重な手稿をオックスフォード伯に売却した〟らしい。ハンフリー・ワンリーは第一代オックスフォード伯爵ロバート・ハーレーの司書だった。ハーレーとその息子のつくりあげたコレクションは、大英博物館に寄贈され、大英図書館の一部になっている。しかしそれならば、『パンドスト』はなぜそこから漏れたのだろう?

ピーターは鞄から小型カセットレコーダーを出し、メモを吹きこみはじめた。レコーダーを使う習慣を身につけたのはリッジフィールド時代だ。稀覯書室ではペンの使用が禁じられていたのと、シャープペンシルの先をすぐに折ってしまう癖のせいだった。レコーダーなら、デリケートな資料に危険を及ぼすことなく気楽にメモをとることができる。

DNBに〝B・メイヒュー〟は見つけられなかった。ちょうど、〝スミス〟の入っている巻を下ろそうとしたところで、若い男が両腕いっぱいに本を抱えて部屋に入ってきた。

「バイアリーさんですか?」彼は訊いた。

「そうです」ピーターは答えた。

「これをお持ちしました」と青年は言って、本をテーブルにおいた。

ピーターはDNBをテーブルの上に放ったまま、慌てて本の山を調べようと近づいた。ほとんどは簡易的な保護用フォルダーに入っていて、それはアマンダ・デヴェローの命令で作られた複雑でエレガントなケースには及びもつかなかったが、四百年前の本やパンフレットを、棚からひきだすときのダメージから守るには十分だった。何冊か興味をかきたてられる貴重な文書があったが、積みあげられた山からピーターが探したのは、どうしても見たかった一冊――唯一記録されている『パンドスト』の一五八八年の初版本だった。

ピーターが見るところ、イーヴンロード・マナーの『パンドスト』の真贋に関する問題はふたつあった。つまり、印刷された本自体が本物かという問題と、マージナリアは本物かという問題だ。今朝、彼がすべきことは一つ目の問題にとりかかることだった。今、彼が注意深く書帙からとりだした大英博物館所蔵の『パンドスト』は、完全版ではない――二番目の折丁が紛失している。もしピーターがイーヴンロード・マナーの『パンドスト』が真本で、かつ完全に揃った初版本であることを証明すれば、たとえマージナリアが贋作だとわかっても、重大な発見になる。

ピーターは二冊の『パンドスト』を閲覧室から狭い廊下に持ちだし、せいぜいクローゼットほどの広さの部屋に入った。そこは高さ六フィート、幅五フィートの巨大な灰色の金属の塊に占領されていた。博物館のヒンマン・コレーターだ。コレーターは光学的な照合用装置で、一九四〇年代の終わりに、シェイクスピア研究家のチャールトン・ヒンマンによって、ふたつのテクストの比較調査を補助する目的で発明された。同じタイトルの作品を二部、装置の二台のプラットフォームに載せ、双眼レンズで確認しながら画像を調節し、鏡を利用して二冊が完全に重なるようにする。こうすることで、テクストがまったく同一であるか、なんらかの差異があるかをひと目で確認することができる。差異があればそれが目の前で揺れ動くように見えるためだ。ヒンマンはこのコレーターを使ってシェイクスピアの〈ファースト・フォリオ〉を何部も比較し、印刷の過程で行われたさまざまな変更や修正を丹念に記録した。

ピーターは二冊の『パンドスト』の扉を開き、それぞれをそっとコレーターのプラットフォームに固定した。電源スイッチを入れると、機械の低い作動音とともに、光がテクストを照らし、ファンが回りはじめた。ピーターは双眼レンズの上にかがみこみ、ダイヤルを調節して目の前に浮かんだ二枚の頁を徐々に一枚の画像に重ねた。完全な一致だった。次の一時間、ピーターはすべての頁についてこの手順を繰り返した。当然のことながら、大英図書館の版から脱落した頁をのぞいてではあったが、すべてはぴたりと一致した。

最後の頁にたどりついたとき、レンズの上にかがみこんでいたせいで、背中が痛むことにはじめて気がついた。二冊の本をコレーターに残したまま閲覧室に戻る。光に目が慣れるまでしばらくかかり、のびをして背中の凝りをほぐすと、テーブルの周りを何周か歩いた。そのとき、鞄の隣にコピーの束があるのに気づいた——ナイジェルの助手がマイクロフィルム版から焼いてくれた『パンドスト』の新しい版のプリントアウトだ。

大英図書館所蔵の初版本の全頁がイーヴンロード・マナーの版と一致することはわかった。

しかし、失われた折丁はどうだろうか？　イーヴンロード・マナーの『パンドスト』が贋作なら、テクストは実在する版から写したはずだ。そして唯一記録のある初版本は完全ではない。もし欠落分の折丁のテクストが後の時代の版と一致すれば、イーヴンロード・マナーの版はやっぱり疑わしいということになる。

彼はコレーターのところに戻り、大英図書館の『パンドスト』をはずすと、一五九二年版のコピーと入れ替えた。今度は、図書館の初版本から脱落している頁のみを比較した。どの頁も、ほとんどすべての行で一致しないことを意味する軽く揺れるテクストが現れ、彼の目の前を泳いだ。一五九五年版でも同じだった。ようやくイーヴンロード・マナーの『パンドスト』をコレーターからはずしたピーターは長い安堵の溜息をついた。まさに願っていたとおりのものを見つけたのだった。これで可能性はふたつだけになる。イーヴンロード・マナーの『パンドスト』のテクストは本物の初版本であるか、あるいは、完全な初版をもとにした、巧妙な贋作かのどちらかだ。このふたつの可能性のうち、前者のほうがより魅力的であるだけでなく、現実味もあった。

ピーターは機械のスイッチを切ると、イーヴンロード・マナーの『パンドスト』とコピーの紙をとりはずした。あとで参照する必要が出た場合に備えて、コピーは鞄にしまう。彼は閲覧室のテーブルに座り、『パンドスト』の最後の頁を開いた――びっしりと書きこみのある裏表紙の見返しだ。右下の隅に大きな茶色のインクの染みがあった。鞄から鋏を出し、注意深くこの隅をごく小さく切りとって封筒に収めた。このサンプルでインクと紙の年代を調べるには十分なはずだ。『パンドスト』を保護用の封筒に入れ、鞄に戻す。

ピーターはナイジェルのオフィスの開いたドアをノックして、彼の注意を惹くと、サンプルを入れた封筒を渡した。

「十六世紀だと嬉しいんですが」とピーターは言った。「しかし、十九世紀の贋作の可能性もあります」

「インクと紙を調べておきましょう」とナイジェルが言った。「確証が得られるかどうかわかりませんが、判明したことをお知らせします」

ピーターは紙切れに電話番号を走り書きすると、ナイジェルに渡した。「なんとか今週末までに結果が出たらありがたいのですが。じつは少し期限が切迫していまして」

「善処しましょう」とナイジェルは微笑を浮かべた。ピーターはもっとはっきり請け合ってほしかったが、ずうずうしいアメリカ人に見られたくなかったので、諦めた。「ところで、照合はどうでした？」とナイジェルが訊いた。

「非常にうまくいきました」とピーターは言った。

「わたしは昼食に出るところなんですが」とナイジェルは言った。「もしなにか必要なものがあれば、助手のジェイムズがもうすぐ戻ってきますので」

昼食という言葉を聞いて、ピーターは急に慌てだした。ナイジェルの部屋の壁にかかった時計は一時十分を指している。「行かなければ」とピーターは言って、あとずさりにオフィスを出た。「僕も約束があるんです。なにかわかったらすぐ電話をください」ピーターは廊下を走って戻ると、鞄をつかんだ。足を止めてテーブルの上に散らばったDNBを棚に戻すこともせず、ドアに向かい、一度に二段ずつ展示室への階段を駆けのぼった。博物館の正面玄関にたどりついたときには、一時十五分だった。

階段を駆けのぼり、展示室を走り抜け、息を切らせながら、ピーターは外に飛びだした。切れそうに冷たい冬の空気が彼の頬を容赦なく平手打ちした。眼前の広い石の階段を強風が吹き上げてくる。学校の生徒たちの一団が階段にたむろしていた。彼女は諦めて行ってしまっただろうかと思いながら、ピーターは人々の群れに目を走らせてリズを探した。ふと、別の日の、何年も前の記憶が鮮やかに蘇った。この階段でアマンダと待ち合わせたのだった。あのときも彼は遅刻した。

「またロバート・コットンのせいね」とアマンダは微笑みながら言って、ピーターの頬に軽くキスをした。あの日はもっと寒かった。そして、頬に落ちたキスの名残りは、アマンダに手をひかれて階段を降りたあとも、ずっとそこに残っていた。

「どなたかお探し?」声がして、彼は急に現実に引き戻された。「腕時計がアメリカ時間にセットされているんなら、四時間と四十五分早すぎるわよ」とリズは言って、ふり返ったピーターにウィンクした。

「申し訳ない」と彼は言った。「ちょっと調べものに手間取って」

「そう」とリズは言い、アマンダが以前したのとまさに同じように、腕を彼の腕に通した。

「すくなくとも、その言い訳はわたしにも理解できるわ」

リズは、三日前に会ったときと、どこか違って見えた。そして、それが彼女の髪のせいだと気づくのに一分かかった。金曜の夜には金髪が混ざったくすんだ茶色だったのが、今は均一な濃いはちみつ色になっていた。カットもしたらしい。それほど短くなっていなかったが、ほつれ毛がだいぶ落ち着いて、毛先が肩のところで揃っていた。つむじ風が吹いて髪の束が顔にかかっても、金曜日よりは全体的に整って見えた。ピーターの腕はリズが腕をかけているあたりから、緊張のあまり痛いほど張りつめていた。身体のあらゆる筋肉が、彼に向かって叫んでいるかのようだった――**彼女はこれをデートだと思っているぞ、その気にさせちゃだめだ。**しかし、それにもかかわらず、ピーターは気がつくと口走っていた。「その髪、素敵だね」

「ありがとう」とリズが言った。「金曜の夜、家に帰って思ったの。あらやだ、あの人、こんなひどい髪を見ながら一晩中わたしの前に座らされてたんだわって。だから、なんとかしようと思い立ったのよ」

ピーターは、リズとの間に隙間を作ろうとする身体と、他にも彼女が喜びそうな台詞を今にも言おうとする口とが互いに取っ組み合っているような気分だった。金曜の晩、彼女となかなか楽しいひとときを過ごしたのは確かだが、あのときの彼を動かしていたのが水彩画に関する興味だったとすれば、今日の彼の原動力はもっとずっと強力だった。そしてこのランチが男女の付き合いをほのめかす約束ではないことを、彼女に理解してもらう必要があった。

「金曜日からいろんなことがあって」彼は言った。「グレート・ラッセル・ストリートを渡る観光客の集団に巻きこまれたのをきっかけに、やっとのことで腕を彼女の腕からほどいた。「ならそれを全部聞かせてほしいわ」とリズは言うと、ピーターの手袋をしていない手を、柔らかなスウェード革の手袋に包まれた手でつかみ、ミュージアム・ストリートを渡って彼をひっぱっていった。「そこの角を曲がったところに洒落たイタリアンがあるの」ピーターは諦めて手をつないだままでいることにした――歩道を行き交う人混みの中で別れ別れにならないためにはやむをえないと理由をつけて。そう思ったとたん、ふたりは角を曲がり、比較的落ち着いたコプティック・ストリートに入った。通り沿いの書店やアートギャラリーはグレート・ラッセル・ストリートにあふれる大勢の観光客の興味をほとんど惹かないようだった。しかしピーターはリズの手を離さなかった。それは失礼にあたる気がした。

彼は彼女のあとについて、次の角を曲がり、小さなイタリア料理のビストロのドアをくぐったが、正面の窓のそばのテーブルに座るまで、ふたりとも口をきかなかった。

「あなたに渡すものがあるの」と彼女は言い、巨大なバッグに手をつっこむと、ぴんとした薄黄色の封筒をひっぱりだした。「あなたの水彩画。貸してくださってありがとう」

ピーターは封筒を受けとった。『パンドスト』の騒動のさなかにあって、それは、三日前に彼女に手渡したときの重みを少し失ったような気がした。「どういたしまして」とピーターは言い、封筒を鞄にすべりこませた。

「見なくていいの？」とリズが訊いた。

「信頼してるから」とピーターが言った。

「そうじゃなくて」とリズは言った。「ただ……なんていうか、あなたはしょっちゅうその絵を見なくちゃいけないような気がしてたんだけど」

水彩画と、リズがそれについて知っていることが、今日、彼女に会いたかった理由ではあったが、ピーターの、あの肖像への執着は、『パンドスト』の発見以来、だいぶ薄らいでいた。あの絵はアマンダにたまたま似ているという理由で、彼だけが興味を惹かれる無価値な作品だった。しかし本は、英文学史上の大発見のひとつになる可能性を秘めている。

ウェイターがテーブルにふたつの赤ワインのグラスをおき、リズは自分のグラスをピーターに向かって上げた。彼は乾杯に応え、グラスを彼女のグラスに当てたが、少し勢いが強すぎて、ワインが糊のきいた真っ白なテーブルクロスにこぼれそうになった。彼はぐいと一口飲むと、グラスをテーブルにおいた。

「まあ落ち着いて、カウボーイさん」リズが言った。「それで金曜日からなにがあったの？」その声にはかすかな不安の響きがあるようだった。ピーターは自分が彼女から情報を得ようとすることだけを考えていて、三日間で二度も同じ男と食事に出かけることについて、彼女が抱いて当然の気持ちにまったく気が回らなかったことを恥じた。彼は急に彼女がいとおしくなった。そんな感情はアマンダを失ってから誰にも感じたことがなかった。その感情は思いがけないのと同時に、彼に慄《おのの》きをもたらした。

「問題があって」と彼は言った。「たぶん二つ」

「それで？」とリズは言い、胸の前で腕を組んで椅子によりかかった。

ピーターはどうきりだせばいいかわからなかった。B・Bの正体についてなにか知っているこの世で唯一の人物らしい、コーンウォールの謎の学者の名前と住所をどうしても知りたかった。そして、今の自分なら、リズからこの情報を探りだそうと思えばきっとできるだろう。しかし、一方で、テーブルの向こうの彼女の身を庇うような姿を目にし、口に出されないさまざまな感情が空気に満ちているのを感じとると、やはり、まずそれに片をつけなければ、彼女はなにも話してくれないだろうという気がした。

「これをどうしようか困ってるんだ」とやっとピーターは言って、手をぐるりと回したのは、ふたりを指したつもりだったが、そのしぐさはどちらかといえば、ウェイターを呼んでテーブルを片づけさせようとする身振りに見えた。

「これ？」とリズが言った。

「君と僕とのこと」

「わたしたちのことって？」リズは組んだ腕をさらにしっかりと胸に押しつけたようだった。

「つまり、その、可能性はあると思うんだ、つまり、僕がたぶん……僕が君を好きかもしれないという」

「まあ、あなたって、女性の口説き方をよく知ってるのね」とリズは言った。

「だからね、これが僕の悪いところなんだ。僕はこういうことがからっきし苦手で」とピーターは言った。「人生で付き合った女性はたったひとりしかいないし、僕はまだ……僕は彼女をふっきれてないと思う。だから君に間違った考えをもってほしくない」

「それはどんな考えなのかしら?」とリズは冷ややかに言った。

「僕が君を好きだってこと。つまり、僕が君を……その、そういうふうに好きだということ」

「やれやれ、正直ね。こういうことはからっきし苦手だっていうのは、ちゃんと自分でわかって言ったのね」

「つまりね」とピーターは言った。額に汗の粒が浮いてくるのがわかる。食欲はどこかに行ってしまった。「どう説明していいかわからないんだけど、僕の大部分は、これをデートだと君に思ってもらいたくない。でも、もうひとり、君に階段で会うまで自分でも気づいていなかった小さな僕がいて、君にこれをデートだと思ってほしがってるんだ。それは意味が通じる?」

「まずはじめに」とリズが言った。「気を楽にしてちょうだい。これはデートじゃないから。ただふたりの友達が会ってランチをしてるだけ。それから第二に、わたしたちはそれでしかないの、ピーター。つまり友達。あなたがいろんな重荷を背負ってるのはわかってるし、友達になることは、あなたの得意分野じゃないみたいだけど、ここはわたしを信じて――そんなに大変なことじゃないから。それにね、友達になるのに必要なことって、わたしのこと好きかもって思うだけでいいのよ」彼女はやっと微笑んで、腕をほどき、ワイングラスに手を伸ばしてそれをもう一度ピーターに向かって上げた。

「さあ、今度は優しくね」彼女は言った。「友情に乾杯」

　ピーターはグラスを軽く彼女のグラスに当て、ワインをごくごくと飲んだ。グラスをおくと、リズが彼のナプキンをとって、額の汗を拭いてくれた。ピーターはそのしぐさの親密さに身震いしたが、なにか言うべきことを思いつく前にリズは自分の椅子に座りなおし、言葉を継いだ。

「あなた、まだB・Bのことを知りたいんでしょ？」

「でももう自分勝手な理由のためじゃないんだ」

「自分勝手な理由じゃないって？」

「つまり、もともとの理由よりは自分勝手じゃない理由のためなんだ」

「それは心強いわね」

「聞いて」とピーターは必死で説明しようとした。「僕は、B・Bの署名がある別のものを見つけた。でも、それは絵じゃなくて、どちらかというと……文書なんだ。その文書は君の言っていた謎のコーンウォールの学者が訪ねたはずの家にあったんだけど、ただ、彼はその文書は見ていないと思う」

　リズは身を乗りだした。その目が光った。「どんな文書？」

「言えない」

「わたしを信頼してるんじゃなかった？」リズが言った。

「してるよ」とピーターは言った。「ただ、もう少しこの……この文書について調べてからじゃないと、誰にも話せない。変に聞こえるだろうけど、それについて知ると危険かもしれないんだ」ピーターはジュリア・アルダーソンの冷ややかな目つきと、トマス・ガードナーのショットガンのひんやりした鋼鉄を思い浮かべた。もし『パンドスト』が贋作だったら、あのふたりはその事実を秘密にしておくために相当のことをやるだろうと想像がついた。

「あなたが思うより変には聞こえないわ」とリズが言った。「今朝、わたしのコーンウォールの学者から電話が来たの。彼、電話を持ってないから、こっちからはかけられないんだけど、時々、町に行ったときに公衆電話から電話をくれるのよ。原稿の最終版を速達で送ったって言うんだけど、あの人のあんな声は聞いたことがないわ。すごく……そう、すごく怯えてた。怖いって言ってね」

「なにが？」とピーターは訊いた。トマス・ガードナーが、ショットガンを肩にかけ、コーンウォールの荒野を徘徊する姿が心に浮かんだ。

「言わないの。ただ、変な音がずっと聞こえてて、心配だってだけ。わたしは気のせいよって言ったんだけど。だってあの人、ボドミン・ムーアのはずれに住んでるのよ。変な音なんか聞いたってあたりまえでしょ。そりゃ、あの人とわたしにとっては、Ｂ・Ｂに関する原稿は大変な意味があるけど、世の中の人のほとんどは目もくれないわよ。それに嫉妬はするにしても、水彩画協会に学術スパイをやる想像力や勇気がある人なんてひとりもいないし。でも、あんなに怖がってると心配なのよね」

「君の言うのはグレアムだね？」とピーターが言った。

「どうして彼の名前を知ってるの？」リズが言った。

「言っただろ、金曜日からいろんなことが起こったんだって」ピーターはワイングラスの縁ごしに微笑んだ。

「コーンウォールにグレアムはひとりしかいないわけじゃないわよ」とリズもピーターに微笑を返した。

グレアムの原稿は、世間一般には大きな意味をもたないかもしれないが、余白がシェイクスピア真筆の書きこみでいっぱいの本は新聞の一面を飾るニュースになるだろう。もしリズが出版しようとしている本がどんな形にせよ、そのニュースを脅かすとすれば、それくらいのこと……つまり、妙な音をたてるくらいのことはやる値打ちがあるかもしれない。「リズ」とピーターは言った。「君と取引をしたい。そのグレアムをどうやって探せばいいか教えてくれれば、僕が行って無事を確認してくる。僕は訊くべきことを彼に訊くつもりだけど、彼に危険が及ばないように、できるだけのことをするよ。それから約束する。安全だと思えるようになったらすぐ、なにを見つけたのか君に話す。誰よりも先に話すよ。それから、面白い話だってことは保証付きだ」

「今日、コーンウォールに行くつもり？」

「車をヒースローにおいてある——向こうに着くころには夕方だろうけど、そうだね、食事を終えたらすぐに出ようと思う」

「もし彼に危険が迫ってると思ったら、一緒にロンドンに連れてきてくれる？」

「もちろん」ピーターは言った。

「簡単じゃないわよ。あの人、頑固なクソジジイだから」

「とにかく、彼の姓とそこへの行き方を教えて。あとは僕にまかせてくれ」ピーターは言った。『パンドスト』をひと目見せられ、トマス・ガードナーの短気な気性について聞かされれば、どんな人間でもコーンウォールの田舎よりは、いくらか安全な場所に移ることに同意するはずだ。

「食後にね」とリズは言った。ウェイターがパスタの入ったボウルをふたりの前においた。

「食後に話すわ」

「ほんとうかい？」もっと抵抗にあうと思っていたピーターは言った。

「じゃあ、あなたのもうひとつの問題に戻りましょ、ピーター」彼女は言った。

「僕のもうひとつの問題？」

「だから、あなたが……なんて言ったんだっけ、そう、あなたがわたしを好きかもしれないってこと」

「ああ、それ」とピーターは言った。フォークにパスタを巻きつけながら、ふたたび食欲が消え失せる。

「あなたはどう見てもアマンダを乗りこえてないわ」ピーターは首を縦にふった。「だからね、これは友達同士のランチなんだから、彼女のことをわたしに話してもいいのよ。ほら、亡きミセス・バイアリーについてわたしに少し話してみて」

ふと見ると、アマンダがレストランの奥に立ってピーターに微笑みかけていた。彼女は身体になめらかにそう胴着にスパンコールをちりばめた、黒のロングドレスを着ていた。ピーターはそのドレスを忘れていた。バックグラウンドに流れるイタリアオペラの音楽がそれを蘇らせたのだろう、と彼は思った。「オペラについて話してあげて」アマンダは口の形だけで言うと、影のように消えた。

「アマンダに会う前、僕は劇場に行ったことがなかった」ピーターは口を開いた。まだリズの肩ごしに、アマンダが現れた場所を見ていた。「大学三年のとき、学生演劇の『ミカド』に連れていってくれてね――彼女はヴィクトリア朝演劇の大ファンだったから。そしてそれは面白かった。第二幕の半分くらいまできたとき、僕は自分が楽しんでいることに気がついた。人がいっぱいいる部屋でなにかを楽しむなんて僕には珍しいことなんだ。だから僕らは劇場に通いはじめた。はじめはリッジフィールドの学生芝居だけだったけど、たまにローリーまで足を伸ばして、プロの劇団の地方公演を観にいくこともあった。ふたりではじめて観たシェイクスピアを憶えてるよ。その頃はもう、僕はシェイクスピアの戯曲に夢中になっていたんだけど、まだ一度も舞台を観たことがなかった。『真夏の夜の夢』でね。人生であんなに笑ったのは初めてだったよ。それまで以上にシェイクスピアを崇拝するようになった。四百年後の人間を笑わせるジョークを書いたんだから。

とにかく、結婚してから三年くらいだったかな、僕らは夏にロンドンに行く計画を立てた。そうしたら、アマンダが英国国立歌劇団の『フィガロの結婚』の公演があることをなにかで読んだんだ。アマンダは昔からモーツァルトと『フィガロの結婚』が大好きだったんだけど、舞台を観たことがなかった。ロンドンでお気に入りのオペラが上演されると知った彼女は、電話をかけてチケットをとり、母親の家に行って、祖母のものだった、台本つきの古い『フィガロ』のレコードを借りてきた。一か月、毎晩それを聴いていたと思うよ。イタリア語の歌詞を全部頭に入れたい、って言ってね。そうすれば作曲家の狙いどおりに舞台を楽しめるからって。

ロンドンに着くと、アマンダはオペラに行くのが待ちきれなくてさ。床まで届く美しいロングドレスを買って、僕にはホワイトタイの一揃いを借りてあった。ふたりともどう見ても着飾りすぎなんだけど、アマンダは気にもとめなかった。僕らはボックス席に座ったんだが、彼女はすごく興奮して、照明が暗くなって序曲がはじまると、期待に胸を膨らませて僕の手を握りしめた。そして幕が上がり、そこにふたりがいた――フィガロとスザンナがね。フィガロが新婚のベッドのために部屋の寸法を測りながら歌う。〝ファイヴ……テン……トゥエンティ……サーティ……〟。

そしたら急にアマンダの手の力が抜けたんだ。ちらっと横目で見たら、愕然とした顔をしてさ。この一か月、彼女はイタリア語を勉強してきたのに、オペラは英語で歌っているんだもの。僕は必死で笑いをこらえたよ。彼女をほんとうに愛してたからね。でもこれはじつに傑作だった。それでまあ、僕はオペラを観はじめた――どちらかといえば無理に連れていかれたようなものだったんだけどね。ところが、英語だったおかげで僕にも話がわかって、面白くなってきた。それからはもう、すぐに冗談に笑ったりなんかして、ほんとうに夢中になった。

幕が下りたとき、自分でも気がつかないうちに立ちあがって拍手してたよ。アマンダはなんとなくしぶしぶ立ちあがって、形だけ拍手してたみたいだったけど、僕は自分を抑えられなかった。他の皆と一緒に『ブラーヴォ』って叫んでね。ホワイトタイ姿でいるのが最高にいい気分だった。まるで生まれながらの紳士で、オペラのボックス席に座っているのがあたりまえみたいな気がした。カーテンコールが終わって、見るとアマンダはまた椅子に腰を下ろして、泣いてるんだ。だから僕は座って彼女の手をとって、君の大好きなオペラが台無しにされてほんとうに残念だ、いつかミラノに行って、本物の舞台を観よう、と言った。すると彼女は僕を見て言った――これはずっと忘れないだろうな――『そんなこと全然構わないの。ただあなたが楽しんでくれたのが嬉しくて』ってね。彼女はその晩のためにものすごく時間をかけて準備したのに、彼女の見方からすればモーツァルトはめちゃめちゃにぶち壊されたんだよ。でも幕が下りて、彼女が感じてたのは、しぶしぶついてきた夫が実際にはオペラを楽しんでくれた嬉しさだけだったんだ。それって愛だよね」ピーターは手の甲で涙をぬぐいながら、部屋の奥のアマンダの頬が光るのを見つめた。ふたたび彼女が影のように消え、彼はその話を誰にも――ストレイヤー医師にさえしたことがないことを思いだした。

「もうまったく」とリズは言って、ピーターを現実にぐいと引き戻した。「泣かせないでよ。そういうつもりじゃなかったんだから」彼女はナプキンで目を押さえた。「ひとりになって辛いでしょうね」彼女は言った。

「うん」とピーターは言った。「そうだね」そう認めるのは——すべてが順調だというふりをしないことは気分がせいせいした。彼はテーブルごしに手を伸ばすと、リズの手を握った。「聞いてくれてありがとう」彼は言った。

ピーターが勘定書を持ってくるように合図したとき、彼のボウルの中のパスタは手つかずのままだった。リズはボドミン・ムーアのはずれにあるグレアム・サイクスの家にピーターがたどりつけるよう、詳細な道順を書き、地図を描いた。

ふたりでラッセル・スクエアに向かって歩いているとき、ピーターは、さっき慌てて大英博物館を飛びだしてきたために、ウィリアム・H・スミスについて調べるのを忘れたことを突然、思いだした。

「W・H・スミスについてなにか知ってることはある？」彼はリズに訊いた。

「そうね、あそこはうちが出すような本は扱わないわ。それくらいのところかしら」とリズは言った。

彼女が新聞雑貨店チェーンのことを言っているのだとピーターが気づくまで、ひと呼吸あった。ウィリアム・H・スミスと言う代わりにそう質問したのは妙なことだった。

「いや、僕が言うのは人間のことなんだ」とピーターは言った。「ウィリアム・H・スミスだよ。たぶんヴィクトリア朝の人だと思うけど」

「海の帝王」とリズが言った。

「え？」

「家業をはじめたのは彼の父親だと思うけど——駅で新聞を売る仕事をね。でも、W・H・スミスを誰でも知っている名前にしたのは息子のほうよ。彼は国会議員で、海軍大臣になったの。確かディズレーリ内閣だと思うわ。世間にはそんな職務にはふさわしくない金持ちの素人くらいに思われてて、だからギルバートとサリヴァンが『軍艦ピナフォア』のジョゼフ・ポーター卿に仕立てちゃったのよ。知ってるでしょ、〝われこそは海の帝王、女王陛下艦隊の支配者〟」リズは歌った。「二、三か月前にヴィクトリア朝演劇協会で彼について講演があってね」

「いったいいくつ協会に所属してるんだい？」ピーターが言った。

「いくつかよ」とリズは笑いながら言った。

「同じウィリアム・H・スミスだろうか。僕が探してる人物は、おそらくシェイクスピアに興味をもってるはずなんだ」

「ローレンスに聞いておいてあげる」とリズが言った。「ローレンス・スミス——講演をした人よ。確か、W・H・スミスの弟の孫かなにかだったと思うんだけど」ふたりは地下鉄のラッセル・スクエア駅の外に立っていた。リズはもう一度、グレアム・サイクスの家への道順を繰り返した。

「夜更かしする人だから」彼女は言った。「どんなに遅くても着いたら会いにいって」

「そうする」とピーターは言った。それと気づかずに、そしてどちらが先に動いたのかもわからなかったが、ピーターはいつのまにかリズと抱擁を交わしていた。

「それから、電話してね」彼女は耳元でささやいた。彼女は背を向けると、角を曲がって姿を消した。残されたピーターはひとり、風の吹き上げる地下鉄の奥底へと降りていった。

# 一八七五年、ロンドン

セント・ポール大聖堂から目と鼻の先の、自身の店舗の上階にあるぜいたくな事務所で、ベンジャミン・メイヒューは広いデスクに向かって手紙をしたためていた。いちばんの得意客であるフィリップ・ガードナーの訪問を待っていたが、一時を過ぎてもこの蒐集家はさっぱり姿を見せなかった。たぶん、列車が遅れたのだろう、と彼は思った。

ベンジャミンはもう二十年以上も書籍業に携わり、富裕な顧客層を築きあげ、羽振りのいい暮らしをしていた。お気に入りの客であるウィリアム・ヘンリー・スミスとの出会いを彼はよく記憶していた——実業家で、今やベンジャミン・ディズレーリ内閣の大蔵政務次官を務めている。スミスは思ったとおりアイアランドのシェイクスピアの偽書に関する本に大変な興味を抱き、長年のあいだの上客になってくれた。けっして蒐集家とはいえなかったが、知性と野心があり、良質な書物が人生の不可欠な一部となる程度の知的好奇心を備えていた。やがて彼はベンジャミンにとって単なるクライアント以上の存在になった。彼は友人であり、非常な尊敬を払う相手でもあった。ベンジャミンは、スミスが一八五七年に出した本、『ベーコンとシェイクスピア』のために何冊も資料を提供した。それはその昔、オックスフォード行きの列車の中でベンジャミンが読んだパンフレットに述べられた説をさらに発展させたものだった。ベンジャミンは著者によって献本されたこの著作を、事務所の特別な棚に飾っている。スミスが自分のクラブで、『シェイクスピア略歴』と題する第二章を朗読したときは、ふたりでおおいに笑ったものだ。

ウィリアム・シェイクスピアの経歴とは、じつに否定の歴史である。

彼の人生について、われわれが確実に知っていることは彼が死んだ日のみにすぎない。

われわれは、いつ、彼が生まれたか、いつ、そしてどこで教育を受けたかを知らぬ。

われわれは、いつ、どこで彼が結婚したか、いつロンドンに上京したかを知らぬ。

われわれは、いつ、どこで、どんな順番で彼の戯曲が書かれ、あるいは上演されたかを知らず、いつ彼がロンドンを去ったかを知らぬ。

彼が死んだのは一六一六年四月二十三日である。

「それで一章ですか?」とベンジャミンは笑いながら訊いた。

「まあね」とスミスは言った。「われわれが確実に知っているのは、それだけだからね、他に書くこともないのさ」

ガードナーは何か月か前に、はじめてベンジャミンのところに来たのだが、それは同好の隣人が理由だった。「古文書を集めたいのだが」と店に来た彼はベンジャミンに言った。

「どんな古文書でしょう?」とベンジャミンは訊いた。

「レジナルド・アルダーソン氏が関心をもちそうなものならなんでも」とガードナーは言った。

こうしてフィリップ・ガードナーは願ってもない客になった——彼をつき動かすものは知的好奇心や文学的情熱ではなく憎悪だった。レジナルド・アルダーソンは歴史文書の熱心な蒐集家で、フィリップ・ガードナーはレジナルド・アルダーソンを憎むように生まれついていた。それゆえ、フィリップは妻の金で、アルダーソンを競売で負かすためならいくらでも払い、他の入手方法でも、彼をだしぬくためにどんな手間も惜しまなかった。はじめて会ったとき、彼はこのとおりのことをベンジャミンに語った。それ以来、ベンジャミンは、フィリップ・ガードナーのために多くの古文書を入手してきた。ガードナーは勘定をすぐに支払い、また、敵の鼻先をかすめて買い取った品には高額な報酬を払うこともいとわなかった。

その日の午後、ベンジャミンは《サザビーズ》のオークション・ルームでまさにそんな品を購入することをもくろんでいた——エリザベス朝の作家ロバート・グリーンによる詩の原稿だ。ベンジャミンは、《サザビーズ》の情報提供者から、アルダーソンがその競売に入札者として登録しており、そのブロックで、彼の関心を惹きそうなものはグリーンの詩以外にないことを知っていた。ベンジャミンはフィリップ・ガードナーとシティで夕食をとり、それからいつもどおりふたりでオークション・ルームに乗りこんで、これまで何度もしてきたように、レジナルド・アルダーソンに人前で恥をかかせる心づもりだった。ベンジャミンは、アルダーソンがなぜ代理人を立てず、必ずみずから現れるのか不思議だった。いずれにせよ結果は同じなのだ。入札金額が上がっていくと、フィリップ・ガードナーはベンジャミンにうなずいてみせる。ベンジャミンは競売人にうなずき、最終的にその品はハンマーの音とともにフィリップの手に落ちる。そしてレジナルド・アルダーソンは、事情を知る常連たちの忍び笑いの中で、憤然と部屋を出ていくのだ。

たいてい、ガードナーは競売のあとにベンジャミンを自分のクラブに連れていってくれるのだが、ベンジャミンが《サザビーズ》に出かける時間が来ても、客はまだ到着していなかった。今日の勝利はひとりで祝うほかあるまい、と彼は諦めた。まあいい――グリーンの詩の断片は高い値をつけるだろう。レジナルド・アルダーソンが競り上げるとなればなおさらだ。高値であれば歩合も多くなる。ベンジャミンはフィリップ・ガードナーと親しくなったことを喜んでいた。しかし、ガードナーについてなによりも気に入っているのは、彼の妻の金であった。

# 一九八五年、リッジフィールド

「そろそろいいわよね」とアマンダはピーターに言った。ふたりはデヴェロー・ルームのカーペットの上で、身体を絡ませながら横たわっていて、愛を交わしたあとの鼓動と息づかいがおさまってきたところだった。ハロウィンから五週間がたっていた。素晴らしい情熱の土曜の晩が五回――アマンダは、他のすべてと同様、性生活に関しても几帳面だった。ピーターはそれで構わなかった。彼のほうから誘いをかける不器用な試みも、どこまでいけるか考えながらの、車のバックシートでのぎこちない愛撫もなかった。ただ、毎週土曜、夜十一時を回って図書館の暗い廊下をデヴェロー・ルームに向かいながら、ふたりのあいだにひりひりするような期待が高まっていくだけだった。はじめてのあとは、もう仮装の衣装はなく、この五週間をかけてふたりは互いに対してゆっくりと自分を開放しながら、ついにこの完璧な瞬間に到達した――アマンダは汗ばんだ身体をピーターの身体に押しつけ、腕を彼の腹にのせ、まだ固くなったままの乳首で彼の胸をこすりながらささやいた。「そろそろいいわよね」と。

「あと二、三分待ってくれないと」とピーターは言った。普段ならアマンダはセックスのあと、うとうとと眠りに落ち、ピーターはいつも一時間か二時間後にキスと、愛撫と、欲望に満ちたささやきで彼女を起こすのがきまりだった。

「そうじゃなくて」とアマンダは言って、彼の脇腹をからかうように叩いた。片肘をついて身体を起こすと、彼女は真剣なまなざしで彼を見つめた。「そろそろわたしの家族に会ってもらってもいい頃だと思うってこと」

「僕らの子供が高校を卒業する頃に会えばいいような気がしてたんだけど」とピーターは言った。デヴェロー・ルームの安全な隠れ家で一度も感じたことのない不安が腹の底でうごめきだした。

「そんなに悪い人たちじゃないわよ」とアマンダは言った。「ほんとのところ、すごくいい人たちよ」

「でもリッジフィールド家の人たちだよ」とピーターは言った。「たとえ彼らみたいに王様みたいな一家じゃなくたって、恋してる女の子の両親に会うのは僕には一大事なんだ。わかるだろ」

「もう一回言って」とアマンダは言うと、彼の胸に軽くキスした。

「え、王様ってとこ？」

「違う、別のとこ」

「僕がリッジフィールド家の大事なお嬢さんのアマンダに、どれだけ夢中になってるかってとこ？」

「そうそう」とアマンダは言うと、下にずれて彼の腹にキスした。「そこよ」彼女の唇が肌の上を軽やかに動き回るあいだ、ピーターはリッジフィールド家のことを忘れ、自分の不安を忘れ、ただアマンダのことだけを考えた——彼女の唇、彼女の舌、彼女の口、彼女の身体。そしてどんなに彼女を愛しているかを。

土曜の晩の最後のパーティーがお開きになり、やがて勉強熱心な医学部進学課程の学生が、誰よりも早く起床して近づく生化学の最終試験の準備をはじめる前に、ふたりでキャンパスを横切ってアマンダの寮に向かいながら、ピーターは彼女の手を握りしめ、彼女が聞きたがっているのがわかっていることを口にした。夜の空気に冴えた冬の気配がかすかに混じる穏やかな闇に包まれていると、彼自身、本心からそう思えるような気がした。

「僕、ぜひ君の家族に会いたいよ」

月曜の晩、カフェのいつものブースに座っていたとき、アマンダは改めて、次の土曜、両親の家での夕食に来てほしい、とピーターを招待した。

「土曜の晩？」とピーターは訊いた。彼女の家族に会うだけでも試練なのに、と彼は思った。デヴェロー・ルームの床で彼に絡みつくアマンダのことで頭がいっぱいの、その土曜の晩に彼らに会うなんて、耐えられない。

「図書館は金曜日に行けばいいだけよ」とアマンダは言って、足でピーターの膝下を撫であげた。「あなたに……緊張してほしくないから」

「言っとくけど、君がなにをしたって、僕が緊張しないでいるのは無理だからね」とピーターは言ってから、慌てて付け足した。「だからって、やってみて悪いことはないけど」

「父と母だけよ」とアマンダが言った。「あなたのことを気に入ると思うし、あなたもふたりのことを気に入ると思う。ふたりとも噛みついたりしないから。父はちょっと噛みつくかもしれないけど」

「なんの話をすればいいんだい？」ピーターは言った。「だって僕は、他に競争相手もない町の雑貨屋ですら、ろくにやっていけなかった家の出で、ふたりはリッジフィールド家の人間だよ――南部でいちばんやり手の事業家だ。共通点がどこにもない」

「そうね、でも第一に、三人ともわたしのこと大好きでしょう。それにあなたと母は他に話題があるし。彼女の母親について、あなたほどよく知っている人はいないと思うから」

「お母さんのお母さん？」とピーターは言った。

「うん、ほら、アマンダ・デヴェローよ」

「アマンダ・デヴェローは君のお母さんのお母さんなの？」とピーターは言った。「でも、それじゃどうして君はリッジフィールドって名前なんだ？」

「リッジフィールド家は死に絶えるわけにいかないからよ」とアマンダは言った。「わたしの母が直系の最後のひとりなの。彼女の父親がロバート・リッジフィールドで、死ぬ前に、彼女に約束させたのよ、子供はリッジフィールドと名乗らせるように、って。わたしの父はミドルトンという姓だったんだけど、名前を変えたの――父にはかなりの試練だったと思うわ」ピーターは、アマンダの両親が、娘が家名を引き継ぐことを主張して、自分がピーター・リッジフィールドと改名することになるのは、どんな気分だろうか、と考えた。

「君のお母さんのお母さんが亡くなったとき、君のお母さんはいくつだったの？」ピーターは訊いた。リッジフィールド家の人々に会うという不安のあまり、彼はアマンダ・デヴェローを知っていた——それもよく知っていた人物に会えるのだということをすっかり忘れていた。

「十八」とアマンダは言った。「家に呼び寄せられたとき、ウェルズリー大学の学生で、一学期の途中だったの。父親の世話をするためにリッジフィールドに移って、その三年後に父親も亡くなったわ。祖父が生きていたのは、祖母の本のコレクションが新しい図書室に入るのを見届けるためだったんだと思う。そのあと、気力がくじけたのね」

「じゃあ、君のお母さんはお母さんのことをよく憶えてるはずだよね」

「たぶんね」とアマンダは言った。「あまり祖母の話はしないけど。母は昔から〝今を生きる〟タイプの人だから。そんな若いときにふた親を短期間で亡くすと、そういうふうになるのかも」

「それじゃ、もうひとりのアマンダのことは訊かないほうがいい？」ピーターは訊いた。

「ううん、訊いたほうがいい。祖母がやり遂げたことを、母はすごく自慢に思ってるの。〈リッジフィールド図書館友の会〉の会報を隅から隅まで読んで、時々、本を買ってコレクションに追加したりもしてるのよ——フランシスが見つけた本で、祖母ならきっとすごく喜んだろうと母が思うようなものをね。あなたがどんなに祖母の本に夢中か母にわかってもらえば、いくつか話をしてくれると思うわ」

「僕がどんなに君をに夢中かも知ってもらったほうがいいかな？」ピーターは訊いた。

「秘密になんかできっこないくせに」とアマンダは言うと、彼の手を指で握りしめた。


翌日、ピーターがデヴェロー・ルームに入っていくと、フランシス・ルランとハンク・クリスチャンセンが一枚の紙に見入っていた。

「なにをそんなに真剣になってるんですか？」とピーターは訊いた。

「エミリー・ディッキンソンの手書きの詩なんだ」とフランシスが言った。

「未発表のね」とハンクが言った。

「前からここにありましたよ」とピーターは言い、ハンクの肩ごしに見覚えのある紙切れに目をやった。「十九世紀の詩の授業でレポートを書くときに使いました」

「これがどこから出たものか知ってるかね？」とフランシスが言った。

「いいえ」とピーターは言った。

「二年ほど前に、サラ・リッジフィールドのちょっとした援助でこれを買ったんだが」とフランシスが言った。「マーク・ホフマンが所蔵していたんだよ」

「『自由民の誓約』を見つけた人ですか？」とピーターが訊いた。

「まさにその人物だ」とハンクが言った。「ただ、ソルトレークシティの爆弾事件が起きてからは、彼が売ったものの全部が、触れこみどおりのものじゃないんじゃないかという噂が古書界で流れてる」

「その詩が偽物かもしれないということ？」とピーターは言った。

「そうではなさそうだがね」とフランシスは言った。

「紙は間違いない」とハンクが言った。「インクは俺の見るかぎりでは十九世紀のものだし、文字は確かにディッキンソンの筆跡に一致する」

「もしこれが偽書なら」とフランシスが言った。「ホフマンは史上もっとも優れた贋作者のひとりということになるだろうな」

# 一九九五年二月二十日、月曜日、イングランド南西部、コーンウォール

運転しはじめて一時間もすると、あたりはほぼ真っ暗になった——冬の日没は早く、分厚さを増す雲がそれをいっそう早めた。ピーターは普段、高速道路を運転しなかった。あまりに多くのものを見過ごしてしまいそうな気がするし、どこかに急ぐということがめったになかったからだ。だが、今夜は特別だ。コーンウォールに車で向かうと、四時間半かかる。そのあと、リズのややこしい地図に従って、暗闇の中、木々に埋もれたコーンウォールの田舎道をグレアム・サイクスの家に向かわなければならない。

時速七十マイルで車を飛ばしながら、ピーターがちらりと左に目をやると、助手席に、アマンダが膝に地図を載せてひっそりと座っていた。ふたりで英国の田舎を旅したとき、彼女は助手席で道を指示するのが好きだった。ピーターははじめて勇気をふり絞ってレンタカーを借りたときのことを思いだした。ポンドは安く、ふたりは本の買い付けのために英国に来たのだった。

二車線の道路ばかりを走り、町ごとに停まっては、地元の書店を見て回った。毎週日曜の午後には、町の公会堂で開かれる地方の古書市に行った。オックスフォードやケンブリッジ

やバースのような本の街では何日も時間を費やしたが、ピーターがとりわけ好きだったのは、もっと小さな町で過ごした日々だった。そういう町では、一軒しかない書店の主が若いアメリカ人の夫婦を歓迎してくれ、ときには店を一時間か二時間閉めて、ふたりを昼食に連れだしてくれることもあった。アマンダが隣にいる安心感のおかげで、ピーターでも、こうしたほとんど見知らぬ他人との会話を楽しむことができた。

その旅の途中で彼ははじめてヘイ・オン・ワイを訪れたのだった。アマンダは彼女の言う〝眺めのいい道〟を通って車の行く先を指示し、ふたりはワイ川にかかる通行料をとる古ぼけた橋を渡った。ブースから老人が出てきて、ふたりから硬貨を受けとると、柵を開けて通してくれる。旅のすべては冒険の香りに満ちていて、アマンダはなによりそれを楽しんだ。「明日がなにを連れてきてくれるかわからないのって素敵」と彼女は言ったものだ。バースで朝を迎え、サウサンプトンの浜辺で夕陽を臨む一日があった。ソールズベリーやウィンチエスターで、ふたりは書店が閉まったあと、町の大聖堂の晩禱式にまぎれこんだ。別の日には、ヨークで思ったよりも早く書店めぐりが終わり、荒野《ムーア》を越えて長いドライブに出かけ、ウィトビーの入り江を見下ろすフィッシュ・アンド・チップスの店で夕食をしながら一日を終えた。

ピーターはその記憶に微笑みを浮かべ、思いかえすと無邪気そのものの冒険だったあの旅で、なにがいちばん楽しかったかアマンダに訊こうとふり返った。しかしそこにアマンダはの姿はなく、道路地図だけがぽつんと助手席に載っていた。

ボドミン・ムーアのはずれにさしかかると、道はだんだん狭くなり、やがて節くれだった木々が覆いかぶさる、わだちのついた急な下り坂になった。ガタガタと揺れながら、リズの地図どおりに間違いなく来ていますように、と彼は祈った。暗闇の中、パワー不足のヴォクソールでバックで坂道をのぼれるとは思えなかった。昼間だってそんなことができるか怪しいものだ。坂を降りきったところで小道は終わり、正面のゲートの向こうに小さな牧草地が広がっていた。ピーターの車のヘッドライトが二、三頭の羊を照らしている。この牧草地の向こうに、小さな石造りのコテージの明りが見えた——それがグレアム・サイクスの家であることを願いながら、不安の塊を飲みくだす。こんな人里離れた場所に暮らしている人間が、夜の訪問者を歓迎するとは思えなかった——それも危険が迫っているのではないかと怯えているならなおさらだ。

ピーターは車から鞄をひっぱりだすと、牧草地の柵についた踏み段を乗りこえてコテージに向かった。分厚い雲が月光をさえぎり、漆黒の闇といっていい中を、彼はそろそろと野原を横切っていった。草についた夜露がズボンの脚を濡らす。

コテージのドアにたどりついたときには、靴は泥だらけだった。はじめのおっかなびっくりのノックに応えがなかったので、彼はもっと大きく扉を叩いた。

「帰れ！」と中の声が言った。「こんな夜更けに来るなんぞ、よからぬことを企んでるに決まっとる」

「サイクスさん」とピーターは、中から響いてくる声の大きさに負けずに声を張り上げた。

「僕の名前はピーター・バイアリーといいます。リズ・サトクリフの友人です。彼女があなたのことを心配して、僕をここによこしたんです」

「うまいこと言いおって」と声が言い返した。

「ほんとうなんです。ロンドンから車で来ました。熱い紅茶を一杯いただけるとありがたいんですが」とピーターは言い、客にお茶を出さずにはいられない英国人の習性でこの老人の態度がやわらぐことを願った。

「ロンドンに茶はないのか？」と声は言った。「失せろ」

「もうひとつ問題が」とピーターは言った。と言いながらも彼にとってなによりもさし迫ったもうひとつの問題は、たった今降りだした雨であり、彼は濡れそぼった姿で車の中で夜を明かしたい気分ではなかった。「本を持ってきました。かつてB・Bが所有していたものです。あなたならそれが贋作かどうか判断する手助けをしてくださるのではないかと思いまして」

　ドアの内側は長いあいだ沈黙した。そのあいだ雨は絶え間なくピーターを打ちすえた。やっと声がしたとき、さっきの好戦的な調子は、かすかに好奇心をそそられた響きに変わっていた。「B・Bについてなにを知っとるんだ？」声は訊いた。

「あまり知りません。正直なところ」とピーターは言った。しばらく言葉を切ったあと、彼は付け加えた。「彼が描いた水彩画を見つけましたが、その話はリズから聞いていらっしゃるでしょう。このもうひとつのものは、もっと価値がある可能性があります。雨で僕の鞄が水浸しにならなければですが」

また沈黙があり、それから鍵がはずされる音がして、ついに木製のドアが大きく開かれた。戸口には、黄色いランプの明りに縁どられ、自分の身を守るのに不自由はなさそうな男が立っていた。六フィートを超える身長に、広い肩幅、太い腕をしたグレアム・サイクスのフランネルの作業シャツは縫い目のところで張りつめたようにひきつれている。彼の上半身は、猛禽類のように少し前かがみになっていた。片手には鉄製の火かき棒を握っている。量の多い白髪が頭と顔を覆い、額のところでまっすぐに切りそろえられていて、その下の深くくぼんだ目がピーターをじっとにらんだ。幅広い身体で戸口を完全にふさぎながら、彼はピーターを見定めていた。ピーターのほうは、扉の前の石段にしずくを垂らし、中身が濡れていないことを願いながら、鞄をコートの下でしっかりと抱えている。

ようやくサイクスが唸り声を出した。「よかろう、それならそんな雨の中で立っておらんで入れ。わしはやかんをかけてこよう」彼は脇に一歩よけ、ピーターはドアをくぐった。ドアを入るとすぐに小さな居間になっていた。暖炉では火が消えかかっていたが、部屋は暖かく、明るかった。不機嫌な家の主は、扉を閉めると別の戸口の向こうに消え、ピーターは石の床にしずくを落としながらひとり残された。彼はコートを脱ぎ、すでにかかっている数着のコートと一緒にドアの近くの壁にかけ、鞄が濡れていないことを確認してから、暖炉のそばに寄り、光っているお《ヽ》き《ヽ》の上に手をかざして温めた。

グレアム・サイクスが紅茶を入れたマグカップをふたつ持って、キッチンから出てきた。

よそゆきの紅茶茶碗を出してはくれないらしい。いつもはストレートで紅茶を飲むが、たっぷりとミルクと砂糖が入った紅茶のマグカップをピーターはなにも言わずに受けとり、ごくごくと飲んだ。サイクスもそれにならった。

「座れ」とサイクスは言い、窓の下のくたびれた肘掛け椅子を指した。ピーターが座ると、深々と身体が沈んだ。ソファに座ったサイクスがピーターを見下ろしている。「それで、話というのはなんだ?」とサイクスは言った。

ピーターはマグカップをじっと見つめ、恐ろしげな家の主のほうを見ないようにしながらゆっくりと話しはじめた。すでにリズが話していることは知っていたが、亡き妻とよく似た女性の水彩画を見つけたいきさつを語った。どんなふうにイーヴンロード・ハウスの敷地から追い払われ、ジュリア・アルダーソンの手引きで、イーヴンロード・マナーの古文書が入った箱を見つけたかについて語った。最後に、彼は鞄に手を伸ばし、『パンドスト』を出すと、コーヒーテーブルの上においた。

サイクスは老眼鏡をシャツのポケットから出してかけ、本を開いた。ゆっくりと頁を繰り、時折、表紙の見返しにある所有者のリストに戻りながら、数分間、無表情なまましっくりと本に見入った。

ピーターは大切な『パンドスト』が無骨で、粗暴にも見えるこの男の手にあるのを目にしながら、恐怖がこみあげてくるのを感じた。サイクスは学者だ、と考えて心を落ち着かせようとしたが、冷たい汗が首の後ろに噴きだしてくる。

「この本を見つけたのと同じ図書室には」とピーターはできるだけ冷静な声を出した。「シェイクスピアの贋作に関する本が何冊かありました」

「それであんたは疑いを抱いているわけだ」とサイクスは言いながら、眼鏡をポケットにしまったが、本はまだ彼の逞しい手の中にあった。

「そうです」とピーターは言った。「所有者のリストにある名前のほとんどをたどってみましたが、B・Bについてわかったことは、彼が水彩画を描いていたことと、あなたが彼について の本を書いているということだけでした」

「で、B・Bが贋作者かどうかを知りたいと」

「そうではないことがわかればと願っています」とピーターは言った。彼はまだ、『パンドスト』が本物であることを証明したいと願っていた。「それが贋作だとしたら、大変に見事な贋作です」

「贋作者が自分の作品に署名するのは奇妙じゃないかね?」とサイクスが言った。

「奇妙ですが、例がないわけではありません」とピーターは言った。「特にその人物が筆名を使っていたとすれば」しかし、これはピーターも考えたことだった。B・Bが贋作者で、イーヴンロード・マナーの古文書をすべて偽造した人物であると、この先、自分が発見した場合を想像してみた。もしそうだとしたら、B・Bは水彩画以外のものにはひとつも署名していないのに、なぜこの本には署名したのだろうか? いうなれば『パンドスト』の見返しにある署名のおかげで、彼はマージナリアが本物だという希望をもちつづけられるかもしれなかった。

「それから、訊いておくが」とサイクスが言った。「誰の手柄になるのかね？」

「なんですって」とピーターは言った。背中を汗が伝い落ちた。

「誰の手柄になるのかと言うんだよ。誰がこのニュースを公にするんだ？　こいつが本物だとして」とサイクスは指で『パンドスト』を叩きながら言った。「テレビに出て、世間を前に〝文学における史上最大の謎を解決したのは自分だ〟と言うのは誰なんだ？　あんたか？　わしか？」

　ピーターはシェイクスピアについても、オックスフォード派とストラットフォード派の論争についても一言も言わなかったが、サイクスがこの本の重要性を完全に理解していることはあきらかだった。そしてピーターは、サイクスが述べたシナリオとまさに同じことを自分が空想していたことを否定できなかった。世界中のすべてのストラットフォード派に偉大な救世主として歓呼の声で迎えられるピーター・バイアリー。ロバート・コットン以来、英文学にもっとも貢献した書籍商、ピーター・バイアリー。『パンドスト』をかぎ爪に握りしめたタカのようなグレアム・サイクスの姿を見て、恐ろしい考えが彼の心をよぎった。もっとささやかな理由でも人は人を殺す。

「それは僕が見つけたものです」とピーターは簡単に言った。その言葉は数秒間、不吉に宙に漂ったままだったが、やっとサイクスが応じた。

「わしがいなければ、ここにあるものの正体はあんたにはわからんぞ」

「あなたの本が出版されるのを待つだけです」とピーターは言った。

「もう出版されんよ」とサイクスが言った。「朝になったらリズに電話して、新しい事実に照らしてすべて書きなおさなきゃならんと言うからな」

「聞いてください」とピーターは言った。「このことで協力をお願いしたいのは、あなたひとりじゃありません。科学調査の専門家に頼んでインクと紙を調べてもらっています――これはチーム・プロジェクトなんです。でもチームリーダーは僕ですが」

「さあどうだかな」とサイクスは言って、『パンドスト』をピーターのほうにさしだした。

彼は安堵しながら老人の手からそれをひったくるように取った。サイクスは手ごわいかもしれないし、まったく手におえないかもしれない。しかしすくなくともピーターにはまだ『パンドスト』がある。

「一晩よく寝れば、朝飯のときにはもっと頭が冷えとるかもしれんな」とサイクスが言った。

「暗いし、雨の中でこちらに降りてきた細い道をのぼるのは無理な気がします」信頼できない男の家で一夜を過ごすのは、コーンウォールの道端の溝にはまりこみ、車で一夜を過ごすよりたいしてましだとも思えなかったが、そうピーターは言った。

「じゃあ納屋で寝るんだな」とサイクスはぶっきらぼうに言った。「毛布を持ってきてやろう」

十分後、ピーターは積みあげた干し草の山のあいだで、薄い毛布にくるまり、鞄を守るように身体を丸めていた。外では雨が降り続き、頭上の屋根から水滴が落ちてくる。毛布は、骨の髄に沁みこんだ寒さを締めだすのになんの役にも立たなかった。老人が彼を納屋にやったのは、気力を萎えさせるつもりなのだとピーターは思った。B・Bの謎を解くのに必要な証拠がすべて、おそらくこの寝床から三十ヤードも離れていない机の抽斗に収まっているだろうに、自分には手も足も出ず、秘密を知ることができないのかと思うと、腹が立ってしかたがなかった。

明け方、ピーターは一時間ほどうとうとと眠ったが、サイクスのコテージのドアがバタンと閉まった音で目を覚ました。何分かじっと静かに横になったまま、サイクスが火かき棒かもっと悪いものを手に納屋に乗りこんでくるかもしれないと、鞄をしっかりと握りしめた。しかし、それ以上なんの音も聞こえず、彼は急にサイクスがリズ・サトクリフに電話すると言っていたことを思いだした。リズは、サイクスは電話を持っておらず、電話をかけるときは近くの村に行くと言っていた。つまり、もしサイクスが村まで歩いていったとすれば、彼の家にしまいこまれた秘密は今、まったく無防備でそこにあるのだ。

# 一九八五年、リッジフィールド

「それはパニック障害だね」とフランシス・ルランが言った。

「社会不安障害だよ」とハンク・クリスチャンセンが言った。

「ガールフレンドの両親に会うことになって不安になるのは普通じゃないんですか？」とピーターは言った。三人はフランシスのオフィスでコーヒーを飲み、本のカタログをめくりながら雑談をしていた。

「まあね、でもピーター」とハンクが言った。「君は普通の人みたいに、女の子とその両親に会うからびくつくだけじゃないよ。誰に会うときでもびくびくだろ。歩道で知らない人間とすれ違わないように、中庭をわざわざ反対側に渡ってるところを見たことあるぞ」

「僕がそうしてるのがどうしてわかるんです？」と、自分の不安をうまく隠しとおしてきたつもりだったピーターは言った。彼は心中をハンクにこんなに正確に見抜かれて、傷ついた気分になった。

「なぜって俺もまったく同じことをするからだよ」とハンクは言い、片手をピーターの肩においた。

「まさか」とピーターは言った。「保存修復室であなたが知らない人に挨拶してるところを見たことありますよ。それに、そうだ、はじめて会ったときの僕への接し方だって。全然びくびくなんてしてなかった」

「まあね」とハンクは言った。「工房ではそうだよ。でも、他の場所で俺が他人に話しかけてるところ見たことあるか？　レストランとかバーで俺を見かけたことは？」ピーターは確かに図書館以外の場所でハンクを見たことがなかった。

「それじゃ……」ピーターは言葉をどう終わらせていいか思いつけなかった。他の人間も自分と同じように恐怖感をもって世界に相対しているという可能性をうまく飲みこめなかった。それは不快でこそあれ、自分にしかない特質だと彼は思ってきたのだ。

「俺が社会不安障害なんだよ」とハンクが言った。「ただ、いいお医者にかかってるし、すごくよく効く薬も飲んでる。だからもし実際にレストランとか、劇場とか、デートに出かけたいと思えば、できるんだ」

「ストレイヤー先生に診てもらっておいで、ピーター」とフランシスが言った。

「君のは俺のほどひどくないみたいだからね」とハンクが言った。「ほら、アマンダと一緒に出かけるときは、たいてい大丈夫だって言ってただろ」

「彼女はピーターの天然の薬なんだろう」と言ってフランシスは微笑み、ピーターとハンクは噴きだした。

二日後、ピーターは抗不安薬の処方箋と、まったく新しい世界観を手に入れ、ストレイヤー医師のはじめての診察を終えた。不合理な不安はピーター・バイアリー特有のものではなかった。この発見に彼は興奮し、同時に恐怖を覚えた。自分の性格だと思っていたものが、突如として治療可能な障害になってしまったからだ。しかし、薬を飲むと自分が自分ではなくなるのではないかという不安は大きかったとはいえ、その土曜日、アマンダが両親の家に行くために車で迎えにくる一時間前に、はじめて小さな白い錠剤を飲みこむのをためらうほどではなかった。

その薬は、アマンダの運転する車で長い曲がりくねった私道を、リッジフィールド家の典型的な南部の邸宅の白い柱のそびえる玄関ポーチに近づいていくあいだ、彼の不安を抑えてはくれなかった。だが、確かに吐き気を抑えてはくれた。玄関に続く広々とした階段にサラ・リッジフィールドとその夫の、元チャールズ・ミドルトンが立っていた。サラは、彼女の母であるアマンダ・デヴェローに驚くほど似ていて、顔立ちは女性的な美しさと男性的な力強さが入り混じっていた。夫は背が高く、大学でフットボールの選手だったといってもいいくらいがっしりとしていたが（あとでピーターは彼がリッジフィールドでラインバッカーだったことを知る）、その場を仕切っているのは間違いなくサラだった。アマンダとピーターが車を降りると、リッジフィールド氏は前に進みでて娘をハグしたが、アマンダの母親はピーターのほうに手をさしだし、歯切れのいい声で「ピーター・バイアリー、ようやくお会いできたわね」と言った。彼女の握手はしっかりとしていて、ピーターはその握る力に応え、彼女の緑の瞳と視線を合わせた。握手しながら自分がまったく平静でいることに気づいて彼は驚いた。どんな薬だってこんなに効くはずがない。サラ・リッジフィールドの目には、これまでピーターが彼女の娘の目の中にしか見たことがなかったものが湛えられていた。

「お母様にそっくりですね」とピーターは言った。「僕はお母様の大ファンなんです」

「それからうちの娘のファンでもあるらしいわね」と言うと、サラはピーターの手を離し、彼の肩から糸くずを払った。

「ファン以上です」とピーターは言った。

「ママ、もうピーターを怖がらせてるの？」とアマンダが言い、ふり返ってサラを抱いた。

「とんでもない」とサラは言った。「このピーターはアマンダ・リッジフィールドとアマンダ・デヴェローの崇拝者なんですもの、その中間のわたしにもなにか感心してもらえたらいいのにと思っていたところよ」

「もちろんです」ピーターは言い、サラ・リッジフィールドは娘の肩ごしに片目をつぶった。こっそりと彼だけにその顔をしてみせたサラを見て、急にピーターの心に閃いたものがあった。ここにいるのは、自分には持てなかった母親だ。実の母には一度も感じたことがなかった温かな気持ちが、サラに対して湧いてくる。階段をのぼって家に入りながら、彼は考えていた。この一家が、はじめからずっと僕の家族になると決められていたのだったら？　そんなことがありえるだろうか？　ほんとうの母親がいると、こんなふうに身体の内側が温かくなり、守り守られている気がするものなのだろうか？

夕食は素晴らしかった。ピーターはお仕着せ姿の使用人と銀の大皿が出てくることを予想していたが、一同は、プラスチックの皿に盛ったフライドチキンを裏庭のデッキで食べた。デッキから見渡せる傾斜した庭は、小さな池に続いている。その背景の雑木林の枝にはまだ秋の紅葉の名残りがあった。

「外で食事するのはそろそろ終わりだなあ」とチャーリーが言った。「わたしらは新鮮な空気が大好きなんだがね」

ピーターはその晩ずっと、サラから彼女の母親に関する話を聞きだしていた。とはいえ、サラにアマンダ・デヴェローについて語らせるのに、それほど熱心に口説く必要はなかった。その晩、一度など、アマンダは母の手をとって言った。「どうしてこれまで、こういう話を全然してくれなかったの？」

「どうしてかしら」とサラは言った。「あなたが訊かなかったからね、たぶん」彼女はピーターに、少女の頃、母親がニューヨークの《サザビーズ》にシェイクスピアの〈ファースト・フォリオ〉の入札のために連れていってくれたときのことを話した。「すごく緊張したわ」と彼女は言った。「ぴくりとでもしたら、入札したと競売人に思われるんじゃないかって不安でね。だから両手の上にお尻をのせて身動きひとつしなかった。その二つ折り本は競売の最後の出品だったから、二時間はそうやって座っていたんじゃないかしら。母はわたしに素晴らしい経験をさせたつもりだったけれど、そうやってかちかちになっていたおかげで、わたしは次の一週間ずっと筋肉痛だったわ」

「それでその本を買ったの？」アマンダが訊いた。

「買いましたよね」とピーターが言った。「このあいだ、ちょうどその本で『リア王』を読んだんです」

「まあそうなの？」とサラは嬉しそうに言った。「素敵だわ」


翌週、土曜日の夜のいつものセックスのあと、ピーターとアマンダはデヴェロー・ルームの床で横たわっていた。それをそんなふうに思ったのはピーターにとってはじめてのことだった——いつもの、と。楽しまなかったわけではない。しかし、その行為はそれまでのようにアマンダと彼をしっかりと結びつけてくれるものではなかった。彼女は受け身で、早く終わらせてしまいたいように見えた。今、彼女は仰向けに横たわり、指を彼の指に軽く絡ませ、天井を見つめていた。

「なにかあった？」ピーターはとうとう言った。

「ごめんなさい」とアマンダは言った。

「謝らなくていいよ。どうしたのか言ってくれれば」

「つまらないことなの」

ピーターはアマンダの顔が見えるように、片肘をついて身体を起こした。「つまらなくなんかあるもんか」と彼は言った。

「わたし、嫉妬してるんだと思う」とアマンダが言った。

「嫉妬？」

「生まれてからずっと、わたし、母と仲良くなる方法を探してきたの」とアマンダは言った。「つまりね、母は華やかな社交界の貴婦人で、アトランタとかニューヨークの慈善パーティーに飛び回っているのに、わたしはなんとかして普通の子になろうとしてきたでしょう。母はわたしのことを理解してくれなかったし、わたしは母のことを理解しなかった」アマンダは一瞬、黙りこみ、ピーターはいぶかしげな表情で彼女を見た。「それなのに」と彼女は言って、腕を彼からひっこめた。「あなたったら軽やかに登場してきたとたん、たったの五分で親友同士になっちゃうんだもの」

「君は僕らに仲良くなってほしいんだと思ってたけど」とピーターは言った。

「そうよ」アマンダは言った。「でも、そんなに簡単であってほしくなかったんだと思うわ。わたしにはすごく大変だから」

「大変？」ピーターは強い調子で言い、座ってアマンダから身体を離した。「君のお母さんと関係を築くのが大変だって？　僕がこの一年で自分の母親と交わした言葉はせいぜい三つくらいだって、君知ってるよね？　しかも、その三言だって、あの人は理解できるほど素面だったことがないんだよ」彼は、ママと仲良くするのが大変だと文句を言う、この甘やかされた金持ちの小娘に向かって、思いがけない怒りがこみあげてくるのを感じた——しかもそのママはどこかの惨めな酔っぱらいではなく、あの素敵なサラ・リッジフィールドなのだ。

「わかってる、ピーター」とアマンダは言い、彼の背中に片手をおいた。彼はふり返って彼女を見ると、さっきの急激な怒りは、同じくらいあっさりと溶けていった。彼は彼女を腕の中に抱き寄せた。

「ごめん」と彼は言った。「それから、君がお母さんといろいろうまくいかないのは残念だと思う」

「ピーター、わたしが不安定だからってあなたが謝ることないわ。わたし、克服するから──ああ、あなたのことほんとに好き」一粒の涙が頬を伝って落ち、彼女はまた彼の手を、今度は思いきり力をこめて握りしめた。「でもときには、わたしが落ちこんでても許してほしいの」

ピーターは彼女を腕に抱き、彼女は彼の肩に顔を埋めて何時間にも思えるあいだ、泣いていた。それからふたりはもう一度愛し合い、今度のそれは申し分なかった。そしてこれまでとはどこか違ってもいた。なぜならピーターは知ったからだ──アマンダも自分と同じように完璧ではないのだと。彼は自分がどんなに彼女を理想化してきたかに気づいていなかった。理想の女性と愛し合うのは夢のようだったが、現実の女性と愛し合うことは、それにも増して素晴らしかった。


そのあとの数か月、ピーターはサラ・リッジフィールドとその娘の仲をとりもとうと、できるかぎりの努力をした。彼はアマンダにデヴェロー・コレクションの宝物を丁寧に紹介し、稀覯本についで教え、サラとアマンダ・デヴェローについて話すときはいつも、彼女を会話の仲間に入れた。ピーターは、アマンダの父親とも親しくなった。ふたりにはほとんど共通の関心事項はなかったが――チャーリーは銀行家でゴルフ愛好者だった――、主に輸入ビールを飲むことと、スポーツのスコアについての議論を中心にした、気軽な友人関係を築いた。ピーターは、これまでスポーツを観ることはなかったが、バスケットボールが好みに合うことに気づいた。

ピーターは、クリスマスの休暇のほとんどをリッジフィールド家で過ごした――休暇中、なぜ家に帰らないのか説明するために、母親の姉が病気で、両親が見舞いに行かなければならないという作り話をした。彼はアマンダの部屋から遠く離れた客用寝室で眠ったが、遠いとはいっても、彼女が時折、こっそりと彼のベッドに忍んでくるのに支障はなかった。

クリスマスの朝、サラはエッグ・ベネディクトを作り、一同は、ピーターが飾りつけを手伝った高さ十フィートのツリーの横で朝食の席に着いた。

「クリスマスなのにご家族に会えなくて寂しいわね」とサラに言われ、ピーターはなんと言っていいかわからなかった。いいえ、寂しくなんかありません、実家のクリスマスなんて――ツリーがあったことはめったになく、プレゼントもなく、愛もなく、一年でいちばん気が滅入る日なんです、などとどうして言えるだろう？　彼に関するかぎり、まさに今、〝家族〟と一緒にいるのだと、どうやって説明したらいいだろう。彼は言うべきことをやっと思いついた。

「はい。会えないのは残念です。あとで電話して、どんなクリスマスだったか訊いてみます」

「もう少しベーコンをどうだい」とチャーリーが言い、罪悪感で赤面しながら、ピーターはお代わりを皿に積みあげた。

新年の朝、アマンダはベッドでピーターにすり寄りながら、いつ自分はピーターの家族に会えるのかと訊いた。彼はアマンダ・リッジフィールドが、古ぼけた下見板張りの生家の狭い台所で夕食の席に着いているところを想像しようとした。もちろん、彼女が落ち着いてその場をやり過ごせることはわかっていた——問題は彼の両親もそこにいる、ということだった。

二月に入ったばかりのある日、ピーターがデヴェロー・ルームに入っていくと、フランシス・ルランとハンク・クリスチャンセンが新聞の上に頭をつき合わせていた。

「聞いたか？」とハンクが言った。「マーク・ホフマンが逮捕されたよ」

「『自由民の誓約』を見つけた人ですか？」とピーターは言った。

「贋造した、と言ったほうが当たっていそうだがね」とフランシスが言った。

「殺人と詐欺の容疑で逮捕されたんだ」とハンクが言った。

「彼が売った文書の大半が贋物らしい」とフランシス。「この男は贋造の達人だな。しかし、彼が自分がまとめると吹聴していた大きな取引というのに、疑いをもった客が何人かいた。

そこでホフマンは彼らにパイプ爆弾を送りつけたようなんだ」

ピーターは愕然とした。ホフマンの『自由民の誓約』の発見は、彼にとって、聖杯はどこかで発見されるのを待っているという証だった。それが偽物と暴露されたことで、自分の聖杯をいつか見つけたいというピーターの夢があやうくなるかもしれなかった。

「本の世界がこんなに危険だなんて思わなかっただろう」とハンクは皮肉な微笑を浮かべた。

「そうだ」とフランシスは言った。「贋造は嘘をつくことだ。どんなにうまい嘘つきでも、嘘をつきすぎれば、とてつもなく深い穴を掘ることになる。そしてそこから抜けだすには、人を殺《あや》めるしか手がないような気がしてくるんだ」

その夜、ピーターとアマンダはリッジフィールド家で夕食をした。フランシスが言ったことにショックを受け、夕食のあいだずっとテーブルの下でナプキンをひねり回していたピーターは、片手をサラの腕において言った。「お話ししなければならないことがあります。僕が両親のことについてお話ししたことは全部がほんとうではないんです」そして、なにもかもが一気にあふれだした――酒に溺れる両親、息子として顧みられたことがないこと、チャーリーとサラとアマンダと一緒にクリスマスを過ごすために作り話をしなければならなかったこと。

「なぜかって、正直に言いますけど」とピーターは目に涙が浮かぶのを感じながら言った。

「僕にとってはあなた方が家族なんです」そこで、リッジフィールド夫妻は、まさに親がすべきことをした。サラは彼を抱きしめ、なにもかも大丈夫よ、なんでもいつでもわたしにお話しなさい、と言い、チャーリーは彼の背を叩いて言った。「ほら、あっちでデューク大のバスケットボールの試合を観ようじゃないか」

ソルトレークシティでマーク・ホフマンが殺人容疑で逮捕されてから数か月が過ぎ、彼が贋作者としてなにをしていたかの詳細が徐々にあきらかになった。ホフマンが売った文書はすべて疑いの対象となり、それには、モルモン教会の初期の歴史を書き換えたという史料も含まれていた。大胆不敵な詐欺師であり、憎むべき殺人者ではあったが、ピーターはホフマンの卓越した技術に感嘆しないではいられなかった。彼はすべての人間を——この国のもっとも経験豊富な古文書の専門家すら騙しおおせたのだ。

『自由民の誓約』の場合は、ニューヨーク市のアーゴシー書店に、讃美歌が印刷された一枚の紙をこっそりおいてくることによって彼は確かな出所を手に入れた。『自由民の誓約』という題名をその讃美歌の上に書いておき、もう一度、店に行ってそれを買った。こうして、彼は信頼のある書店の領収書を入手した。

それから、彼は稀覯本から取った十七世紀の紙を使って『誓約』の贋造にとりかかった。彼はテクストをすべて書きだし、その時代の書体を模倣した活字を亜鉛板で作らせ、それを使って『誓約』を印刷した。インクは十七世紀の配合に従って調合し、同時代の紙を燃やしてガラス製のランプのほやで煤を集め、それに加えた。こうして彼は、放射性炭素年代測定を含め、あらゆる試験をクリアするインクを手に入れた。

それは見事な技だ、とピーターは認めないわけにいかなかった。そしてそれによって大勢の人が騙された。インク内のイオンの経時的な移動《ミグレーション》を測定する新技術によって、ついに『誓約』は贋作であることがあきらかにされたが、ホフマンはあとわずかで史上もっとも巧みな贋造をなし遂げるところだった。ピーターは、稀覯本の歴史の中で、ホフマンが一歩及ばなかったことを達成しえた人間はいるのだろうかと考えた。あまりにも完璧で誰にもそれと見抜けない偽書が、デヴェロー・ルームの書棚に並んではいないだろうか、と。


ピーターとアマンダは、一年でいちばん静かな土曜日にデヴェロー・ルームの床で抱き合ったまま横になっていた。その前の週の日曜日が卒業式で、夏学期がはじまるまでにはまだ一週間あった。

「卒業のプレゼントがあるの」とアマンダは言った。

「僕は三年だよ」とピーターは言った。「卒業してない」

「だって、プレゼントだし、卒業式のすぐ後なんだもの、他になんて呼べばいいの？」

「なんだい？」とピーターは訊いた。

「わたしのジーンズのポケットに入ってる」とアマンダは言った。

「でも君のジーンズは部屋のあんなところにあるよ」

「誰のせいよ？」とアマンダが言った。

「わかったわかった」とピーターは言い、さっき、もつれるようにドアを開けて入ってくるや、アマンダのジーンズを引き下ろしたところまで這っていった。学年末試験と卒業式の行事のために二週間、デヴェロー・ルームに来られず、ふたりは少なからず欲求不満だったのだ。「君の車のキーしか入ってないけど」とピーターは言った。

「あなたの車のキーよ」

「僕は車持ってないよ。なんで僕の車のキーなの？」

「あなたは車を持ってるの」とアマンダが言った。「それ、卒業しなかったプレゼント」

「君、僕に車を買ってくれたの？」ピーターは大学に入って三年間、リッジフィールドの街を歩く以外に移動手段がなかった。たまに実家に帰るときは、誰かに頼んで車に乗せてもらうか、両親に電話して、両親のどちらかが酒を飲まずに現れることを願うしかなかった。

「別にポルシェとかそういうのを買ったわけじゃないわ。六年落ちのボルボのステーションワゴンなの。でも、本を運ぶにはいいんじゃないかなって思って。夏は書店めぐりをしたいって言ってたでしょ。ね、これでできるわ」

ピーターは部屋の向こう側からアマンダのジーンズを片手に、車のキーをもう一方の手に持って戻ってきた。彼女の裸を見ると、はじめて彼女がリッジフィールド家の人間だと知ったときから訊きたくてしかたがなかった質問を、あやうく忘れそうになった。その答えにはなんの意味もないし、自分のアマンダへの愛は彼女の銀行口座とはまったく関係ない、と繰り返し自分に言いきかせてきた。とはいえ、やはり興味はあった。興味以上のものがあった。

「それじゃ、その、君は何億兆ドルも持ってるの？」

「そうじゃないわよ」とアマンダは言って、彼を腕の中に迎えた。「二十一歳になったら受けとれる信託基金があって、あとはお小遣いをもらってるけど。大学生にはかなりの額のお小遣いよ。しかもわたしはあんまり外食もしないし、くだらない物をいっぱい買ったりもしないから――でも車を買うために、今年はずっとお小遣いのほとんどを貯めなくちゃならなかったけど」

「君はほんとうに優しいね」と彼は言って彼女の肩にキスした。「僕はなにもあげるものがないよ」

「いつかわたしをドライブに連れていってくれればいいわ」とアマンダは言い、彼の胸を手のひらで撫でおろした。彼女の手はゆっくりと下に降りていき、ピーターは彼女がなにをしようとしているかわかっていたが、まだ話をそこで終わりにしてセックスに戻るわけにはいかなかった。

「その信託基金だけど」と彼は言った。「それって君が……なんていうか、金持ちになるってこと？」

「なによ、もし五百万ドルしかなかったら別れるの？」

「違うよ、ただ、君が裕福な家の出身だってことやなんかは知ってるけど……」と言ったピーターの声はしだいに小さくなった。

「ピーター、ちょっと」とアマンダは身体を起こし、胸の前で腕を組んだ。「あなただけは、お金のためにわたしに近づいたんだって一度も疑わなかったのに、今になってわたしがどれだけお金持ちか知りたがるの？」

「そうじゃないよ。僕はそのお金のことはどうでもいい――つまり、お金そのもののことじゃない」

「お金そのもの？」

「僕には将来の計画があるんだよ――古書を扱う書籍商になりたいんだ。でもそれだと、てっとり早く金持ちにはなれそうもない。僕は君の生活の面倒をみられるようになりたいけど、君はこれまでのいろんなことに慣れているだろう。つまり、僕は君に惨めな生活を送っていると思ってほしくないんだ」

「そこにはあなたもいるの？」とアマンダは声をやわらげて言った。

「もちろん」ピーターはささやいた。

「それなら、**ぜったい**惨めになんかならないわ。これまでわたしが慣れ親しんできて、それがないといられないものはあなただけだもの」そう言うと、彼女は身を乗りだして彼に長いキスをした。彼女の乳房が彼の胸をこすった。「それに、わたしだって働くわよ――すくなくとも、子供を産む準備ができるまではね」

　ピーターは身震いした。結婚と家族についてそこまで真剣に話し合ったのはそれがはじめてだった。ピーターはアマンダが結婚したがっているのは感じていたが、まだ指輪のために金を貯めていて、正式には彼女に申しこんでいなかった。子供については、彼女が大の子供好きだと知っていたし、自分も、両親が失敗したものに成功できるかもしれないと考えると胸が躍った。アマンダの舌が乳首に触れ、彼は現実に引き戻された。

「さあ」と彼女はささやいて、舌を彼の胸にすべらせた。「今度はわたしがないと生きていけないもののことを話す番よ」

# 一八七五年、ロンドン

フィリップ・ガードナーがイザベルとしか名乗らないその若い女に会いだしてはじめの数回は、ふたりでハイドパークとケンジントン公園を散歩しただけだった。彼女は、以前、自分の家庭教師だったミス・プリケットを付き添いに、巡遊旅行《グランド・ツアー》でヨーロッパに来たといういきさつを語った。イザベルはロンドンと、その活気に満ちた芸術と演劇の世界に魅了され、計画していた旅行を放棄して、ミス・プリケットとともにチェルシーにフラットを借りると宣言した。ミス・プリケットはパリ、フィレンツェ、ローマ、ウィーン、それにベルリンも、それぞれの芸術がたっぷりとあると反論したが、イザベルはロンドンこそ自分のための街だと言って譲らなかった。彼女はすでに画家のロセッティに会っていた。彼はほんの数ブロック離れたチェーン・ウォークに住んでいて、その知己を得たことで、彼女は今日を代表する画家、詩人、それに役者たちとの交際をはじめたところだった。

「可笑しいのよ」とふたりでサーペンタイン湖のほとりを歩いていたとき、イザベルが言った。「このあいだ、レイトン様のお宅まで歩いていって、ドアをノックしたらすぐにアトリエに入れてくださったの。芸術に関心のあるアメリカ人旅行者という強みのおかげかしら」

「驚きましたな」とフィリップは言った。イザベルのとりとめのない話に一言返せば、彼女はまた他の逸話を語りだし、会話を、彼自身の身の上と、彼女への募る欲望というふたつの話題からそらしてくれた。前者は、結婚しているという事実を含め、彼女に打ち明けるつもりはまったくなかった。後者については、やがてその想いが報いられることを願っていた。フィリップもまた、ケンジントンにあるレイトンのアトリエを訪れたことがあった。大画家であり、王立美術院の会員であるレイトンに、権威あるかの組織への入会を求めて陳情に行ったのだった。レイトンは親切だったが、フィリップの作品入れ《ポートフォリオ》には感銘を受けなかった。

「それから先週はエレン・テリーが『ヴェニスの商人』のポーシャを演じたのを観ましたわ。幕間に舞台裏に伝言を届けさせましたら、劇が終わってから楽屋に呼んでくれましたの。シェイクスピアとシャイロックと演出家のヘンリー・アーヴィングについて二十分もおしゃべりしましたのよ。ロンドン中の名士が彼女を待っているというのに、二十分も。想像できまして？　おまけに彼女、わたくしが誰なのかも知らないのに」

「それで、あなたはどなたなんです？」フィリップは訊いた。彼はいつも、イザベルの正体を匂わすものに目ざとかった。彼女は英国の地に着く前の自分の生活について奇妙に沈黙を守っていた。フィリップが家族のことを尋ねても、そのたびに彼女は話題を詩や彫刻に切り替えるか、歓声をあげてなにかつまらないものを指さすのだった。裕福な家の出にちがいない、とフィリップは思っていた。さもなければ、ヨーロッパへのグランド・ツアーなどできようはずがない。それにいくらかは教育を受けているようだ。そうでなければ、こんなふうに美術や文学について語れないだろう。

「あら、わたくしは散歩に疲れた若い女ですわ」とイザベルは言った。「チェルシーに引き返しません?」フィリップは公園のすぐ外で馬車を呼びとめ、ふたりはまもなくウェリントン・スクエアのイザベルの住居に向かってがたがたと走りだした。広々としたハイドパークの外気に当たっていたときはさほどでもなかったのに、馬車の中にいる今、彼女の香りは彼を圧倒した。御者がキングス・ロードに馬車を乗り入れたとき、彼女ははずみで彼にもたれかかり、彼はその香りと自分に押しつけられた柔らかい身体との組み合わせに気が遠くなりそうになった。

しんとしたウェリントン広場で、フィリップは御者に、イザベルを玄関まで送ってくるから待っているように言った。そう言ったとき、御者が彼に片目をつむってよこした様子が気に食わなかった。

「プリケットさんはわたくしがひとりで公園を散歩するのを喜びませんの」とイザベルは言った。ふたりは鋳鉄製の柵のついた、優雅な白いテラスハウスの階段に立っていた。

「しかし、ひとりではなかったではありませんか」とフィリップは言った。

「そのことはもっと喜びませんわ、きっと」イザベルは頭上の窓に向かって斜めに頭を動かした。その窓のカーテンにほんのわずか隙間があいた。「今だってわたくしたちを見張っているに決まっているわ」彼女は言った。「お母様に手紙でなんと書くことかしら」

「われわれの交際はいささか型やぶりかもしれませんが、まったくもって清廉なものではありませんか」と、その逆であればいいのにと思いながらフィリップは言った。

イザベルは広場の中央の柵で囲われた庭を覗きこむようにして身を乗りだした。頭をフィリップの頭と並行にしながら、しかし、その目は遠くを見つめたまま、彼女はささやいた。

「来週の木曜日、プリケットさんがブリクストンの又従姉妹を訪ねるために一日、お休みをとりますの。わたくしは気分がすぐれなくて、家におりますわ。お訪ねくださってもよくってよ」

フィリップが返答するまもなく、イザベルは身をひるがえして階段を駆け上がり、重い扉を開けて家の中に消えた。彼女の言葉の意味するところはこれ以上ないほど明白であり、それがたちまち惹き起こした反応はあまりにも激烈であったために、彼は馬車によろめき戻ると、ただちにコヴェント・ガーデンに向かうよう命じた。そこならばこの慰藉を得ることができるだろう。

## 一九九五年二月二十一日、火曜日、イングランド南西部、コーンウォール

ピーターは濡れた地面を踏んでグレアム・サイクスのコテージに向かった。驚いたことに、入口のドアに鍵はかかっていなかった。前の晩、サイクスが彼を家に入れようとしなかったあとではなおさら不可解だった。暖炉の火は消え、居間は納屋と変わらないほど冷えきっていた。ピーターは立ったまましばらく耳をすませたが、物音はしなかった。

「サイクスさん」彼はそっと呼びかけ、それからもっと大きな声でその名を繰り返したが、答えはなかった。サイクスはぐっすり眠っているか、出かけてしまったにちがいない。暖炉の左側に、昨晩サイクスがお茶を淹れに姿を消した入口があった。ドアの代わりにペンキが飛び散った薄青い布がかけられている。その布を脇に押しのけると、そこはサイクスの書斎に相違なかった。

一方の壁には雑な作りのパイン材の書棚が並んでいる。他の壁にはヴィクトリア朝の水彩画と版画がかかっていた。ほとんどは風景画だが、ちらほらと肖像画や宗教的場面を描いたものもある。入口の反対側には広い農家風のテーブルがあり、片隅にコンピューターのプリンターがおかれ、デスクとして使われているようだった。どこもかしこも紙だらけだ。床に

紙の束が積まれ、デスクの上にも紙、書棚からは紙がなだれ落ち、窓敷居にも紙が載っていた。一瞬、ピーターが思ったのは、サイクスは想像していたよりも、ずいぶんだらしのない学者にちがいないということだった。壁にかかった絵や版画がどれも曲がっているのに気づいて、ようやくピーターはなにかおかしいと思いはじめた。

胃が縮み、部屋は冷えきっているにもかかわらず、額に汗が浮いてくるのがわかる。本が棚から出され、伏せた形で床に散らばっている。背表紙が壊れたものもある。テーブル脇のファイル棚はすべての抽斗が開けられ、マニラ紙のファイル入れとその中身が部屋中に散乱していた。ランプがテーブルの上で横倒しになり、電球が割れている。グレアム・サイクスの書斎は誰かに荒らされたのだ。紅茶がテーブルの端からまだ滴っているところを見ると、まだ時間はそれほどたっていない。B・Bに関するサイクスの研究の資料が見つかる望みはもはやほとんどなかった。これをやった人間が、たとえそうした書類を見逃していたとしても、書斎の混乱を整理するのに何時間もかかる。ピーターは汗ばんだ額を袖でぬぐい、そのとき、さらに希望をしぼませるものを見つけた。テーブルの中央、プリンターの隣に、積もった埃に縁どられた木目の四角形が綺麗に残っていた。誰かがグレアム・サイクスのコンピューターを盗んだのだ。

ピーターは誰の仕業にしろ、自分が求めているのと同じ情報を得るためにサイクスのもとに来たのだと確信した。B・Bについての文書も、彼が贋作者であったかどうかをあきらかにする資料もここにはないだろう。なぜならトマス・ガードナーかジュリアア・アルダーソン、あるいはピーターがまだ正体を知らない誰かが、そうした書類を持ち去ってしまったからだ。そして、もし『パンドスト』が本物なら、B・Bの痕跡を消そうとする理由がどこにある？

書棚の向かい側に、粗末な布をかけたもうひとつの入口があった。キッチンにつながっているのだろう。彼はまったく食欲などなかったが、水を一杯飲めば神経が落ち着くだろうと考えた。なにより、抗不安薬をそれで流しこみたい。彼はカーテンを引き、狭いキッチンに足を踏みいれた。こんろと流ししかない部屋だ。分厚い石の壁にうがたれたひとつだけの窓から、弱々しい朝の光がさしこんでいた。その光でピーターがかろうじて見分けられたのは、床に長々と横たわる、グレアム・サイクスの死体だった。

はじめ、彼はその場面が理解できなかった。彼の頭に浮かんだのは、片腕を背中の下に折り曲げて石の床に寝ているなんて、サイクスはさぞ寝にくいだろう、ということだった。しかし目が暗がりに慣れてくると、陰惨な現実が彼を打ちのめした。サイクスの皮膚は灰色で、その開いた目は動かず、床には黒っぽい血だまりが広がっていた。綺麗な赤い線がサイクスの首の前を横切っていた。そしてピーターが今、嘔吐しようと向かった流しには、血まみれの、骨細工の柄のついた包丁があった。

ピーターは激しく胸を波打たせたが、吐いたのは酸っぱい味の胃液だけだった。財布をポケットから出し、必ず持ち歩いている錠剤を入れた小さな封筒を開けた。この状況に薬では間に合いそうもないと思ったが、とにかく二錠を口に放りこみ、水も飲まずに、苦い粉になるまでかみ砕いた。書斎に戻ったとき、足が床ですべり、目をやると自分が家中に血の跡をつけて歩いていることに気づいた。

　彼は書斎をよろめきながら横切り、居間を抜け、コテージのドアを閉めることもせずに、冷たい、湿った朝の空気の中に転がり出た。つと立ちどまって、くらくらする頭を鎮めようと、何度か深呼吸する。少し落ち着いたような気がしたとたん、彼は駆けだし、濡れた草に足をとられながら牧草地を渡った。ポケットからキーを出し、震える手で車のロックにさしこむ。エンジンをかけ、バックして、なんとかヴォクソールの鼻先を前の晩に降りてきた小道の急な傾斜に向けようとした。そして、彼はサイクスの書斎に鞄をおいてきたことを思いだした。

　ピーターは数分間、アイドリングする車の中で座ったまま、薬が効いてくることを祈った。相変わらず吐き気がしたが、やや頭の混乱がおさまったような気がしてやっとエンジンを切った。どういう結果になろうが、『パンドスト』を取り戻さなくてはならないことはわかっていた。殺人者はもう逃げたはずだ。警察はまだ何時間も到着しそうもない。それどころかサイクスの死体が他の誰かに発見されるまで何日もかかっても不思議はない。ピーターの指紋はすでに家中に残っているし、足跡は庭にも野原にも残っているし、そのうえタイヤの跡は小道に残っている。もう一度家に戻ったところで、警察の鑑識に今以上の証拠を与えることにはならないだろう。ピーターは車から降りると、重い足どりで家にゆっくりと戻った。鞄は彼がおいた書斎の床にそのままあった。それをとりあげたとき、さっきは目に入らなかったものを床の上に見つけた。ジョン・アルダーソンに渡した名刺だ——同じ隅が破れている。ただ、今はグレアム・サイクスの血がその上に飛び散っていた。これこそジュリア・アルダーソンが殺人にかかわっている証拠だ。

一度目に急な泥の坂をのぼろうとしたときは、ヴォクソールはスタートしたところまで後ろ向きにすべり落ちたが、二度目はエンジンを全開にして、タイヤを空回りさせ泥をはね飛ばしながらもやっとのことで地面をつかみ、なんとか頂上までたどりついた。エクセターまでの道のりを半分まで来たところで、突然、殺人者は探していたものが見つからなかったのだという考えが浮かんだ。トマスとジュリアはグレアム・サイクスの口を封じることに成功し、彼のコンピューターを盗んだかもしれないが、彼の原稿はまだ失われずに残っている。サイクスはそれをリズ・サトクリフに郵送したのだ。ピーターは、今や彼女がサイクスと同じ運命に遭うおそれがあることを悟った。次のサービスエリアで、彼は悲鳴のような音をたてて電話ボックスの隣に停車すると、車から飛び降りてリズに電話をかけた。

ブルームズベリー・アート出版の留守番電話はピーターに、営業時間は平日の九時から四時であることを告げた。ピーターの腕時計は十時十五分を指している。電話をかけなおしてみたが、同じメッセージが流れた。リズ・サトクリフの自宅には留守番電話がなかった――それはただひたすら鳴りつづけた。トマスとジュリアはもうロンドンに着いただろうか？今朝聞いた物音は殺人者たちが逃亡するときのものだと思いこんでいたが、もしサイクスが昨晩遅くに殺され、トマスとジュリアがB・Bの原稿を探しにまっすぐロンドンに向かっていたら？　ロンドンでなにごともなければ、リズのオフィスで誰かが電話に出るはずではないのか？　警察に電話しようか？　しかし、そうすると、自分がサイクス殺しの犯人としてもっとも怪しい人物だと気づかれないように、リズに危険が迫っていることを説明しなくてはならない。高まるパニックの中で、ピーターは電話を叩きつけると、車に駆け戻った。二分後、彼は時速八十マイルで高速道路を疾走していた。

昨晩と今朝の出来事を何度も繰り返しなぞるたびに、たどりつく結論は同じだった――グレアム・サイクスの死はピーターに責任があるということだ。殺人は、サイクスがB・Bについて知っていることを隠蔽しようとする試み以外ではありえない。それは『パンドスト』の真正性への疑いを呼びおこし、ジュリア・アルダーソンとトマス・ガードナーにすれば、お人好しのアメリカ人書籍商に英文学上の聖杯を見つけたと信じこませて、本を数百万ポンドで売りつけようというもくろみを無にしてしまうからだ。

本について瑕疵《かし》を見つけるには時間が足りないと承知の上で、ふたりはピーターに『パンドスト』の評価をするために、猶予を一週間しか与えなかった――なぜならそれが間違いなく贋作だからだ。でなければサイクスを殺すどんな理由がある？　ふたりはピーターがインクと紙のテストをするだろうとは考えたが、B・Bが優れた贋作者で、彼の贋作はとおりいっぺんの試験ならクリアするのがわかっていた。しかし、ジュリアとトマスが勘定に入れていなかったことがふたつあった。彼らはピーターがB・Bと贋作者ジョン・ペイン・コリアーの結びつきを示す本を発見するとは思っていなかったし、グレアム・サイクスのB・Bに関する著作、それも間違いなくB・Bを贋作者だと暴く本がまもなく出版されることを嗅ぎつけるとも予想していなかった。彼らがサイクスとその著書について知っていたのは間違いない。なぜなら老人はイーヴンロード・マナーを嗅ぎ回りにやって来たからだ。ピーターは、ジュリア・アルダーソンとその愛人はそのときさぞ慌てふためいただろうと思った。サイクスが本を出版する前に『パンドスト』を売らねばならないと知ったからだ。そこでアメリカ人書籍商がキンガムにいたのは、ふたりにとって絶好のチャンスだった。ジュリアは、一族の蔵書の一部を売りはらうように兄に提案し、それによって、『パンドスト』がピーターの手に落ちる機会をつくった。もちろん、彼女とトマスはそのあとずっと彼を見張っていたに決まっている。そしてピーターがコーンウォールに行ってグレアム・サイクスを見つけたとき、老人がぜったいに秘密を漏らさないようにする手段はひとつしかなくなった——サイクスを殺し、彼の原稿を盗むことだ。

突然、サイクスの書斎に自分の名刺があったことに、吐き気とともに合点がいった。たまたまそこに落ちていたのではない。ピーターは犯罪現場のいたるところに法医学的証拠を残してきただけではなく、グレアム・サイクスの殺人の濡れ衣を積極的に着せられようとしているのだ。

もしピーターがコーンウォールに来なかったら、グレアム・サイクスはおそらくまだ生きていて、ベッドで大いびきをかいていたかもしれない——ピーターはサイクスに危険を及ぼすのではなく、彼を守るはずだったのに。リズ・サトクリフの首がキッチンナイフを押しつけられてぱっくりと口を開けるところを想像すると、パニックは怒りに変わった。彼は、リズに対してこれほど自分がこだわり、誰かが彼女を傷つけると考えると激しい怒りがこみあげてくるのが意外だった。しかし彼はその怒りを好んだ。それは吐き気と眩暈を押しやり、彼を敢然と恐怖に立ち向かわせてくれる。

ロンドンに向かってひた走るあいだ、彼は幾度も助手席に目を走らせた。アマンダが現れてどうすればいいか教えてくれることを願ったが、彼女はいつになく遠く感じられた。もし彼女がいれば、と彼は考えた。自分をなだめ、万事うまくいく、警察は本物の殺人犯を見つけるはずだと納得させてくれるだろう。彼女がいないと、ピーターの目に浮かぶのは、心の中で回るヒッチコックの映画だった――無実の男が有罪を宣告され、金属のドアが叩きつけられ、絞首台が待ちうける。確かに最後の瞬間、男は救われるとはいえ、それは映画の話だ。この頃はもう絞首台はないのかもしれないが、それでも、無実の人間が牢獄で残りの人生を送る羽目に陥らないとはかぎらない。

十回目に左側の助手席に目をやって、彼はぎょっとした。リズ・サトクリフが助手席に座ってパスタをフォークにくるくると巻きつけていた。

「殺人の罪で追われている人がスピード違反するのは賢明じゃないんじゃないかしら」と彼女はからかうように言った。

「それは考えたよ」とピーターは言った。「でもいちばん大事なのは君のところにたどりつくことだと思ったんだ」

「わたしが自分の面倒をみられないと思う？」

「殺人者が訪ねてくるとは予想してないだろうと思うだけだよ」

「あなたに出会うとは予想していなかったけど、まあまあうまくやったでしょ」

「なぜ電話に出なかったんだい？」ピーターは訊いた。しかし、返事はなかった。彼は横を向いた。シートはふたたび空っぽになっていた。彼はロンドンまで百マイルの地点を示す看板を通りすぎ、速度計は時速八十五マイルまでじりじりと上がった。

# 一九八六年、リッジフィールド

ピーターは大学三年が終わったあとの夏のほとんどを、アマンダがくれたボルボ・ステーションワゴンに乗って過ごした。後部座席のクッションにはひどい引っかき傷があったし、パーキング・ブレーキが時々、固くてはずれなくなったが、ピーターに関するかぎり、その車で大切なことはふたつしかなかった。第一にそれによって彼は自由を得たこと、第二にそれがアマンダからの贈りものだということだ。キーを回し、ドアを閉め、ギアを入れ替えるたびにいつも彼女のことを思った。

彼はその夏、何度か遠出した。ローリーとシャーロットへの日帰りの旅を手はじめに、アトランタへの週末旅行に出かけ、最後を飾るのはニューイングランドへの三週間の旅だった。

「三週間も?」アマンダは言った。ふたりはリッジフィールド家のプールサイドで並んで日光浴をしていた。

「だって、君が車をくれたんじゃないか」とピーターは言った。「それに君もバイトすることにしたんだし」アマンダはローリーの画廊で週に三日働いていた。

「わかってるけど、寂しいわ」

「僕だって寂しいよ」

「あなたが恋しくなるのはベッドだけでしょ」とアマンダは言った。ピーターは、節約のためにボルボの後部座席で寝泊まりするつもりだと彼女に打ち明けていた。チャールズ・リッジフィールドがピーターのビジネスに投資しようと申し出たが、彼は耳を貸さなかった。

「ベッドとその中にいる誰かさんがね」とピーターはにやっと笑って言った。

「そうね、あなたこの夏ほとんど自分のアパートに帰らなかったもの」アマンダの両親はピーターがいることを喜んでいるらしく、ふたりとも、毎晩アマンダが客用寝室の彼のところに行くことを知らないのか、あるいは知っていても気にしないようだった。

「自分の家に帰ってほしい？」ピーターは言った。

「ううん」とアマンダは微笑んだ。「ここにいてほしい」

「じゃあここにいる」

「そうね、三週間後にね」とアマンダは言って、口をとがらせるふりをした。

「じゃあ、今晩さよならの代わりに、ちょっといいことしようよ」

「ご勝手に」とアマンダは言って、タオルをピーターの頭にかぶせた。「泳いでくる」

ピーターがタオルをひっぱり下ろしたとき、ちょうどアマンダのビキニ姿がナイフのように水にすべりこむところだった。自分が画家だったらよかったのに、と彼は思った。そうすれば彼女を描けたのに。しかし彼女の美しさを表しきれるとはとうてい思えなかったが。

その晩をふたりは楽しんだ。しかしアマンダは、さよならを言うことを拒んだ。

北に車を走らせ、ピーターはどの小さな町でも書店を見つけた。ペンシルヴェニアとニューヨークを抜け、コネチカットとロードアイランドで五日間過ごしたあと、ケープ・コッドに向かった。ボストンにも足を伸ばし、南に戻る途中で、ホーボーケンに車をおいて、列車でニューヨーク・シティに行った。本の箱が増えるにつれ、ボルボの後部においた寝袋は小さく縮んでいった。

彼の知らない人間に対する恐怖感は、同じ書籍愛好家は対象にならないらしく、その旅でいちばん楽しかったのは、書店主たちと交わした長い会話だった。ピーターは、ついに大学の社交クラブに入会したような気持ちになった——それはビール臭くて騒々しい、彼に無関心で、彼のほうもまったく興味がないリッジフィールド大のクラブなどとは違う、同じ情熱を共有する人々を結ぶ、真の友愛の絆だった。

ピーターは、図書館で余分に働いた時間の分の給料を貯めていたし、チャールズ・リッジフィールドの金は受けとらなかったものの、フランシスとハンクが彼の産声を上げたばかりの事業に少額の投資をすることは拒まなかった。だがアマンダが同じことをしようとしたときは断った。「君は車を買ってくれたじゃないか」と彼は言った。「十分、投資してくれてるよ」ただし、この夏のために、彼女のもうひとつの金銭的な援助は受け入れた。それは毎晩、彼女にかけるコレクトコールだった。

彼はその日その日の発見を彼女に報告した——埃まみれの棚で見つけた、掘り出しものの宝石のような書物の数々、昼食に立ち寄った緑滴る可愛らしい村、大歓迎してくれた書店主たち。アマンダは画廊での仕事や、出会った何人もの芸術家やコレクターについて夢中でしゃべった。しかし、たいていはふたりとも他愛のないことを話した。ただ互いの声を聞き、ともに時間を過ごすために話をした。

「ママが、あなたがいなくて寂しいわって」とある晩、アマンダが言った。ピーターはマサチューセッツの裏通りのガソリンスタンドにあった電話ボックスにいた。「可愛くない？」

「僕も会いたいですって伝えておいて」とピーターは言った。実際、気づいてみれば、彼はアマンダに会いたいだけではなかった。自分をその一員に迎えてくれた家族全員が恋しかった。「それから、チャーリーには、このあいだフェンウェイ・パークの球場を通りかかったって伝えて」

「わたしにはなにか伝言はないのかしら？」とアマンダが言った。

「あるよ」とピーターは言った。「でも電話会社《AT&T》に怒られちゃいそうだ」

　アマンダがはじめて一回目の呼び出し音で受話器をとらなかった晩、彼はプリンストンの電話ボックスの中にいた。一分ほども呼び出し音が鳴ったあと、彼は誰か別の声がコレクトコールを受けるのを聞いた。

「ピーター、あなたなの？」

「誰ですか？」

「シンシアよ」と声は言った。「すぐ電話に出られなくてごめんなさい。あなたの電話を待つために来たんだけど、鍵がうまく開かなかったの。ごめんね、ピーター。暗くなってきて、鍵穴が見えなくて、それで……あの鍵もう最低」ピーターはシンシアの声に混じった涙と、とり乱した気配を感じとった。

「シンシア、どうしたの？　なんだか気が立ってるみたいだけど」

「アマンダなの。ピーター、今すぐこっちに帰ってきて。アマンダなのよ」

ピーターは腹を思いきり強打された気がした。何週間も感じていなかったあのおなじみのしこりが、湧いてくる雲のような予兆もなく、突然の雷鳴のごとく彼を打った。「アマンダがどうしたの？」彼女はこの数日間、調子がよくなかった。食中毒かもしれないと彼女は思っていた――バーベキューでハマグリに当たったとか言っていた。でもすぐ治るわ、と彼女は言った。昨晩は、ただの生理痛で、生理が近いのだと、今回はちょっとひどいだけよ、と。

「彼女はそこにいる？」ピーターは声を平静に保とうとしながら言った。電話中にヒステリックになるのはひとりだけで十分だ。

「病院よ」ピーターの胃はさらにきりきりとねじれ、額と手のひらに汗が噴きだした。

「電話番号を教えて」彼は簡潔に言った。「彼女に電話したいんだ。今すぐ彼女と話さないと。電話番号は？」

「話すのは無理よ」とシンシアは言った。「手術中だもの」ピーターは今や本格的なパニックの発作が襲ってくるのを感じた。あとになって電話を切ってから、本物の、根拠のあるパニックとは、こういうものなのだろうと思いあたった。彼の普段の不合理な発作とたったひとつ違うのは、アマンダが危機にあるという事実だった。

「いったいなんで彼女が手術なんか？」ピーターは見せかけの平静さを捨てて言った。

「盲腸が破裂したみたいなの」とシンシアは言った。彼女は泣いているようだった。「今朝、ものすごく具合が悪くて、ほら彼女の両親が今、フランスでしょ、だから彼女、わたしに電話してきて、それでわたしがお医者さんに連れてったんだけど、お医者さんが……お医者さんが……」

「息をするんだ、シンシア」ピーターは言った。そう言った彼のほうも、息をするのが難しかった。「医者はなんて？」

「なにかの感染症だと思うって」とシンシアは言った。「それでいろいろ検査して、超音波とかやって、先生が盲腸が破裂したんじゃないかと思うって言って、ローリーの近くの病院に彼女を運んで、それで今、手術してるんだけど、病院ではなにがどうなってるのか教えてくれないのよ、わたしが家族じゃないから」シンシアはもう泣きじゃくっていた。

「君が家族じゃないなんて、どうだっていいのに」とピーターは言い、自分の怒りに驚いた。

「手術室に入る前、病院ではなんて言ってた？」

シンシアが深く息を吸いこむのが聞こえた。「大丈夫だろうって。でも、どれだけ感染が広がってるかによるんだって。それで……それで、こういう症例ではその……可能性もあるって……つまり――」

「すぐそっちに帰る」ピーターはシンシアに終わりまで言わせなかった。どちらの頭の中にもあるのがわかっていることを、彼女の口から聞くのはごめんだった。今朝七時に起きて、今はもう夜の十時近かったが、彼は抗不安薬の錠剤を一錠飲むと、ボルボに乗りこみ、南を目指した。

# 一八七六年、ロンドン

フィリップ・ガードナーは愛人の腕の中に横たわっていた。冬の陽の薄れゆく光が、彼女の青白い完璧な肌の上で揺れていた。ミス・プリケットは又従姉妹と気が合い、イザベルは家庭教師を口説いて毎週木曜日にブリクストンを訪問するように仕向けた。それはフィリップの人生においてもっとも光輝に満ちた三か月だった。結婚式のあと、妻は一度だけ恩着せがましくフィリップとベッドをともにしたが、彼女の態度はおざなりで、冷めきっていた。イザベルは真逆だった。彼女は奔放に情熱をこめて愛の行為に身を投げ出した。それはフィリップを興奮させ、ときに恐怖さえ覚えさせた。一度ならず、彼は彼女の悲鳴のような声で、隣人が警察を呼ぶのではないかと不安になった。あるいは、激しい動きに疲れ果て、彼女がベッドでぐったりとしているとき、彼は彼女の健康を心配した。こんな繊細な生き物が、あれほど貪欲に交わりを行えるということが彼を感心させ、かつ喜ばせた。今、彼女は転がって彼の上に乗り、器用な手で彼を彼女の中にすべりこませ、気怠く彼の上で動いている。彼は彼女の乳房に手を伸ばし、彼女が動きを速めるにつれ、柔らかみに指を食いこませた。こらえきれずに腰をつきあげ彼女を力いっぱい握りしめる。彼女の悲鳴が苦痛によるものか快楽によるものか、それともその両方か、わからなかった。彼自身のうめきとともに、彼は果てた。

一時間ほどたって目を覚ますと、イザベルは化粧台の前に座り、腰まである髪にブラシをかけていた。彼は彼女の髪がほどけて落ちているのを見るのが好きだった。髪が彼女のまだ覆われていない胸の上にこぼれ、ブラシを通すたびに乳首が刺激され、固くとがるさまを見るのを好んだ。彼女をまたベッドに誘いこむことを考えるには消耗しすぎていても、それを見飽きることはけっしてなかった。彼女は鏡の前のスツールに、彼に対してわずかに斜めに座っていたので、彼は髪と手とブラシと胸だけでなく、彼女の白い裸の肩、臀部の丸み、腰のくびれ、それに尻の割れ目さえかすかに見ることができた。彼女は生身の女から芸術品へ、彼が王立美術院で見たどんな作品にも劣らぬ非の打ちどころのない作品へと一変していた。彼女の美と今自分が感じているまったき幸福とをいくぶんかでも表せるように、描けるものならば彼女を描きたいものだ、と彼は思った。

「いつお帰りにならないといけませんの？」彼女は鏡の中で彼の目をとらえて言った。

「君はいつ帰るんだね？」フィリップはからかうように言った。

「わたくしはここに住んでいますもの」彼女は言った。

「ここに滞在しているという意味だろう」とフィリップは言い、ベッドに座りなおして、もっと真剣な声を出した。「ご両親は、いつかは君がグランド・ツアーから戻ってくると、待っておられるはずだ」

「そのことは考えたくないの」とイザベルは言った。

「僕もだよ」フィリップが言った。「しかし、君に会うたびに、これが最後かもしれないと思うのは耐えがたい」

「これが最後ではなくってよ」鏡の中の彼女は彼に微笑みかけた。すくなくとも彼はその約束をひきだした――彼はもう一度、いとしいイザベルとともに恍惚の中で横たわるだろう。彼は起きあがると服を着、そのあいだもずっと彼女がブラシをかけるたびに髪が胸にさらさらと落ちかかるのを見つめていた。

「パディントン発五時十七分の列車に乗ったほうがいいだろうね」と彼は、彼女のはじめの問いに答え、前かがみになって、唇を裸の肩にそっと触れた。脇腹を撫であげて手のひらで片方の乳房を覆い、親指で軽く乳首を弄ぶ。

「お見送りはしませんわ」と彼女は言った。

「構わないとも」とフィリップは言い、鏡の前の彼女を、その唇に浮かんだ微笑みを、翳りゆく陽光を受けてきらめく髪を、あとに残して去った。

## 一九九五年二月二十一日、火曜日、ロンドン

ピーターはロンドン市内で車を運転したことは一度もなかったし、今朝、挑戦してみるつもりはなかった。レディング駅を示す標識を見つけ、ロンドンに最短で着く方法は、パディントン行きの列車に乗ることだと判断した。

彼はヴォクソールを立体駐車場に停め、鞄を手にとった。『パンドスト』から一瞬でも目を離すわけにはいかない。切符を買う列に並んでいると、切符売り場の近くにとり付けられているテレビで朝のニュースをやっているのが聞こえた。ニュースのヘッドラインを聞いて、彼は急に寒気を感じた。

〝今朝、コーンウォール州の僻地にあるコテージで、高齢の男性の惨殺死体が警察によって発見されました。現在、現場検証が行われています〟。ピーターがサイクスの家を出たのはほんの三時間前だ。殺人がもうニュースになっているとすれば、彼はまさに間一髪で逃れたことになる。しかし、どうしてサイクスはこんなに早く発見されたのだろう？　彼の家はいちばん近い村から何マイルも離れている。切符を受けとり、プラットフォームに向かいながら、ピーターはふたたび戦慄が身内を走るのを感じた。警察がサイクスのことを知ったのは、

ジュリア・アルダーソンとトマス・ガードナーが、自分たちが犯した殺人を通報したからだ。強いコーンウォール訛りで、匿名の電話が入ったにちがいない――ゆうべ、妙なアメリカ人をサイクスさんの家の近所で見かけたんですよ、ベージュのヴォクソールに乗っててね。それで今朝、わたしらが散歩していたら、叫び声が聞こえましてて、と。それ以外、説明がつかない。

彼はロンドン行きの列車の座席に力なく座り、向かいに座った男の新聞に自分の顔を見つけるという、またしてもヒッチコック的瞬間の訪れをなかば待ち構えた。ジュリアとトマスはどこまで警察に告げたのだろうか？　ピーターは隣の座席の上にあった、おき忘れられた新聞をとりあげ、パディントンまでの三十分間ずっとその後ろに隠れていた。周囲の乗客たちが仮に注意を向けたとしても、彼が前日のラグビーの試合の結果に夢中になっているのだと思ったにちがいない。

パディントン駅では鉄道の駅から地下鉄へと流れていく人混みにできるだけまぎれるようにした。ピーターは、英国諸島の捜査当局者はひとり残らず、彼の写真入りの紙を手に、〝あらゆる手段を使って拘束せよ〟という指令を受けているにちがいないと思いこんでいた。地下鉄を降りて、比較的静かなラッセル・スクエアに出たところで制服の警官と鉢合わせし、警官が無関心に彼の横を通りすぎていったあとで、やっとピーターは、まだしばらく猶予はあるらしいと思えるようになった。

ブルームズベリー・アート出版は、大英博物館の角をちょっと曲がったところの、ベリー・プレイス沿いの細長い建物の中にあった。三階の小さな窓に〝b・a・p〟と頭文字がペイントされていて、通りから見てリズ・サトクリフのオフィスがそこにあることを示すのはそれだけだった。ピーターはドアを押し開けて、狭い通路に入りこんだ。つきあたりにこじんまりした螺旋階段がある。階段の脇にはエレベーターがあったが、ピーターは歩いたほうが早いだろうと考え、階段をのぼった。ブルームズベリー・アート出版のドアには、会社のレターヘッドのついたメモが貼りつけられていた。〝火曜日、b・a・pは《インディペンデント・パブリッシャーズ組合《ギルド》》の研修に参加するため休業いたします。またの御来社をお待ちしております〟。

リズが電話に出なかったのはこのためだったのだ。ピーターはほっとしてドアによりかかったが、驚いたことにそれは大きく開き、彼はつまずくようにして薄暗いオフィスに入った。目が光に慣れたとたん、彼の安堵は霧消した。書類があたり一面に散らばり、椅子がひっくり返され、デスクの抽斗が床に乱雑におかれている。オフィスは荒らされていた。ピーターはさらに奥に進み、リズの名前の出ているドアを見つけた。その内側の彼女のオフィスはひどい混乱状態だった。それは数時間前に後にしてきたグレアム・サイクスの書斎の情景を不気味に連想させた。

ピーターは、彼らが探していたのは彼女の持っているサイクスの原稿だとわかっていた。わからなかったのは、ふたりがそれを見つけたかどうかだった。もし見つけたなら、サイクスの方面からB・Bの真実をあきらかにする望みは、おそらくないだろう。だが、もし見つけていなければ、リズはまだ危険な立場にあるということだ。彼は電気のスイッチを入れ、手がかりはないかと惨状を調べたが、オフィスはあまりにも混沌としていて、散らばった書類を調べようとすれば何時間もかかりそうだった。そして彼には何時間という余裕はなかった。窓のそばの床に、大きなデスク用カレンダーが落ちていた。二月二十一日のところにリズは〝自宅勤務、ボブ&SはIPGセミナーに出席〟と書いていた。自宅勤務。しかしリズは家の電話にも出なかった。ピーターは吐き気と眩暈が戻ってくるのを感じた。床に落ちている書類をかき分け、リズの住所がわかるものを探す。やっとのことでハムステッドのフラットの住所が書かれた彼女宛ての封筒を見つけたとき、表にパトカーのサイレンが聞こえた。レセプションに駆け戻ると、小さな赤いランプが隅の高い位置でしきりに点滅している。無音警報器だ、と彼は思った。それが意味することはふたつ――トマスとジュリアは彼よりも十分と先んじていないということ、そして警察が今にも踏みこんでくるということだ。

廊下に走り出て、まさに階段を降りようとしたときに下で人声がした。やけになってエレベーターのボタンを押すと、驚いたことにドアはすぐにスライドして開いた。彼はエレベーターに転がりこみ、地階のボタンを押して息を殺した。ドアが閉まり、エレベーターがゆっくりと下りはじめる。ピーターの耳に、足音が階段をのぼっていくのが聞こえた。すれ違う彼と警察を隔てるものはわずかにエレベーターのドアだけだ。地下に吐きだされた彼は、階段の下に立ってわずかのあいだ耳をすませた。なにも聞こえないのを確かめ、素早く階段をのぼり、ドアを出て、二台の警察車両の横を通りすぎた。ブロックの端まで来て角を曲がるなり、彼は駆けだし、ニュー・オックスフォード・ストリートをトテナム・コート・ロードに向かった。そこからハムステッド行きのノーザン線に乗るつもりだった。

# 一九八六年、リッジフィールド

サラとチャールズ・リッジフィールドがフランスからやっと帰ってきたとき、ピーターはほぼ丸二日間、アマンダの枕元についていて、一度にほんの二、三分しか眠らず、ずっと彼女の手を握っていた。医師はアマンダを無意識状態に保っていた。「そうすれば、エネルギーをすべて回復のために使えますから」という説明だった。しかし、病院側がアマンダの状態について、ピーターとシンシアに告げたのはこれだけだった。ピーターが自分はアマンダの婚約者だと主張しても無駄だった。医学的情報は家族にしか教えられないのだ。通常の面会時間以外にもアマンダの病室にいさせてもらえるだけピーターは運がいい、と病院側は言った。病院に着いてから、睡眠も食事も後回しになり、必死なあまり、いつもの不安もどこかにいってしまった。医師たちが彼に告げようとしない病状がどんなものであれ、彼はアマンダがそこから完全に回復すること以外、想像することを拒んだ。

「患者から破裂した虫垂を切除しました」とハリス医師が言った。

「彼女の名前はアマンダです」とピーターは言った。「患者には名前があるんです——アマンダという」ハリスは無愛想で、この二日間、あからさまに無礼だったことも何度かあった。今さら彼の快活な態度に接しても、ピーターはそれを許すつもりはまったくなかった。彼は待合室のソファに座り、その手をサラ・リッジフィールドがしっかりと握りしめ、チャーリーは妻の横に立っていた。アマンダの予後についてようやく話が聞けると言われて、やっといるにしても、こういうことは患者のいないところで話し合うのが最良だという意見だった。ピーターは彼女のそばを離れたのだった。ハリスは、たとえ患者がまだ、彼曰く〝眠って〟

「そうでした」とハリスはカルテを見ながら言った。「アマンダでしたな。破裂した虫垂を切除したのですが、すでに感染が広がっていました」

「どうしてそんなことに？」とピーターが言った。「どうして彼女の盲腸は急に破裂なんかしたんですか？」

「本人は多少の自覚症状はありました」とハリスは言った。「彼女を連れてきた若い女性の話によるとですが」

「シンシア」とピーターが口をはさんだ。

「そう、シンシアです。彼女によれば、患者は……その、アマンダは、二日ほど体調がすぐれず、痛みを感じていました。本人は生理痛だと思っていたようですが」

「それで今の状態は？」とチャーリーが言った。

「重い感染症と戦っています」とハリス医師は言い、急いで付け加えた。「善戦していますよ。多量の抗生剤をずっと投与していますし、あらゆる点から見て、あと一、二日で目覚めさせていいだろうと考えています。ただ万事順調にいったとしても、もう一週間かそこらは、ここにいてもらわなくてはなりませんが、白血球数はだいぶ下がっていますからね。強いお嬢さんですよ」

「なにか僕たちに話してないことがあるんじゃないですか？」ピーターは尋ね、サラの手を握る手に少し力をこめた。ハリスはカルテを弄び、アマンダの両親のどちらとも目を合わせようとしなかった。

「重度の感染症だったのです、ええと……」

「バイアリー」とサラが優しく言った。「彼の名前はピーター・バイアリーですわ」

「バイアリーさん」とハリス医師は言った。「申し上げたように、重度の感染症でした。こうした症例では、ＰＩＤを発症する場合もなくはありません」

「ＰＩＤ？」チャーリーが言った。

「骨盤内炎症性疾患《ペルヴィック・インフラマトリー・ディズイーズ》です」とハリス医師は言った。「簡単に言えば、骨盤領域に広がった感染により、卵管と卵巣に影響が及ぶ可能性があるということです」

「それで、今回の場合は、卵管と卵巣に影響があったんですか？」チャーリーが訊いた。

「そう思います」とハリス医師は言った。「今の段階で百パーセント断言することはできませんが、残念ながらアマンダが不妊になる可能性はかなり……いや、非常に高いと思います」

　ピーターはサラの頬に涙が伝うのを見た。そして彼は彼女を自分の肩に引き寄せ、彼女はそこにもたれて声もなく泣いた。

一時間後、ピーターはほぼ二日間ではじめて病院の外に出た。彼は自分がアマンダに彼女の診断について話をすると言い張った。彼女が聞いても大丈夫だと思えるようになったら話すと言い、リッジフィールド夫妻は承諾した。

アパートに帰ると、郵便受けの下の床に留守中に溜まった郵便物の山ができていた。ピーターは床に座って、クーポンや広告をより分けながら、そこにあるはずのものを探した。彼はアマンダ・デヴェローの肖像画の絵葉書を見つけて驚いた。その裏には〝お帰りなさい、ピーター。寂しかったわ。愛をこめて、アマンダより。追伸：お祖母さまもあなたがいなくて寂しがってたわよ！〟と書かれていた。ピーターの胸に、自分とアマンダがアマンダ・デヴェローの肖像画の下で裸で寝ころび、コンドームをぎこちなく手探りして、笑いながら大急ぎでそれをつけようとしたときのことが浮かんだ。そんな用心はもう不要になったということが、突如として底しれない損失のように感じられた。アマンダの枕元に到着して以来はじめて、彼は涙を抑えることができなかった。

ドアにぐったりとよりかかり、すすり泣きながら、彼は郵便物に目を通しつづけ、探していたものをようやく見つけた。その封筒を胸元に握りしめ、彼はさらに十分間、おいおいと泣いた。アマンダはピーターに、たまにきちんと泣くほうがいいのよ、泣くと心がすっきりするから、と言っていたが、彼はそれまでそんな経験をしたことはなかった。深い喪失感はまだそこにあったが、ハリス医師から診断を告げられて以来、彼の中に積み重なっていた無力感は消えていた。

封筒を破って開けると、読んだ。そこには〝予備審査により融資額五千ドルが認められました〟とあった。それで足りるはずだ、と彼は思った。

リッジフィールド家から金を借りるのは妙な感じがしたが、ピーターは、リッジフィールド信託銀行はつまるところ株式会社じゃないか、と自分に言いきかせた。サラ・リッジフィールドに個人的に金を貸してほしいと頼むのとはわけが違う。それに、二、三週間あれば、ボルボの後部座席に積まれている箱の中身を、借金を返しても余るほどの現金に換えられる自信があった。彼は銀行を出て、病院に行く途中で一か所、寄り道をし、そばを離れてから三時間とたたないうちにアマンダの枕元に戻った。

翌日、彼が目覚めると、アマンダの手が彼の手の中で小さく動いていた。彼女の目が開き、ゆっくりと彼に焦点があった。彼女は微笑み、心から嬉しげにささやいた。「ピーター」

# 一八七六年、キンガム

フィリップとイザベルはとり決めをした。もしいつもの木曜日の密会の範囲を超えて彼に連絡をとる必要がある場合は、彼女はフィリップが取引をしている書籍商、ベンジャミン・メイヒューを介して伝言を送る。フィリップはメイヒューが伝言を仲介するにあたって秘密を口外しないとわかっていたし、書籍商から手紙や電報が来ても、イーヴンロード・ハウスで疑いを招くことはない。屋敷では、妻のガードナー夫人がまず朝の郵便物を整理するのが習慣だった。

それゆえに、イザベルからの手紙が午後の郵便で、妻が午睡をとっているあいだに届き、たまたまフィリップがモーニング・ルームの銀の盆に重ねられた手紙の中に、イザベルの居間の書き物机の上で見た覚えのある、優雅に弧を描く筆跡を見つけたのは幸運だった。彼はその手紙をひっつかむと、アトリエに急いだ。ガードナー夫人は彼の芸術的苦心に王立美術院にも劣らぬ批判精神を発揮していたので、そこに足を踏みいれることはまずなかった。

フィリップ様

とり急ぎお話ししたいことがございます。明日午後三時、ピカデリーの《フォートナム&メイソン》のティールームでお待ちしております。

あなたのイザベルより

フィリップはその手紙を丸めると火格子の中に放りこんだ。炎はそれをすぐになめ尽くした。ふたりできちんと申し合わせたというのに、あの女はどうしてこんな危険を冒そうとするのだ？　突然正気を失ったのか？　それとも俺を窮地に追いこむために、妻に俺の尻尾をつかませようというのか？　彼はできるかぎり明瞭な表現を用いて、長期的な恋愛関係を続ける望みはないと彼女に伝えてきた。ガードナー夫人を愛してはいなかったが、結婚を終わりにすることは考えたこともなかった。彼女の金をイーヴンロード・ハウスに注ぎこませつづけることは、彼の一族に対する義務であった。

彼はコートをつかみ、階段で顔を合わせた家政婦に、弁護士にロンドンに呼ばれ、今晩はクラブに泊まると夫人に伝えるよう頼んだ。二時間後、ロンドンに着いた彼は、一目散にコヴェント・ガーデンに向かい、その晩は、彼の踏んだところ母と娘と思われるふたりの女と放蕩にふけった。イザベルに会ったとき、性的な活力が一滴たりとも残っていないようにしようと彼は決心していた。こうすれば、彼女が彼に対してもっている無二の武器を退けられる。そしてベッドに誘いこまれずに、彼女の行為を正しく非難することができるだろう。

彼女は部屋の奥のほうのテーブルに堅苦しく背筋を伸ばして座っていた。一見したところ、もし手紙があと数時間早く届いていれば、自分が巻き起こしただろう騒動のことなど少しも気づいていないようだった。彼は人目のある場所で会いたいという彼女の要求に、さらにいらだちが募った。ふたりの関係が無垢のときには、ハイドパークやケンジントン公園で彼女と一緒にいるところを人に見られるのはじつに気分がよかった。しかし、いったん隠すべきものができると、彼はそれを常に隠しつづけなければならないという必要に敏感になった。しかし今、彼女は公共の場どころか、ガードナー夫人の社交界の知己が足しげく通うティールームで彼に会うことを主張していた。

イザベルは入口に背を向けていたので、彼は後ろから彼女に歩み寄って、新聞をテーブルに叩きつけ、彼女を驚かそうとした。しかし、彼女はぴくりともせず、顔を彼のほうに向けることすらしなかった。彼はそこに悪い予兆を読みとった。

「ごきげんよう、フィリップ」と彼女は言った。

「君は、自分がどれだけ僕に迷惑をかけたかもしれないかわかっているのか?」彼は椅子に座りながら、小声で吐き捨てるように言った。「あんなふうに屋敷に手紙を送るなんて馬鹿なことを」

「そんなの構いませんわ」と彼女は平坦に言って、窓のほうを見た。

「ああいかにも、構っていないのは明白だ」とフィリップは言った。「それに、君がロンドン中を着けて歩いているそのダイヤモンドのブローチを買った、その金の出所についても構っちゃいないらしい」

「お金やダイヤモンドよりも重大な問題があるんですもの」と彼女は言い、彼の苦情に釣られる気配はなかった。痛罵されても平然としたままの彼女に彼は腹が立った。それまで彼はふたりが言い争うことを想像して溜飲を下げていたのだった——彼の怒りが彼女の反撃を促し、長く激しい戦いの末、彼女はついに降伏し、赦しを求める。彼女に自分の罪について考えさせるため彼は去り、二週間ほどしてからようやくのことで彼女の腕の中に戻る。しかし、彼女には自分の役柄を演じる気はないようだった。

「金より重大なものなどあるものか」と彼は言った。「ガードナー一族の未来が僕の双肩にかかっていることを君は忘れているらしい」

「ガードナー一族の未来はまるで違うところにかかっていますわ」彼女は言い、やっとこちらを向いて彼と視線を合わせた。

「君は自分がなにを言っているのか、わかっていないのだ」フィリップは言った。

「それどころか、ガードナーさん」と彼女は言った。「自分がなにを言っているのか、はっきりわかっておりますわ。二か月になりますの」彼女が彼をガードナーさんと呼ぶのは出会ってすぐの頃以来のことだった。そのことが彼を不安にした。

「なにが二か月なんだね？」

「あなたの子供を宿してからですわ」

一瞬、フィリップは息がとまった。彼はイザベルに目の焦点を合わせることができなかった。彼女の顔も、姿も、その瞬間に運ばれてきたお茶の道具もかすんで見えた。居丈高な態度ははぎとられ、残されたのは……残されたのはなんだ？　非嫡出の子？　結婚と、財産と、一族の破滅？

「確かなのか？」彼はささやいた。

「間違いありませんわ」とイザベルは言った。「女にはわかるものなのね、今回のことで知りましたわ」

「プリケットさんは知っているのか？」

「いいえ、まだよ」とイザベルは冷淡に言った。「でもまもなく知ることになりますわ。ここロンドンで産みますから」

「ご両親にはなんと話す？」

「美術学校に入学したと言いますわ」

「それはやや型やぶりなやり方じゃないかね？」

「あら、わたくしたち、わたくしの型やぶりなことについては、もう了解済みじゃなくて？」

「もうなにもかも考えてあるようだね」とフィリップが言った。

「なにもかもではありませんわ、ガードナーさん。子供とその父親のあいだの関係がどうなるのか、わたくしには見当がつきませんもの」

彼女の告白に不意打ちを食らい、茫然としていたフィリップは、その父親とは彼を指しているのだという事実をすぐに呑みこめなかった。それは彼がずっと昔に縁を切った言葉だった。ガードナー夫人は結婚後まもなく、彼の跡継ぎを産むつもりがないことをあきらかにした。彼の弟の子供たちがガードナー夫人の財産とともにイーヴンロード・ハウスを相続し、フィリップは自分自身の幸福のみを引き換えとして、一族の運命を立て直すはずだった。すべてを諦めたあとで、なにものもその計画に水を差すことは許されなかった。

「だが、僕が父親だとどうして僕にわかる？」フィリップは言った。

ティールームがもっと混んでいたら、彼女はそんなことをしなかったかもしれない。しかし、その反応は反射的なもののようだった。彼女は彼の顔を力いっぱい平手打ちした。彼女は手袋をはめていたが、それでも彼は頰にひりひりと痛みを感じた。彼が自分も手を上げて、打撃をお返しししようとしたとき、傍らで甲高い声がした。

「あら、ガードナーさん、ガードナーさんじゃありませんこと？　やっぱりそうだわ。そうだと思ったんですもの。主人のトンプソンに、あれはガードナーさんよ、きっとそうですわ、間違いないわって申してましたの」その声の持ち主は、ガードナー夫人の肥りすぎの知人だった。フィリップは名を聞いたことがあったとしても、思いだせなかった。「今年のロイヤル・アスコット（毎年六月に英王室が主催する競馬）であなたと奥様にお目にかかるのをとても楽しみにしておりますのよ。わたくし、ロイヤル・アスコットが大好きですの。あなたはいかが、ガードナーさん？　たった今も、主人にロイヤル・アスコットがどんなに楽しいか話してたのよ。ところで、こちらの可愛らしいお嬢さんはどなた？」

トンプソン夫人らしきその女はようやく息継ぎをしてイザベルを品定めし、彼女が既婚男性とお茶の席に着いていることの説明を待ち受けた。ほとんどなにも考えずに、フィリップは言った。「アメリカからいらっしゃったお嬢さんですよ。弟に、弟の子供たちの家庭教師にどうかと面接を頼まれまして」

「アメリカ人の家庭教師ですって、まあ珍しいこと」とトンプソン夫人は言った。

「ええ、あの、そろそろですな、失礼ですが、トンプソン夫人、ぜひとも面接を終わらせなくてはなりませんので」

「そうでしたわね、ガードナーさん、もちろんですわ。おっしゃるとおりですわ。奥様によろしくお伝えくださいましね。ロイヤル・アスコットでお目にかかりましょうって、ね」トンプソン夫人はティールームの向こうに戻っていった。一瞬たりとも独白をやめず、ますますその声は大きくなった。「やっぱりガードナーさんだったわ。ガードナーさんよって申し上げたでしょ。ロイヤル・アスコットでご夫妻にお目にかかれるんですって」

「さて、ガードナーさん」トンプソン夫人がやっと見えなくなると、イザベルは言った。「わたくしは弟さんの家庭教師でいたほうがよろしいの？　それとも別のとり決めをするのかしら？」

# 一九九五年二月二十一日、火曜日、ロンドン

はじめてロンドンを訪れたときから、ピーターは地下鉄に乗るのが大好きだった。アマンダはいつもタクシーを好んだ——そのほうが街の建物を見られるじゃない、と彼女は言った。しかしピーターは地下鉄のほうが安いし、時間もかからないことが多い、と主張した。しかし彼がなにより気に入っているのは、その匿名性だった。どこに行こうとしているのか誰に言うこともなく、運転手と世間話をする必要もない。それから彼は路線図が好きだった。地上のロンドンは混沌としていたが、地下では精緻な地下鉄路線図によって、ピーターは都市を把握することができた。

ノーザン線に揺られてハムステッドに向かううちに、ピーターをつき動かしていたアドレナリンは尽きたらしく、彼は座席にぐったりともたれて鈍痛のような恐怖に身をまかせた。電車が三つ目の停車駅をちょうど出たところで、ふたたびリズ・サトクリフが、まだパスタをくるくると巻きながら彼の隣に現れた。彼女はピーターの空想ではなく、記憶の中から語りかけていた。イタリアン・レストランでのランチのとき、ピーターは、ロンドンに住んでいる人に出会うと遅かれ早かれ必ず訊くことにしている、〝あなたの最寄りの地下鉄の駅は

どこですか〟という質問をリズにもした。彼はこれをじつに気のきいた会話のきっかけだと考えていた。この質問をするとアマンダは時々くすくす笑ったが、彼女もあとでは彼が会話を上手にはじめたと褒めてくれたものだ。「ロンドンの地下鉄のおかげでアメリカ人は話題に困らないわね」と彼女は言っていた。

「ベルサイズ・パーク」とリズ・サトクリフは言うと、フォークに巻いたパスタを口に放りこんで、消えた。彼女の住所はハムステッドだったが、最寄り駅は、一駅分ロンドン中心部に近い。トマス・ガードナーとジュリア・アルダーソンと彼の差がほんの数分で、彼らがハムステッドまで行ったとすれば、彼が先にリズのところにたどりつけるチャンスはまだありそうだった。

ピーターはベルサイズ・パーク駅で地下鉄を降り、駅の周辺地図でリズの住む通りを見つけた。駅を飛びだし、坂を駆けのぼる。トマスとジュリアにとって、ハムステッド駅から行けば遠回りかもしれないが、道は下り坂だということに気づいたからだ。リズのフラットがある住宅街の静かな通りに入ると、曲がり角で背後をふり返り、それから坂の上に目をやってトマスとジュリアが見えないか確かめた。彼は、パーカを着た人物が自分の横を通りすぎ、急に引き返してきて隣で立ちどまったことにも気づかなかった。

「ピーターじゃない？」彼女の頬は寒さで薔薇色になり、温かい息が霧のように正午の陽射しに溶けていった。リズはピーターの隣に立って、当惑した笑みを浮かべていた。「ここでなにしてるの？」彼女は訊いた。

ピーターは前かがみになって両膝に手をつくと、息を整えようとした。リズは、犬か小さな子供の相手をするように、辛抱強く待っていた。やっと彼は喘ぐような声を出した。「人殺し」

「なんですって?」リズは、ピーターが特別賢い六歳児であることを証明するためのゲームをやっているとでもいうように、母親のような微笑みを浮かべたまま言った。

「サイクスが」とピーターは言った。「グレアム・サイクスが殺された」

リズはピーターの腕をぐいと引くと、彼の目を覗きこんだ。「いったいなんの話をしてるのよ?」

「彼に会いにいった」とピーターはまだ荒い息をつきながら言った。「そしたら今朝、彼が殺された」

「嘘でしょ」とリズは息を吐いた。「なんでわかったの?」

「見たんだ」とピーターは言った。「ひどかった。ほんとうにひどかった」あの場面を思いだし、また吐き気と寒気が襲ってくるのを感じた。しかし、今、彼が感じるのはパニックではなく、犯人への憎悪とサイクスへの哀れみだった。涙が一筋、彼の冷えきった頰を伝った。

「奴らは彼の喉を切ったんだ」彼はささやいた。

「なんてこと」とリズの顔から血の気が引いた。「なんてことなの」

「残念だ」とピーターは言った。「僕は彼を危険から守るはずだったのに。彼に警告するべきだったのに、彼は……僕らは言い合いになって、そして……」彼は前の晩のサイクスとの口論を思い起こした。もしあんなに意固地にならなければ、サイクスにトマス・ガードナーの脅威について警告するのを忘れなかったかもしれない。今、彼の目に浮かぶのは、死んだ男の顔と、大量の血だけだった。「恐ろしかったよ」彼は身震いした。

「どうしてそんなことに？」

リズの問いは、ピーターがサイクスの死体のイメージを払いのけようとするあいだ、冷たく澄んだ空気の中にとり残された。「あとで全部説明する」彼はやっとのことでそう言い、深呼吸して、なんとか自分を深い淵から引き戻せたのを感じた。「でも、まず君をここから連れださないと」

「どういうこと？」とリズが言った。「わたしになんの関係があるの？」

「奴らは君のオフィスを家探ししたんだ、リズ」とピーターは言った。「もう君のフラットに来てるかもしれない」彼が引き留める前に、リズは彼の手をふりはらって道を走りだした。ピーターは、彼女が自宅に面した道の反対側で立ちどまったところでようやく追いついた。玄関のドアのガラスが叩き割られ、三階の窓が大きく開いている。窓の下に、数冊の本が山を作り、書類が歩道に散乱していた。リズはその惨状に大きく目を見開いた。トマスとジュリアがまだフラットにいるかもしれないと恐れ、ピーターはリズに腕を回すと、彼女を促してブロックの先まで行った。

「ロンドンを出ないと」と角を曲がったところで彼は言った。「今すぐに」

「車を隣の通りに停めてあるわ」とリズは落ち着いて言った。そしてピーターの手に手をすべりこませ、彼をひっぱるように先に立った。ヘイヴァーストック・ヒルをハムステッド方面にのぼる車列のあいだにシトロエンを少しずつ割りこませながら、彼女はピーターにどこに向かうのか訊いた。

「キンガムに行こう」とピーターは言った。彼はすでにそのことについて、考えをめぐらせていた。殺人者たちのもとに戻ることになるが、ジョン・アルダーソンとの取引で上辺をとりつくろえば、『パンドスト』の謎を解き、ことによるとサイクスの殺人について自分の身の証を立て、ジュリア・アルダーソンとトマス・ガードナーがかかわっている証拠を見つける時間を稼げるかもしれない。

だいぶ進んでからリズが訊いた。「犯人はなにが狙いなの？」

「サイクスの原稿だよ」とピーターは言った。「コテージでは見つからなかった。サイクスはもう君に郵送してしまっていたからね。君のオフィスでも見つからなかったんだと思う。でなきゃ君のフラットには来なかっただろうから。ただ……」

「ただ、なに？」リズが言った。

「いや、彼らがサイクスから原稿を奪おうとしただけじゃなくて、彼を殺したのは――思うに、サイクスがその中身を知っていたからだ。君のフラットで彼らが原稿を見つけたんならまだよかったよ。君を見つけたんじゃなくてほっとした」

「原稿も見つけてないわよ」

「どうしてわかる？」

「だって、午前中ずっと、ハムステッド・ヒースでそれを読んでたんだもの」とリズは言い、バッグに手を伸ばして、紙の束をひっぱりだした。「ほら、これよ」

# 一九八六年、リッジフィールド

ピーターはこの二日間、ほんの数週間前、アマンダが彼にボルボをくれた晩にふたりで交わした会話をもう百回も心の中で繰り返していた。二度目のセックスのあと、ふたりは並んで横たわり、手を軽く握り合いながら高い天井を見上げていた。

「ひとりっ子でよかった？」とアマンダが訊いた。

「どうかな」とピーターは言った。「弟がいたら、話し相手になってくれただろうと思うよ。僕ももう少し……外向的だったかもしれない。でも、弟があの家で成長することを心配しただろうな。僕は心配するのが得意だからね」

「わたしは妹が欲しかったな」とアマンダが言った。

「お姉さんじゃなくて？」ピーターは言った。

「うん。長女だったたから、ずっといつか次が生まれてくるものだと思ってたのね。自分より年上のきょうだいって想像もしなかった。でも、妹がいたらいいのにってよく思ったわ。世話を焼いたりね、わかるでしょ。わたし、自分の子にはきょうだいを持たせてあげたいわ」

「何人？」しばらく黙ったあと、ピーターは言った。

「わたしが何人子供が欲しいかってこと？」

「うん」

「三人か四人」とアマンダが言った。「はじめの三人がみんな男の子だったら、もう一回、女の子にトライしてみる」

「それじゃ女の子が欲しいの？」とピーターは訊き、そのとたん自分とアマンダが、フリルのついたピンクのワンピースを着た黒髪の幼児をふたり連れて、公園を散歩している姿が目に浮かんだ。それは怖いような、うっとりするような空想だった。

「どっちもひとりずつは欲しいかな」とアマンダは言った。「でもわたしは現実主義者だから。あなたは？」

「君が母親ならどんな子でもいいよ」とピーターは言った。やがてアマンダは頭を彼の胸にのせ、まもなく眠りに落ちた。

そのあと、アマンダは時折、娘にはバレエのレッスンを受けさせたいとか、息子はリッジフィールド以外の学校を受けさせたいなどと、思いつきのようなことを言うようになった。もちろん、アマンダに関して思いつきなどありえないのは、ピーターはよく知っていた。彼は、自分が主夫となり、子供たちが昼寝をしているあいだ、自宅の書斎で古書の目録を書いているところを思い浮かべるようになった。

今、彼はけっして子を産むことのない女性の枕元に座り、彼女をそっと揺り起こそうとしていた。

「気分はどう?」ピーターは言った。

「だいぶいいわ」とアマンダは言った。「力がついてきた気がする。座れそうよ」ピーターがボタンを押すと、ベッドが上がり、アマンダは座る姿勢になった。

「君が好きな背筋をぴんと伸ばした姿勢は無理だけど」とピーターは言った。

「それでも、少しは人間らしい気分になったわ」

「話があるんだ」とピーターは言った。

「なんだか嫌な予感」とアマンダが言った。「それに、そういうのって女の子が言う台詞じゃない?」

「君が病気だったあいだに、いくつか起きたことがあるんだ」

「ピーター、脅かさないで。誰か死んだの?」

「誰も死んでない」とピーターは言った。「ただ、君はすごく重い感染症にかかったんだよ」

「でもそれは治ってきてるって言われたわ」

「うん。治ってきてるよ。君は元気になる。ただ……」

「わたし、回復しないのね?」

「感染は君の卵巣に広がったんだ」とピーターは言い、彼女の手をとった。「僕ら、子供問題について全面的に考えなおさなきゃいけない」

「嘘」アマンダはそっと言うと、その会話ではじめてピーターから目をそらした。彼女は窓の外の夏空の薄い青をじっと見つめ、やがてピーターは彼女を自分のほうに抱き寄せた。彼は彼女の頬をこぼれ落ちる涙を拭こうとはしなかった。「ただわたし……」

「わかるよ」とピーターは言った。「僕も同じだ」ふたりは黙ったまましばらく座っていた。アマンダの手は力なく彼の手の中にあった。ピーターは先を続ける前に、その告知がしっかりと受けとめられるのを待つべきだと感じた。しかしとうとう、沈黙に耐えられなくなって、彼は言った。「もうひとつあるんだ。いいニュースだよ」

「いいニュースを聞きたいわ」アマンダは無理に微笑んで、袖で目をぬぐった。ピーターは彼女の手を握る手に思いきり力をこめ、椅子からすべり降りた。「なにか落としたの？」彼がベッドの脇の床にひざまずくと、アマンダは訊いた。

「うん」とピーターは言った。「二年くらい前にね。僕は心を落としたんだ」

「ピーター、なにやってるの？」

「アマンダ・リッジフィールド」とピーターは言い——彼自身、驚いたことに、そう言いながらパニックを起こすことなく、心はこの上なく澄みきっていた。「僕と結婚してくれますか？」

　アマンダはまた泣きだした。しかしピーターは彼女の涙の下に微笑みが見えた気がした。彼は立ちあがり、ポケットから指輪をひっぱりだした。「どう思う？」彼は言った。彼女が彼を押しとどめる前に、彼はそれを彼女の指にすべらせた。

「ピーター、これ……綺麗だわ」彼女はすすり泣いていて、ピーターは彼女が落ち着きを取り戻すのを辛抱強く待った。しばらくたって、彼女は彼の手から手をひっこめ、ティッシュをとった。

「わたしがかわいそうだから結婚してくれるんなら嫌よ」とアマンダは言った。

「君のことをかわいそうだなんて思ってない」とピーターは言った。「そうだ、養子を迎えようよ。ふたりでいろんなことができるよ。僕は君が……僕らが幸せになるためになんだってする覚悟がある。覚悟ができてないのはたったひとつ、君と婚約しないままこの部屋を出ることだけだ」

「それじゃ、これは同情からのプロポーズじゃないの?」

「アマンダ、君は僕のことわかってるだろう。僕らのことだってわかってる。どれだけ僕が君を愛してるかもわかってるじゃないか。どうして僕がこんなに本を売り買いしてると思う?　これの金を稼ぐためだよ」彼は彼女の指輪を指した。それはもうその手になじんで見えた。

「ほんと?」アマンダが言った。

「ほんとだよ」ピーターは言った。

「それじゃ、いいわ。ピーター・バイアリー。答えはイエスよ」

ピーターは子供が産めなくなったことによってアマンダの心に残された傷のことを思うと、時折、悲しみにかられたが、彼女へのプロポーズにその瞬間を選んだことにまったく後悔はなかった。彼はボルボに満載した本を売ったあとに指輪を買い、ハロウィンの日にデヴェロー・ルームでプロポーズする計画を立てていたが、アマンダの悲嘆、そして彼女の家族の悲嘆は、歓びでつりあいをとる必要があると感じたのだった。チャーリーとサラは娘の指に指輪を見、その知らせを聞いてアマンダに劣らず歓喜した。

「これから君を〝息子〟と呼ぶからな」とチャーリーは言って、ピーターの背を叩いたが、その動作は、こみあげてくるものの深さを隠しきれなかった。「構わないかね」

「ええ」とピーターは言った。「もちろん構いませんとも」

五日後、ピーターはアマンダを車で家に連れ帰った。彼はその夏の残り、リッジフィールド家の客間に泊まりこみ、婚約者を看護して健康を回復するのを助けた。アマンダは以前の彼女に戻ったように見え、書斎に座って読書したり、笑ったり、キッチンやプールサイドでピーターをからかったりし、両親が週末ニューヨークに出かけたときはふたりでセックスさえした。しかし、その頃からアマンダとピーターのあいだには、以前にはなかった、口に出されないささやかな壁ができた。それは子供にかかわるものだった。彼はめったに意識しなかったが、たまに、ふたりがレストランで赤ん坊を見かけたり、テレビのチャンネルを変えるときにディズニー映画が映ったりすると、それを感じた——そのかすかなばつの悪さは、友達同士が、偶然に互いの裸を見てしまったときの感じに似ていた。ピーターは結婚とはそうした傷がつきものだといずれ学ぶことになるが、アマンダが不妊になったことよりもさらに彼を悲しませたのは、こうしてふたりの完璧な親密さが損なわれたことだった。そしてアマンダにそのことを話す勇気をどうしても出せなかったことを、彼はそのあとずっと悔いつづけた。

## 一八七七年、キンガム

息子が産まれるまでに、フィリップ・ガードナーはようやくイザベルを説きふせ、分別をつけさせたが、それは容易なことではなかった。《フォートナム＆メイソン》での会見のあと、何度か彼女を訪れたが、彼女は、金はいらない、欲しいのは愛情と彼女の子の父親だと主張した。彼はそのふたつだけは与えることができないのだと説明した。結局、イザベルに自分のおかれた状態の望みのなさを得心させたのはミス・プリケットだった。フィリップはそのことで彼女に感謝した。

子供が旅行できる程度に成長したら、イザベルはアメリカに帰ることに決まった。子供はイザベルが美術学校の外で見つけた捨て子で、ミス・プリケットにはどうしても彼女をその子から引き離せなかったことにする。イザベルは譲歩し、両親は喜んで子供を養子に迎え、家族のひとりとして育てるだろうと言った。一方、フィリップは常識の範囲で、イザベルが必要なときに手助けをする。必要となれば医師を手配するほか、イザベルが受けとろうとしないので、ミス・プリケットにささやかな手当を支払うことに同意した。ミス・プリケットはその金で赤ん坊の衣服その他を買い求めることになった。

イザベルは今後もベンジャミン・メイヒューを介して彼に連絡をとることはできるが、フィリップはメイヒューにキンガムへ伝言を転送しないよう指示した。フィリップは口実を見つけてすくなくとも週一回はロンドンに出てきて書籍商に連絡をとる——さらに急を要する場合は、ミス・プリケットから彼に連絡する。

《フォートナム》での会話以来、フィリップとイザベルは定期的に会っていたが、その逢瀬はまったく清らかなものだった。イザベルの妊娠の最後の数か月になると、フィリップの彼女の住居への訪問は、イザベルの体調を確かめる、ミス・プリケットとの短い会話に限られるのが常となった。肉体的欲求についていえば、イザベルの状態を知ってからというもの、奇妙なことにフィリップはそのような行為への興味を失っていた。彼はコヴェント・ガーデンに足を向けなくなった。

子供は、去年の十一月の寒い朝に生まれ、その父にはフィリップという名だけが伝えられた。ミス・プリケットがただちにベンジャミン・メイヒューに手紙を送ったが、フィリップは、ヨークシャーの姪を訪問する夫人に同行していて、クリスマスの少し前までロンドンに来ることはなかった。はじめてひとり息子を目にしたとき、その子は生後三週間だった。フィリップが長く顔を見せなかったあいだに、イザベルは、息子の父親との面会を断固拒否するという意向を示していたので、ミス・プリケットが眠っている赤子を居間に抱いてきて、おくるみごとフィリップにさしだした。

「あなたに抱いていてもらうのがいいと思う、プリケットさん」フィリップは言った。こんな幼子を、事実上の乳母の手で赤の他人と言っていい人間にさしだすのかと、彼はあっけにとられた。

「さようでございますか、ガードナー様」彼女は子供を腕に抱いて、数分間座っていたが、やがて子供部屋に戻った。彼女のいないあいだに、フィリップはひとり、家を辞した。

寒く、暗いロンドンの通りを、かつてイザベルと、夏の太陽の下で無邪気に散歩したハイドパークに向かって彼は歩いた。さらにトラファルガー広場へと長い道のりを歩き、フリート・ストリートをベンジャミン・メイヒューの事務所に向かった。そうしながらフィリップは、息子に二度と会ってはならないと心に決めた。彼は子供の顔をほんのちらりと見ただけだったが、子供に会い、起きたことの現実を目の当たりにすると、身が裂かれるような気がした。みずからの罪の証拠によって、フィリップの中にかつて知らなかった羞恥と嫌悪が生じた。同時に、あの平和な赤子と自分がつながっているという感覚に彼は圧倒された。これは俺の息子、俺の正統な跡継ぎなのに、俺はけっしてその存在を知ってはならないのだ。フィリップは愛情と恥辱のあいだの狭い間隙に横たわる闇に引き込まれることを思うと耐えられなかった。数か月たてば、イザベルと子供は永久に去っていく。それまで、彼はロンドンに来ることを避けた。

三月のある午後、チャーチルから吹き下ろしてくる風が、イーヴンロード・ハウスの軒の周りで吠《ほ》えるような音をたてていた。太陽がコッツウォルズの薄青い空に落ちかかっていた。

フィリップは新しい西の翼棟の最上階に石を高く積みあげている職人たちを気の毒に思った。ガードナー夫人は、体調を崩したという姪を訪ねて、またヨークシャーに行っていた。フィリップは工事の監督をするためにあとに残ったが、今日は監督する必要はほとんどなく、彼は一日中書斎にこもり、手紙の返事を書いたり、読書したりしていた。ちょうど、暖炉に薪をもう一本くべ、お気に入りの椅子に腰を落ち着けたとき、家政婦が――雇い入れたばかりで、フィリップはいつも名前を忘れてしまうのだが――亡霊のように無言で戸口に立った。

「なんだね?」フィリップは、邪魔が入ってむっとしながら言った。「若いご婦人と付き添い《コンパニオン》の方がご面会にいらっしゃっております」と彼女は言った。「その若いご婦人のこともも旦那様のご意向も存じませんので、玄関で待っていただくように申し上げました。その方は……その、応接間にお通ししてよろしいかわたくしにはわかりかねましたので、旦那様」

イーヴンロード・マナーの二階の窓から、レジナルド・アルダーソンは目を凝らして長い真鍮製の望遠鏡の接眼レンズを覗いていた。望遠鏡は一マイル半離れた、隣人の正面玄関に向けられている。ガードナー夫人が村を留守にするときは知らせるようにと、駅長に二、三ポンドつかませておいたのは役に立ったが、もう少し早く出かけてくれてもよかった。とはいえ、レジナルドは辛抱強い男だった。ロンドンの街中を、フィリップ・ガードナーを尾行して歩いたあの日々も、彼は辛抱強かった。そしてその見返りに、ガードナーが王立美術院で若いアメリカ娘と話しているのを目撃した。彼はその女を辛抱強くつけ回し、住居をつきとめた。そしてその女のコンパニオンが休暇をとるのを辛抱強く待った——その日、彼は列車でブリクストンに向かうミス・プリケットの隣に座り、そのあと何度か交わされる有益な会話の口火を切ったのだった。

「それは奇遇ですな」と彼は言った。「わたしも毎週木曜にこの列車でブリクストンに行くのですよ」

彼はガードナー夫人が夫を伴わずに長期旅行に出かけるのを辛抱強く待っていた。しかし彼女が出発するや否や、彼の計画は一気に行動に移された。フィリップ・ガードナーは二年前、夫人と結婚してまもなくの頃、レジナルドに彼の古文書のコレクションを買い取りたいという、嘲笑的な手紙を送ってきた。幸運にもレジナルドはこのけしからぬ書面をとってあり、やすやすと筆跡を真似て手紙を書くとイザベル、ミス・プリケット、そして子供をイーヴンロード・ハウスに呼び寄せたのだった。その晩、夫人が帰宅することになっているために、やむなくガードナーが彼らを追い返したら、レジナルドは都合よく門のすぐ外で彼らを待ち伏せて、大切な友人のミス・プリケットと彼女の若い女主人にその晩の宿を提供する心づもりだった。ひとたび三人がイーヴンロード・マナーに落ち着いてしまえば、後のことはたやすい。

# 一九八六年、リッジフィールド

秋のはじめ、リッジフィールドで四年生になったピーターがデヴェロー・ルームで中世史の授業のために課題を読んでいると、フランシス・ルランが埃だらけの段ボール箱を彼の前の机にどすんとおいた。

「今年度、もう少し余分に働くのはどうかね?」フランシスが言った。

「一日のうちにまだ余分な時間なんてあるんですか?」ピーターは訊いた。彼はすでに、起きている時間のほとんどを授業か図書館で過ごしていた。フランシスのもと、特別蒐集室で週に十五時間勤務し、できるときは修復室でハンクの手伝いをした。学業のほうもやるべきことをやろうとすると、時間はますます足りなくなった。学部長は、ピーターが次々とコースを考案するのにうんざりしていた——今学期、彼は英語、歴史、経済学の講座をすべてとっていた。

「ふむ。これがあったところにはまだ六箱あってね。そろそろこれも目録を作らないといけないと思うんだが」とフランシスは言った。「君の……個人的事情と目録作りの才能をふまえると、君こそこの仕事に適任なんだよ」

「どういうものなんですか？」ピーターは好奇心をそそられて訊いた。

「アマンダ・デヴェローの個人的な書簡や書類だ」とフランシスが言った。

「ほんとうですか？」ピーターは言うなり箱に飛びついた。「どうしてもっと早く言ってくれなかったんです？」

「正直言うと」とフランシスが言った。「それは優先順位が高くなくてね。研究者はデヴェロー女史自身よりも女史のコレクションのほうに関心があるからな。しかし、君が結婚して一族の一員になるからには、文書の目録作成とアマンダ・デヴェローについて同時に学ぼうという気になるかもしれないと思ってね」

「もちろんです」ピーターは言うと、歴史の教科書をテーブルの上におきっぱなしにして、箱を開いた。

　そのあとの数か月、ピーターはデヴェロー文書に取り組み、書籍蒐集家やディーラーとの書簡を注意深く整理した。毎日、彼はアマンダに彼女の祖母についての新しい発見を語り、アマンダは祖母と交流のあった蒐集家やディーラーの迷路のような交際関係についていけはしないものの、彼の熱心な話に静かに耳を傾けた。毎週土曜日、彼とアマンダはリッジフィールド家で午後を過ごし、ピーターはプールサイドやサンルームに座って、サラ・リッジフィールドに彼女の母親による書籍蒐集の話をして喜ばせた。サラはピーターが発見したことに心から興味を示した。

「わたしが書籍蒐集のことを理解できる年齢になった頃には、母は少し体調を悪くしていたの)とサラは言った。「ニューヨークのオークションハウスに行った、あの旅のことは覚えているけど、あれをのぞくと、母が自分の世界のその部分を見せてくれることはなかったわ」

「でも、書類に目を通したりしなかったんですか？」ピーターは訊いた。

「ローゼンバッハとかハンティントンとかその他もろもろがいったい誰なのか、説明してくれる人がいなかったら、そんなことしてもしょうがなかったわ。あなたは素晴らしいツアーガイドね、ピーター」とサラは言い、彼の頬に優しくキスした。

「今朝、彼女とヘンリー・フォルジャーの書簡を読んでたんです」とピーターは言った。

「フォルジャー・シェイクスピア図書館の創立者？」サラが訊いた。

「そのとおりです。フォルジャーこそシェイクスピア文献の蒐集の第一人者でした。ふたりはずいぶん親しかったみたいです。フォルジャーは書籍蒐集のこととなると、敵に回したくない相手だと思いますが、あなたのお母さん宛ての手紙はとても心温まるものです」

ピーターは、アマンダ・デヴェローがフォルジャーの存命中、一度もシェイクスピアの〈ファースト・フォリオ〉に入札していないことを発見した。何十冊もの〈ファースト・フォリオ〉を蒐集し、その当時世界最大のコレクションをつくりあげた友人への義理をとおしたのだった。フォルジャーの死の二週間後に夫人であるエミリー・ジョーダン・フォルジャーからアマンダに宛てて送られた手紙には〝夫は貴女の友情を大切に思っておりました。貴女が〈ファースト・フォリオ〉をついに入手されることをきっと喜ぶと存じます〟というくだりがあった。アマンダ・デヴェローが、ピーターが何度も読んだ〈ファースト・フォリオ〉を購入したのは、その十五年以上も後のことだった。

「じつに大勢の大物蒐集家が彼女に好意的でした」とピーターは言った。「そして、彼女を対等に扱いました。その当時の書籍蒐集は、ほぼ完全に男性だけの世界だったのにね。でも、もちろん彼女は《グロリアー・クラブ》の会員にはなれませんでした。そのことでずいぶん腹を立てています」

「《グロリアー・クラブ》って？」とちょうど部屋に入ってきたアマンダが訊いた。その顔には、ピーターが見たところ、婚約者との会話を母親のサラにひとりじめさせてなるものかという表情が浮かんでいる。

「ニューヨークにある書籍蒐集家のクラブだよ」とピーターが言った。「アメリカでいちばん古い書籍蒐集のクラブで、一九七〇年代まで男性しか入れなかった」

「なにそれムカつく」とアマンダは言い、カウチのピーターの隣に座った。

「アマンダ！」とサラが言った。「言葉に気をつけなさい」ピーターはこの頃、母親がそばにいるとアマンダが、普段より大胆な語彙を使うことに気づいていた。そのことについて彼女に訊くと、彼女は肩をすくめ、ママが気づくかどうか確かめてみてるだけよ、と言ったが、ピーターはそれだけではないとにらんでいた。娘が社会的につりあいのとれない夫を選んだことに両親がまったく動じなかったので、別の方法でふたりを驚かせようというつもりなのだ。それは、アマンダが、両親の世界ではなくピーターの世界に移り住むために、病気以来、機会があるごとに実行している計画の一部らしいとピーターは考えていた。たぶん、そのために婚約というものがあるのだろう――花嫁に、両親の世界から夫の世界に移行する時間を与えることが。そして、もちろん、そのふたつの世界をひとつにしかねないピーターとサラ・リッジフィールドの友情に、時々アマンダがいらだったとしても不思議はなかった。

「ごめんなさい、ママ」と彼女は言い、ピーターの手をとって、優しく握りしめた。「続けて、ピーター」

「うん、まあ、彼女は《グロリアー・クラブ》に相当、ムカついた」とピーターは言って、アマンダの手を握りしめ、自分の忠誠心が最終的にはどこにあるかを彼女に知らせた。「だから《ロスウィータ・クラブ》の創立メンバーになったんです」

「なにクラブですって?」とサラが言った。

「《ロスウィータ・クラブ》です」とピーターは言った。「一九四四年に創立された ご婦人《レディ》のための書籍蒐集クラブですよ」

「レディ?」とアマンダは言った。その声には政治的公正性《ポリティカル・コレクトネス》に敏感に反応した響きがあった。

「一九四四年には女性たちは自分たちのことをそう呼んでいたのよ」とサラが言った。

「彼女たちは一度、ニューヨークのあなたのお母さんのアパートメントで会合を開いています」ピーターは続けた。「《ロスウィータ・クラブ》はしかるべき感銘を受けたようですね」

「うちの一族のレディたちは、稀覯本がいっぱいある部屋でどう振る舞ったらいいか、今も昔もよく心得ているものね」とアマンダは言い、こっそりとピーターをつねった。

「あら、それはどういう意味なの？」とサラが訊いたが、チャーリーが夕食に呼ぶ声がしたおかげで、ピーターはアマンダの返事で恥ずかしい思いをするのを免れた。

# 一九九五年二月二十一日、火曜日、ロンドン

リズは、グレアム・サイクスの原稿の内容を話す前に、ピーターのコーンウォールへの旅の顚末を聞きたいと言ってきかなかった。そこで、ロンドンの渋滞につかまってじりじりと前進する車中で、ピーターは老学者を訪問したときのことを彼女に語った。彼は『パンドスト』にまつわる問題は迂回して、ただ、サイクスはピーターが見せた文書に興味をもったとだけ言った。しかし、真実を巧みに避けて話しながらも、彼はリズ・サトクリフを信頼する以外に選択肢はないと悟りはじめていた。好むと好まざるとにかかわらず、彼女は今回のことに巻きこまれている。彼女は話の全体を知る必要があった。

「どうしてもわからないんだけど」とリズが言った。「グレアムの原稿は、百二十年前のスキャンダルについてのものよ。ヴィクトリア朝芸術おたくの世界以外で、そんなもの誰が気にする？　そんな値打ち……人を殺すような価値なんか全然ないわよ」

ピーターは息を吸いこみ、賭けに出た。「英文学史上もっとも貴重な宝物だったらどうかな――人を殺す価値はある？」

「どれくらい貴重なの？」

「数百万ポンド」

「それでその品はどこにあるの？」とリズ。

「この車の後部座席」とピーター。

「なにそれ、ますます危険じゃないの」とリズは言った。「いったいどういうことなのか話してくれない？」

　そこで、ピーターは彼女にすべてを話した。肖像画を見つけたことから、イーヴンロード・マナーへの訪問、『パンドスト』の発見、さらに、その本をリッジフィールド大学のような間抜けなアメリカの組織に数百万ポンドで売りつけようと考えついたトマス・ガードナーとジュリア・アルダーソンが、売れるまでのあいだ本が偽書であることを隠蔽しようと企んでいるらしいという疑いに至るまで、洗いざらい語った。その話を終える頃には、ふたりは幹線道路のM40号線に乗っていたが、車の流れはまだ止まっているようなものだった。

「もしB・Bが贋作者なら」とリズが言った。「『パンドスト』も偽物の可能性がすごく高いわけね」

「そのとおり。だから、B・Bについて話してくれないか？　B・Bはフィリップ・ガードナーなのかい？」

「わからない」とリズは言った。

「でもサイクスはこの人物の暴露本を丸ごと一冊書いたんだよね」

「正直言って、わたし原稿に少しがっかりしたのよ。大事な鍵になる情報が抜けてるみたいで」

「主人公の正体とか？」ピーターは訊いた。

「印刷の直前までそのことは話したくないって言っていたわ」とリズは言った。「彼はその人物を〝ミスターX〟とだけ呼んでたの。わたしが知ってることを言うわね。B・Bはレジナルド・アルダーソンという人物のせいで、王立美術院と水彩画協会にどうしても入れなかったアマチュア画家だった」

「おそらくジョン・アルダーソンの先祖だ」とピーターは言った。「どうしてもキンガムに戻ってくるな。B・Bはガードナーにちがいない」

「サイクスによると、B・Bは裕福な未亡人と結婚して、彼女のおかげでぜいたくに暮らしていたうえ、屋敷の再建のお金も出してもらっていたの。ところが、ロンドンでアメリカ人女性と親しくなって、彼女を妊娠させるという間違いを犯してしまう。養われている立場の男が一八七六年に犯すには大きな過ちね」

「お婆さん姉妹が話してくれたとおりだ」とピーターが言った。「でも、あのふたりは妊娠のことは知らなかったけど」

「アルダーソンは浮気のことを探りあてて、B・Bを脅迫しはじめたの。でもサイクスはなにをアルダーソンが脅しとろうとしていたのかについてはちょっとあいまいだったわ。アルダーソンはかなり裕福だったし、脅迫なんて、お金持ちが単にもっとお金持ちになろうというだけなら、リスクが大きい気がするしね。B・Bが遺した作品のほとんどは、イーヴンロード・マナーの壁にかかっているらしいけど、サイクスの話だと、ずいぶん平凡な絵らしいの――ほとんどは水彩画でね。だいたいアルダーソンは、Ｂ・Ｂが王立美術院に入るのを邪魔してたんだから、ただ同然で買えるような絵をなぜ脅しとるの？」

「僕には彼が脅しとったものがわかるよ」とピーターは言った。「それをこの手に持ってる」

「『パンドスト』？」

「たぶんね」とピーターは言った。「でもイーヴンロード・ハウスからイーヴンロード・マナーに来たものはそれだけじゃない。ジュリア・アルダーソンが僕に見せた箱に入っていた文書にはどれも〝Ｅ・Ｈ〟というマークがあった。アルダーソンとガードナーは蒐集のライバル同士だったんだよ。アルダーソンはガードナーを脅して彼の虎の子の文書をみんな奪ったのにちがいない」

「蒐集家って、そこいらの古い文書を手に入れるだけのことで、ほんとうに脅迫なんてことまでするものなの？」リズは訊いた。

「たぶん君は身近に古書の愛好家があまりいなかったんじゃないかな」ピーターは言った。彼はトマス・ワイズとマーク・ホフマンが情熱に駆りたてられ、どれだけのことをやってのけたかを思いおこした。いや、やはりＢ・Ｂは贋作者ではなく、単に脅迫の被害者だったのかもしれない。『パンドスト』は本物なのかもしれない。

「サイクスが確かだと断言していたことがあって」とリズは言った。「日付なんだけど。彼が言うには、子供は一八七六年の終わりに生まれて、脅迫は翌年の春にはじまり、ほぼ二年間続いたの。そのあとは、たどっていた証拠の痕跡はとぎれてしまったみたい。だからわたし、原稿を読んでていらついたのよ。答えよりも疑問のほうが多いんだもの。子供はどうなったのか？　愛人はどうなったのか？　どうして脅迫がそんなに短期間で終わったのか？」

「サイクスはそういう情報をどこで手に入れたんだろう？」ピーターが訊いた。

「だいたいはB・Bが贔屓にしてた書籍商へのB・Bの手紙からね。ベンジャミン・メイヒューって人物」

「まさか」ピーターは言った。

「大真面目よ」リズは言った。

「B・メイヒューは『パンドスト』に書かれている名前のひとつなんだ」

「それなら筋はとおるじゃない。それで、B・Bはいったい誰？」

「B・Bはフィリップ・ガードナーでなくちゃおかしい」とピーターは言った。「手がかりが全部ぴたりとあてはまる。どう考えてもサイクスは古文書の入った箱を見てないんだな。そうでなければ、脅迫がどういうことなのかわかったはずだ」

「彼に他の古文書のことは話した？」リズが言った。

「いや」とピーターは言った。「『パンドスト』だけだよ。じつをいうと、それにくらべたら他のものはみんなたいしたものじゃない」

「もうひとつあなたが知っておくべきことがあるわ」と、ふたりとも黙ったまま数マイル進んだあと、リズが言った。高速道路はようやく流れはじめ、ふたりの乗った車はオックスフォードに向けてひた走っていた。

「なんだい？」とピーターは言った。

「あのね」とリズが言った。「あなた、トマス・ガードナーとジュリア・アルダーソンがサイクスを殺してわたしの家とオフィスを荒らしたんだと思いこんでるみたいだけど」

「彼らに決まってるじゃないか」とピーターは言った。

「でも、ふたりで一緒にやったはずがないのよ」とリズは言った。「だってわたし、今朝ハムステッド・ヒースから帰ってくる途中で、ハムステッドの電話ボックスからイーヴンロード・マナーに電話をかけて、ジュリア・アルダーソンと話したんだもの。彼女がロンドンでわたしのオフィスを荒らしてたはずないわ」

「いったいどうして彼女に電話なんか？」ピーターはロンドンを出てからはじめて座席から勢いよく身を起こした。

「グレアムが謝辞の中で、Ｂ・Ｂの水彩画を見せてくれた人として彼女の名前を書いてたの。彼女と話して、本にそれを掲載させてくれないか訊いてみたかったのよ」

「それでなんて言ってた？」ピーターは訊いた。

「明日の三時のお茶によんでくれたわ」

# 一八七七年、ロンドン

ベンジャミン・メイヒューは《サザビーズ》のオークション・ルームのいつもの席に座った。部屋の反対側には戸口によりかかるようにして、レジナルド・アルダーソンの見覚えのある陰気な姿があった。その日の競売品のカタログをめくりながら、ベンジャミンは今日の午後はレジナルドにとってさぞ無念な結果になるだろうと考えていた。彼はレジナルドが英国王や女王が署名した文書を集めていることを知っていた。彼はまた、アルダーソンのコレクションに欠けているのは四人の王の署名だけで、その四人の署名が揃って今日の午後の競売にかけられることを知っていた――四つの文書はベンジャミン・メイヒューとともに《サザビーズ》を離れ、イーヴンロード・ハウスとフィリップ・ガードナーのコレクションへと向かうだろう。

ベンジャミンはちらりと目を上げてもう一度アルダーソンを見た。そして、《サザビーズ》にこうして現れては収穫が望めないときはいつもそうであるように、アルダーソンが鬱々とした様子ではないことに気づいた。それどころか、額から髪の束を後ろに撫でつけながら、彼は意味ありげな笑みをその顔に浮かべていた。

オークションが進むにつれ、アルダーソンの振る舞いはますます奇怪さを増していった。彼は戸口の居場所から動かず、メイヒューの目から見れば、彼が欲しいに決まっている文書に入札するために手を上げることもしなかった。これは出品者にとっては失望する事態にちがいなかった。というのも、アルダーソンとメイヒューの活発な競り合いは、古文書の値段をいっそうの高値に押し上げ、今日のオークションも例外ではないと、ロンドンの古物蒐集家たちの大勢は見ていたからだ。その代わり、メイヒューは四点の国王の手になる文書と他にえりすぐった数点を、たいした挑戦相手もなくやすやすと買った。アルダーソンはそのなりゆきを愉快がっているようだった。最後のハンマーが打ち下ろされるやいなや、彼は帽子をメイヒューに向かって傾け、その日の競売に関するゴシップでざわめきだした部屋から姿を消した。仲間の祝福の言葉はメイヒューの耳に入らなかった。新しい宝物を彼のいちばんの上客に渡してやれるのは喜ばしいことにちがいなかったが、レジナルド・アルダーソンがなにごとか企んでいる気がしてならなかった。

《サザビーズ》の競売の二日後、フィリップ・ガードナーが獲物を受けとりにロンドンに出てきた。オークションが首尾よくいったあとにベンジャミンがいつも目にする勝ちほこった満足げな様子とはほど遠く、フィリップは惨めな敗北の図さながらに書籍商の事務所にどさりと腰を下ろした。

「お気づきでしょうが、われわれは勝ったんですがね」とメイヒューは言い、デスクの上に大きな紙ばさみを開いて、今やガードナーの所有となった文書を披露した。「じつに見事な収穫です。しかも大変に買い得だった」フィリップは文書にちらとも目をやらず、長い溜息をつき、窓の下のビロード張りの肘掛け椅子に沈みこむばかりだった。

「コリアーという男を知っているかね?」とガードナーは訊いた。「ジョン・ペイン・コリアーだが」

「彼の著作は知っています」とメイヒューは、唐突で脈絡のない質問にとまどいながら言った。

「だが、個人的には知らないのだね? 君の顧客ではないのか?」

「違います」とメイヒューは言った。「彼はまだ生きているのですか? もう相当な年齢でしょう。前に聞いたときは、メイデンヘッドに住んでいましたが。シェイクスピアの二つ折り本のことがあってから彼の仕事にはずっとけちがついて回っていますな」

「彼はマージナリアを偽造したのだったね?」とガードナーは訊いた。

「そのようですな。あの頃、わたしも若くて、書籍業界に入りたてでした。あれはずいぶんな騒動だったですよ」

「それで、彼はメイデンヘッドに住んでいるんだね?」

「まだ生きていれば、そこにいるかもしれませんな。しかしどうして急にコリアーに関心を?」

「偽書に関する書籍のコレクションをはじめようかと思ってね」

「それはずいぶんととっぴな方向へ」

「そんなことはないさ」とガードナーは言った。「古文書を蒐集する人間は、できるだけ偽書についても知っておくべきだと思うね。自分を守るためにも」ベンジャミンは、蒐集家というものの奇矯ぶりについてはよく心得ていたので、新たな熱意の裏にある動機を問うようなことはせず、ただ、その新しい興味を、さらに利益を得る機会と受けとるだけにとどめた。

「ご関心があるのはシェイクスピアの贋作者だけですか？　それとも贋作者一般ですか？」とメイヒューは訊いた。

「どんな贋作者でもいい」とガードナーは言った。「他にもシェイクスピアの贋作者はいるのかね？」

「ウィリアム・ヘンリー・アイアランドに関する本のちょっとしたコレクションを入手して差し上げられると思います」とメイヒューは言った。「彼こそもっとも偉大な贋作者です。原稿、手紙、ありとあらゆるものを贋造しましてね。まったく破廉恥な輩です」

「そうした本には、彼がどうやってそれをやったかも書いてあるのかね？」とガードナーが尋ねたとき、その会話の中ではじめて、ベンジャミン・メイヒューは自分の客が考えていることに合点がいったような気がした。

## 一九八七年、リッジフィールド

リッジフィールドのキャンパスはハナミズキとツツジが満開になり、学生たちがショートパンツとTシャツ姿でイースターの休暇から戻ってきた。その頃ピーターは、アマンダ・デヴェローの書類の最後の一箱から手紙の最後の束をひっぱりだし、ついにサラとアマンダに披露できないものを見つけた——彼が目録にした文書の中でも異色のその書簡は、書籍蒐集家としてではなく女性としてのアマンダ・デヴェローを語っていた。それはアマンダ・デヴェローと、のちに夫となるロバート・リッジフィールドが交わした手紙だった。

ふたりは《サザビーズ》のニューヨークのオークション・ルームで出会った。ロバート・リッジフィールドは、アマンダ・デヴェローとのはじめての出会いで、競りに負けただけでなく、彼女にすっかり惚れこんでしまった。彼女は四十歳になったばかり、彼は彼女の二十歳年上だった。ふたりははじめ、本について文通した——リッジフィールドは真剣な蒐集家ではなく、時折、気に入ったものに入札する程度だった。ふたりは、リッジフィールドが社交シーズンのほとんどを過ごしていたニューヨークで顔を合わせた。アマンダは重要な競売のときはオークション・ルームにいることを望んだので、彼女に出会うチャンスを逃さないために、リッジフィールドはまもなく《サザビーズ》や《パーク・バーネット》のスケジュールを追いかけるようになった。
しだいに求愛の言葉がリッジフィールドのアマンダ・デヴェローへの手紙に忍びこむようになった。彼女の彼への手紙は主に書誌学の話題に関するものだったが、彼女は彼の手紙による働きかけも、しだいに頻繁になる社交界の行事への招待も、拒むことはなかった。初老の銀行家と、聡明な書籍蒐集家の微妙な駆け引きのダンスは、一九三九年の春に頂点に達した。コレクションの最後の手紙、ピーターがサラ・リッジフィールドとその娘から隠さずにはいられなかった手紙には、五月二日の日付が記されていた。

親愛なるリッジフィールド様
二十五日のご親切なお申し出にお返事いたしたく筆をとりました。まずは、御礼を申し上げたく存じます。わたくしは長年、自分は未婚のまま過ごすものと考えてまいりました。ずっと結婚を考えたことはございませんでした——わたくしの本が、わたくしにとって夫であり子であったのでございます。とは申せ、そのような境涯を変えることが叶わなくなる年齢に近づきまして、生身の身体をもった夫のみならず、神のおぼしめしで、同じく血を分けた子供がありましたなら、人生はさぞ豊かなものとなるだろうと思うようになりました。わたくしの本は、わたくしにとって大切なものではございますが、けっしてそのような豊かさをもたらしてはくれませんでした。

お返事申し上げることにいたしましたのは、後者を得られるかもしれないという可能性ゆえでございます。何年も、わたくしは女の人生は子供がなくては完全ではない、という家族と友人の主張を一顧だにせずにまいりました。わたくしは自分を、そんなものを超越した〝新しい女〟だと考えておりました。かつて、書籍蒐集の偉大な同輩が、子供たちは自分の人生でもっとも大きな恵みであり、わたくしの人生にそれがないことは、わたくしにとってもっとも大きな悲哀である、と語ったことがございます。この数年、だんだんとわたくしはその意見に同意するようになりました。

リッジフィールド様、あなたは青年ではいらっしゃいません。そしてあなたはわたくしのコレクションに夫を追加する唯一の機会であるかもしれませんが、わたくしは良心に照らして、このことを申し上げずに、あなたのお申し出を受けるわけにはまいりません。この人生の後半にさしかかりまして――ご存じのようにわたくしは四十年を生きてまいりましたから――、わたくしは心から母になりたいと望んでいるのでございます。その望みはどんな夫であれ、尊重してくださることと期待いたします。ただ、あなたのご年齢で、父親になることは望まれないかもしれません。もしそうだとしたら、そのお気持ちは無理からぬものと存じます。けれども、もし、わたくしに母になる機会を与えてくださるおつもりがおありならば、わたくしは謹んで、そして心からの敬愛の念をもって、あなたの結婚のお申し出をお受けするでありましょう。

かしこ
アマンダ・デヴェロー

リッジフィールドがデヴェロー嬢の結婚の申し出を受ける条件に同意したのは明白で、十一か月後、サラ・リッジフィールドが産まれた。しかしこの手紙を読んだとき、ピーターの心は、デヴェロー嬢の孫娘のことを思って痛んだ。アマンダがどんなに子供が産めないことを気にしないふりをしても、祖母と同じように、いつか人生にぽっかりと開いた穴を感じる日が来ると、ピーターにはわかっていた。しかし、アマンダには、彼女に子供を持たせてくれる裕福な銀行家が舞台の袖に控えているわけではない。彼女が失ったものと折り合いをつけるために、力を貸そうともがくピーターがいるだけだ。

古文書の保管箱に入っていたデヴェロー文書を入れた最後のフォルダーをファイリングした二週間後、ピーター・バイアリーはリッジフィールド大学を卒業した。
「あと一年したら君の番だ」と、人混みの中でアマンダが彼を見つけ、彼の学業の成果を讃えたとき、ピーターは言った。チャールズ・リッジフィールドは彼の背中を叩き、サラは頬にキスした。ピーターの両親は遅刻して、式に出席できなかった。

三年間、ピーターは自分の両親とアマンダの両親がじかに顔を合わせないように立ち回ってきた——その努力は彼の父母の無関心さによって助けられてきた。アマンダは二度、バイアリー夫妻に会っていた。一度はキャンパスで、もう一度はアマンダがピーターに実家の感謝祭の夕食にどうしても連れていってほしいと言い張ったときだ。どちらのときも、ピーターは彼女をアマンダとだけ紹介し、彼女の裕福な家族のことは口にしなかった。

リッジフィールド家の豪邸と彼の両親の住む農家は、どちらも数エーカーのなにもない土地の上にあり、互いに八マイルしか離れていないにもかかわらず、そのふたつの家の住人たちが属する世界はこれ以上ないほど違っていた。卒業式の二時間後、アマンダと彼女の両親が彼のために開いたパーティーで、そのふたつの世界が衝突した。

ピーターの父親であるジョゼフ・バイアリーは、妻のドリーンにその日のために無理に着せられたと見えるアイロンのきいたスーツと不器用に結んだネクタイ姿で、しゃちこばり、きまり悪そうにしていた。彼はパティオの隅にひっこみ、リッジフィールド家の世界で彼が理解できる唯一のものである、バーのすぐそばに陣取った。彼の酔いはしだいに深まりつつあったとはいえ、その遠慮がちな態度は、巨大トレーラーのカーテンで作ったのかと思うような、ごてごてしたライムグリーンのドレスを着たピーターの母親のそれよりは、はるかに好ましいものだった。ドリーン・バイアリーは教授たち、親たち、卒業生たち、そしてリッジフィールド家の人々のあいだを、まるで自分が女主人であるかのような顔で周回した。

「あれがうちの息子のピーターでね」と彼女は耳を傾けそうな人に向かって誰彼かまわず、私道の向こう端にいても聞こえるような大声で言った。「あの子、アマンダ・リッジフィールドと婚約してんですよ。これもみんないつかうちの子のもんになるんですからねえ」

こうした一時間がたって、ピーターが客用寝室に避難しているとアマンダが探しにきた。

「主賓が隠れてるの？」と彼女はからかい、彼をベッドに押し倒して唇に強くキスをした。

「ほんとに僕と結婚してあんなのと家族になる気かい？」ピーターはドアのほうを顎で示しながら言った。彼はちょうど客用の離れに住みこんだ両親が孫たちを怯えさせる姿を思い浮かべていたところだった。それから、孫は生まれないことを思いだした。

「素敵なことがあるんだもの、ちょっとくらい恥ずかしいことがあったって平気よ」とアマンダは言った。

「心配しなくていいよ。父さんに結婚式まで母さんをここに連れてくるなって言っておくから。酔いが醒めたらすぐね」とピーターは言い、アマンダにベルトをひっぱられてくすくす笑いだした。「醒めるのはたぶん一九九五年くらいになりそうだけど」

「両親って気恥ずかしいものよ」とアマンダは言って、片手をピーターの下着の中にすべりこませた。

「あのドアの向こうに、リッジフィールドのセレブが全員揃ってるって、君知ってるよね」とピーターは言った。

「あの人たちが知ったらどうするかしら」とアマンダが言った。「上品でおしとやかなアマンダ・リッジフィールド嬢が、卒業生と客間でこんなおいたをしてるなんてね」ピーターとアマンダが三十分後、そっとパーティーに戻ったとき、バイアリー夫妻はすでに帰ったあとだった。

結局、ふたりは結婚式に来ることはなかった。ピーターの卒業式の二か月後、彼の父親は妻と二本の空のスコッチのボトルを乗せたピックアップトラックで、州間高速道路40号線を時速九十三マイルで暴走した。葬儀を終えた晩、ピーターは子供時代の寝室の狭いシングルベッドでアマンダの腕に抱かれて横たわりながら、今、自分は親のない子になり、子のない夫になろうとしているのだという思いにうちひしがれた。彼の両親は、彼の人生のほとんどにおいて重荷か困惑の種だったし、ふたりに顧みられなかったことを恨み、ときにふたりを憎みさえした。しかしそれでもなお彼らは彼の両親だった。父母が自分という人間の一部ではないというふりをすればするほど、彼は自分自身の一部を失ったことを思い知らされた。

「あなた、ご両親のことほとんど話さなかったわね」とアマンダが言った。

「うん」

「わたしにはなんでも話してくれていいのよ」

「わかってる」とピーターは言い、アマンダの腕をぎゅっと握った。「だから君を愛してるんだ」

「ふたりのこと愛してた？」

ピーターは、長いあいだ天井を見つめたあと、答えた。

「それがわかればいいんだけどね」

# 一九九五年二月二十一日、火曜日、イングランド・オックスフォードシャー

リズとともにウッドストックを抜け、ブレナム宮殿の堂々たる門の前を通過した頃、バックミラーに目をやったピーターは、後部座席にアマンダが座っているのを見た。彼女は彼にウィンクしたが、彼がふり向いて彼女に話しかけようとしたときには、その姿はなかった。座席にはピーターの鞄だけが載っていた。その中には彼の未来が——栄光か幻滅のいずれかが入っていた。

「そうだ、忘れてた」というリズの言葉で、ピーターの注意が前の座席に引き戻された。

「W・H・スミスについて調べておいたわよ。昨日の晩、ローレンスに電話したの。話したでしょ、発表した演者よ。彼、スミスの甥の孫のそのまた孫なんだって」

「なにがわかったんだい?」ピーターは訊いた。この方面でなにか調べていたことを、すっかり忘れかけていた。

「ええとね、もしシェイクスピアがこの謎に関係してるなら、スミスが登場しても不思議はないの。彼は初期の反ストラットフォード派のひとりだから」

「まさか」とピーターが言った。

「彼はフランシス・ベーコンがシェイクスピアの戯曲を書いたと考えてたの」とリズは言った。「一八五〇年代にパンフレットを書いてるはずよ。その少しあとに本も書いてる」

「それは新聞雑貨店チェーンを経営してて……君、なんて言ってたっけ、海軍大臣かなにかだったのと同じ人物？」

「軍艦ピナフォア号の、バス勲章に輝くジョゼフ・ポーター卿ね」リズはくすくす笑いながら言った。「同一人物よ」

「『パンドスト』をその目で見たのに、なぜスミスはベーコンが戯曲を書いたと考えたんだろう？」

「見たのかしら？」とリズが訊いた。「署名のリストには正確になんて書かれてるの？」

ピーターは後部座席に手を伸ばし、鞄をとった。慎重に封筒から本をとりだす。過去二日にわたって、この偉大な財宝かもしれない品をどれだけ危険にさらしてきたかを考えると身が縮む思いがした。彼はそっと表紙を開け、所有者リストの該当する記述を読んだ。「ウィリアム・H・スミス代理人、B・B・メイヒュー」

「じゃあ、メイヒューはB・Bだけじゃなくて W・H・スミスにも本を売ってたんでしょうね」

「たぶんね」とピーターは言った。

「でもスミスがそれの所有者だったとは書いてないんじゃない？」リズが言った。

「スミスのものだったとしても」とピーターは言った。「もし本を見つけたのが、彼がベーコン派だと公表したあとだったら?」

「恥をかいたわね」とリズは言った。

「こう考えたらどうだろう」とピーターは言い、身を乗りだして自分の仮説を語りはじめた。「メイヒューはどうにかして『パンドスト』を手に入れた。リストの前の名前はロバート・ハーレーだが、彼が本を所有していたのは十八世紀の初頭だろう。ということは、本は百五十年くらいどこかにしまいこまれていたことになる。

メイヒューはW・H・スミスを知っていた——顧客だったんだろう——だから、ベーコン説が覆されてスミスが面目を失うことを望まなかった。それで立派な書帙を作らせたんだ。こんな宝物を守らずにはいられなかったんだよ。なんといっても彼は書籍商だからね。彼だって『パンドスト』を守りたかったんだと思う」

「そうね、志高い人たちだものね」リズは言い、微笑んだ。

「それから彼はイーヴンロード・ハウスに本を隠した。B・Bにはそれがなにかわからないだろうし、スミスが死ぬまで、安全に誰にも見つからないでそこにあるだろうと考えたんだ」

「ちょっと危険じゃない?」とリズが言った。「だって、B・Bが古文書のコレクターだったんなら、自分の持ってるものがなんなのかわかるでしょう。それにもしメイヒューがほんとにそれを隠したかったのなら、どうして処分しちゃわなかったの?」

「彼にはできなかったんだ」とピーターは言った。「彼が書籍愛好家だったたならね。そういうものを守ることは、僕らの身に染みついているんだよ」

「わかったわよ、あなたがたがどんなに正義の味方でモラルの塊か忘れてたわ。じゃあもしメイヒューが贋作者で、偽物のシェイクスピアの遺物を作ったんだったら？　そうしたらベーコン説をひっくりかえすぞって大金持ちのW・H・スミスを脅迫できるわよ」とリズは言った。「そのほうが理屈に合うんじゃない？」

「でも贋作者の可能性がいちばん高いのはB・Bだよね」とピーターは言った。「彼は画家だったんだから」

「メイヒューと知り合いでもあったわ。わたしにはあなたが『パンドスト』が本物ってことになるストーリーを望んでるだけなんじゃないかって気がするんだけど」

「そりゃ、そうだったら嬉しいよ」とピーターは認めた。

「そのあなたの言う函のほうはどうなったの？」とリズが言った。「どこにあるの？」

「家においてきた」とピーターは言った。「でもあきらかに十九世紀のものだよ。だからリストの終わりにある名前のうちの誰かが作ったはずなんだ。それか作らせたかね」

「ところで、キンガムに着いたらわたしたちなにをするの？」とリズは言った。「トマス・ガードナーに近づいていって、〝こんにちは。あなた人を殺しましたか？　もしそうなら、理由は？〟って訊くの？」

　ピーターは前回、トマス・ガードナーに遭遇したときのことを思いだした。さらに、キンガムの年老いた姉妹が語っていた噂——フィリップ・ガードナーが妻に殺されて、一族の礼拝堂におそらく愛人とともに埋められているという話が頭に浮かんだ。

「ガードナー家の礼拝堂の中をぜひ見てみたいな」とピーターはほとんど独り言のように言った。

「え、ちょっと待って――グレアムは見たんじゃなかったかしら」とリズが言った。

「ほんとうかい」ピーターは言った。

「リサーチしているときに田舎の古い礼拝堂を調べたとか言ってたもの。すごく緊張したって。案内してくれた男がずっとショットガンを持ってたから」

「トマス・ガードナーだ！」ピーターは言った。「間違いない」

「とにかく」とリズは言った。「グレアムはガードナーだか誰だかと、一時間かけて礼拝堂の石を一個一個調べたんですって」

「それで探してたものは見つかったの？」ピーターは訊いた。

「ううん。結局、なにもなかったみたい。でも、ショットガンの男はなにか隠している気がすると言ってたけれど」

「そうだろうな」ピーターは言った。

「ふむ」とリズはチッピング・ノートンに向かって曲がりながら言った。「キンガムに着いてなにをするにしても、その礼拝堂の中にはどうしても入ってみないとね」

## 一八七八年、イングランド・ケンブリッジシャー

　人の不幸はベンジャミン・メイヒューの商売に欠かせないもののひとつだった。彼が本を売る相手はたいてい順風満帆な人生を送っている人々だったが、新たな在庫を入手するのは、誰かが職や、財産や、命を失ったときであることが多かった。今朝も同じことだ、そう思いながら、彼はデスクでタイムズ紙を広げ、死亡広告を丹念に読んでいた。彼は、何度か図書室を訪問したことのある、ある貴族の名前を見つけて驚いた。長年のあいだに、数冊の本を彼に売ったが、一家のお抱え書籍商という身分には届かなかった。それでも、彼はケンブリッジシャーの屋敷を訪れたときのことをよく憶えていた。長男が図書室に立ってこう言ったものだ。「父がいなくなったら、ここは少し間引きしないといけないな」

　実際、それはあまりにつめこみすぎの図書室だった。本が本の上に積み重ねられ、必要なときにはまず見つからず、必要でなくても美術品として鑑賞されることもなかった。ベンジャミンはキングスクロスを出る次の汽車に乗った。彼の記憶にあった、図書室についての発言をした息子は、すぐに訪問の目的を悟った。

「気の毒だが遅すぎたよ」と彼は言った。

「存じております」とベンジャミンは同情をこめて言った。「お父上との友情が失われたのは誠に残念です」

「君と父は友人ではなかった」と息子は冷淡に言った。「それに、僕が言うのは、本を手に入れるには遅かったということだ。父は、三か月前に蔵書の半分を売るように僕に言ったのでね」ベンジャミンはこれを聞いて内心たじろぎ、どこかの書籍商が自分をだしぬいて、宝の山だったにちがいないものに手をつけたことに憤然とした。「だが、もしお望みならシェイクスピアの二つ折り本を見ていってもいいよ。父は自分が死ぬまでは手放すなと言っていたが、僕は処分するのにやぶさかじゃないんでね」

ベンジャミンは亡き紳士のシェイクスピアの二つ折り本に対する態度を憶えていた。一族に伝わるものだ、と彼は言い、それは〈第二・二つ折り本《セカンド・フォリオ》〉と〈第四・二つ折り本《フォース・フォリオ》〉ということだった。しかし、彼は、自分の父親と同じく、それを棚からとりだすことも、それどころか触ることも許さなかった。それは崇め奉られるべき一族の宝であり、現在の子孫たちが手を触れられない、過去の栄光を伝える貴重な記念物だった。もしそれらが、老人が言ったとおりのものであれば、ベンジャミンが電報一本で金持ちのアメリカ人の顧客の誰かに売ることができるのはまず間違いない。彼は息子のあとについて、ずいぶんと閑散とした図書室に入った。

「相応の値段をつけてもらいたい」と息子は言った。「見てみてくれ。僕は三十分したら戻る。古い本などにかかずらってはいられなくてね。ゲインズバラの絵がかかっている下の、いちばん下の棚だ」彼は背を向けるとベンジャミンを残して去った。

震える手で、ベンジャミンは、きつく押しこまれた、背にW・シェイクスピアの名がある二つ折り本の一冊をそっと棚からひきだした。すくなくとも一世代はこの本に誰の手も触れていないのだと考えると、胸が高鳴った。装丁は非常に状態がよく、ベンジャミンは十八世紀初頭に製本し直されたのだろうと推測した。彼は本をそっと真ん中で開き、その頁を見つめ、呆然とした。笑えばいいのか、怒ればいいのかわからなかった。それはまったくの白紙だった。

彼は本の最後まで頁を繰ったが、一行も印刷された文字は見つからなかった。その本の表紙をめくってみると、確かに、一六三二年に刊行されたシェイクスピアの作品の〈セカンド・フォリオ〉の扉がついていた。しかし、作品そのものがなかった。扉のあとに、『オセロー』の第三幕の一部が八頁にわたって続いていた。その巻の残りは白紙以外のなにものでもなかった。亡き老人の父親がこの大事な二つ折り本を誰にも触らせなかったのも無理はない。ベンジャミンはこうした装丁のトリックを使って、パンフレットなどの薄い印刷物を一冊の本のように見せかけている例を、以前、目にしたことがあった。この屋敷の主人が、自分の父親にすっかり騙されていたことが彼には信じられなかった。彼はその本を平らにおくと、一六八五年版の〈フォース・フォリオ〉と称する次の一巻を開いた。またしても扉は真正だった。頁をぱらぱらとめくると、どの頁も活字で埋まっていた。ひょっとするとその日は無駄足にはならずに済むだろうかと思ったが、しかし、丁寧に頁に目を通していくと、いくつかの戯曲が抜けていることに気づいた。『ハムレット』『リア王』『真夏の夜の夢』それに『冬物語』が抜けていれば、〈フォース・フォリオ〉など真面目な関心を惹きはしない。ベンジャミンは笑うほかなかったが、喪に服す人々に敬意を払うために、笑い声はできるだけ抑えようとした。

フォリオを戻そうとしたときに、彼は棚の奥に、その二冊のあいだに挟まれていたらしい薄い本があるのに気づいた。綴じの後ろ半分が潰れている状態から判断すると、すくなくともフォリオの移動が禁じられたときから――おそらくもっと長いあいだ、そこにあったらしかった。装丁はすり切れてぼろぼろになり、十七世紀かもっと前のもののように見えた。彼はそろそろと表紙を開け、〈フォース・フォリオ〉から抜けた戯曲のひとつでも入っているのかと中を見た。

ベンジャミンは、ロバート・グリーンの作品をよく知っていた――グリーンのパンフレットを数多く、英国内やアメリカの顧客に売ってきた。だが、この版、つまりロマンス作品の『パンドスト』の初版は見たことがなかった。とはいえ、ベンジャミンの目をとらえたのは、その本自体ではなく、余白の書きこみだった。自分の手にしているものがなんであるか、推論するのにたいした時間はかからなかった。友人のウィリアム・ヘンリー・スミスが講演を行い、シェイクスピアの戯曲の著者をフランシス・ベーコンだとする説を主張したとき、ベンジャミンはスミスが「ストラットフォードのウィリアム・シェイクスピアを、その名前で出版された戯曲に結びつける同時代の証拠をひとつでも示していただければ、わたしは自分の説を完全に撤回するでありましょう」と言うのを聞いていた。しかしそのあと、ふたりでスミスのクラブに歩いて向かいながら、スミスはベンジャミンに弱音を吐いた。「もしそうなったら、体裁の悪いことこの上ないな」

「ご心配なく」とベンジャミンは言った。「そんなことはありえませんとも」

今、ベンジャミンは座ってまさにそうした文書を読みふけっていた。どうやってこれが二百五十年以上も人目に触れずに残っていたのか想像がつかなかったが、この『パンドスト』が世に出れば、スミスがたちまち面目を失うことは疑いなかった。

ベンジャミンが『パンドスト』を買いとろうとしたら、もうじき図書室に戻ってくるあの青年は、それがなんであるかに気づき、あっという間に世界中の書籍商や蒐集家がひとり残らず《サザビーズ》に押し寄せ、公のオークションが開かれることになる。そうなれば、彼、ベンジャミンがその本で一文の金も稼げることはありそうもない。しかし、その本を握りつぶしてスミスの面子を救えば、いつか海軍大臣たる彼に報いてもらえるかもしれない。彼は本を閉じ、新聞のあいだにすべりこませた。

「このフォリオの価値に値する金額をお支払いすることはできかねます」彼は、数分後、屋敷の新しい主人にそう言った。考えてみれば、この言葉はある意味、真実ではあった。

「それは手間をとらせたね」と若主人は言った。「では好きに帰ってくれたまえ」

# 一九八八年、リッジフィールド

「誤解しないでくれよ」とチャールズ・リッジフィールドは言って、バーボンを一口すすった。「わたしは妻を愛している。それはわかってくれるね、君も彼女を愛してくれているんだから。そうだろう?」

「彼女は、今は僕のたったひとりの母親ですから」とピーターは言い、空のグラスの中を見つめた。「それに僕のことを、実の母よりもずっと理解してくれていますし」

　ふたりは家の裏手にあるパティオの薄暗い隅に座っていた。結婚式のリハーサルの夕食に招かれた客たちは、だんだんと床に引きとった。屋敷の予備の部屋や、ゲスト用の離れに泊まる者もいたし、一部はリッジフィールドの中心にあるマリオットホテルに帰っていった。結婚式はアマンダの卒業式からはじまる三日間のパーティーのフィナーレを飾るものだった。ピーターは、アマンダの父親とふたりきりになったことにしばらく気づかなかったが、パティオに他に誰もいなくなってから三十分はたっていたようだった。チャールズ・リッジフィールドがはじめから将来の義理の息子にこうして結婚式前夜に打ち明け話をするつもりだったのか、それともこの会話は、偶然と気持ちの高ぶりとジム・ビームとが組み合わさっただけの結果なのか、ピーターにはわからなかった。しかし、チャーリーはいつになく多弁だった。

「ただ、リッジフィールド家の人間と結婚することは……つまり、その、なかなか大変なことなんだ」とチャーリーは言った。「ここは狭い町だからね、ピーター。そしてリッジフィールド家ほど裕福な人々の世界は――狭い世界なんだ。君がどんなに恋してるかは知らん。しかし、君がリッジフィールド家の人間と結婚する理由はひとつだけ、それしかないと邪推する人間は大勢いる」

「お金ですね」とピーターは言った。

「そうだ」

「僕は自分がなぜアマンダと結婚するのかわかってます」とピーターは言った。「他の人がどう思おうと、気にはなりません」

「そうかな？」とチャーリーは言った。「わたしは大学でビジネスを専攻し、ビジネスが大好きなんだよ。結婚して身を固めたとき、銀行に入ろうと決めてね。じつに面白かった。下っ端からスタートして、上を目指し、懸命に働いて、昇進を勝ちとっていくと考えるのは非常に痛快だった。ところがだ。わたしがサラ・リッジフィールドと結婚していると知られたとたん、そうしたものはすべて意味を失った。上司は、わたしは趣味で働いているだけなんだから昇進など必要ないと考えた。昇進したらしたで、みんな、それはわたしがそれだけの働きをしたからではなく、わたしが結婚した相手のおかげだと考えた。昇進しても失望、昇進しなくても失望だ。とうとう、わたしは諦めてリッジフィールド銀行で働くことにした。そこならすくなくともずっと梯子をのぼっていけるし、それがわたしの立場のおかげだと考えたい奴がいたって、屁でもない」彼はまた一口バーボンをあおった。

「でも、僕はビジネスの世界に入るつもりはありません」とピーターは言った。「古書取引の世界は、銀行業とは少し違うと思います」

「そうかな?」とチャーリーは言った。「それじゃあ、ピーター。どうして君は書籍商になりたいんだね?」

「僕がずっと情熱を注いできたものだからです」とピーターは言った。「人によってはくだらないと思うかもしれません。でも僕はそれを通して世界を変えたいんです。本と、その本をきっと愛するだろう人々を結びつけ、次の世代のために本を守っていきたいんです」

「なるほど、それが君の情熱か。そして、君は、その情熱に敬意を払われていいはずだ。違うかね?」

「たぶんそうでしょう」とピーターは言った。「さっきも言いましたが、人にどう思われるかについて、僕はあまり気にしたことがないんです」

「しかし、君が本と出会わせようとしている人たちが――君と同じ情熱を抱く人たちが――君のことを、単に暇つぶしをしている金持ちの小僧だと考えたら、どうだ? 世界を変えるために君が動かしたいと思っているまさにその人々が、君を見ても真剣な情熱を見出してくれないんだ。せいぜい、彼らの目には趣味くらいにしか映らん。ゴルフのゲームと社交界デ

「その人たちが間違ってるんです」とピーターは言った。その声は思ったよりも大きく響いた。なぜなら、急にチャーリーの言っていることを理解したからだった——稀覯本の世界の尊敬に値する一員になる、という自分の夢が、「誓います」と口にした瞬間に終わるかもしれないということを。

ビュー・パーティーの合間の時間をつぶすためのね」

「もちろん間違ってるのはそいつらさ」とチャーリーは言った。「君もそんなことわかってるし、わたしもわかってる。だが、正しいか正しくないかというのはこのゲームでは問題にならないんだよ。いちばんの問題は人がどう思うかなんだ。そして君が誰と結婚しているか知られたとたん、ゲーム、セット、マッチでストレート負け、とこういうわけだ。さてリッジフィールド家へようこそ」チャーリーはグラスの酒を飲み干すと立ちあがった。「式で会おう、息子よ」彼は言い、よろめきながらパティオを横切り、家の中に入った。ピーターは暗闇の中にひとり、残された。

ピーターとアマンダは息を切らせ、シーツの中でもつれ合っていた。ロンドンに着いて三日目の夜、夫と妻になってから五日目の夜だった。アマンダの両親がハネムーンの費用を払うと言ってきかず、新婚夫婦はロンドンへのファースト・クラスと《ザ・リッツ》のスイートルームをエンジョイした。そのあいだずっと、ピーターはチャールズ・リッジフィールドと交わした会話を忘れようと努めたものの、うまくいかなかった。

「ベッドって最高」とアマンダが言った。「デヴェロー・ルームのカーペットにも負けないわ」

「前にベッドでセックスしたことあるよ」ピーターは言った。

「ええ、でもこれは、ほら、八〇〇スレッドカウントかなんかのシーツでしょ。わたし、あなたもこのベッドも大好き」

「ひとつ訊いていいかな？」ピーターが言った。

「なんでも訊いて、ミスター・バイアリー」とアマンダが言った。「とにかく、わたしはミセス・バイアリーですからね。この響き好きよ。ピーター・バイアリーの腕と八〇〇スレッドカウントのシーツに抱かれるミセス・アマンダ・バイアリー」

「八〇〇スレッドカウントのシーツがなくても僕のこと愛してる？」ピーターは言った。

「あたりまえよ。なに言ってるの？」

「ただ、このあいだの晩にお義父さんが言ってたことがね」

「リハーサルディナーのあと？　もう、ごめんなさい。パパ、酔ってたでしょ？　あまり酔っぱらうことないんだけど、酔うと機嫌が悪くなるの」

「機嫌は悪くなかったよ。ただ、率直だっただけだ」

「パパ、なにを言ったの？」アマンダは、マニキュアを施した爪でピーターの胸にぼんやりと円を描きながら訊いた。

「お義父さんは……その、人は僕が君の金のために君と結婚したと思うだろうってことを言ってたんだと思うよ」

「でもそうじゃないことは自分でわかってるじゃない」

「もちろん」とピーターは言った。「でも、お義父さんが言うのは、世間はそうじゃないってことだった……世間は僕を真面目に受けとってくれない――つまり、書籍商としてね。僕が君の金で生活していて、本の仕事はただの趣味だと思われるって」

「でもそんなのどうでもいいでしょ」とアマンダは言った。

「そうかな？　もし僕らが大きな屋敷に住んで、立派な車に乗って、気が向いたときに飛行機のファースト・クラスで英国に来られるとしたら、そういう費用を全部賄ってるのが書籍の売買の仕事じゃないって、みんなにわかるよね」

「あなたが言ってるのは、パパが囲われ者だってこと？」

「時々そんな気がするらしいね、うん」

「酔っぱらうとね」とアマンダは言って、寝返りを打ってピーターから離れた。

「いいかい」ピーターは言った。「僕らが金の心配をしなくていいのも、住みたいところに住んで、やりたいことをやれるのは素晴らしいよ。ただ……」

「なに？」

「ただ、僕は僕らふたりだけの力でそれが可能だってことを確かめたいんだ。君がリッジフィールド家の人間じゃなくても、僕らだけでやれるってことを」

アマンダはしばらく黙りこんだ。「ピーター」ようやく口を開いた。「もしわたしが綺麗じゃなくなってもわたしのこと愛してくれる？」

「そんなことあたりまえだろ」とピーターは言った。

「それから恐ろしい病気にかかったり、身体が不自由になってもわたしのこと愛してくれる？」

「もちろん」

「もちろんよね。だって、わたしの姿かたちも、わたしの身体の働きも、みんなわたしという人間の一部だもの。あのね、リッジフィールド家の一員だということも、わたしという人間の一部なの。長いあいだ、わたしはそれを否定しようとしてきたけれど、そのままでいいんだって思えるようになったのは、あなたのおかげなのよ。それなのに、今頃になって、わたしがわたし自身であることを隠せと言うの？」

「君が君であることを隠してほしいなんて頼んでないよ」とピーターは言った。「君の両親は大好きだ。君だってわかってるだろ。彼らも僕らの人生の一部になってもらいたい。ただ僕は、やってみたいと思ってるだけだよ……つまり、実際に僕らが稼ぐ金で生活することをね。たいていの夫婦みたいに、アパートからスタートするのは、そんなに惨めなことかな？」

「ううん」とアマンダは優しく言った。「全然惨めなんかじゃない」彼女は手を彼の手の中にすべりこませた。「アパートの飾りつけは、わたしにやらせてくれる？」

「いいんだね？」とピーターは訊いた。「しばらく、実家のお金は横においておくことにしても？」

「ピーター、わたし、八〇〇スレッドカウントのシーツも、飛行機のファースト・クラスの座席も、派手な車も、家も、リッジフィールド家のお金にまつわるなにもかもを捨てても平気よ。もちろん、そういうものは素敵だわ。でも素敵だからってなに？　わたしにとって大事なのはお金じゃない。家族とあなた――なによりもあなたよ。愛してる。ピーター・バイアリー、わたしに必要なのはあなたなの」

「でも素敵なシーツだよ」

「そうね。これからちっちゃいアパートに住んで、Kマートで買い物するんなら、ぜひともこのシーツのあいだであと二、三回はセックスしとかなくちゃね」彼女は彼を腕の中に引き寄せ、ピーターはこみあげるいとおしさに胸がいっぱいになり、いっぱいになりすぎて破裂しそうな気がした。

## 一九九五年二月二十一日、火曜日、キンガム

ピーターとリズがキンガムにたどりついたときにはすでに暗くなっていた。ピーターは誰かが自分のコテージを見張っているかもしれないと心配し、二人は、緑地を過ぎたところでウェスト・ストリートをはずれ、そのまま村を通り抜けて《ザ・ミル・ハウス・ホテル》の砂利の駐車場に小石を踏みしだきながら車を停めた。ピーターは駅に行く途中でその前を通ることはよくあったが、ホテルの中に入ったことは一度もなかった。

石の床のロビーの小さなレセプションデスクで、彼は二部屋を頼み、ロバート・コットンと名乗った。リズが、もしコテージが見張られているとすれば、地元のホテルもぜったいに安全とは言いきれないと言ったからだ。ピーターがクレジット・カードを出そうとすると、彼女は彼をひっぱってデスクから離れ、ささやいた。「あなた刑事もののドラマ観たことないの？　そういうの追跡できるのよ。現金はいくら持ってる？」

結局のところ、ピーターは一部屋分の現金しか持っておらず、一マイル離れたブレディントンの《ザ・キングズ・ヘッド》なら、もう少し安い部屋があるかもしれないと考えはじめたとき、リズが前に進みでて、驚くほど本物らしいアメリカ訛りで言った。「ツインを一部

屋お願い。兄とわたしはシェアするのに慣れてるから」

　部屋のドアを閉じたとたん、疲労困憊したピーターは自分のベッドに倒れこんだが、リズは窓の前に行くと、窓を開けて冷たい夜の空気を入れた。「答えは全部、あそこにあるのね」暗闇を透かして彼女は言った。「一晩、ここでただ座ってるなんて頭がどうにかなりそう」

「眠ったらどうだろう」とピーターが提案した。

「あなたなに言ってるのよ」とリズは言った。「わたし、こんなに目が冴えてるのは生まれてはじめてよ」彼女は窓の外に身を乗りだし、深呼吸した。「ところで、助けにきてくれてありがとう。まるで正義の騎士みたいだったわ」彼女はピーターのベッドの端に座ると、頬にキスした。

　ピーターは自分を正義の騎士だと思ったことは一度もなかったが、そのキスは驚くほど快かった。顔が赤くなりはじめたのを感じたとたん、リズが立ちあがって言った。「下のバーに行って、ふたり分サンドウィッチを買ってくるわね。キンガムの人は誰もわたしのことを知らないから、大丈夫でしょう」

　リズが行ってしまうと、ピーターは靴を脱ぎ飛ばし、掛布団をかぶった。まさに眠りに落ちようとしたとき、アマンダがもうひとつのベッドに横になって、ベッドとベッドの狭い谷の向こうからこちらを見ているのに気づいた。「あら、別の女性と寝るのね」彼女は言った。

「そういうんじゃないよ」とピーターは言った。

「別にいいのよ」と彼女は言った。

「わかってる。でもそういうんじゃないんだ」ピーターは言ったが、アマンダの目に焦点を合わせるのもやっとだった。

「あなたに幸せになってほしいの、ピーター」彼女は言った。

「幸せだよ」ピーターは言った。

「ピーター」アマンダは叱るような声を出した。

「わかったよ、たぶん幸せじゃないかもしれない。でもここ二、三日、すごく生きてるって気分なんだ、ほらあれからずっと……」

「生きてるのはいいことよ」とアマンダは言った。「生きてこそはじまるんだもの」ピーターは数分間横になったまま、必死で目を開き、アマンダの姿を目にとらえつづけようとした。

「リズはいい人ね」とやっと彼女は言った。

「彼女はただの友達だよ」とピーターはつぶやいた。

　リズに揺り起こされたとき、ピーターはどれくらい時間がたったのか見当もつかなかった。アマンダがいたところには、サンドウィッチのトレイがあるだけだった。「ニュースがあるの」とリズは言い、ピーターは身を起こして座る体勢になった。彼女はチーズとピクルスのサンドウィッチを彼にさしだし、彼はパンを齧《かじ》りはじめた。

「わたしバーで例の姉妹に会ったみたい」とリズは話しはじめた。「ほら、あなたが話してくれたお婆さんたちふたりよ。ずうずうしいと思われたら嫌だから名前は訊かなかったんだけど、ぜったいそうだと思う。どうも火曜日の夜は外出する習慣みたいね。とにかく、ふたりともいろんなニュースをいっぱい持ってるの。あなたが留守のあいだに、村ではたいした騒ぎがあったんですって。どうやらトマス・ガードナーはイーヴンロード・ハウスの廃墟の裏で雉撃ちをしてたらしいのよ。今は雉猟の解禁シーズンでもないのに。わたしだってそんなこと知らなかったけど、でも村の人はみんな知ってるみたいね。だって、みんなこの話のそこのところしか話してくれないんだもの――トマス・ガードナーが時期はずれに雉狩りをしてたってところ。トマス・ガードナーが時期はずれに雉狩りをしてたらなにが起きたかってことじゃなくて」リズは言葉を切って息を吸いこんだ。

「その話のポイントはどこなんだろう？」ピーターは期待をこめて言った。

「ごめんごめん」とリズは言った。「興奮するとついどうでもいいことをしゃべっちゃうの。とにかく、二日前のことなんだけど、トマスは銃を落とすかどうかして、それが暴発したんですって。正確にどうなったのかは、わたしにはよくわからないし、細かいところに意見の相違があるみたいだけど、とにかくね、彼は自分の脚を撃っちゃったのよ」

「トマス・ガードナーが自分の脚を撃った？」ピーターはガードナーのショットガンの銃口を逃れようと、イーヴンロード・ハウスからの私道を全速力で走ったことを思いだして笑いをかみ殺した。

「二日前にトマス・ガードナーは脚を撃ったの。脚をひきずりながら街道に出て、道端で倒れてたら牧師さんが彼を見つけたんだって。それからずっとチッピング・ノートンの病院のベッドで寝たきりよ」

ピーターははっと息を吐いた。「ということは、彼がグレアム・サイクスを殺したはずがないんだ」

「トマス・ガードナーとジュリア・アルダーソンはふたりともアリバイがあるわ」とリズは言って、サンドウィッチを一口齧り、ピーターを見つめながらにっと笑った。「このことがもうひとつなにを意味するか、わかってないでしょ?」彼女は言った。

「なんだろう?」

「トマス・ガードナーはチッピング・ノートンの病院にいる。噂だと、明日には退院するかもってことだけど、今晩はイーヴンロード・ハウスには誰もいないのよ」

「礼拝堂か」とピーターは言い、身体に力がみなぎってくるのを感じた。

「そのとおり」とリズは言った。「礼拝堂の中を見るつもりなら、決行は今夜よ」

裏の家の塀をよじ登り、ピーターとリズはサンルームからピーターのコテージに入った。誰かが見張っていても、これなら通りから見えない。ふたりは明りをつけなかったが、淡い月の光の下で、ピーターは必要なもの——懐中電灯、陸地測量局発行の地図、抗不安薬がつまったジップ付ビニール袋、それに製本用のリフティングナイフを見つけることができた。この最後のものは、リズが居間でつまずいた、製本の道具箱の中に入っていた。

「家を出る前に片づけておきなさいよ」と彼女は言った。

「夜中にこっそり忍びこむことになるなんて思わなかったんだ」ピーターは言った。「しかもお客さん連れで」

彼がナイフを道具箱から出して鞄に入れたとき、リズはそれをどうするつもりかと訊いた。

「さあ」とピーターは言った。「これが僕が持ってるものでいちばん尖ってるものだし、なにかの役に立つかもしれない」いざ家を出ようとしたとき、ピーターは留守番電話のランプが点滅していることに気づいた。音量を下げ、再生ボタンを押す。

「ピーター、大英博物館のナイジェルです。例の試験の結果を預かっています。あの紙は間違いなく十六世紀後半のものでした。インクはもう少し複雑で、ここでできるよりもさらに詳細な検査に送らないと、今は、新しいものではない、としか断言できません。十六世紀のものであってもおかしくないんですが、ぜったいとは言えないですね。もしご希望なら、放射線炭素年代測定に出すこともできますが、少々費用がかかります。ご連絡お待ちしています。では」

「じゃあ、『パンドスト』は本物かもしれないってことね」とリズは言った。

「そうかもしれないし、そうじゃないかもしれない」とピーターは言った。

二番目のメッセージはフランシス・ルランからのものだった。「まだマシュー・ハーボトルのこともB・メイヒューのこともまったく調べがついていないんだが」と彼は言っていた。「ウィリアム・H・スミスのことを言ったらきっと笑うよ。電話をくれたら細かい話をするが、簡単に言うと、彼は新聞の売店のチェーンをオープンした人物で、初期の反ストラットフォード派のひとりだ」

「もう知ってますよ」とピーターは言って、留守番電話をかちりと切った。

《ミル・ハウス・ホテル》に戻って、ピーターは地図を仔細に調べ、思ったとおり、イーヴンロード・ハウスから下った丘のふもとを回る、コーンウェルに向かう小道があるのを発見した。「街道から行くよりもこっちのほうが安全だと思う」とピーターは言った。

「礼拝堂に入るにはどうするの？」リズが訊いた。「鍵がかかってるんじゃない？」

「家にバールがなくて残念だったな」とピーターは言った。「稀覯本の取引でよく使うような道具じゃないし」

「車にタイヤレンチがあるわ」とリズが言った。そこでふたりはこの武器も装備に加え、村の中を通って引き返すと、キンガムから暗い草原を渡る小道に向かった。

ピーターはこの小道を歩いたことは一度もなかった。昼間の明るいときでも、道をたどるのは簡単ではなさそうだった。フェンスや生垣がところどころで行く手を阻み、ゲートや通り道を見つけなければならないのだ。暗闇ではそれは不可能に近かったが、ふたりは懐中電灯を使おうとはしなかった。谷の反対側で、イーヴンロード・ハウスに向かって揺れる光が進んでいけば、尾根から――あるいはイーヴンロード・マナーの窓から誰かが見張っていれば、すぐに見つかってしまう。

一時間ばかりのろのろと進むと、大きな水音をたてて流れるイーヴンロード川に出た。左手の丘の上に、青白い月光に照らされてイーヴンロード・ハウスの陰鬱なシルエットがかろうじて見分けられた。

「ルイーザの話だと」とピーターはささやいた。「礼拝堂はこの丘のふもとにあるんだ。だからこの辺のはずなんだけど」ふたりがゆっくりと川岸を歩いていくと、やがて石の壁につきあたった。

「ガードナー家の土地の境界かしら？」リズが訊いた。

「そうだろうね」とピーターは言った。リズは敏捷に壁に登ると、反対側に飛び降りた。ピーターはそれほど身が軽くなく、地面に飛び降りたときにズボンの脚に切り裂きをつくった。少し先に、木々と灌木の集まった小さな茂みがあり、そのあたりで礼拝堂が隠れているとすればそこしかなかった。「ルイーザの話だと、礼拝堂は蔦に覆われてるらしい」とピーターはリズの手をとって木立のほうに導きながら言った。「きっとこの中だよ」

　ふたりは重なり合う低い枝の下をくぐり、漆黒の闇の中にもぐりこんだ。木々がさしのべる枝が、川から立ちのぼる霧を通してわずかにさしていた月の光をさえぎっている。

「礼拝堂が見つかっても、中に入るのになにも見えないわよ」とリズが言った。

「懐中電灯を使うしかないね」とピーターは答えた。

　彼がちょうど懐中電灯を探して鞄の中を手探りしていたとき、リズが叫んだ。「痛っ！これ、木じゃないわ。今、なんか木じゃないものに膝をぶつけちゃった」

「なんだった？」ピーターが訊いた。

「石の壁の角みたいだった」とリズは言った。「それから、ええ、わたしなら平気ですとも。

ご心配ありがとう」

ピーターは懐中電灯をつけ、地面に向けて照らした。リズが左膝を打ったすぐ横の蔦の中から現れたのは、蜂蜜色をしたコッツウォルズ産の石灰岩だった――平原にただ積みあげられた石壁の、ごつごつした未加工の石ではなく、石工が仕上げたなめらかな石材だ。ふたりは、タイヤレンチで、蔦で覆われた壁を叩きながら建物に沿って歩いたが、聞こえるのは石に当たる金属の硬い音だけだった。

「どこかに扉があるはずよね」とリズが言った。

「ルイーザは、礼拝堂は崩れかけてるって言ってたけど、この壁は相当頑丈そうに見えるね」ピーターは手を伸ばしてもう一度レンチで壁を叩こうとしたが、前のめりに蔦の向こうに転げこみ、腰を堅い石にぶつけた。

「いてて」

「いい気味」リズが言った。「中に入れたの？　ここすごく暗いわ」

ピーターはあたりを見回し、自分が狭いポーチにいることに気づいた。外へ出るアーチの部分はほぼ完全に蔦に覆われていたが、反対側の奥には頑丈な木の扉があった。「入口があったよ」とピーターは言い、蔦の向こうに手をさしだすと、リズをつかんだ。「手をこっちに」

「そこ手じゃないわよ」とリズはくすくす笑い、彼が自分を蔦の向こうにひっぱりこめるように、手をピーターの手にすべりこませた。

「まずディナーくらいご馳走してもらわないとね」とリズは笑いながら言った。

「ごめん」とピーターは暗闇の中で赤くなった。

「いいのよ、ピーター。からかっただけだから。友達ってそういうことするものなの。それに、自分がどこをつかんだか、あなた全然わかってないでしょ?」

「まあその、見当くらいはついてる」とピーターは言った。

「やらしいわね」とリズは言って、彼の尻を叩いた。「ところで、そのドア、お願いだから鍵は開いてるって言ってね」

ピーターは扉に下がっている鉄の輪を回して留め金を上げた。「開いてるみたいだ」と彼は言った。扉を押し開け、ふたりはガードナー家の礼拝堂に足を踏みいれた。

礼拝堂はピーターが想像していたほど小さくも、荒れ果ててもいなかったが、それが前世紀以降に修復されたためか、それともルイーザの記憶ちがいなのかはわからなかった。身廊は奥行が十歩、幅が四歩分で、側廊はなく、階段を二段上がったところが小さな内陣になっている。傾斜した天井は二十フィートほどの高さで、木の梁に支えられていた。壁の高いところに細長い、格子の嵌まった窓が並んでいた。調度品はなにもなかったが、壁を埋めつくす碑板に加え、三基の石棺がおかれていて、そこには亡きガードナー家の人々の彫像が永遠の眠りについていた。

ピーターとリズは室内にあるもうひとつの構造物である、石の祭壇のほうにそろそろと近づいた。正面に彫刻された十字架のほか、なんの印もなかった。ピーターは鞄をそのすべすべした石の上におき、礼拝堂に会衆席があったとすれば、通路だったはずの場所を懐中電灯で照らした。

「じゃあまず墓碑を読んでみようか」彼は言った。

ピーターが三つの石棺のうちいちばん大きなものに近づき、碑文を読もうとしたそのとき、礼拝堂の後ろでなにかをひきずる大きな音がし、直後にぞっとするような重苦しい音が響いた。

「ドアが！」リズは叫ぶと、ピーターの横を抜けて駆け寄った。ピーターもそれに続いた。重い木製の扉は、隙間を開けたままにしておいたのに、今はぴったりと閉まっていた。「今晩はそんなに風は吹いてないのに」とリズは言った。

「どっちにしても風じゃこのドアは動かないよ」言いながらピーターは鉄の輪を回そうとしたが、それは動かず、ふたりで押しても扉はびくともしなかった。まさに牢獄となったものの扉によりかかり、ふたりはしばらくなにも言わなかった。ピーターは今にパニック発作がはじまると思い、ポケットに手を入れて薬の袋を探りさえしたが、不思議なことに心は落ち着いていた。サイクスの殺人事件以来、こんなに冷静なのははじめてだった。

「夜のこんな時間にここまで警察を連れてくるには、だいぶ時間がかかるはずだ」と彼は言った。「仕事にかかろう」

## 一八七八年、キンガム

フィリップは古い調合法で作ったインクの壺に羽根ペンを浸した。その調合法を記したぼろぼろの革の手帳はテーブルの上に開いたままおかれている。ペンは、彼の目が前に立てかけてある書類の筆跡の曲線を追うのに合わせ、紙の上をするするとすべった。贋造は、やってみてわかったことだが、フィリップ・ガードナーにとってまたとない天職だった。画家としての仕事では、彼は剽窃的で、創造性に欠けると批判され、せいぜい模倣者でしかないと言われてきた。しかし、模倣者として彼は単に優れているのにとどまらなかった。彼は天才だった。頁に記された形は、彼の目を通過して、ペン先から流れだすようだった。そして手帳に書かれた助言に従って、彼は贋作しようとする文書がどの時代のものであっても、その時代のペンや紙や羊皮紙やインクを手に入れるという問題を解決した。今朝のそれは、ネルソン提督から愛人のレディ・エマ・ハミルトンへ宛てた手紙だった。

蠟燭の光は揺らめかなかった——この忘れられた部屋に空気の流れはなく、フィリップは仕事をするのに蠟燭の火で十分なことに気づいた。画家として、彼は三方に窓のある、屋敷の最上階の広い部屋を使っていた。画家には光が必要だ。しかし贋作者に必要なのは光よりも秘密であり、その部屋の暗がりの中でフィリップは技に磨きをかけた。

レジナルド・アルダーソンから、愛人と私生児のことを夫人に暴露するという脅迫状を受けとってからもうそろそろ一年になる。フィリップはあの晩まんじりともせず横たわりながら、打つ手を考えた。彼はいずれも許容しがたい選択肢のあいだでいきづまっていた——一族の仇敵にコレクションを渡すか、妻と、イーヴンロード・ハウスを維持していく財力を失うかのふたつだ。どちらを選んでも、彼はガードナー家の歴史に恥辱を刻むことになる。夜明け前の光が、霧を通して彼の窓辺にさしこむ頃、ようやくフィリップは解決策らしきものを思いついた。もし自分が、王立美術院の選民《エリート》主義的組織がのたまうとおり、しがない模倣者だというなら、この苦境を脱するためにその才能を使ってなぜ悪いことがあるだろう?

贋作に関する手引書は容易に手に入るものではなかったが、フィリップは何年も前にジョン・ペイン・コリアーのシェイクスピアの偽書について読んだことがあった。コリアーは、結局は専門家によって正体を暴かれたが、レジナルド・アルダーソンは専門家とはとてもいえない。そこでフィリップは、十九世紀の偽書の歴史について研究しているコリアーに同情的な学者として、彼の前に現れた。

「もちろん、あなたは誰か他の人間のぺてんに騙された犠牲者でいらっしゃったのでしょう」とフィリップは老コリアーに言った。「しかし、あなたなら偽書の世界への、なんらかの導きを与えてくださるかと思いまして」その口から出まかせの追従は、導き以上の獲物を網にかけた。コリアーはフィリップに何冊かの蔵書を与え、さらに重要なことには、お茶の道具を片づけにいって、彼が書斎でひとりになる数分間を与えてくれた。書き物机の下の抽斗に、フィリップは古い革表紙の手帳を見つけた。そこには贋作の技術に関する覚書がいっぱいに書かれていた。昔の筆記具の作り方、古い紙や羊皮紙の入手法、さまざまな時代のインクを混ぜる方法、新しい文書を古く見せかける技。彼はこの手帳を手に、難なく姿をくらました。それがコリアーによって書かれたのか、それとも他の人間によって書かれたのかは、彼は知りもしなければ、気にもかけなかった。大切なのはそれが役に立つということだった。

ベンジャミン・メイヒューは片手に葉巻、もう一方の手にブランデーのグラスを持って、会員制クラブの応接室の片隅に座っていた。彼を招いてくれたウィリアム・ヘンリー・スミスが、ウィリアム・シェイクスピアの作品を書いたのはフランシス・ベーコンだという例の説について先ほどから滔々《とうとう》と語っていた。彼は何年もその説を人前で話さなかったが、ベンジャミンに水を向けられると喜んで話しだした。一マイルも離れていないベンジャミンの事務所の棚には、スミスの説をみじんにうち砕く書物が鎮座している。スミスはベンジャミンのもっとも旧い顧客であるだけでなく、今のところもっとも高い地位にある顧客でもあった。ベンジャミンは、時折、自分の身分では会員になるなど望むべくもないクラブにゲストとして招かれるのが嬉しかった。給仕がブランデー・グラスに酒を注ぎ足すそばで、彼は旧友の面子を守るために、単に『パンドスト』を隠す以上のことをしようと思いついた。

「コリアー氏に面会されましたか？」とベンジャミンはフィリップ・ガードナーに尋ねた。

ふたりはベンジャミンの書店の上の部屋で座っていた。

「ああ」とガードナーは言った。「興味深い老人だったよ。僕のコレクションのために何冊か自分の本をくれた。もちろん、僕は、彼が罪のない被害者にすぎないと信じている、と言ったんだがね。たぶん呆けていてこっちの言うことを鵜呑みにしたんだろう」

「たぶん自分でもそう信じてるんでしょう」とベンジャミンは言った。「いずれにせよ、かつては華麗なる才能を誇った人物ですから」

「贋作が華麗なる才能だと思うのかね？」

「芸術のひとつの形としては、そうではありませんか？」

「詐欺を芸術の一様式だと呼べるならね」とガードナーは言った。

「もしわたしがこう言ったらどうします？」とベンジャミンが言った。「この文書のうちのひとつが偽物だと」彼は手を大きく動かしてテーブルに並べた四つの文書を示した。この質問をガードナーにするために、ベンジャミンがわざわざ手に入れたものだった。二点は十五世紀の羊皮紙に書かれた宮廷文書で、あとのふたつは十八世紀の手紙だった。そのどれも重要な人物との関連はなく、だからこそベンジャミンはガードナーがもの欲しげな目を向けないという自信があった。欲望は、彼自身、知りすぎるほど知っているとおり、見る者の目を曇らせる。

ガードナーは数分間、文書を調べ、ひとつずつさまざまな角度で光にかざしては下ろし、次の文書をとりあげた。最後に、一七五六年の日付のある手紙を手にとり、紙の表面に指を走らせたかと思うと、短く鼻を鳴らした。

「これだな、間違いなく」彼は言った。「おまけに、ずいぶんお粗末な仕事だと言うほかないね」

「そうおっしゃるのはなぜです？」ベンジャミンは言ったが、もはや自分のガードナーへの疑いが正しいことを確信していた。

「ペンが紙をこすったところを触ってみたまえ」とガードナーは言った。「羽根ペンではこうはならない。これは金属製のペン先で書かれたものだ。ペン先が大量生産されるようになったのは一八二〇年代以降なんだよ。なんの変哲もない家族同士の手紙だから、どこでも手に入るものを使って書いたと考えていいはずだ。だが一七五六年に、金属製のペン先のついたペンがどこでも簡単に手に入ったとは言いがたいからね」ガードナーは手紙を素っ気なくテーブルの上にぽんとおいた。

「まるで専門家の口ぶりですな」とベンジャミンは言った。

「言ったろう。贋作についての本を集めてるんだ。自分を守る必要があるからね」

「ええ、しかし、贋作についての本では、金属製のペン先で書いた紙の手触りがどんな具合かはわからないでしょう」とベンジャミンは言った。「ですが、ご心配なく。秘密は守りますから」

「なんの秘密だ？」

「この贋造をこれほど素早く見抜けるのは二種類の人間しかいません」とベンジャミンは手紙を掲げてみせた。「犯罪科学の調査に相当詳しい人間か、経験を積んだ贋作者です。あなたは前者ではありません。とすると、わたしとしては後者であろうと想像するしかないのですよ」

「君は僕を贋作者だと糾弾するのか?」とガードナーは言った。

「わたしなら糾弾とは言いませんね」とベンジャミンは言った。「むしろ賞賛です」レジナルド・アルダーソンがフィリップ・ガードナーに対抗して競りに乗ってこなかったあの日からずっと、ベンジャミンはなにか妙なことが起きていると疑っていた。ガードナーが突然、贋作に関心を示しだしたことも、その疑いをさらに増した。唯一思いあたる説明は、ガードナーがアルダーソンに贋造した文書を渡しているというものだったが、その理由は彼には見当もつかなかった。

「待ちたまえ」とガードナーは言った。「なにを企んでいる? アルダーソンにイザベルのことを話したのは君か?」

「なんですって?」ベンジャミンは言った。彼にはガードナーのために手紙を預かるよう頼まれたあの若いアメリカの婦人と、この贋造についての会話とのつながりがまったく見えなかった。

「あいつは僕を脅迫しているのだ」とガードナーは憤然と言った。「レジナルド・アルダーソンは妻に話すと言う。もしあれに知られれば、君は貴重な上客をひとり失うことくらい言わなくてもわかるだろう」

「わが友よ」とベンジャミンは笑顔を向けた。「わたしはガードナー夫人になにかお話しするつもりなど毛頭ありません。それに率直に申しまして、あなたのお若いご婦人のお友達のことは、すっかり忘れていましたよ。ただ、わたしには腕のいい贋作者にふさわしい商売のつてがありましてね――あなたがあっという間に見抜いた、あの手紙を書いた輩などよりも優秀な贋作者にとって、ということですが」

「なるほど」ガードナーは冷静さを取り戻した。彼はテーブルから偽の手紙をとりあげ、小さく笑うと、丸めて暖炉の火に投げこんだ。「そういうことなら」彼は言った。「君の前にいるのはそれにうってつけの人間だ。たまたま僕は腕ききの贋作者なんでね」

# 一九八九年、リッジフィールド

ハネムーンから戻って数か月のうちに、ピーターはアマンダの提案を受け入れた。提案というのは、ふたりがつつましい暮らしを送るかぎり、彼女が気をつかって呼ぶところの〝独立した収入〟のいくらかを使ってもいいというものだった。彼の事業の成長はゆっくりだったし、アマンダは室内装飾家の仕事についたばかりだったが、そのちょっとした余分の収入のおかげで一年間アパート暮らしをしたあと、ふたりはキャンパスにほど近い、昔からの住宅街にある小さな家に引っ越すことができた。家は手入れが必要で、ピーターは週末を使って、ペンキの剝がし方や、床の補修、石膏ボードの貼り方を覚えた。「本を装丁するのと同じだね」と彼はある日、ペンキを体中につけたまま昼食に入ってきてアマンダに言った。「ただ、ずっとでかいけど」その家を買う一年前の夏に、ふたりはまた英国に渡った。それが、半年に一度の本の買い付け旅行のはじまりになった。ふたりは飛行機のエコノミー・クラスに乗り、B&B《民宿》に泊まった。B&Bのバスルームはたいてい廊下の先にあったが、アマンダは一度も文句を言わなかった。

一九九三年の春、ピーターは次の英国行きが五回目の結婚記念日とぶつかることに気づき、そろそろ少しばかりぜいたくな旅をしてもいい頃だと考えた。

「君にも新しいお客さんがついたし」ある晩、彼はベッドでアマンダに言った。「僕もお客がついた。今回はホテルに泊まらないか？」

「わたし、田舎のああいう小さい宿、けっこう好きよ」とアマンダは言った。「でも、結婚記念日はぜったい《リッツ》で過ごさなきゃね」そしてふたりはその言葉どおりにした。ピーターは、あのシーツの感触がどんなに素晴らしいかを改めて思いだした。

一週間後、書店を探してコッツウォルズを回っていたときに、ピーターとアマンダはたまたまキンガムという村に着き、昼食は、村の緑地でピクニックをすることにした。

「ここここそ、理想の村じゃない？」ランチのあと、芝生でくつろぎながら、アマンダが言った。

「のどかだね」とピーターは言った。「二、三日ここに泊まろうよ」

「泊まる場所あるかしら？」アマンダは言った。

そこで、ふたりは村の中をぶらぶらしながら、宿を探し、テラスハウスになったコテージの一軒の前に、〝売家〟の看板を見つけた。あとになって、ふたりともどちらが先に言いだしたのか思いだせなかったが、空っぽのコテージの前で涼しい五月の風に吹かれながら、突然、その家に暮らす自分たちの姿が目に浮かんだ。

「手入れが必要だね」とピーターが言った。

「しょっちゅう英国に来るんですもの」とアマンダは言った。「本拠地になる場所があってもいいんじゃない？」

「そうだね」とピーターは言った。そして、霧深い冬の日、暖炉にぱちぱちと音をさせて火が燃え、自分は紅茶のカップを手にし、アマンダがとっておきの本を読んでいるところをくっきりと思い描いた。こんなに心をそそられるものを彼は想像したことがなかった。

「ねえいいじゃない？」アマンダは言った。「わたしたち買うお金はあるもの」

「君の金だよ」とピーターは言った。

「わたし、まだあなたに結婚記念日のプレゼントをあげてなかったわ」とアマンダは言った。

というわけで、それ以上話し合うこともなく、ふたりの心は決まった。コテージの中に入りもせず、キンガムにはまだ一時間少々しか滞在していなかったが、これに間違いないという気がした。三か月後、ピーターとアマンダは英国にコテージを持った。その二か月後、のんびりとした改修作業がはじまった。


「ありがとう」購入が成立した夜、リッジフィールドの家のふたりのベッドに並んで横になりながら、ピーターはアマンダに言った。

「なにが？」とアマンダは言った。

「コテージだよ」とピーターは言った。

「どういたしまして」アマンダは言い、身体をぴったりと彼に寄せた。

「一人前の書籍商になった気がする。英国にコテージを持ってるなんてね」

「書籍商はみんな英国にコテージを持ってるの？」アマンダは言った。

「じつは持ってる人はひとりも知らないけど」とピーターは言った。「でも、なんていうか……そうだな、これで英国の本の専門家として、胸を張っていける気がする」

「ダーリン、あなたはとっくに英国の本の専門家よ」アマンダは言った。

「きっといい家になるよね」ピーターは言った。

「ちょっと手はかかるけど、でも、もちろん」

「手入れにどれくらい時間がかかるかな？」

「もし向こうの業者がこっちと似たようなものなら、一年以内に終わったらびっくりね」アマンダは言った。「たぶん、来年のクリスマスは向こうで過ごせるかも」

「いいね」とピーターは言った。アマンダは手でピーターの胸を上下に撫でていた。彼はしばらく黙ったまま横たわり、セックスを約束する、興奮のゆるやかな目覚めを楽しんだ。

「なんだかこのシーツすごく柔らかいわ」ピーターが彼女の両脇を撫であげ、胸に触れたとき、彼女はささやいた。

「気づいてくれるかなと思ってたんだ」とピーターは言った。「ちょっとしたプレゼントだよ。八〇〇スレッドカウントのシーツだ」

# 一九九五年二月二十一日、火曜日、キンガム

ピーターとリズがガードナー家の礼拝堂に閉じこめられてからほぼ一時間がたったが、ふたりの背後で扉がばたんと閉じられたときから、謎の解明にはまったく近づいていなかった。四方の壁の碑板をひとつ残らず、そして三つの彫像を調べたが、十六世紀から続くガードナー家の家系図をたどった以外に、なんの成果もなかった。フィリップ・ガードナーの名はどこにもなかった。

ピーターがそれを見つけたのは、ふたりで動かない扉に背中を預けて冷たい石の床に座りこんでいたときだった。礼拝堂の内陣に懐中電灯を走らせていると、床の数か所に、無数の傷に混じって、はっきりとしたなにかの形があることに彼は気づいた。

「床の下に墓があるんじゃないかな」彼は言い、前に這っていって、そのかすかな線に指を這わせた。

「なんて書いてあるのかわからないわ」とリズが言った。「文字がほとんど摩耗しちゃってる」

「僕らのフィリップが死んだのは、墓石がこんなに平らにすり減るほど昔じゃないと思うけ

ど」とピーターは言った。

「こっちに別のがあるわ」リズは言い、ふたりはすぐに両手両膝をついて礼拝堂中を這い回りはじめた。時折、一部が読みとれる名前や日付があった。ちょうどふたりが内陣の階段の前にいて、ピーターが懐中電灯を石に近づけて一七〇五年の日付のあとに続く文字を読みとろうとしていたときだった。リズがタイヤレンチを懐中電灯の光の輪をわずかにはずれたところに落とし、うつろな音が響いてふたりは凍りついた。音は、足の下でこだまのように反響していった。

「今のはなんだ?」ピーターは言った。

「ごめんなさい、落としちゃって……」

「もう一回やってみて」とピーターは言った。

リズはレンチを拾うと、石の上に落とした。またうつろな気味の悪い音がひとしきり、虚空にこだました。「この下になにかあるんだわ」とリズが言った。

「というか、正確には、この下にはなにもないんだ。すくなくとも堅いものはない。レンチをこっちに」

リズはタイヤレンチをよこし、ピーターは平らな方の先端を床の石の切れ目に嵌めようとしたが、隣接する石の継ぎ目はあまりにも狭く、タイヤレンチの平らな先端をさしこむ余地はまったくなかった。「どうやって石を持ち上げるんだろう?」ピーターは言った。

「レンチを貸して」とリズが言った。

「無理だよ」ピーターは言った。「隙間が全然なくて……」しかし、彼が言葉を終える前に、リズはレンチを石の中央に力いっぱい叩きつけた。砕け散る音が礼拝堂中に響いた。石は割れ、破片が暗闇に落ちていった。

「これでよし」とリズは言った。

ピーターとリズは二フィート四方もない穴の端にひざまずいた。穴の中に懐中電灯を照らすと、闇がその光の筋を呑みこむようだった。それでも彼ははるか下に底が一瞬見えたような気がした。

「僕が先に降りる」とピーターは言った。

「あなたどうかしてるんじゃない？」リズは言った。「下になにがあるかわからないのに」

「だから行くんだよ」とピーターは言った。彼は自分の勇気にいささか驚いていた。それはアマンダを失ってからずっと味わったことのない感覚だった。穴の中に足を入れ、狭い開口部から身をよじるようにして身体を少しずつ下げていく。苦労して腕を頭の上に伸ばし、気がつくと彼は礼拝堂の床に指先でつかまり、宙にぶら下がっていた。頭上には、まだ懐中電灯の光に照らされたリズ・サトクリフの不安げな顔が見分けられた。だが指が痛みはじめたそのとき、その顔はアマンダの顔に変わった。彼女は投げキスを送り、ささやいた。「わたしを信じて。手を離すのよ」

石から指をすべらせると、ピーターは冷たい空気を切り裂くように闇の中に吸いこまれ、鈍い音をたててざらついた石の上に落ちた。両脚が身体の下に折れ曲がり、片方の足首に鋭い痛みを感じたが、少しのあいだ荒い息をつきながら闇の中で転がったあと、立ちあがってみると、思ったほどダメージはなかった。

「大丈夫？」リズの声にはパニックが混じっていた。ピーターは、天井の驚くほど小さい四角い光を見上げた。おそらく十フィートはあるだろう。そしてリズの心配そうな顔が見えた。

「大丈夫だよ」彼は言った。「鞄と、それから懐中電灯を投げおろしてくれ。君が降りるのを手伝うから」

「わたしは降りないわよ」とリズは言った。「ここに閉じこめられただけでも最悪なのに。わたし閉所恐怖の気があるのよ」

「けっこう広い部屋みたいだよ」とピーターは言った。「懐中電灯をくれないか」リズは穴に身を乗りだし、鞄を落としてから、次にピーターが構えている手の中に懐中電灯を落とした。彼は自分が立っている室内に光を素早く走らせた。数フィート離れたところに大きなオーク材のテーブルがある。彼はそれをなんとか穴の下まで押して動かすと、上に乗った。

「ほら」彼は言った。「これで降りられるよ。別に今、君がいるところよりも狭くないし」

「それだって嫌なものは嫌よ」リズは言った。「だけど、懐中電灯はあなたが持ってるのよね」彼女はピーターの頭上に足をぶらぶらさせながら、穴の縁に座った。それから深呼吸するとゆっくりと身体を下ろした。ピーターはまず彼女の足をつかみ、次にふくらはぎ、そして彼女がそれまでしがみついていた頭上の世界から手を離すと、腕の中に彼女の身体をすべらすようにして、無事にテーブルの上に立たせた。彼女は腕を彼に巻きつけたまましばらくじっとしていた。ピーターはその震えを感じとり、彼女をしっかりと抱きしめた。彼女を落ち着かせるためだ、と思ったが、リズが同じ力をこめて抱擁を返したとき、全身に電気が走るのを感じた。一瞬、彼は冒険を忘れ、彼女にキスするべきだろうかと考えた。

「それで、ここからどうやって出るつもりよ?」リズは言って、抱擁を逃れ、テーブルから降りた。

「警察が殺人容疑で僕を逮捕しにきたら、きっと外に出してくれるさ」とピーターは言いながら、馬鹿げたロマンティックな幻想を頭からふりはらった。

「ここはなんなのかしら?」リズは言った。ふたりともテーブルから降りていた。ピーターはリズを無事に降ろそうと焦っていて、まだ部屋の様子をよく見ていなかった。今、ふたりは部屋の中央に立って、ピーターがゆっくりと懐中電灯の光を動かしながらあたりをくまなく照らし、すべてを目にとらえた。ふたりがいるのは礼拝堂の地下墓所《クリプト》だった。天井は、侵入してきたところがちょうどいちばん高く、あとはいくつもの低いアーチがくぼみのようなアルコーブをつくっている。ピーターが懐中電灯で照らしたはじめのいくつかのアルコーブには、祭壇も墓もなく、代わりに工具や瓶、テーブルと椅子があった。

「なにかの作業場みたいね」リズが言った。

「まさにそれだね」ピーターは言った。「あるいはそれだった、かな」彼はテーブルのひとつに歩み寄って、コルク栓をした瓶の列を調べた。その隣には古めかしいペンや羽根ペンが並んでいる。隣の小部屋には小さな手動の印刷機があり、その奥に工具が注意深く並べられた別のテーブルがあった。ピーターはずらりと並んだ道具類の中に、リフティングナイフがあるのに気づいた。「さて、誰かが印刷機、古いペンとインク、それに製本の道具が一揃い必要だとしたら、その目的はなんだろう？」

「十六世紀の本を贋造するのに必要なものが全部揃ってるって感じね」リズが言った。

「僕もそう思う」ピーターは言った。

「なら、『パンドスト』はやっぱり偽物だと思う？」

「その可能性が濃くなってきたみたいだね」ピーターは、部屋をとり囲むアルコーブをひとつひとつ回りながら言った。ある小部屋は奥の壁に古い材木が積みあげられているだけで、空っぽだった。隣の小部屋には飾り気のない石の棺があった。「ちょっと来て、懐中電灯を持っててくれないか」彼は言った。「これは誰かの墓だと思う」

リズが懐中電灯で石棺の蓋を照らしたが、ピーターには見えず、彼は墓に上って文字に指を這わせ、声に出して読みあげた。「フィリップ・ガードナー、一八三二―一八七九。愛する兄《ビラブド・ブラザー》、ここに印を遺し、彼のすべての秘密とともに眠る」

「ビラブド・ブラザー？」リズが言った。

「B・Bだ」ピーターは言った。「やっと見つけた」

「〝彼のすべての秘密とともに眠る〟ってどういう意味？」リズは言った。

「中を見てみないと」とピーターは言った。

「でも、これお墓よ。お墓を冒瀆するなんて駄目よ」

「冒瀆なんかしない」とピーターは言った。「だけど、ここに眠っているのはフィリップ・ガードナー本人だけじゃないんだ。それに僕は、ただここに座って逮捕されるのを待つんなら、彼の秘密をあきらかにするほうがいい。タイヤレンチを貸して」

墓の蓋をこじ開けようとするピーターのはじめの努力は、石の表面に引っかき傷をいくつかつくっただけだった。地下墓所の入口の石のように割れてくれないかと石の板を叩いてみたが、この石板はずっと分厚かった。十五分間虚しく格闘したあげく、ピーターは息をきらせ、汗だくで座りこみ、壁によりかかった。

「どうしたらこいつは開くんだ？」彼は喘ぐように言った。

「開けちゃ駄目なのよ」リズは言った。

「いいかい」ピーターは言った。「僕は知らなくちゃならないんだ。もしやってもいない殺人の罪で、英国の監獄につながれて朽ち果てるなら、すくなくとも、『パンドスト』の謎だけは知らないわけにいかないんだよ」

「牢屋になんか行かないわよ」とリズは言った。

「わからないだろ」とピーターは言った。

「それに」とリズは言った。「そもそもあなたがほんとうに知りたかったのは、あの水彩画のことじゃなかったの？」

「アマンダに似た、ね」ピーターは優しく言った。彼はこんな騒動のきっかけになったものをほとんど忘れかけていた。ここに彼を導いたのはアマンダだった。彼女だったらどうしただろう？　顔を上げると、インク瓶とペンが並んでいるテーブルの前にアマンダが座っていた。

「なんでも力で解決できるとはかぎらないわよ、ピーター」彼女は言った。

「わかってる」ピーターは言った。

「なにをわかってるの？」リズが訊いた。

「なんでも力で解決できるとはかぎらないってことさ」とピーターは言いながら、消えていくアマンダを見つめた。

「わたしも同じことを考えてたの」とリズは言って、懐中電灯を持ったまま、四つん這いになり、フィリップ・ガードナーの墓の底を調べはじめた。

「でも、力を使わないなら、なにを使うんだろう？」ピーターは言った。

「鍵よ」リズは言った。

「なんだって？」

「鍵穴みたいなものがここにあるわ」

「このへんで鍵なんか見なかったよ」ピーターは言った。

「そりゃ、そこらへんにほったらかしておかないでしょ」

「待てよ、碑文の頭のところ、なんて書いてあったっけ？」ピーターは訊いた。

「〝ここに印を遺し〟」リズは言った。「どういう意味かしら？　なんの印？『パンドスト』のことを言ってるの？」

「ここに印を遺し」ピーターは独り言のようにつぶやいて、製本の道具のテーブルに指をすべらせた。テーブルの上のいくつもの棚の上には、昔、彼がアマンダの『北風のうしろの国』を装丁したときに使ったような、木製の柄がついた真鍮の工具がずらりと並んでいた。

「製本工のマークってことはないかな?」

「なにそれ?」リズが言った。

「製本工は自分の作品だということを示すために、装丁に特別なマークをつけることがあるんだよ」

「それじゃこの工具を全部試すってこと?」リズが言った。

「いや」とピーターは言った。「思いだしたんだ。僕はガードナーのマークを見たことがある。ヘイで買ったコリアーの本だ。コリアーから彼への献辞があった本——あれは再製本してあった。ガードナーが自分で製本し直したにちがいない」

「どんなマークだったの?」

「蝶みたいな形だ」ピーターは言った。「裏表紙の内側に押してあった。懐中電灯をこっちに」

ピーターは五分もしないうちにガードナーの工具の中から蝶の形の押し型を見つけだした。

「これを試して」彼は言い、それをリズに渡した。彼は懐中電灯を向けて石に彫られた小さな穴を照らし、リズが押し型をさしこんだ。

「入った」彼女は言った。「でも回らない」

ピーターは新しい革に真鍮の押し型を押すときのコツについてハンクがなんと言っていた

からそっと動かすんだ。まず右から、次に左へ」

「なんでそんなこと――」

「いいからやるんだ」ピーターはいらいらとさえぎった。

「わかった、わかった」リズは言った。「なに怒ってるのよ」ピーターは息をとめ、押し型を押すリズの肩に力が入るのを見守った。なにも起こらなかった。

「少しずつ押す力を強くして」とピーターは言い、目を閉じて、押し型に押されて凹んでいく革の感触を思いだそうとした。「でも力を入れすぎないように。革が破れてしまうからね」

「なに言ってるのよ、わたし革なんか……」しかし、リズの言葉は、部屋に響き渡るガタンという音でとぎれた。ピーターは目を開け、石棺の上の石板と棺のあいだに、広い隙間が開いているのを見た。

「今のなんだったの？」リズは訊いた。

「君がフィリップ・ガードナーの墓の鍵を開けたんだと思うけど」とピーターは言った。

「フィリップはさぞお喜びでしょうよ」とリズは立ちあがった。

ピーターはすでに、石の蓋を押しはじめていた。それが軽々とずれるとわかったとたん、あまりにも軽すぎて押さえるまもなく、石板は傾いて床に落ち、雷のような轟音とともにふたつに割れた。その響きが鎮まるまでに数秒かかり、埃がおさまるのにさらに数秒を要した。

「最高」とリズは言った。「これでわたしたちは死体と一緒にクリプトに閉じこめられて、もうお墓の蓋も閉められないわけね。もうさっきからいい気分すぎて、どうにかなりそう」

「死体がない」とピーターは墓の中を懐中電灯で照らしながら言った。

「死体がないってどういうことよ?」リズは墓のほうにおずおずと一歩踏みだした。

「ここには死体がない。金属製の箱だけだ」

「金属製の箱? なにそれ、遺灰?」

「どうかな」ピーターはずっしりとした箱を自分のほうに引き寄せた。石にこすれる大きな音をたてながら箱をひっぱり、彼はふと、それがシェイクスピアの〈ファースト・フォリオ〉とほぼ同じ形、同じ大きさであることに気づいた。彼はそれを墓から引き上げると、部屋の中央のテーブルの上に運んだ。鍵はなく、ピーターは苦もなく留め金のついた蓋を開けた。

「書類の束ね?」とリズが箱の中を覗いた。

「懐中電灯の電池はまだしばらくもつから、読んでみよう」ピーターは言った。

書類の束の上には封をした封筒があり、斜めに傾いた几帳面な筆跡で〝フィリップへ〟とだけ宛名が書かれていた。ピーターは鞄からリフティングナイフをとりだすと、一気に封を切った。中身をとりだし、折りたたまれた四枚の紙を開くと、声に出して読む。一枚目は封筒の表の文字と同じ筆跡だった。


わたし、キンガム村イーヴンロード・ハウスの主であるフィリップ・ガードナーは、所有する財産を弟ニコラスの子らが相続することを指示する。ただし、この箱の内容物及び、わが稀覯本および古文書のコレクションに属するものは、その所在にかかわらず、この遺産には含めないものとし、すべてわが息子、本名フィリップ・ガードナーまたはその生存する最年少の後継者に譲るものとする。

「それは例の愛人との子に間違いないわね」とリズは言った。「でなければ秘密の遺言なんて」

「やっぱりサイクスは正しかったんだ」と再度、その遺言書を念入りに読みなおしながらピーターが言った。「でも、この〝その所在にかかわらず〟ってどういうことだろう？」

「たぶん、一部がレジナルド・アルダーソンのコレクションに入っているからじゃない？」リズが言った。

「それだ」とピーターは言った。「その息子に今も生きている子孫はいるんだろうか。ジョン・アルダーソンはこの遺書の条件が効力を発揮したら、あんまり嬉しくないんじゃないかと思うよ」

「でも、アルダーソンの古文書がほんとうはフィリップ・ガードナーのものだってどうやって証明するの？」

「これが役に立つかもしれない」ピーターは応えて、上部に〝イーヴンロード・マナー〟と印刷された手紙をとりあげた。

ガードナー殿

小生は、先日、親愛なる友人、ミス・エヴァンジェリン・プリケットと彼女がコンパニオンをつとめる若いご婦人とともに、大変示唆に富む夕べを過ごす機会を得ました。ミス・イザベルが一子を出産し、フィリップ・ガードナーと名づけたと知ったときの小生の衝撃をご想像ください。しかし、この子供が産まれた顚末の不都合な詳細を縷々《るる》述べることはいたしますまい。貴殿はもうすでにそれをよくご存じなのですから。さりながら、ガードナー令夫人はこの話にさぞご関心をもたれることと想像します。もし、夫人が夫の真実を知る事態を避けたいとお望みならば、貴殿ご所有の、歴史的、文学的価値を有する古文書のコレクションを小生にお引き渡しください。コレクションすべてが一時に無くなれば、疑念を生むものと存じますので、今後二、三か月かけて、一度に一点か二点ずつお渡しいただければ幸甚であります。それならば、貴殿がそれらへのご興味を失くし、イーヴンロード・ハウスの大々的な再建の費用の足しにするために売却なさったと世間は思うことでしょう。

貴殿にとってよい知らせとして、来週の国王文書のオークションでは、小生には貴殿と競り合う意志がないことをお伝えしておきます。オークションから一週間以内に古文書が拙宅に届くことを期待しております。ただし、貴殿への手数料はないものとお考えください。

レジナルド・アルダーソン

「まさに」とピーターは言った。その手紙をおくと、胸を躍らせて封筒に入っていた次の紙を手にとった。それは小さ目の便箋で、手紙は読みにくい震える文字で書かれていた。

「脅迫状ね」リズが言った。

愛するフィリップ様

このお手紙はご指示のとおり、書籍商メイヒュー氏を通じてお送りいたします。これが最後になりますことをお約束いたしますが、あなたの息子とわたくしがアメリカにつつがなく到着しましたことを、お伝え申し上げねばと存じました。わたくしの家族は、ご想像以上に理解を示してくれ、お勧めくださったような捨て子の作り話はいたしませんでした。ミス・プリケットとわたくしは、この数か月の出来事について、家族につつみ隠さず打ち明けました。わが父は、幼いフィリップはガードナー姓ではなく、わが家の姓をつけて養育するようにとだけ申しました。堕落した娘にあたうかぎりの愛と赦しを与えてくれた父の要請を、わたくしは尊重しないわけにはまいりません。ただお心にお留めいただきたいのは、わたくしがあなたにとっていかなる存在であったにせよ、わたくしのあなたへの愛情は変わることがないということでございます。

いつまでも、あなたのイザベルより

「じゃあ、彼女はアメリカに戻ったのね」リズは言った。テーブルの上にはもう一枚、紙があった。「これもガードナーが書いたものだ」とピーターは署名に目をやって言った。「でも、誰かに宛てたものじゃない。すぐ本文がはじまってる」そしてピーターは読みはじめた。

わたしには告白をする習慣はない。しかしながら、たとえわたしが妻やわたしに託された家族をこの人生に於いてほとんど顧みなかったにしても、職業と財政のいずれにおいても無能であることを露呈したにしても、わが特質の中に道徳が高い位置を占めていなかったにしても、慈しみ育ててきたものがひとつある。それはすなわちわがコレクションである。当初、わたしを蒐集に駆りたてたものがいかに黒い衝動であったにせよ、わたしはやがて、そうした書簡や、手稿や、文書の中に、自分が世になんらかの貢献を果たす機会が横たわっていることに気づいた。レジナルド・アルダーソン氏にわが財産と結婚を破綻させせんという脅迫をつきつけられたとはいえ、しかしこの財宝を彼に渡すのは、この手でそれを破壊するのに等しい。だからこそ、わたしはここに告白する。隣人による脅迫という苦境を通じて、わたしはみずからの芸術家としての天分を発見した。人はそれを贋造と呼ぶかもしれぬ。

しかしわたしにすれば、それは守るための行為にすぎない——つかの間、わが心の平安を守り、とこしえにわがコレクションを守るための。

この告白は、いつの日かこれを見つけ、コレクションを蘇らせるかもしれない子孫たちに宛てたものである。一方で、アルダーソン氏に種明かしを書いてやり、過去二年間にわたって彼がわたしから強奪した文書は、彼によって穏当な展示の機会を奪われたわが水彩画と同様に無価値であると知らせるのは、大変に愉快であった。水彩画の数点はわが友人たちのそれぞれの自宅の壁にかけられているが、他は、アルダーソン氏に送ったよりぬきの作品群をのぞき、廃棄した。いつの日か、彼の子孫たちがそれの素晴らしさについて喧伝するさまを想像するのは愉しい。わたしがアルダーソン氏を欺いたように、氏が他の人々を欺くことのないように、わたしは偽書のひとつひとつにその出所を示す手がかりを加えておいた。わたしの技術は、看破されないと信ずる。しかし、それぞれの文書のテクストを注意深く読めば、誤謬が認められるはずである。こうして、アルダーソン一族は永遠に、わたしに欺かれた先祖の不始末とともに生きねばならぬであろう。

わたしの死後数時間は、アルダーソン氏はみずからの勝利を信じるかもしれぬ。そして偉大な文学的遺産を手にしたと考えるであろう。その本は、まもなくこの手で彼のもとに届けられる。そのあと、わたしのアルダーソン氏に宛てた最後の手紙が届き、彼はかの偉大なる記念物の真実を知るのみならず、この上なく貴重であると彼が信ずるすべての文書の真実をも知ることになる。復讐はついにわれに与するであろう。

何人《なんびと》であれ、この秘密の地下墓所を作った先祖が、アルダーソン家との友好的な往来ではなく、かの家に災いをもたらす手段としてそれを作ったのであることを願う。いずれにせよ、わたしはその秘密を、わが最後の偽書を届けるためだけでなく、レジナルド・アルダーソンに、この芸術にまつわる書物のささやかなコレクションを贈るために用いるつもりである。それらの書物が忽然と彼の書棚に出現したことを、彼が気づくかどうかをわたしが知ることはない。

妻、ガードナー夫人への謝罪の言葉はない。しかしわたしのイザベルには、もしこれを彼女が目にすることがあれば、告白しよう。愛する人よ、最期のときに臨み、わが心にあったのは君への思いだけだ。わが過ちを赦したまえ。そして神の恵みとともにあるように。


フィリップ・ガードナー、一八七九年十一月二十二日

「なるほどイーヴンロード・マナーの箱に〝売却を厳に禁ず〟と書いてあったわけだ」とピーターは言った。「あの中の文書はひとつ残らず贋作ってことになるんだから」

「じゃあ、ここにあるのが本物のはずよね」とリズは言って、残りの紙を箱から出した。

「そういうことだね」とピーターは言って、積みあげた古文書にさっと目を通した。「これ

をここで見るのはすごく変な感じがするよ。全部、前に見てるからね」

「『パンドスト』はどうなの？」とリズが言った。「あれが〝偉大な文学的遺産〟なの？」

ピーターは例の本を鞄から出し、テーブルの上に広げた。「〝それぞれの文書のテクストを注意深く読めば、誤謬が認められるはずである〟か。テクストは相当丁寧に読んだんだけどな」

「余白の書きこみは？　それがなければ、単なる稀覯本なんでしょう？」

「それも全部読んだよ」とピーターは言った。

「そう。でも、それを読んだとき、あなたはシェイクスピアの貴重な遺品を見つけて興奮してたでしょう。間違い探しをしていたわけじゃないわ」リズはマージナリアに目を通しはじめた。

「誤謬ってどういう意味なんだろう？」ピーターは言った。

「テクストとして正しくないところって意味でしょうね」とリズが言った、「シェイクスピアが知るはずがなかったことに関する言及とか、時代的に合わないこととやなんか。ほら、ハーマイオニー王妃がデジタル時計をはめてるとか、そういうことよ」ピーターはリズの肩ごしに、彼女が頁を繰り、ゆっくりと指を、余白の走り書きの文字の上にそって動かすのを見つめた。刻々と、その可能性は低くなっていくのに、彼は心のどこかでまだ、この書きこみをしたのがストラットフォード・アポン・エイヴォンのウィリアム・シェイクスピアだと信じたかった。彼はずっと『パンドスト』をフランシス・ルランに見せる日――弟子が師に聖杯を捧げる日のことを胸に描いていた。それは彼にとってまだ手放したくない夢だった。「シェイクスピアが死んだのは何年だっけ？」リズが訊いた。その指先は頁の下のほうで止まっていた。

「一六一六年だよ。なぜ？」

「やられた！　いい、聞いて。〝王子ガリンターの死は、ローリーの処刑と同じく非道なり〟」

「シェイクスピアがウォルター・ローリーの処刑のことをどう考えてたかは、わからないよ」とピーターは言った。「非道だと思ってたかもしれない」

「違うわ、ピーター。シェイクスピアがローリー卿の処刑をどう考えてたか、わたしたちには、はっきりわかってる」

「リズ、僕の言うことを信じろよ、僕は文献を読んでるし……」

「ピーター、シェイクスピアがなにを考えてたか、誰でもわかってるんだってば。なにも考えてなかったのよ。だって、シェイクスピアはローリー卿が処刑される二年前に死んでるんだから」

「ローリーは一六一八年に首を刎ねられた」とピーターは言った。急にイングランド史の授業で聞いた、その年号を思いだした。「なぜ見落としたんだろう？」

「巧妙だもの」とリズは言った。「それにあなたは、それを探してたわけじゃないし」

ピーターは、聖杯が消滅し、十九世紀の巧みな贋作の一例に姿を変えるのを見つめていた。ガードナーの隠れ家に印刷機があるところから判断して、テクストすらも本物ではないだろう、とピーターは推測した。おそらく『パンドスト』の実際の初版本を手本にはしたのだろうが。オークションで二、三千ポンドの値はつくだろうから、まったくの無価値ではないが、まれに見る大発見とはとてもいえない。この数日間、知りたくてうずうずしていた問いの答えが出ると、突然、自分のおかれた状況の厳しい現実が胸に迫ってきた。彼は人里離れた礼拝堂の地下に閉じこめられている。残虐な殺人事件の最有力容疑者で、自分を指し示す証拠を山のように残してきてしまった。そして、後生大事に抱えてきた本は、シェイクスピア研究にほんのかすかなさざ波を立てたと思ったら、広い世間の誰の目にも留まらずに消え去ってしまうだろう。

「たぶんメイヒューがガードナーに依頼して『パンドスト』の贋作を作らせたんだと思うわ」とリズが言った。彼女はまだ本の謎を解いたことに興奮冷めやらぬ様子だった。「彼がガードナーに他の贋作でもやったように手がかりをテクストに残すように指示したのよ。それが明るみに出て、偽物だとわかるように仕組んだんだわ。そうしたら、ストラットフォード派は面目丸つぶれでしょ」

「同時に友人のウィリアム・H・スミスの顔が立つってことか」

「アルダーソン家への〝災いをもたらす手段〟ってなにかしら。それに、図書室に本が現れるってどういうこと？」リズは言って、死を前にしたガードナーの告白書をとりあげた。

「〝誰であれ、この秘密の地下墓所を作った先祖が、アルダーソン家との友好的な往来ではなく、かの家に災いをもたらす手段としてそれを作ったのであることを願う〟」ピーターが読んだ。

「もしかして……」

「通路があるんだ」とピーターは言った。「ここからイーヴンロード・マナーに通じる通路が」

「でもなぜ？」とリズが言った。

「なぜかなんて知らないよ」とピーターは彼女から懐中電灯をひったくると、アルコーブの奥を照らした。「フィリップ・ガードナーだって知らなかったんだ。たぶんロミオとジュリエットみたいなことじゃないか」頑丈な壁のほかになにもないことを見てとると、急いで次のアルコーブに移る。「それとも、両家の諍いは単なる見せかけだったのかもしれない――はじめはね。墓から判断すると、この礼拝堂はすくなくとも四百年はたってるから。ここだ。板をどかすのを手伝って」

彼は、奥の壁に古い材木が立てかけられている以外にはなにもないアルコーブに来ていた。彼とリズで材木を動かすのに数分かかったが、そのあいだ、地下聖堂の静寂は、ふたりが壁から材木をどかして投げだすたびに、木が石にぶつかる轟音に満たされた。最後の材木が床に投げだされると、静けさが戻った。しかし、埃はまだ宙を舞い、ピーターの汗ばんだ顔にはりついた。彼は懐中電灯を拾い、アルコーブの中を照らした。光が奥の壁に当たる。そのアーチの中央に、粗末な板で作った細い扉があった。ピーターが把手を回すと、扉は大きく開き、闇に降りる石段が現れた。

## 一八七九年、キンガム

偉大な芸術家には皆、みずからの最高傑作と自負する作品がある、とフィリップ・ガードナーは考えていた。そしてほとんど丸一年かけて完成させた『パンドスト』の偽書こそ、彼にとってのそれだった。確かに、この傑作を世に示すことができないことにそれなりの不満はあるが、ついにはアルダーソン家の体面に泥を塗れることを思えば、労は十分に報われる。

フィリップは、まず本の見返しを新しい紙で覆うことからはじめた。誰かがなに気なくそれを見て、余白に書きこまれた手書きの文字がウィリアム・シェイクスピアの書いたものだと気づく手がかりになるものを完全に隠すためだった。『パンドスト』を完璧に贋造するには、外部の手助けが必要であり、彼は疑念を招くことをぜひとも避けたかった。次に、すべての頁のテクストを写真に撮らせた。彼は用心深く、高い教育を受けていない、書籍取引に縁のない写真技師を選んだ。マンチェスターにある写真館がちょうどその条件にぴったり合った。

一方、彼は、ベンジャミン・メイヒューの助けを借りて、『パンドスト』を印刷する紙を集めはじめた。本は四つ折り本のため、同時代の二つ折り本の後ろの白紙の頁を綺麗に切りとると、フィリップは新しい『パンドスト』を四頁ずつ印刷する紙を集めることができた。そのあと、この紙を半分に折って製本する。

次の作業は、テクストを印刷できるように写真を亜鉛のプレートに転記することだった。写真に写ったマージナリアを隠したあと、彼はプレートをバーミンガムの工房に注文し、工房主には、学術的な目的で、ある無名の古書のファクシミリ版をつくるのだと説明した。三週間後、彼は写真と亜鉛プレートを受けとった。前者は応接間の暖炉にくべてしまい、後者はメイヒューとともに集めた紙に『パンドスト』のテクストを印刷するのに使った。彼はこの目的のためにコリアーの調合法のひとつを使って、大量のインクを混ぜ合わせ、またメイヒューの手を借りて、手動の印刷機を探して購入すると、数か月かけて使い方を習得した。

亜鉛製版による印刷では、組版にくらべて紙に残る跡が浅くなる。そこで、印刷が終わると、フィリップは作業のうちもっとも手間のかかる部分に着手した。細い、なめらかに削った骨の棒をつかって、一文字ずつ絶妙な力加減でなぞり、十六世紀の可動式の活字によって残された凹みを真似る。ちょうどいい力の入れ具合を身につけるため、彼はこの手法を、反古紙を使って何週間も練習した。はじめのうちは、試みても穴や破れだらけの紙の山をつくるばかりだった。

テクストの偽造が終わると、いよいよ作業は佳境にさしかかった。羽根ペン、十六世紀のインク、そして彼の優れた目と確かな腕によって、マージナリアを細心の注意をはらって模写する。積み重ねてきた文書贋造の技のすべてが実を結び、インクの染みを、文字のかすれた跡を、寸分の違いなく写しとっていく。彼はただ一か所、変更を行い、『パンドスト』とレジナルド・アルダーソンの破滅を意味する一行を付け加えた。〝王子ガリンターの死は、ローリーの処刑と同じく非道なり〟と。

贋造の仕事をはじめてから、フィリップは書籍芸術のあらゆる面に興味を抱き、本職の製本工には遠く及ばないとはいえ、製本の道具や機械を集め、自分の本を何冊かそれなりにうまく製本し直したりもした。しかし『パンドスト』を製本するにあたっては、彼は古い革表紙の同じ大きさの本を買って、新しく印刷した折丁を古い表紙に縫いつけるだけにとどめた。同時に、彼は本物の『パンドスト』から偽の見返しをとりはずし、ふたたび所有者のリストが見えるようにした。

「お見事です」とベンジャミン・メイヒューは、偽の『パンドスト』の頁を繰りながら言った。

「まだ完成じゃない」とフィリップは言った。「頁の縁をすり減らす作業がある。これをアルダーソンにくれてやる気がしないよ。なんというか……この偽書には思い入れができてしまった」

「われわれは本にあまり入れこむべきではありませんな。結局のところは、本も物にすぎないのですから」メイヒューが言った。

「ああ、だが、君は書籍商だ。書籍蒐集家ではなくてね。それに、これは僕がこの手で作った作品なんだし――

「だからこそ、アルダーソンが恥をかいたときの満足がいっそう深まるというものです」

「それで、具体的にはどんな計画なんだね？」フィリップが言った。

「すべて手はずは整っています」とメイヒューは言った。「同業者のひとりが、あなたの『パンドスト』をアルダーソンに非常に魅力的な値段で提示します。この売り手は、自分が持っているものに気づいていないふうを装います。アルダーソンが本を公にしたところで、わたしの友人のウィリアム・スミス氏がそれは偽書であるとすっぱ抜くのです。あなたが用意したちょっとした手がかりを使ってね。スミス氏は、ストラットフォード派が面目をつぶすので大喜びでしょうし、あなたはアルダーソンが恥をかくのでご満悦、わたしは大事なふたりのお客様が喜んでくだされば幸せです。ところで、『パンドスト』がアルダーソンにとってさらに魅力的に見えるものを用意しましたよ」

メイヒューはフィリップに、美しい革張りのケースを見せ、そこから豪華な書帙《しょちつ》をとりだした。この中に彼はフィリップの傑作を収め、丁寧に蓋を折り返すと、そっとケースにしまった。

「立派に見えるな」とフィリップは言い、ぜいたくなケースをベンジャミンから受けとった。

「だが、本物のほうはどうしたんだね？」

「そちらはおまかせください」とベンジャミンは言った。

「処分するのは惜しいが」

「やむをえますまい。それしかないのですよ。あなたの贋作のおかげで、将来の人々のために本物のマージナリアはすべて複写されているではありませんか。いつか、野心のある学者が、あれがなにもかもあなたの創作であるはずがないことを探りだすでしょう」

「どうだろうか」とフィリップは言った。「僕に売渡証を発行してくれないかな。そうすれば、自分があれを所有していたのだと思うことができる。たとえどんなに短期間でもね」

「結構ですとも」とベンジャミンは言った。「では、あとのことは、すべてわたしにおまかせを」


フィリップはロンドンでのベンジャミン・メイヒューとの面会から帰ってきて、イーヴンロード・ハウスの階段をのぼりながら、晴れがましい気分になろうとした。自分は傑作を作りあげた。芸術家としての初の依頼仕事を完成させ、最終的にはレジナルド・アルダーソンに人前で恥をかかせられる。しかし、一方では貴重な文学上の財宝の破壊に加担してしまったのだ。彼は、英国でもっとも偉大な文学者が真実、誰であるかをはっきりと知っている、この世でたったふたりの人間のうちのひとりであった。そして、彼はその秘密を墓まで抱いていくことに同意してしまった。

ちょうど玄関のドアの把手を回そうとしたとき、ドアがいきなり開いた。目の前に立っていたのは、手に手紙を握りしめ、憤怒の表情を浮かべている、ここ数日、彼が顔を見ていなかった女だった。

「ごきげんよう、ガードナー夫人」彼は言った。

「あなた、わたくしたちが結婚したとき、わたくしがお願いしたことがひとつだけありましたわね。あなたとあなたの邸宅のためにしかるべき財政的援助をする代わりに、貞節を守っていただくことよ。愛してても尊敬してもいない殿方にそんなことを望むのは、妙だとお思いかもしれませんけれど、わたくし、少々変わっておりますの」

「ああ、ロンドンへの旅はなかなか楽しかった」とフィリップは言い、妻の前を通りすぎて、さっさと玄関ホールに入った。「気にかけてくれてありがとう」

「楽しかったとおっしゃるのは、イザベルに会うためにロンドンにいらっしゃっていたときと同じくらい？」ガードナー夫人は言った。

# 一九九四年、リッジフィールド

ピーターは、アマンダが頭痛がすると彼に言ったときのことを、写真のように鮮明に憶えていた。そのときはたいしたこととは思わなかったのに、なぜその瞬間をそんなにはっきりと憶えているのか不思議だった。しかし、それでも彼は憶えていた。ふたりはちょうど、最後のロンドンへの訪問からチッピング・ノートンに戻ってきて、またしてもキンガムのコテージの修理が遅れるという知らせを受けとったところだった。アマンダは、普段ならそんな工事の遅れなど笑いとばし、業者って世界のどこでも同じね、と言って受け流すのに、そのときはいらだって、電話台の上に拳をたたきつけた。

「この工事が終わるのがもう見られないような気がしてきたわ」彼女は言った。

彼女は窓際に立っていて、午後の陽射しが、数本のほつれた毛をきらめかせていた。はっとしたように彼女の眉根が寄せられ、唇は引き結ばれた。ピーターがその瞬間を憶えているのは、アマンダが怒ったところをめったに見たことがなかったからかもしれない。

「大丈夫かい?」彼は訊いた。

「別に、わたしなら大丈夫よ」とアマンダは言って、すぐに緊張が彼女の中から溶けて消えたように見えた。「ただちょっと頭痛がね。それだけ」昼寝をして紅茶を一杯飲んだあと、アマンダの気分はよくなり、ふたりともそのことはそれ以上考えなかった。次の週、帰国する飛行機でまた彼女が頭痛に襲われたことも、とりたてて珍しいことではなかった。ピーターだって頭痛がした。赤ん坊が泣きわめいていたあのビジネス・クラスの客室《キャビン》で、頭痛を免れた乗客などいなかっただろう。ピーターは、次はアマンダがファースト・クラスのチケットを買うといっても黙っていようと考えた。

サラとチャールズ・リッジフィールドは、ピーターとアマンダが帰ってきた一週間後に、ふたりのために結婚六周年のパーティーを開いた。「五周年にはふたりとも本を買いにいっていなかったんですもの」とサラは言った。「だから、代わりに今年やることにしたのよ」アマンダはその朝、気分が悪く、また頭痛がして胃の調子もおかしかったので、ピーターは彼女にベッドに戻るように強く言ったが、そのとき心に芽生えた幻想――彼女がなんらかの奇跡によって妊娠したという幻想――を敢えて口にしようとはしなかった。その午後、カーテンを引いた居間のソファでアマンダがうとうとしているあいだ、彼は二週間前、テート・ギャラリーのカフェで、自分がお茶ではなくコーラを注文したときの彼女の顔を思いだしていた。面白がっているような、愛情に満ち、相手を包みこむような彼女のあの表情ほど、母性を表すものがあるだろうか？　アマンダがいつか母親にならないなんて、そんなことがあっていいのだろうか？　ピーターは、彼女の最近の症状が奇跡の予兆でないとすれば、そろそろ養子を迎えることを考える時機なのかもしれないと思った。彼は書籍ビジネスの他に、なにか育てるものが必要だったし、彼の考えでは、アマンダも彼女の英国のコテージの他に育てるものが必要だった。

彼女はパーティーの時間までに気分がよくなったが、その晩、ピーターはあまり彼女の姿を見なかった。最近はヴァージニア州で新聞記事を書いているシンシアが、その週末のためにリッジフィールドに帰ってきていた。アマンダとシンシアは、一年近く顔を合わせていなかったので、毎週、一時間は電話しているとはいえ、近況を話したくてしかたがなく、その晩のほとんどをパティオの隅にふたりでくっついて過ごしていた。ピーターのほうは、結婚式以来会っていなかった一家の友人たちに改めて紹介されるという気まずい時間のあと、チャールズ・リッジフィールドとテーブルに落ち着いた。義父はピーターの結婚式の前の晩以来、金の話題を口にしなかった。今晩、ふたりはヨーロッパ旅行とリッジフィールド大学の近づきつつあるフットボールのシーズンについて語り合った。

その晩ずっと、ピーターは目の端でアマンダをとらえながら、どんな秘密をシンシアと分かち合っているのだろうと考えていた。そこには、家に帰ったら彼にも話してくれる喜びの知らせが含まれているのだろうか、と。しかし、パーティーが終わったとき、アマンダは疲れきっていて、彼女はピーターに家に帰らないといけないかしら、と訊いた。「客間に泊まっちゃだめ？」と彼女は言い、ピーターはいいよ、と答えた。彼女は彼が歯を磨きおえる前にぐっすりと眠りこんでいた。

なんの前ぶれもなく、人生が根底から変転してしまう日というものがある。一九九四年五月十四日、ピーターが朝陽を浴びて目を覚ましたとき、その日がそうした運命的一日のひとつだとは夢想だにしていなかった。彼は、アマンダが前の晩、シンシアにきわめて重大なニュースを打ち明け、今日こそ自分に話してくれるものだと思いこんでいた。その時点で、彼女が妊娠したかもしれないというかすかな希望は、ほぼ確信にまで成長していた。眠っている妻をおいて彼は起きだすと、バスルームの鏡の前で十分間、驚いた表情の練習をした。

ピーター、サラ、チャーリーは朝食を食べおわり、土曜日にもかかわらず、チャーリーが二時間ほどオフィスに行ってこようと思う、と言ったちょうどそのとき、二階から唐突に絶叫が響いた。ピーターはその瞬間、それが恐怖や怒りの叫びではなく、苦痛の叫びであることがわかった。彼は真っ先にアマンダの枕元に駆けつけた。彼女は頭を抱え、前後に身体を揺らしながら、大きなうめき声をあげていた。しかし、チャールズ・リッジフィールドは彼を押しのけ、娘を腕に抱えあげた。

アマンダは、チャーリーがピーターとサラを従えて一度に二段ずつ階段をかけ降りるあいだ、また悲鳴を上げた。「早く車へ」と、サラがそれだけを絞りだすように言った。ピーターが見ると、サラの頬を涙がとめどなく流れていた。彼は家の前の車回しに停められているチャーリーのＢＭＷのほうに駆けだした。チャーリーは今もあきらかに激しい苦痛で叫んでいるアマンダとともに後部座席に座り、ピーターがどこに向かうべきか考えあぐねているあいだに、サラが運転席のドアを勢いよく開け、飛び乗った。ピーターが助手席にかろうじて乗りこんだとたん、サラは砂利を跳ね飛ばしながら車を急発進させた。

後部座席で、チャーリーは少し静かになったアマンダを両腕に抱きかかえていた。「頭が」という言葉が途切れ途切れに聞こえたが、それ以外は、泣き声は小さくなり、低いうめき声に変わっていた。サラは車をスリップさせながら幹線道路に飛びだし、タイヤを軋らせて、リッジフィールド病院に向かってスピードを上げた。ピーターは完全な無力感にうちのめされていた――彼は、自分とは無関係の家族のドラマの傍観者にすぎなかった。

チャールズ・リッジフィールドの新車の助手席に座りながら、二時間前、あれほどの希望にあふれて朝を迎えたピーター・バイアリーは、自分の人生は終わるという恐怖に呑みこまれようとしていた。

# 一九九五年二月二十一日、火曜日、キンガム

「ちょっと」とリズが言った。「この礼拝堂にあなたと一緒に閉じこめられて、ろくでもない地下牢に降りてはきたけど、こんなの冗談じゃないわよ。そんなどこにつながってるかわからない階段なんて降りないからね」

「入ってきたルートで出るのは無理なんだから」とピーターはガードナーの墓の中身を鞄につめながら言った。「こっちを試してみたほうがいいよ」目の前の黒い穴を見つめていると、白ウサギのあとについて穴に降りていった無鉄砲なアリスがふと思い浮かんだ。大英博物館にある原稿の、閉所恐怖になりそうなアリスの絵が目の前をちらついたが、すくなくとも今のところは、好奇心とアドレナリンがパニックと閉所恐怖症との闘いに勝っているようだった。彼は片方の手の指先をざらざらした壁にそわせ、もう一方の手で懐中電灯と鞄の持ち手をいよいよしっかりと握りしめながら、そろそろと湿った石の階段を降りはじめた。

「ピーター」リズが上から呼びかけた。「箱の底にまだなにかあるわよ。読まないの？」

「この階段の行きついた先で読めばいいよ」とピーターは言って、もう一段、階段を降りた。

「懐中電灯がないと、ここ真っ暗になっちゃう」とリズが言った。声にヒステリックな響き

がある。

　ピーターは立ちどまり、懐中電灯を背後に向けた。「なら、君も来たらいい」彼は言った。一瞬、沈黙があり、それから降りてくるゆっくりとした足音が聞こえた。次の瞬間、リズの手が肩に触れるのを感じ、彼は彼女を後ろに従えて、ふたたび階段を降りはじめた。

「わたし閉所恐怖の気味があるって言ってなかったっけ？」とリズが言った。「ちょっと待って、言ったわ――あなたがこの地獄の穴にわたしを連れこんだとき」

「僕もあるよ」とピーターは言ったが、さらに階段を降りつづけながら、不思議なことに気持ちは落ち着いていた。「これはそんなに悪くない」

「あなたはそうなんでしょうけど」とリズは言った。

　降りていくにしたがって、階段は少しずつカーブしていた。そのため、いちばん下にたどりついたときには、ピーターは自分たちがどちらの方角を向いているのか見当を失っていた。目の前には懐中電灯に照らされた、天井が低くて狭い通路があった。下り坂になっていて、次のカーブの向こうに消えている。トンネルはちょうどピーターが立って入れるくらいの高さで、幅は両肩が壁に触れるほどだった。

「五十二段あったわ」とリズは言った。ピーターの肩をきつく握りしめている。

「数えたの？」

「ここどれくらい深いのかしら？」リズは言った。「ううん、いい、答えなくていい」

　ピーターは前に進んだが、リズにシャツをつかまれて勢いよく引き戻された。

「本気でこんなことしなきゃだめなの？」彼女は言った。「嫌なのよ。ほんとうに嫌なの」

「なにも危険なことはないよ」とピーターは言った。「あなたがその懐中電灯の光を全部、身体で塞いじゃってるから」

「なにも見えないのよ」とリズが言った。

「じつは、懐中電灯の光もあまり強くないんだ。だからさっさと進んだほうがいい」とピーターが言った。

「ああ、それを聞いてますますほっとしたわよ、もう」とリズは言ったが、ピーターが歩きだすと今度はついてきた。しかし彼のシャツをつかんだ手はゆるめなかった。「とにかくあなたはわたしより背が高いから」と彼女は無理に笑おうとした。「天井にぶつかって割れるのはあなたの頭よね」

　ピーターは実際、この可能性について考え、そろそろと進みながら懐中電灯を上下にゆっくりと動かし、床と天井を交互に照らした。リズをほとんどひっぱるようにして、さっきより少し歩調を速めて前進する。懐中電灯が完全に消える前に出口にたどりつきたかった。

「イングランド内戦のときにそれだけの兵士を隠したのはここなのかな」ピーターは言った。

「そのときここで死んだ人はいたのかしら」リズは言った。また一分ほど歩きつづけたあと、彼女は付け加えた。「ずいぶん急な下りね」

「たぶん、川の下をもぐるんじゃないかな」とピーターが言った。

「冗談じゃない」とリズがまた立ちどまった。「こんなの無理。川の下なんか歩かないわよ。

戻りましょう」

「ニューヨークのリンカーン・トンネルを車で通ったことないの？」ピーターが言った。

「ないわよ。リンカーン・トンネルを車で通ったことなんかあってたまるもんですか。わたしはロンドン生まれなのよ。ロンドンにあるのは橋なのよ」

ピーターは上着のポケットにおさまっている錠剤の袋に触れ、一錠、彼女にやるべきだろうかと考えたが、ここはただ進みつづけるほうがいいと結論した。「大丈夫だよ」彼は言った。「君にもできるって。僕がついてるから。ほら手を握って」

ピーターは空いたほうの手を背後に伸ばし、リズはその手を指が折れそうなほど強く握りしめたが、ピーターは文句を言わなかった。こうして触れている手を通じて、彼女に自分の落ち着きを伝えることができるなら、少しくらいの痛みはなんでもない。「準備はいいかい？」彼は言った。

「よくない」リズは言った。「でも行くしかないでしょ」

ふたりは数分間、黙ったまま歩きつづけ、リズの浅い呼吸と、ふたりの靴が石の上をすべる音だけがトンネルに響いた。ピーターは黙っていたが、懐中電灯の光はほとんど意味をなさないほど薄れ、急に障害物が現れたとしても、それに気づくには先にぶつかるように鞄を前に抱えるしかなかった。数秒ごとに、彼の手を握るリズの手に力が入り、ピーターは彼女が自分を必要としていることが嬉しかった。彼女が冷静さを保つために自分を必要とするかぎり、自分はパニックにならないはずだ、と彼は思った。

「またのぼり坂になったみたいだね」彼は数分たってから言った。

「光が見える?」リズが言った。「なにか光は見える?」

「まだだ」とピーターは言い、足を速め、彼女をさらに急がせた。急に寒気を感じたのだった。まるで冷たい川の水がトンネルに浸みこみつつあるような冷気だった。ピーターは自分たちがトンネルのいちばん深いところにさしかかっただけだと思おうとした。そこには何世紀分もの冷気が沈積している。

「なんでこんなに暗いの?」リズは少したってから言った。「なんでこんなに真っ暗闇なのよ。ピーター、止まって。止まってよ。真っ暗すぎる」彼女はまた立ちどまり、ピーターの手を強くひっぱると、空いた手で彼のシャツを握りしめた。ピーターは彼女の腕が彼の胸に巻かれ、頭が背中に押しつけられるのを感じた。懐中電灯がついに光を失った。ふたりは完全な闇の中にいた。彼はリズが弱々しく泣きだすのを聞いた。

「大丈夫だよ」と彼は言った。「目を閉じていればいい。僕が君を連れていくから」ピーターは深呼吸すると、背中の緊張をゆるめ、リズを受けとめた。彼は突然、アマンダが昔、彼の背中にすり寄って両腕を彼に回し、ぎゅっと自分の胸に引き寄せたことを思いだした。背に押しつけられる彼女の乳房の感触。

「先に進んで」今、アマンダが言った。「あなたならできる。反対側に出られるわ。必ず外に出られる」

彼は前に足を進め、リズのしがみつく力をゆるめさせた。手は握ったままだ。彼女の呼吸はさっきより落ち着いているようだった。

「目は閉じてる？」ピーターが言った。

「ええ」リズがささやいた。

「いいかい、君は今、夜中に自分のフラットの廊下を歩いているだけだ。一歩ずつ足を前に出して」ふたりは歩きつづけたが、それはピーターにとって永遠のように感じられた。彼はリズをさらにパニックに陥らせることを恐れて、口を開かなかった。床の傾斜は徐々に急になったが、のぼり坂にもかかわらず、できるかぎりペースを上げた。出口がないかもしれず、この窮屈な穴蔵で回れ右し、もと来た道をふたたびたどることになる可能性を、彼は頭からふりはらった。

「どれくらい来たと思う？」リズが言った。トンネルに入ってからの、さっきまでの声にくらべれば落ち着いていた。

「もうすぐそこまで来てるはずだ」とピーターは言った。彼にそんなことがわかるはずはなかったが、他に言うべきことを思いつけなかった。一マイルも来ただろうか？　それとも二マイル？　これだけ長く地上で歩いていれば、今頃はチッピング・ノートンに着いていてもおかしくない。ピーターは時間や距離のことを考えないようにしていたが、地下墓所の階段を降りてから、一時間以上はたっただろうと推測せずにはいられなかった。

「ピーター」リズが言った。

「なんだい？」ピーターは足を止めずに言った。

「音が違う」

「目はまだ閉じてる？」ピーターが言った。

「閉じてる。でも音が違うの。さっきより響くみたい」

「たぶん、終点に近づいてるんだよ」とピーターが言った。

「もし出られなかったら？」リズは言って、握ったピーターの手を揺すった。「終点について、出られなかったら？」

「出られるって」

「あなたにだって、それはわからないじゃない」リズは語気を荒げた。「どうしてわかるのよ？　もし後戻りしなくちゃいけなくなったら？　わたし、戻れる気がしないわ。ああ神様、わたしたちここで死んじゃうのよ、そうでしょ？　こんなろくでもない場所でわたしたち死ぬんだわ」彼女はまた立ちどまり、そのせいでピーターも足を止めた。彼女が大きくしゃくりあげてすすり泣くのが聞こえた。

「僕らは死なないよ」ピーターは言った。

「どうしてわかるの？」リズは泣きながら訴えた。泣き声がトンネルにこだまする。「なんでそんなことわかるのよ？」

「どうしてわかるか教えるよ」ピーターは言って、リズの手を優しく握りしめた。「深呼吸して、僕が言うことをよく聞いて」彼は彼女の呼吸がおさまり、苦しげなすすり泣きの音が静かになるのに耳をすませた。

「いいわ」彼女はささやいた。「この話はこれまで誰にもしたことがないんだけど、君は信頼できる、そうだよね？」

「ええ」リズはそっと応じた。

「よし」ピーターは言った。まだ彼女の手を握ったまま、彼は前に進みながら口を開いた。「アマンダのこと、つまり僕の妻のことがあってから――彼女が死んでからってことだけど――時々、彼女が僕に話しかけてくれるんだ。彼女の声を想像するとか、彼女が言ったことを思いだすとか、そういうことじゃなくて、ただ彼女が現れて、いろんなことを言うんだよ。僕がほんとうに彼女を必要としてるときもあるし、まったく思いがけないときもある。僕らがイタリアン・レストランでランチをしたときみたいに。憶えてる？」

「ええ」リズが言った。

「じつは、彼女はあそこにいた。ほんの一瞬だったけど、部屋の反対側に立っていて、君にオペラに行ったときの話をしろって僕に言ったんだ」

リズは黙っていた。

「頭がおかしいみたいに聞こえるのはわかってる。でも信じてくれ、そうじゃないんだ。それに、彼女が僕になにかしろって言うときはいつも、必ずそれは正しいんだよ。とにかく、少し前に彼女はここに来た。出発してわりとすぐだったけど、彼女は、僕らはきっとやり遂げるって言った。反対側にたどりついて、外に出られるって」

「ほんとう？」リズは言い、ピーターは彼女の声に、疑いも皮肉の響きもなく、ただ希望だけを聞きとって、ほっとした。

「ほんとうだよ」ピーターは言った。その言葉を口にしながら、つま先がなにか堅いものにぶつかり、彼はあやうく前に倒れかけた。

「なんなの？」

「また階段だと思う」とピーターは足で闇の中を探りながら言った。

「もう降りるのは嫌よ」とリズは言った。「ぜったいに無理」

「下に降りる階段じゃない」とピーターが言った。「上に向かってる」そしてふたりはのぼりはじめた。

地下の冒険のあいだずっと、息切れを感じなかったのに、らせんを描き、どこまでも続く階段をのぼりながら、ピーターはいつのまにか空気を求めて喘いでいた。

「これで五十二段よ」とリズが言った。「わたしたちが降りてきたのと同じ数」しかし、階段はまだ闇の中で上へ上へと続いていた。ついに、ピーターが立ちどまった。

「ちょっと休まないと」彼は言った。

「進んで」とリズが言った。「ここから出られるなら、足が痛いのなんか平気よ」そこでふたりはまたのぼりつづけた。「これで二百段」と二、三分してからリズが言った。「ところで、わたし、今は目を開けてるわよ」

ピーターは次の一段をのぼろうと足を上げたが、足元になにも感じなかった。「いちばん上まで来たらしい」彼は言って、なめらかな石の上をすり足で前に進んだ。あと二歩進むと、靴がなにか堅いものにぶつかった。彼は立ちどまり、自分の荒い息づかいの合間に、リズの声を聞いた。

「出口がありますように」彼女は言っていた。「どうか出口があってくれますように」

ピーターは鞄をおき、リズの手を離した。彼女は彼のシャツをつかみ、彼は前方の壁を手探りした。

「木だ」彼は言った。

「ドアなの？」リズが言った。

「そのはずだ」頑丈な壁であっても不思議はないことはわかっていたが、ピーターはそう言った。彼はその障壁のてっぺんから両手を這わせ、棘を刺さないように指先を木に軽く当てながら、撫でおろした。

「ねえ早く」とリズが言った。「出口を見つけて」

また彼女の呼吸が速くなってきたそのときに、ピーターはなにか冷たくて硬質なものに触れた。

「待って」彼は言った。「これはハンドルみたいだな」ピーターは鉄の掛け金のような手触りのものを押し下げ、肩で板を押した。次の瞬間、彼は、リズに背中を押されて扉を抜け、暖かい空気と、目もくらむような眩しい光の中に前のめりに転がりこんでいた。一瞬なにも見えず、ただリズが一度に泣いたり笑ったりしている声だけが聞こえた。目が慣れて、周囲が確認できるようになる前に、聞こえてきたのは、ジョン・アルダーソンの声だった。

「おや、バイアリーさん。お立ち寄りいただいて光栄ですな。それからお友達をお連れになったようだが」

ピーターはこの一時間、全身の筋肉に力が入っていたことにやっと気がついた。アルダーソンが椅子を勧めてくれ、リズに手を貸して暖炉のそばに落ち着かせてくれると、安堵の波がどっと押し寄せてきた。彼女はまだ震えていたが、ピーターを笑顔で見上げたので、大丈夫そうだと彼は思った。彼女には黙っていたが、あの通路がイーヴンロード・マナーに通じていたとしても、恋人のショットガンを構えたジュリア・アルダーソンの出迎えを受けるかもしれないと恐れていたのだ。ジュリアではなく、彼女の兄の親切に迎えられたのは、まさに胸を撫でおろす思いだった。

「どうも大変な夜を過ごしていらっしゃったようですね」とアルダーソンが言った。ピーターは自分が泥まみれで傷だらけであることに気づいた。ひねった足首の痛みは地下の遠足のあいだ緊張のあまり忘れていたが、今、一気に押し寄せてきた。

「トンネルです」とピーターが言った。「ガードナー家の礼拝堂からずっとトンネルが続いているんです」

「それはそれは」とアルダーソンが言った。

「ここにいる友人は閉所恐怖症で」とピーターが言った。「それに僕らはずいぶん長いこと地下にいたものですから」

「そういう通路のことは聞いています」とアルダーソンは言った。「祖父がアルダーソン家とガードナー家には秘密の盟約があったという話をしてくれたことがあります——地下では手を結び、地上では激しく争っていたんですな。トマス・ガードナーがある晩、酔ってわが家の図書室に現れるまでは信じていませんでしたが」

「それではご存じだったんですか？」ピーターが言った。

「ええ、知っていましたとも」とアルダーソンが言った。「しかし、自分で通ってみようという勇気はありませんがね。お友達のように、わたしも狭い場所は好まないので」彼は通路に続くドアを閉め、それは壁の羽目板の中に跡形もなく消えてしまった。彼はピーターに鞄を渡した。「ガードナー氏は何度かあのトンネルを使いましたよ。もっとも一族の墓所であの男が見つけてくれるかとわたしが期待していたものはついぞ見つからなかったが」

ピーターが目で黙っているように合図する前に、だいぶ回復したらしいリズが言った。

「フィリップ・ガードナーの古文書のコレクションのこと？　わたしたち見つけたわ」

「見つけましたか、そうですか」とアルダーソンは微笑んだ。「あなたがたを閉じこめたとき、見つけてくれるのではないかと期待してたんですよ」

「あなたが……」リズは言うと、残りを言葉にすることができず、視線でピーターに赦しを乞うた。

「きっとご覧になりたいでしょう」とピーターは、まるであたりまえの仕事の取引の話をしていたような落ち着きはらった口調で言った。彼は鞄を開け、手を入れると、書類をまとめてとりだした。

「ご遠慮なく、テーブルの上においてくれたまえ」とアルダーソンは言って、上着のポケットに手を入れた。「それから、逃げようなどと思わないように」彼は銃を抜くと、ピーターを図書室のテーブルのほうに促した。それは彼がはじめて『パンドスト』を調べたテーブルだった。あれから一週間にもならないとは嘘のようだった。

「あなたがわたしたちを閉じこめたの？」リズが言った。好奇心と怒りが声に入り混じっている。「このクズ男」

「君らふたりの先手を打ちつづけるので、この二日ばかりずいぶん忙しい思いをしたよ」アルダーソンが言った。「全部が計画どおりにはいかなかったが、最後にはつじつまがあった――素敵なおまけも運んできてくれたことでもあるし」彼は文書の山に向かって顎をしゃくった。

「でもそれはあなたのじゃないわ」リズが言った。「トマス・ガードナーのものですらないのよ。フィリップ・ガードナーは、愛人とのあいだの息子の子孫にそれを遺したんだから。彼の遺書があったの」

「お嬢さん、あなたがた以外にその遺書を見る人間はいないんだよ。そして、名のある古文書ディーラーたちのあいだでは、わたしが一族に伝わる古いコレクションを売ろうとしているのは周知の事実だ。誰の所有かなどというのは問題にならないと保証しよう」

「でも、あなたが僕らを閉じこめたんなら……」とピーターが言った。「つまり、僕らが考えてたのはトマス・ガードナーとジュリアが……」ピーターの言葉はそのまま宙に浮いた。

「妹のジュリアかね？　そう、彼女は手伝ってくれることになっていたのだが、あのガードナーの愚か者が間の悪いことに自分でアリバイをつくってしまった。ガードナーが汚れ仕事を代わりにやってくれると期待してはいなかったがね。しかし、あれは都合のいい身代わりになってくれるはずだったのだ。そもそも、そのためにジュリアにあの男を誘惑させたのだから」

「じゃあ、あなたはトマスとジュリアのことをご存じだったんですか？」ピーターは言った。

「もちろん知っていたとも」アルダーソンが言った。「わたしの思いつきだぞ。君を『パンドスト』で釣ったのもわたしの思いつきだ。しかし、君があまりに好奇心旺盛だったおかげで、いろいろと手を打たなくてはならなくなった」

「それじゃあなたが……」ピーターは言った。

「わたしがグレアム・サイクスを殺し、この若いお嬢さんのオフィスとフラットを荒らしてサイクスのいまいましい本を探したのだ。そう、なにもかもわたしの仕業だよ。そして、もしトマス・ガードナーが自分を撃つなんて真似をしなければ、ジュリアが証言してあいつが罪をかぶるはずだったのだ。君が殺人現場にたっぷりと証拠を残してきてくれたのは運がよかった。おかげで明々白々な事件になったと言っていいだろうね」

「わたしが彼のために証言するわ」とリズが言って、立ちあがり、一歩アルダーソンに近づいた。

「その必要はない」とアルダーソンは言い、銃を彼女に向け、椅子に戻るように促した。

「裁判はないからな」リズはまた椅子に座ったが、その顔は急に血の気を失っていた。

「さてと」とアルダーソンは言って、ピーターのほうを向いた。「もうひとつわたしの所有物をお持ちではないかね」

「例の『パンドスト』ですね」とピーターは言った。

「妹が売却の手はずを整えるために一週間の猶予を与えたと思うが。もうそろそろ期限ということでいいだろう」

「あれは贋物です」彼は言った。「しかし、たぶんあなたはそれもご存じだったんでしょう。そうでなければ《サザビーズ》か《クリスティーズ》に持ちこんだはずだ」

「そのとおり」とアルダーソンは言った。「しかし、君に渡すほうがずっと簡単だった。あれが偽物だと証明する手段も、知恵も君にはないことを願っていたんだよ。それにもちろん、自己顕示欲《エゴ》のおかげで、君も、自分は大変な宝物を発見したのだと信じたかっただろう。違うかね？」

「全然そんなことはない、とは言えません」ピーターは言った。

「実際、残念だよ。もし君がもう少し頭が悪ければ、どこかの金持ちのアメリカ人があの『パンドスト』に涎を垂らし、君とわたしは相当な利益を得られたろうし、わたしも心ならずも三度も人殺しをしたあげく、また新しい書籍商と一からやりなおす羽目にならずにすんだのだから」

「三度も人殺しって？」リズが言った。

「ああ、君らがなにを知っているかわかった以上、君らふたりを生かしておくわけにはいかないのでね。グレアム・サイクスの殺人犯とその共犯者がこの家までわたしを追いかけてきたと警察に言えば、正当防衛だとあっさり認めるだろう。さて、飲み物でもいかがかね？」アルダーソンは尋ね、銃を振ってカットグラスのデカンタを指した。「わたしもまるで礼儀をわきまえない、というわけではないのでね」

# 一八七九年、キンガム

使用人たちがガードナー夫人の荷物をつめるあいだ、絶え間のないばたんと戸が閉まる音や、がたがたと物が動かされる音を聞きながら、フィリップ・ガードナーはみずからの結婚とイーヴンロード・ハウスを崩壊から救う希望に終止符をうった手紙をふたたび読みなおしていた。しかし、その損失も、彼の眼前に揺れる文字を読むたびに胸をしめつける苦痛の前では意味をもたなかった。彼はようやく今になって、自分は一族の屋敷を荒廃に追いやったという不名誉を負って生きることはできても、真に愛したたったひとりの女性を不当に扱い、そのうえ彼女を失ったことには耐えられないのだと悟ったのだった。

彼のレジナルド・アルダーソンに対する勝利は今や、空疎なものに思えた。イザベルを失った苦痛は、偉大な財宝の破壊の共謀者となったことへの忸怩《じくじ》たる思いと結びついた。今頃になって、自分は二冊の偽書を作り、そのうちの一冊をメイヒューに本物だと偽って返し、真の『パンドスト』を手元におくこともできたのだという考えが浮かんだ。この計略をもっと早く思いつけばよかったという悔恨は、貪欲から生まれたものではなく、文学史を揺るがすその本を守りたいという突如湧きおこった痛切な願望によるものだった。しかしフィリップは、憎悪と傲慢さによって目がくらんでいたのだった。

ミス・プリケットの手紙の言葉を繰り返し読みながら、彼のとるべき行動はしだいに明確になっていった。何枚かの書類と数冊の本を集めると、彼は厨房のドアから家を出て、贋作者としての技をふるったあの隠れ家に、これを最後に足を向けた。彼が礼拝堂に入った頃、ガードナー夫人は鉄道の駅に向かう馬車に乗りこもうとしていた。ふたりは二度と顔を合わせることはなかった。


日の短くなった十一月の薄れゆく光を浴びて、ベンジャミン・メイヒューは、ピカデリー・サーカスからセント・ジェームズ・ストリートに向かって歩いていた。ウィリアム・スミスとともに彼のクラブで晩餐をすることになっていた。『パンドスト』はうまく片付けた。その本は彼に名声をもたらしたかもしれないが、それと等しく、彼を破滅に導き、悪評をもたらしたかもしれないことを彼は承知していた。なんといっても、そもそもあの本は彼が盗んだものだった。しかも厳密には、もはや彼の本ですらない。彼はフィリップ・ガードナーに売渡証を渡していた。

彼とガードナーだけが『パンドスト』の真実を知っていた。ベンジャミンは、万一、自分になにか起きたときのために、その本に関する顛末と、それがどんな真実を暴くのかを書き留めておくべきだろうかと考えた。そうするならば、当然、その秘密はウィリアム・スミスが世を去るまで守られるよう手を打たねばならない。

こうして思案にくれながら、メイヒューはヘイマーケットの大通りに入ろうと、縁石を降りた。彼は、将来どこかの学者が、有名な『パンドスト』の偽書がじつは本物からの写本であると発見したときの驚きを思い浮かべた。その想像はあまりにも鮮やかで、近づいてくる馬の蹄の音を彼の耳から消し去ってしまった。そのために、ベンジャミン・メイヒューが馬車にはねられたとき、文字どおり、彼は自分がなににぶつかったのかもわからなかった。

ベンジャミン・メイヒューがヘイマーケットの石畳の上で最期の息をひきとったとき、フィリップ・ガードナーは一族の礼拝堂の床の穴から、数時間前に自分で闇の中に垂らしたロープを使って、身体を持ち上げたところだった。最後の準備は整った。彼は地下墓所の自分の墓碑に、彼にふさわしい碑文を彫り、みずからの芸術的才能に満足した。そのあと、彼は古文書のコレクションと告白書、それにイザベルとミス・プリケットからの手紙をその箱に封印した。彼の墓はそれをのぞいて虚ろなままだろう。愚かさの記念碑となるがいい、彼は思った。愛よりも金を、高潔さよりも競争心を、真実よりも偽りを選んだ男の運命への虚しい手向けだ。

『パンドスト』に最後の仕上げを施すのはほんの一時間ですんだ。所有者の名前のリストの下に、彼はふたつの名を追加した。ひとつは、彼にとって保険のようなものだった。万一、『パンドスト』が学者の関心を惹いた場合、彼らの注意をメイヒューに向けさせたかった。それは、フィリップが付け足した一文をのぞいて、マージナリアはシェイクスピアの真筆を書写したものであることを、メイヒューが認めると期待してのことだった。だから彼は、その所有者の列に、〝ウィリアム・H・スミス代理人、B・メイヒュー〟と書きこんだ。その下に、彼は鉛筆で、そして彼自身の筆跡で、〝B・B／E・H〟と書いた。多くの人間にはなんの意味ももたないだろうが、レジナルド・アルダーソンにとっては、誰が誰をはめたのかを思いだす、よすがとなるだろう。

フィリップは計画を変更したことをメイヒューが許してくれることを願った。しかし、経験上、自分の胸に収めざるをえない苦悩は、公然と恥をかくことよりも苦痛が大きいことを知っていたし、アルダーソンには、こんなにも自分は騙されていたのだと知らしめてやりたかった。アルダーソンは、『パンドスト』を自分の図書室のテーブルの上に見つけ、有頂天の一夜を過ごすだろう。そして、翌朝、その歓喜はフィリップの最後の手紙の到着とともに無残に打ち砕かれる。もしアルダーソンが大馬鹿で、『パンドスト』を公にすれば、スミスにもまだストラットフォード派を嘲笑する機会があるかもしれない。しかし、フィリップにはもはやメイヒューとスミスを嬉しがらせることに関心はなかった。

イーヴンロード・マナーにこっそりと本を届ける前に、フィリップは彼が心から愛したもの――絵とイザベルのもとに戻った。わずか一時間で、彼はみずからの第二の傑作であり、彼にとって真に独創の作品であると確信できるものを制作した。彼は記憶に残るもっとも美しい彼女の姿――ふたりが愛を交わしたあとで、鏡の前で髪にブラシを当てる彼女の姿を描いた。あの黄金の午後をふり返ると、フィリップにとって、それが人生において真実幸福だった唯一の時間だったように思えた。イザベルの顔をもう一度呼び起こし、それが記憶から絵筆へ、紙の上へと流れるにまかせながら、彼は、人生において最初で最後に、芸術家たるものの本分を実感した。

絵が乾いたあと、一時間たっても彼はイザベルの顔を——無償の愛をこめて彼を見てくれた唯一の顔であり、彼が裏切り、打ち捨てた顔を見つめていた。

絵を本の中に挟んでアルダーソンの図書室に隠し、礼拝堂への入口を覆う偽の墓標をひきずってきてもとに戻したあとも、フィリップの目にはその顔がまだ映っていた。彼は自分の絵がいつか日の目を見ることを願った。そうすれば自分が人の記憶に蘇るからではなく、彼のいとしいイザベルが、幾星霜を経て、どこかの幸運な誰かにふたたび微笑みかけるかもしれないからだった。

彼が戻ったとき、屋敷は静まりかえっていた。使用人たちは女主人とともに行ってしまった。彼らは誰が給金を払っているのか知っている。フィリップが母屋の窓から未完成の西の翼棟の壁の上によじ登ったとき、ちょうど雨が落ちはじめた。三階分の高さを見下ろすと、霧の間に新しく切り出された石灰岩が積まれているのが見えた。最後の配達分の建材で、数日前に届いたばかりだった。フィリップは、妻は支払いを済ませただろうかと考えた。

# 一九九四年、リッジフィールド

アマンダが膨大な数の検査を受けるあいだ、何時間も病院の待合室に座りながら、ピーターはかつてない孤独を感じていた。もちろん、サラとチャールズ・リッジフィールドがそこにいて、部屋の奥で一緒に座っていたし、時折、ふたりのどちらかが立ちあがって、こちら側に来て窓の外を眺めることはあった。しかし、どちらも黙ったままだった――お互いに対しても、ピーターにも口をきかなかった。そしてピーターは、アマンダになにが起きたにせよ、ふたりがどこかで、そのことについて自分を責めている気がしていた。理性ではそんなことはありえないとわかっていた。医師の判断を聞く前に無駄口をたたくなど、ふたりも嫌だったろうし、それは彼も同じだった。それでも今日は、理屈は感情との闘いに勝てそうもなかった。時間は遅々として流れず、ピーターは記憶をかき回して自分はアマンダを病気にするようなことをしただろうかと思い悩んだ。彼はサラとチャーリーを見ることさえできなかった。だからアマンダの母親が立ちあがって、こちらに来たのも見なかった。彼女はソファのピーターの隣に静かに座ると、黙ったまま、彼の手を両手でとった。彼はまだ彼女を見ることができなかったが、頬に熱い涙がこぼれるのを感じた。彼の理性がずっと知っていたこと――自分はひとりぼっちではないこと――を、ようやく彼の心が認めたのだった。

サラの彼を受け容れようとするしぐさは、ようやくピーターにただ待つだけ以上のことをする力を与えた。廊下の公衆電話から、彼はシンシアに電話をかけた。

「すぐ行くわ」アマンダの友達はそう言い、その短い言葉にあふれる同情と、友情と、彼と同じ苦悩を聞きとったピーターは、また泣きだした。

「先にひとつ頼んでいいかな?」彼は言った。

「なんでも言って」とシンシアは言った。

「家に寄って、持ってきてもらいたいものがあるんだ」

一時間後、医師が話をするためにようやく現れた。「今、お嬢さんのMRIの結果を見ているところです」と彼は言った。「もうしばらくしないと確定的なことはなにもわかりません」

「確定的でなくても、わかっていることはなんだね?」チャールズ・リッジフィールドが言った。「疑いはなんだ? どんな可能性があるんだ?」

「結果が出るまでは、憶測は避けたいと思います」医師は言った。

「なにか懸念があるのに、われわれの気持ちを慮って黙っているなら君は間違ってるぞ」チャーリーは言った。声に怒りの響きが混ざっていた。「今以上に恐ろしいことなど、われわれにはないんだから」

「お嬢さんには、相当量の鎮痛剤と鎮静剤を処方しました」と医師は言った。「ですから少しぐったりしています。しかし、ご家族のうちおひとりならお会いになっても大丈夫でしょう」

サラがハンドバッグに手を伸ばしたが、チャーリーがその肩に手をおいた。「ピーターが行くべきだ」彼は言い、ピーターは義父が自分を責めていず、拒絶しようともしていなかったことを悟った。

「こちらへ」と医師が言った。

彼女は美しい、ピーターは病院のベッドに横たわっている妻を見たとき、そう思った。今朝、チャーリーが彼女を救急救命室に運びこんだときは、ひどく青ざめていたが、もう顔色は戻り、本人は髪がぼさぼさだと言うに決まっていたが、ピーターは気にもとめなかった。彼女は彼が人生で目にした、もっとも美しい存在だった。隣に座ると、しばらくして彼女は彼に気づき、「ピーター」とささやいた。そのふたつの音に、その瞳の中に、すべてがあった――図書館の閲覧室で背筋をぴんと伸ばして座っていた少女、深夜のカフェでのおしゃべり、デヴェロー・ルームでの優しい交わり、英国への旅、手に手をとって飛行機の離陸に備えたこと――この美しい女性の中に、ピーターは彼の人生におけるあらゆる佳きもの、正しいものを見てとった。

「君は僕を救ってくれたんだよ」彼は言った。「これまで一度も言ったことがなかったけど、君は僕を救ってくれたんだ」

彼は、自分が話していることを彼女が理解しないのではないかと不安になったが、彼女は微笑んでささやいた。「知ってる」彼女は温かな手をカバーの下から出すと、言った。「眠っているあいだ、手を握っていて」

ピーターは彼女の手をとり、彼女の瞼が閉じるのを見つめた。彼女の呼吸はゆるやかになり、彼は頭を傾け、彼女の胸に耳を当てて心音を聞きながら、医師が来なければいいと願った。検査の結果も、診断も、生存率も聞きたくなかった。ただアマンダの手を永遠に握りながら、彼女の心臓の音が続くのをいつまでも聞いていたかった。

「手術についてはなんのお約束もできません」とオーウェン医師は言った。「しかし、楽観できる要素はいくつかあります」ピーターは、サラとチャーリーと一緒に小さな診察室に立っていた。脳外科医はずらりと並んだＭＲＩ画像を指し示した。まるで現代アートみたいだ、とピーターの頭に浮かんだのはそれだけだった。アマンダはきっと嫌いだろう、と。

「この種の腫瘍の場合、完全に回復した症例もあります。しかし、ご承知いただきたいのですが、五年生存率は約十パーセントしかないのです」

「あの子はその十パーセントに入るさ」とチャーリーは言って、妻を抱き寄せた。

「それから、当然、手術の結果、合併症が起こるリスクがあります。脳にメスを入れれば、どうしても危険は避けられませんので」

人生で二度目に、ピーターはアマンダに診断を告げる覚悟を決めた。今回、彼女に伝えなければならないのは、彼女は脳にがんがあり、数時間の手術と数か月の放射線治療を受ける必要があること、そしてそれらを受けても生存率は高くはないことだった。病室に入ったとき、彼女は目覚めていて、さっき部屋を覗いたときよりも意識がはっきりしているように見えた。

「君に渡すものがあるんだ」彼は言った。「シンシアがとってきてくれた」そして九年前に彼女のために製本した『北風のうしろの国』をさしだした。アマンダはいつも——旅行のときさえもその本を枕元においていた。

「ほんとうに綺麗だわ」彼女は微笑した。「この本であなたのことを真剣に好きになったんだと思う」

「ハンクに言わせると、僕の製本の仕事で、その本を超える仕事はないんだって」

「それは、この本の製本にはすごくたくさんの愛を注いだからよ。わかってるでしょう、ピーター」彼女は本を胸に抱きしめ、ピーターは泣きださないように舌を強く噛んだ。ふたりのうち、強いのはいつも彼女だった。しかし今度は、彼が彼女の支えにならなければならない。それはわかっていた。だが、その役目を果たせる自信がなかった。

「医者から話があったよ」彼は言った。


ピーターはその晩、アマンダの病室に泊まり、ベッドの横の椅子でとぎれがちに眠った。夜更け、彼は彼女が手に触れるのを感じ、座りなおして薄明るい光の中で彼女の目を覗きこんだ。

「どうしたの?」彼は訊いた。

「抱いて」彼女は言った。

「なに言ってるんだよ」ピーターは笑いをかみ殺した。「僕ら、病院にいるんだよ」

「わかってる」彼女は言って、彼を自分のほうに力いっぱいひっぱったので、彼はやむをえず、椅子から立ちあがるとベッドの縁に横になった。「でも明日、わたし髪を剃られて、頭がい骨に穴を開けられちゃうのよ。そのあと六か月も放射線で痛めつけられるし。だからしばらくセクシーな気分にならないかもしれないわ」

「でもここじゃ無理だよ」ピーターは言ったが、彼女は彼のシャツのボタンをはずしはじめた。

彼女は両手を彼の首に回し、自分のほうに引き寄せると、長く深いキスをした。「それにわたし怖いの」彼女は彼の耳元でささやいた。「すごく怖いの。だからあなたにわたしの中にいてほしいの。だって、あなたがわたしを抱いてくれると、他のことはみんな消えてしまうんだもの」だからピーターは彼女と一緒にカバーの下にすべりこんだ。そのひととき、確かにすべては消え去り、ふたりはデヴェロー・ルームの床に戻った。恋に夢中で、くすくす忍び笑いをもらし、見つからないように祈り、絶頂に達して声をあげ、そして、そのあと互いに腕を回して横たわりながら、ふたりのどちらにもわからなかった——流された涙が歓喜か愛か恐怖か悲しみのゆえか、あるいはそれらの感情がすべてひとつになったもののゆえか。

それはあっということだった、と医師は彼らに言った。彼女は手術のあと、回復室にいた。まだ麻酔の影響下にあった。なにひとつ感じなかった。この種の症状では、脳卒中は珍しい副作用ではありません。われわれは彼女を蘇生させるためできるかぎりの手を尽くしましたが、患者は息を引きとりました《エクスパイアード》。

雑誌の購読じゃあるまいし、とピーターは思った。僕が幸せでいられる期間が終わって《エクス》しまった《パイアード》なんて。

ピーターは次の一週間、茫然と過ごしていた。サラとチャールズ・リッジフィールド、それにシンシアをはじめお悔みや葬儀のために来たアマンダの他の友人たちと口はきいたのだろうが、もしそうだったとしても、彼の肉体は彼の心とまったく離れたところで、こうした会話を行っていた。彼のその部分は凍りついていた——永遠に凍ったのだ、と彼は思った。そして凍ってしまえば、失ったものの巨大さに向き合わないままでいられる。

葬儀で、アマンダの棺の上に青い革表紙の本——彼があれだけの愛情を注ぎ、彼女がいつくしんだ『北風のうしろの国』をおいたとき、ピーターはその永久凍土が溶けだすことを恐れた。立ちあがった彼にシンシアが手をさしのべたが、彼はその手を払いのけると、急ぎ足で丘をくだり、待っている車列に向かった。誰にも追いつかれないうちに、タクシーの後部座席に乗りこんでロックをかけ、運転手に自宅の住所を告げた。家に着くとカーテンを閉めきり、電話線をはずし、そのこと……いや、なにものとも関係を絶って生きる方法を必死で求めた。

アマンダを忘れることは不可能だった。その家のすべてが、彼女を思いださせた——家具や、カーペットや壁のペンキの色、そうした彼女が選んだあらゆるものだけではない。彼女が毎日オレンジジュースを飲んでいたグラス、一緒に映画を観るときに食べようと言って買った電子レンジでつくるポップコーン。アマンダはあらゆるところにいて、そしてどこにもいなかった。

そんなとき、彼女が彼のところを訪れはじめたのだった。はじめ、彼女は彼が本を読んだり、ボウルにシリアルを入れたりしているところをただじっと見ているだけだったが、やがて口をきくようになった。彼はめったに返事をせずに、ただ聞いていた。そして彼女にストレイヤー医師に会いにいってちょうだい、と言われ、彼は服を洗濯し、ほぼ一か月ぶりに表に出た。二十ポンド痩せ、肌は青白く、慣れない陽射しに目を細めながら、それでも前日、ストレイヤー医師に予約をとった時間に合わせて、三マイルの距離を車で出かけた。

ピーターは〝回復〟という言葉を使うことを拒絶した——回復しはじめたと言うと、アマンダがいなくなったことを認めるような気がした。つまりピーターは悲嘆に立ち向かうために必要な手だてを講じる段階になかった。だからストレイヤー医師は、患者が永久にあの暗い家に閉じこもってしまうことを恐れ、彼のためにリストを作った。それはピーターが自分の人生を救うためにするべき十項目だった。

ピーターはそのリストを冷蔵庫にテープで貼りつけたが、アマンダの死後三か月たっても、ほとんどそれに注意を向けなかった。カーテンはひかれたまま、電話線は抜かれたままで、外出はストレイヤー医師に会うためと、夜遅くに食料品を買いに出るときだけだった。葬儀のあと一度だけサラとチャーリーに会ったが、それはアマンダの遺産の配分に関する書類に署名するために弁護士事務所に呼ばれたときだった。ふたりが心配してくれているのはすぐわかったが、彼は素っ気ない口をきき、インクも乾かないうちに事務所を出た。駐車場をせかせかと横切っていく痩せこけた男が、たった今、千四百万ドル余りを相続したばかりだとは誰も思わなかったにちがいない。

レイバー・デー（米国の休日。九月の第一月曜日）が終わり、学部生たちがリッジフィールドのキャンパスに腰を落ち着けた頃、ピーターがいつものように機械的に郵便物を開封していると、英国のコテージの修理をしていた業者からの請求書が出てきた。〝最終計算書〟とその請求書には書かれていた。工事が終わった。にわかに、リッジフィールドを離れることが今すぐやるべきことのように思えた。彼は参考文献を荷造りした。三日後にはオックスフォードシャーに送る準備が整い、家の外に彼を乗せて空港に向かうタクシーが待っていた。彼はキッチンでスーツケースを横におき、明りを消す前に最後にもう一度、周囲を見回した。タクシーが急かすように警笛を鳴らしたとき、ふと冷蔵庫に目が留まり、ストレイヤー医師のリストに気づいた。彼はそれを扉からはぎとると、上着のポケットにつっこんだ。

# 一八七九年、キンガム

雨が図書室の背の高い窓に流れ落ちる中、レジナルド・アルダーソンは前の晩、図書室のテーブルの上に忽然と現れた『パンドスト』の驚くべきマージナリアを読みなおしていた。今朝の郵便はまだ届いていなかった。フィリップ・ガードナーはみずからこれを届けにきたに相違ない。しかし、彼はまだ執事にそのことについて尋ねる機会がなかった。自分がこれほどの財宝の庇護者となったことを思うと、身震いがした。この『パンドスト』がどれだけ世の耳目を集める文書であるか判断できるほどには、彼はシェイクスピアについて読んでいた。ガードナーを脅迫したことがこんな実りを結ぼうとはまったく思いもよらなかった。

本と、それが自分をこの国でもっとも名高いコレクターにしてくれる可能性とにすっかり気をとられ——きっと新聞に〝アルダーソン家の『パンドスト』〟と書かれるだろう——、前日にはなかったはずの十冊の本が、図書室の書棚の下段に一列並んでいることに彼は気づかなかった。大勢の聴衆がつめかけた、ロンドンのピカデリーにあるエジプシャン・ホールで講演をする自分の姿を空想していると、執事が朝刊を持って入ってきた。

レジナルドはガードナーのコレクションの古文書が入った小包の上に、フィリップ・ガードナーの斜めに傾いた筆跡を見ることに慣れていた。今日の小包は分厚く、レジナルドは新たな宝物だろうと期待して封を切り、中身をひきだした。十枚ほどのつまらない水彩画がテーブルの上にこぼれ落ちたとき、嫌な予感がした。彼は絵の上に載っていた手紙を手にとり、読んだ。ガードナーの言葉は、彼の胸をつき刺し、その痛みは、呼吸が戻っても消えなかった。彼の貴重なる『パンドスト』を、熱狂する大衆の前で披露する夢は潰えた。価値の消えた本を火にくべようとしたそのとき、執事が、後ろに地元の治安官を伴って図書室に戻ってきた。

「お邪魔して申し訳ありません」と治安官は言った。「じつはイーヴンロード・ハウスで亡くなった方がありまして。フィリップ・ガードナー氏です」教区でさまざまな職責を務めるうち、レジナルド・アルダーソンはこの三年間、検視官の任にあった。とはいえそれはほぼ形式的な地位だった。そのあいだずっと、教区において疑わしい死は一件もなかったからだ。

フィリップ・ガードナーの横死に関する審問は、イーヴンロード・ハウスの応接間で開かれた。レジナルド・アルダーソンが、暖炉に火を入れるよう手配りをした。というのは、使用人たちが忽然と姿を消していたからだった。彼は証人一名——遺体を石灰岩のブロックの山の上で見つけた職人——に質問しながら、使用人の不在についても、ガードナー夫人の姿がないことにも深く立ち入らなかった。治安官、助手、それに証人をのぞくと、故人の相続人でもある弟だけが、その部屋で、レジナルドがあわただしく出した事故死という裁決を聞いた。レジナルドはそれ以上に捜査が行われ、偽書のコレクションや、さらには自分がガードナーを脅迫したことまで暴かれるのを避けるには、そのような裁決を出すのが最善だと考えたのだった。ガードナーがほんとうは自殺したことを示す唯一の証拠はレジナルドの手に握られていたため、誰もその裁決に異論を挟まなかった。

フィリップ・ガードナーは一族の礼拝堂のすぐ外に埋葬された。望んでもいない屋敷という負債を負ったただひとりの会葬者、ニコラス・ガードナーには、墓碑を建てる金も、その意志もなかった。

レジナルド・アルダーソンは、はじめ『パンドスト』を、それからその他の彼が不正に入手した偽書のコレクションを〝売却を厳に禁ず〟とラベルを貼った木の箱に封じ、図書室の戸棚の中に鍵をかけてしまいこんだ。そののちの長い人生を、彼は革ひもにつけたその鍵を首にかけて過ごした——それは彼がいかにして騙されたかを常に思いださせる戒めの印となった。

彼は二度と騙されるつもりはなかった。レジナルドはその後、次々と抜け目のない取引を渡り歩き、一族の莫大な財産を築いた。一方、イーヴンロード・ハウスはニコラス・ガードナーによって見捨てられ、放棄されたまま、朽ちていった。一八九八年のクリスマスの翌日の嵐のさなか、キンガムの村中はおろか、遠くチッピング・ノートンの住民までもが、イーヴンロード・ハウスの未完成の西翼が崩れ落ちた轟音を聞いた。レジナルド・アルダーソンは翌日、わざわざ徒歩で出かけていき、ガードナー家の没落にひとり、悦にいった。

三日後、そんな年齢で、寒さをおして無謀な外出をしたレジナルドは、死の床に横たわっていた。ほぼ二十年間ではじめて、彼は鍵をつけていた首の周りの革ひもを解き、おごそかにそれを息子に渡した。そして彼は息子エドワード・アルダーソンに向かって『パンドスト』と、贋造された古文書の物語をし、命にかえてもその鍵を守り抜き、隠された箱の秘密はイーヴンロード・マナーの継承者以外にはけっして打ち明けないようにと誓いを立てさせた。

エドワード・アルダーソンは九十歳近くまで生きた——長い人生のあいだに、息子が第一次大戦で死に、孫が第二次大戦で死ぬのを見届けた。やっと一九五五年になって、彼はついに曾孫のジョン・アルダーソンにイーヴンロード文書の秘密を伝えた。ジョンはそのとき十八歳になったばかりだった。子供時代の寝室にかかっていた水彩画を、昔から気に入っていたジョンは、一族の秘密にそれらが果たした役割を知って衝撃を受けた。

四十年間、ジョンはその秘密を守りつづけた。しかし、一九九〇年代のはじめ、ジャンク債で大金を失い、屋敷にのしかかる負債は山積するいっぽうで、そのうえ彼自身の息子が遺産の自分の取り分について尋ねはじめるにいたって、ジョンは、長く秘匿されてきた箱が、彼を救済してくれるのではないかと考えるようになった。そんな矢先、家政婦のミス・オハラが、ある日、買い物から戻って、稀覯本を扱うアメリカ人の書籍商がキンガムに住んでいるとなにげなく言ったのだった。

## 一九九五年二月二十二日、水曜日、キンガム

セント・アンドリュー教会の、真夜中を告げる鐘が鳴る中、ジョン・アルダーソンは物憂げに銃をピーターのほうに振った。「悪いが君が注いでくれたまえ」と彼は言った。「わたしは君のガールフレンドに銃を向けていよう。君がなにか愚かしい英雄的行為を試みようなどと思ったら困るからね」

ピーターは立ちあがって部屋の反対側に行った。二個のクリスタルのグラスが銀の盆に載って、デカンターの隣においてあった。ピーターは少しのあいだ、アルダーソンに背を向けることができてほっとした。「ウィスキーですか?」栓をはずし、のろのろと酒を注ぐ用意をしながら彼は訊いた。

「窮地に立たされたときには神経が休まるのでね」とアルダーソンが言った。「たぶん、君の神経にも効くだろう」

「僕が緊張してるって誰が言ったんです?」自分が緊張していないことにまだ驚きながら、ピーターは言った。

「死に直面すれば、たいていの人間が少々、びくつくものだよ」とアルダーソンが言った。

「ということは、こういう経験がおありなんですね？」とピーターが言った。

「グレアム・サイクスだけだがね。ただし、彼はびくついたというより好戦的だったと言ったほうがいいかな。引導を渡す前に、腕に噛みつかれたよ」

ピーターはあの頑固な老人が生きるために必死で争った様子を想像し、アルダーソンへの嫌悪を表に出さないようにした。彼はふり返ると、屋敷の主にグラスを手渡した。

「いや、そうじゃない」とアルダーソンは言った。「酒は君らふたりのためだ」

「彼女は酒を飲まないんです」とピーターは言い、リズに黙っているように視線で合図を送り、思ったとおりの反応を得た。「それに、率直に言って、僕も飲むべきか迷うんですよ。あなたがウィスキーに毒を入れていないとどうしてわかります？」

「まったく、君も他のアメリカ人と同じだな」とアルダーソンは言った。「君らは、英国の古い屋敷を舞台にした殺人ミステリの読みすぎだよ。アガサ・クリスティのおかげでわが国のイメージときたら！」

「かもしれませんが」とピーターは言って、アルダーソンにグラスをさしだした。

「いいだろう」とアルダーソンは言った。「では乾杯」彼はひと息にグラスを干し、椅子の横のテーブルの上に音を立てておいた。「わかったかね——痙攣もなし、口から泡も吹かん。単なる、うまくて強いスコッチだよ」

「僕の健康を祈ってくださらなかったようですね」とピーターは言って、酒をすすると、テーブルにおいた。

「それはいささか偽善的だと思わんかね？　さて、そろそろわたしの『パンドスト』を返していただこうか」

ピーターは鞄に手を伸ばし、この数日間、その来歴を追い求めてきた本をとりだした。保護するための封筒から出すと、アルダーソンにさしだす。「たぶん、偽物はほんとうにあなたのものでしょう。でも、オリジナルの所有者が誰かということについては、かなりの論議を呼ぶと思いますが」

「オリジナルはないんだよ」とアルダーソンは言って、本をピーターからひったくるようにとった。「存在はしたが、ずっと昔に破壊されてしまった」

「ところが」とピーターは言った。「僕はオリジナルをこの手に持っています。ここからそう遠くないところに」

「それは疑わしいな」とアルダーソンが言った。

「疑うのならどうぞ」とピーターは言った。「しかしこれは真実ですよ」リズが問いかけるような表情でピーターを見たが、彼は見えないほどかすかに首を振ってみせた。

「ほんとよ。わたしも見たもの」リズが言った。

「ああ、やっぱり嘘だ」とアルダーソンが言った。「声が震えている」

「それはあなたがわたしを殺そうとしてるからよ、たぶん」とリズが言った。

「じつは、彼女は嘘をついてます」とピーターは淡々と言った。「でも僕はついていません」

「あいにく」とアルダーソンが言い、立ちあがって、カーテンのかかった窓の前のデスクのところに行った。「わたしはここにオリジナルが処分されたという証拠を持っていてね」彼は、先週、彼の妹のジュリアが『パンドスト』の戸棚の鍵をとりだした同じ抽斗を開け、小さな黄ばんだ封筒をだした。「フィリップ・ガードナーから曽祖父の父に宛てた最後の手紙だ。読んでみるかね？」彼はもう一方の手で銃を構えたまま、その手紙をリズに向かって投げた。彼女が床から封筒を拾いあげると、アルダーソンは椅子に戻った。

リズは手紙を封筒から出して開くと、暖炉の前を行き来しながら、もう見慣れたフィリップ・ガードナーの手書きの文字を読んだ。

アルダーソン殿

貴君がこの手紙を読む頃には、わたしは人生を終えているだろう。だから、わたしの行為に対して貴君が復讐する手段はもはやない。この二年間であれほどの悪意をもってわたしから奪いとった文書はすべて贋作だ。わたしは芸術家としてのわが本分を見出す手助けをしてくれたことを、貴君に感謝せねばならない。その証はわが傑作、貴君が手にしたばかりの『パンドスト』である。

貴君のコレクションの文書にはいずれも、それが贋物であることを示す手がかりが含まれている。貴君あるいは貴君の後継者たちが、これらの品を売ろうとすれば、疑いなくその正体はあきらかになるだろう。真本はわが後継者のために安全な場所に保管されている。ただし、悲しむべきかな、例外は『パンドスト』だ。真本は確かにわたしの所有に帰すものだったが、別の顧客の名誉を守るために、ベンジャミン・メイヒューによって破壊されてしまった。

かくして、アルダーソン君、勝ったのはわたしだ。さて、休むとしよう。そして貴君は自分の脅迫が徒労であったことを生涯忘れずに生きてゆくことになるだろう。

「じゃあ、やっぱり処分されちゃったのね」とリズが言った。

「残念ながら、そのとおり」アルダーソンは言った。彼は椅子に座ったまま、かなりくつろいでいるように見えた。

「馬鹿な！」とピーターは言った。「その手紙でわかるのは、ガードナーはメイヒューが本を処分したと思っていたということだけじゃないか」

「あれは破棄されたのだ」とアルダーソンはほとんど夢見るような声で言った。

「くだらん《ボロックス》」と、ピーターは英国の言い回しを使ってみた。「メイヒューは書籍商だった。ウィリアム・H・スミスの、フランシス・ベーコンについてのつまらない空想を庇ってやりたかったかもしれないが、だとしても彼は書籍商だ。あなたには僕のように彼を理解できるはずがない」

「それは君も書籍商だからかね？」とアルダーソンが鼻で笑った。

「そうです」ピーターは言った。「言っておきますが、書籍商たるもの、たとえ贋造や隠蔽に足をつっこんでも、『パンドスト』のような宝を破壊することはぜったいにありません」

「君はずいぶんと傲慢だな」とアルダーソンが言った。「世界中の人間がみんな自分と同じように考えると思っている。いかにもアメリカ人らしい」

「そうかもしれません」とピーターは言った。「しかし、それでも僕は間違っていない。それにあなたも僕が正しいと知っている。オリジナルが残っている可能性がほんのわずかでもあると思っているのでなければ、今頃、あなたは僕を殺しているはずだ」ピーターはデスクの端に腰かけ、そのせいでアルダーソンは彼に銃を向けつづけるために、わずかに椅子を回さなければならなかった。それは、アルダーソンにとって努力を要することのように見えた。銃の狙いを定めようとしながら、彼の腕がぐらついた。

「君の言うとおりだとして」とアルダーソンは言った。「もし書籍商がそれほど宝物を守ることに熱心なら、オリジナルがどこにあるか教えてくれないかね。ただたとえ君が知っていても、わたしは君を殺すよ。しかし確実に『パンドスト』が発見され、今後も残るためなら、君はなんでもするんだろう」

「そうですね」とピーターは言って、立ちあがると、デスクの前を歩きながら、リズに向かってかすかにうなずいた。「それじゃあ、お話ししましょう。でもその代わり、ここにいる僕の友人の命を助けていただきたい」

アルダーソンは暖炉のほうを振りむいてリズを見たが、すでに遅かった。ピーターが話しているあいだに、彼女はそっとアルダーソンの椅子の背後に忍び寄っていた。彼女が行動を起こす一瞬前、アルダーソンは立ちあがろうとしたように見えたが、彼の身体は言うことをきかず、手は激しく震えた。その手にはまだ銃が握られていた。彼が身をよじって彼女に向かおうとする前に、リズは鉄の火かき棒を彼の腕に力いっぱい打ちおろした。胸の悪くなるような骨の砕ける音とともに、アルダーソンは苦痛の叫びをあげ、手から落ちた銃は、床をピーターのほうにすべってきた。

　ピーターは間髪を入れず銃を拾いあげ、ちょうど部屋に飛びこんできたジュリア・アルダーソンに照準を合わせた。先週、彼が会った内気そうな女の面影を捨て、ジュリアは冷静でまったく隙がなく、今しもその場を掌握するかに見えたが、兄の銃の銃口が自分に向けられているのを目にして、ドアのほうに身をひるがえした。ピーターは慌てて二歩で部屋を横切ると、ジュリアの腕をつかみ、部屋の中にひきずりこんでドアを閉めた。

「君もここにいるんだ」彼は言った。一瞬、あたりは静まりかえり、リズの荒い息づかい、それ以外の人間の静かな呼吸、そして消えかけた暖炉の火が、時折ぱちぱちと立てる音だけが聞こえた。ジョン・アルダーソンは気を失っていた。

「ミス・アルダーソン」とリズがとうとう言った。「ごめんなさい、わたし、お茶の時間より少し早かったみたい」

「警察に電話したわ」とジュリアは、はねつけるように言った。「兄の裏をかいたのかもしれないけど、それでも殺人で捕まるのはあなたたよ」

「それはないと思うな」とピーターは言って、ジュリアの腕を放したが、まだ銃は彼女に向けていた。「これが、誰がほんとうの殺人犯か警察に教えてくれるから」ピーターは彼の蓋の開いた鞄に手を伸ばし、大英博物館でメモをとるために使った小型カセットレコーダーをとりだした。彼がボタンを押すと、テープが巻き戻される、軋るような音が部屋に響いた。別のボタンを押すと、その悲鳴のような音はジョン・アルダーソンの声に変わった。

「〝わたしがグレアム・サイクスを殺し、この若いお嬢さんのオフィスとフラットを荒らしてサイクスのいまいましい本を探したのだ。そう、なにもかもわたしの仕業だよ〟」

「今のと、お兄さんの腕に残ったグレアム・サイクスの歯型で有罪判決には十分だろう」とピーターは言った。ふたたび会話はとぎれ、その沈黙の中でテープのもつ意味が部屋をゆっくりと満たした。

「兄を病院に連れていってもいいかしら？」とついにジュリアが言った。負けを認め、彼女の態度はすっかり威勢を失っていた。


「救急車を呼んで」とピーターはリズに言った。「アルダーソン氏は抗不安薬の過剰摂取だと言うんだ」ピーターとリズが警察への供述を終えた頃には、空が明るくなりはじめていた。ジョン・アルダーソンは病院に運ばれ、数時間後、そこでグレアム・サイクス殺しの罪で逮捕された。ジュリア・アルダーソンは、殺人の共謀容疑で屋敷から連行された。贋作もオリジナルも含め、すべての文書と、ピーターがジョン・アルダーソンの告白を録音したテープも証拠として警察に押収された。

「こりゃ殺人だけで終わらんね」と文書を車の後部座席に積みこみながら、警察官がピーターに言った。「これがみんな誰のものになるのか、はっきりさせないと」

「忘れてますよ」とピーターは言って、警官にフィリップ・ガードナーの傑作、『パンドスト』の偽書を手渡した。警官が『パンドスト』をぽんと車の中に放りこみ、それが視界から消えたとき、ピーターの胸を刺したのはほんのわずかな喪失感でしかなかった。

警察はピーターとリズを車でキンガムに送り、ピーターのコテージで降ろしてくれると言った。

「ホテルの部屋はどうするの?」車がイーヴンロード・マナーを出たときにリズが訊いた。

「僕のコテージには、すごく立派なゲストルームがあるよ」とピーターが言った。「まだ一度も使ってないんだ」

しかし、コテージに着いても、ふたりともあまり眠る気がしなかった。そこでピーターはポットでお茶を淹れ、それぞれのカップに注いだ。

「ねえ、あなたさっきわたしを救ってくれたわね」お茶を喉を鳴らして飲んでから、リズは言った。

「そうだっけ?」

「あのろくでもないトンネルで。あなたがいなかったら、ぜったい通り抜けられなかった」

「僕がいなかったら君はあそこに閉じこめられるような目に遭わなかったよ」とピーターは言った。

「だとしてもよ」とリズが言った。「あなたはわたしを助けてくれた。だからお礼を言うわ」

「どういたしまして」とピーターは言った。「こちらこそ、アルダーソンの腕を折ってくれてありがとう」

「あんなのどうってことないわ」とリズは笑って言った。「いつもやってるから。ところで、彼になにを盛ったの?」

「抵不安薬だよ」とピーターは言った。「僕はパニック障害があるから」

「それってほんとなの?」とリズが言った。「パニックになってたのは、わたしじゃない」

「まあ見ててごらんよ。明日になってアドレナリンが切れたらどうなるか」とピーターは言った。「とにかく、上着のポケットに錠剤の袋を入れてあったんだ。でも、礼拝堂の床の穴を無理やり通りぬけたときだろうと思うけど、薬が粉々に割れていた。じつはトンネルの中で、君に一錠あげようかな、と思ったんだ——そのとき粉になってるのに気がついてね。だからアルダーソンが僕に酒を勧めたとき、アガサ・クリスティの小説の登場人物になったつもりで、その粉をグラスに入れたんだよ」

「それで、彼を挑発して飲ませようとしたのね」

「まさか彼があれに乗ってくるほど馬鹿だとは思わなかったけど」とピーターは言った。

「あの人、もうちょっとミステリを読んだほうがいいわね」とリズはまた笑いながら言った。

「なにが彼を駆りたてたんだろう?」ピーターは言った。

「誰、アルダーソン?」

「いや、フィリップ・ガードナーだよ。どうして彼は自殺することにしたんだろう?『パンドスト』のことでうしろめたさを感じていたんだろうか？」

「たぶん、ミス・プリケットの手紙のせいね」とリズが言った。

「どの手紙？」

「読んであげようとしたのに読ませてくれなかったじゃない」とリズは言って、コートのポケットから封筒を出した。「憶えてない？　あなたがガードナーの墓の中で見つけた箱にまだなにか入ってるって、わたし言ったでしょ。これよ。あなたが警察と話しているあいだに読んだの」

「なんて書いてある？」ピーターが訊いた。

リズは折りたたんだ分厚い紙を開いた。「まず、裏側にはガードナーが書いた別の告白があるわ」彼女は読んだ。


この手紙を受けとってすぐに、わたしは工房に引きこもり、この身内からほとばしり出た唯一の真の芸術、わが愛するイザベルの肖像を描いた。他のすべての作品と同じく、わたしは彼女をレジナルド・アルダーソンの図書室に隠そうと思う。いずれ幸運な誰かが、ふたたび彼女の瞳に見入るそのときまで、彼女はイーヴンロード・ハウスから無事に逃れ、そこにとどまるだろう。こうしてわたしは、あたうかぎり彼女を不滅のものとしよう。

「それじゃ僕の肖像画は……」

「イザベルだったの」とリズが言った。「フィリップ・ガードナーの愛人」

「手紙にはなんて書いてあるんだ？」ピーターが訊いた。

リズは紙を裏返しにすると読んだ。

親愛なるガードナー様
　このたびは、あなた様とわたくしにとりまして大変悲しいお知らせをすべく、筆をとりました。ひと月前、イザベル様が病に伏され、昨夜、多くの歓びと悲しみをもたらしたこの地上の生に別れを告げられたのでございます。わたくしは亡くなる数時間前に、ふたりきりでお嬢様とお話しいたしましたが、お嬢様はただひたすらにあなた様のことだけを想っておられました。すでに起きてしまったことについて、お嬢様はあなた様を少しも責めておられなかったこと、どうかお心にお留めおきくださいませ。お嬢様は、わたくしからあなた様にお手紙を書き、お嬢様はあなた様への想いのみを胸に抱きつつ最期を迎えられたとお伝えするように、とお申しつけられました。もしご子息にご連絡をとりたいとお望みでしたら、わたくしを通じてお便りをくださいませ。デヴェロー様ご一家は、寛大にもフィリップ様の家庭教師としてわたくしを雇いつづけることに、ご同意くださったのでございます。わたくしは、あなた様がイザベル様を愛しておいでだったこと、イザベル様もあなた様をお慕いしておられたことを存じております。わたくしもイザベル様を御大切に思っておりました。わたくしもあなた様と同じ悲しみに暮れておりますことが、どうかお心に届きますように。

かしこ
エヴァンジェリン・プリケット

「なんていう一家だって？」とピーターが言った。

「デヴェローよ。なぜ？　訊いたことがあるの？」

「なんてことだ」ピーターは言った。「ガードナーの遺言を憶えてるかい？　本や古文書を息子の生存している最年少の後継者に譲るって書いてあっただろう？」

「憶えてるわ」とリズが言った。

「それは僕なんじゃないかと思うよ」

彼女がその名前を口にしたとたん、ピーターはアマンダ・デヴェローの書類の中で見つけた家系図を思いだした。アマンダの父はフィリップ・デヴェロー、彼の母はイザベルで、父親はただ〝不明〟とだけ記されていた。

「あなたがあの文書全部の正当な所有者かもしれないの？」リズが言った。

「あれだけじゃないよ、『パンドスト』もだ」

「でもあの『パンドスト』は偽物じゃない」とリズが言った。「わたしたちが自分で証明したのよ」

「警察が持っていったやつじゃないよ」とピーターが言った。「本物のほうだ」

「そうだ、さっき、本物の『パンドスト』がどこにあるか知ってるとか言ってたのは、なんだったの？　ただのはったりでしょ、違うの？」

「ベンジャミン・メイヒューがどれだけひねくれてたかは知らない」とピーターは言った。

「でも、書籍商なら『パンドスト』ほどの画期的な本を処分するなんてことは、ぜったいにしない。それがどこにあるか知ってるとは言わないけど、だいたい見当はついてる」

ピーターは鞄の中に手を入れ、リフティングナイフをとりだした。サンルームのテーブルの上には『パンドスト』が収められていた豪華な書帙が載っていた。『パンドスト』がもっと分厚い本であるかのように見せかけるために作られたこの函が、ヴィクトリア時代のものだとつきとめたのは、もう何か月も前のことのような気がする。彼はいちばん内側の折り返し部分を開き、折り返し部分と函の本体とのつなぎ目にリフティングナイフをさしこんだ。一気にナイフを動かし、布を綺麗に裂く。函を回して、同じ動作を他のふたつの端に対しても行うと、一方の端だけが付いたまま切れた布が垂れさがった。ピーターはナイフをおいて、その布をめくり上げた。そこに、百年前に収められたとおり、ぴったりと嵌めこまれていたのは茶色のぼろぼろになった本――ピーターがこの数日間、イングランド中を持ち歩いていたあの『パンドスト』と同じ大きさ、同じ形の本だった。

彼が函をひっくりかえすと、本がテーブルの上に落ちた。装丁はアルダーソンの『パンドスト』よりもさらに古びていて、ピーターは慎重に表紙を開いた。リズが彼の肩ごしに身をかがめ、ふたりは見返し部分の名前のリストを読んだ——そのリストにはWm・シャクスピア、ストラットフォードの名があったが、メイヒュー、スミス、B・B、それにE・Hの記載はなかった。リストの最後の名前はフィリップ・ガードナーだった。十六頁目にウォルター・ローリーの死に関する言及はなかった。

裏表紙の力紙の中央に長方形が浮きだしていた。

「なにかしら？」リズが言った。

ピーターはリフティングナイフを力紙のはずれている端の下にさし入れ、綴じからはがした。裏表紙を持ち上げると、折りたたんだ紙きれがひらひらとテーブルの上に落ちた。ピーターは本をおくと、紙を開き、読んだ。

ハーボトル殿

ストラットフォードにて当方所用につき、使いに託すことお赦し乞う。『冬物語』にて、御身のお姿をいささかなりとお認めになられることと存ず。拝借した『パンドスト』を損じつかまつり、まことに恐縮のきわみなれど、ここにご返却して拝謝申し上げる。

W・シェイクスピア

「本物だわ」とリズが畏怖に打たれ、小声で言った。

「そうらしいね」とピーターは微笑んだ。「そうらしい」

# 一九九五年六月二十三日、金曜日、キンガム

ピーターは鏡の前でもう一度、ネクタイを直すと、階段を駆けおり、急いで朝食を紅茶で流しこんだ。ロンドン行きの列車が出るまでにまだ一時間あったが、こんなすがすがしい夏の朝には、駅まで歩いていきたかった。

オックスフォードシャー、ルイジアナ、ノースカロライナの弁護士たちと家系学の専門家たちが頭を寄せ集めて、ピーターがあの朝、コテージでたどりついたのと同じ結論に達するまでに四か月がかかった。つまり、フィリップ・ガードナーの非嫡出子、フィリップ・デヴェローの存命中のもっとも若い後継者は、他でもないピーター・バイアリーだということだ。墓の中にあった書類に混じっていた売渡証によって、フィリップ・ガードナーは『パンドスト』の真本の法律上の所有者であり、贋造された本も、彼の所有物であるという判断がくだった。

そのあいだ、ピーターはノースカロライナに戻っていて、リッジフィールド家に長いあいだ滞在した。彼とサラは毎日のように、リッジフィールド公園を散歩し、水仙の花がほころび、やがてハナミズキとツツジが咲きだすのを眺めた。時折、ふたりのアマンダのどちらか

のことを話すこともあったが、たいていはとりとめのない話をした。ピーターは自分たちが友人同士であることに気づいた。それは心地いいものだった。

ピーターはフランシス・ルランに見せるために『パンドスト』をリッジフィールドに持っていき、フランシスはそれにふさわしく畏敬の念に打たれた。ハンク・クリスチャンセンの手を借り、ピーターは今朝に備えて、本にわずかな修復の手を入れた。彼がフランシスに贈った『パンドスト』の贋作は、トマス・ワイズの偽書コレクションとともに、デヴェロー・ルームの棚に収められた。ピーターはまた、ガードナーによるイザベル・デヴェローの肖像画を特別蒐集室に寄贈した。それは今、イザベルの孫娘であるアマンダの、祖母にくらべてはるかに厳めしい肖像画の下の陳列棚に飾られている。

シンシアが四月の終わりに訪ねてきて、彼女とピーターはテレビで古い映画を観ながら夜更かしした。ある晩、彼女はソファの彼の隣に斜めに座ると、腕を彼に回し、自分に引き寄せてそっとキスをした。それは快いものだったが、ピーターは、自分にはそれより先に進もうという気持ちがないのを感じた。

「アマンダのせい？」シンシアが言った。

「いや」とピーターは言った。「ただ……」

「わたしのこと嫌いなのね」とシンシアは言った。

「違うよ、君のことは好きだ。友達として君のことは好きだよ。シンシア、君は最高の友達だ」

「ふうん。友達以上じゃなくたって、少しくらい、いいことしてもいいじゃない。今、一九九〇年代よ」

「わかってる」とピーターは言った。「ただその――」

「あらやだ、別の女の人がいるんじゃない、そうでしょ」とシンシアはにっと笑うとピーターの肩をつついた。「恋人ができたのね」

「いや、恋人とは呼べないいんだけど」とピーターは言った。

「わかったわ」とシンシアは言った。「その人のこと全部話してみて」

ピーターが六月に英国に戻ったとき、『パンドスト』の存在を知っているのは、ほんのひと握りの人々だけだった。しかし、数時間後、世界中にテレビ中継される式典で、彼がその本をアマンダ・バイアリーの記念に大英博物館に寄贈すればそれは一変する。式典のあと、それは大英博物館の常設展示室に収蔵され、ロバート・コットンのコレクションのうちの数点が収められている陳列ケースに入ることになっていた。ピーターの見るところでは、結局のところ、コットンこそ『パンドスト』の最後の正当な所有者だった。

そのあと、数年にわたって、古い世代の反ストラットフォード派たちの一部が『パンドスト』のマージナリアの真正性を否定しつづけたが、本はあのマーク・ホフマンの『自由民の誓約』が贋作であることをついに暴いたイオン・ミグレーション試験を含め、あらゆるテストに合格した。カシモト教授は、約束どおり、まずピーターへの個人的な電話で、そしてそのあとサンフランシスコで開催された英文学の学会で、自説を撤回した。他の多くの学者もこれに倣い、オックスフォード伯やクリストファー・マーロウやフランシス・ベーコンをシェイクスピア劇の作者であると主張しつづける少数派は、年を追うごとに数を減らしていった。世界の英文学専攻の学生たちは、その多くが『パンドスト』をその目で、あるいは広く普及したファクシミリ版で見て、もはや反ストラットフォード派を生みだす温床となることはなかった。九〇年代が終わる頃には、ウィリアム・シェイクスピアの本来あるべき立場を否定するのは、ほんの数名の偏屈者だけで、彼らは、長年、自分たちが学界を非難してきたとおりの罪を犯し——証拠となる記録を無視して、結論に固執しているにすぎなかった。

サラとチャールズ・リッジフィールドは前日の朝、飛行機でロンドンに入り、フランシス・ルラン、ハンク・クリスチャンセン、シンシアと一緒にラッセル・ホテルに泊まっていた。ピーターはそれぞれにスイートの部屋をとると言い張った。

ちょうど朝食の洗いものを済ませたとき、ピーターはアマンダがキッチンの隅に立っているのに気づいた。シンシアが彼にキスしたあとにアマンダと話したのを除くと、この数か月、彼女を見ることは少なくなっていた。

「あなたの晴れ舞台ね」と彼女は言った。

「僕らふたりのだよ」と彼は言った。「君を記念するための寄贈なんだから」

「昔からあなたの夢だったわ」と彼女は言った。「文学史を変える本を見つけることが」

「君が一緒にいてくれたらと思うよ」彼は言った。

「わたしも一緒にいるわ」アマンダは言った。

「君が恋しいよ」とピーターは言った。「でも以前より、少しだけ辛さがやわらいできたんだ」

「この先、わたしを見ることはなくなるわ」とアマンダは言った。

「わかってる」とピーターは言った。

「ずっとあなたを愛してる」とアマンダは言った。「でも、もう行かなくちゃね。それに、あなたも」

そして彼女は消えた。

ピーターは深呼吸し、もう一度、キッチンを見回した。式典のあと、リズが週末を過ごしにくる。彼はすべてを完璧にしておきたかった。カウンターは清潔だったし、皿は片づけてある――わずかに目障りなものといえば、メッセージボードに丸まっているストレイヤー医師のリストだけだ。ピーターはリストにさっと目を通すと、くすりと笑った。さっと大きく手を動かしてそれをボードからとり、ゴミ箱に投げ入れる。

二分後、彼は『パンドスト』を小脇に抱え、駅に向かって颯爽と歩いていた。心地よい夏のそよ風が、彼を人生の中央へといざなっていく。

# 謝辞

この本が生まれるきっかけを作り、育み、そして磨きあげるために力を貸してくださった多くの方に感謝する。特に、書籍蒐集の世界におけるわが師、ボブ・ラヴェット、スチュアート・ライト、故スタン・マーズ、ジャスティン・シラー、わたしを作家として育ててくださった人々、中でもフィリス・バーバー、クリス・ノエル、ウォルター・ウェザレル、ダイアン・リーファー、サンドラ・アダムズ、ペギー・エラムに謝意を表する。また、最初の読者であるジャニス・ラヴェット、ステファニー・ラヴェット、ニーナ・ウィーゲルの助言は非常に有益であった。デイヴィッド・ラヴェットは、わたしをエージェントに引き合わせ、アナ・ウォーロールは書きはじめの頃に背中を押してくれた。デイヴィッド・ガーナートはこの本を信じ、度重なる推敲の際に洞察に富んだ助言を与えてくれた。この本を世に送りだす後押しをしてくださったガーナート・エージェンシーの皆様、そして、著者を温かく導き、素晴らしい編集をしてくださったケイトリン・コートとタラ・シンに御礼申し上げる。

デヴェロー・ルームのような場所に棲みついている世界中の図書館司書、中でもわたしの調査を助け、長年のあいだ、彼らの聖域にわたしを歓迎してくださった司書たちに感謝する。

また、実在のキンガム村の人々に御礼を申し上げたい。キンガムは、わたしが物語の中でせいいっぱい描こうと努力した以上に、麗しく、心温まる平和な場所である。特に、長年のストックウェル家の方々の友情とご親切に感謝する。

　多くの人の助力によって、読者が今、手にしている本が生まれたのと同様に、数多くの資料に助けられて本書の歴史上のエピソードが創造された。とりわけ著者が多くを頼った資料をここに挙げる。ウィリアム・シェイクスピアと彼の朋輩たるエリザベス朝の作家に関する詳細は、ジュディス・クック著『Roaring Boys: Shakespeare's Rat Pack』、スティーヴン・グリーンブラット著『Will in the World: How Shakespeare Became Shakespeare（邦題：『シェイクスピアの驚異の成功物語』白水社）』、ビル・ブライソン著『Shakespeare（邦題：『シェイクスピアについて僕らが知りえたすべてのこと』ＮＨＫ出版）』に拠った。書籍の修復及び製本に関する記述は、アニー・トレンメル・ウィルコクス著『A Degree Of Mastery: A Journey Through Book Arts Apprenticeship』、そしてマーク・ホフマンの贋作についての物語は、リンダ・シリトー、アレン・ロバート共著による『Salamander: The Story of the Mormon Forgery Murders』を参考にした。本文中で引用された本はすべて、言うまでもなく重要な資料であり、それらの引用文はごくわずかな編集をのぞき、原典から採っている。

　そしてなによりも、わが子ジョーダンとルーシーの与えてくれた愛情とひらめきに、そしてわたしを日々支えてくれる妻ジャニスの愛と信頼に感謝したい。

# 著者覚書

本文中で言及されたすべての出版物及びその書誌情報は実在する。ただし、当然のことながら、いくつかの版、献辞、マージナリアはこの物語のための創作である。シェイクスピアが『冬物語』の着想を得た、ロバート・グリーンの『パンドスト』の完全な初版本の存在は現在のところ知られていない。『ハムレット』の〈バッド・クォート〉で現存するのは二冊のみである。

歴史上の人物について、著者はいくつかの場面、行動、会話を創作したが、次に挙げる実在の人物についての基本的な伝記的情報は、ほぼ本文中の記述どおりである。まず、エリザベス朝の作家たちとそれをとりまく人物たちの、ウィリアム・シェイクスピア、ロバート・グリーン、クリストファー・マーロウ、トマス・ナッシュ、ジョージ・ピール、ジョン・リリー、エマ（ム）・ボール（及び彼女の息子のフォーチュネイタス）、アイサム夫人、リチャード・バーベッジ。書籍蒐集家及びライブラリアンのロバート・コットン、ジョン・バグフォード、ジョン・ウォーバートン、ハンフリー・ワンリー、ロバート及びエドワード・ハーレー、ヘンリー・クレイとエミリー・ジョーダン・フォルジャー夫妻、贋作者のウィリアム・ヘンリー・アイアランド、トマス・ワイズ、ジョン・ペイン・コリアー、マーク・ホフマン。最後に、書誌学者であるエドモンド・マローン、ジョン・カーター、グレアム・ポラード、ウィリアム・ヘンリー・スミス、チャールトン・ヒンマンがこれにあたる。

ジョン・ウォーバートンの不注意と、彼の料理人ベッツィ・ベイカーの無知によって、五十篇を超えるエリザベス朝とジャコビアン時代の戯曲が灰となったことは英文学史における悲しむべき史実である。そのうち残ったのは他の所有者によって保管されていた五作品のみで、それ以外の作品はすべて永久に失われた。

# 解　説

穂井田直美

本書『古書奇譚』は、シェイクスピアに関係した文学上の謎に迫る、野心的なビブリオ・ミステリである。

一九九五年二月、最愛の妻アマンダを亡くして九ヶ月、いまだにその打撃から立ち直ることが出来ずにいる書籍商のピーター・バイアリーは、妻と共に住むつもりだったイングランドの片田舎のコテージで、鬱々《うつうつ》と過ごしていた。が、思い立って出かけたヘイ・オン・ワイの書店街の名もない店で、何気なく手にとった稀覯本に、妻とそっくりな女性を描いた水彩画がはさまれているのを発見する。はさまれていた状態から推測するに、少なくとも百年以上も前に描かれたものと思われ、B・Bという署名があった。その絵に運命を感じ、魅了された彼は、購入した本の中にそれをしのばせてこっそりと持ち帰り、出所を探し始める。

おりしも、近郊の邸宅に所蔵されている書物の鑑定を依頼された彼は、一五八八年と記されたロバート・グリーンの『パンドスト』を発見する。シェイクスピアの『冬物語』に多大な影響を与えたといわれている『パンドスト』だが、彼の前にあるその本には、シェイクスピアとして知られる人物の筆跡で、余白部分に書き込みがなされているだけではなく、前扉の見返しには、所有者の履歴と思われる名前のリストの三番目に、同じ筆跡で〝Wm・シャクスピア、ストラットフォード〟という署名があった。この本が本物であれば、シェイクスピアが誰かという文学上の謎に決着をつける世紀の大発見である。

が、それだけではなかった。名前リストの最後は、鉛筆で、〝B・B／E・H〟と書かれており、その筆跡は、あの水彩画に記されていた署名と同じものだった。

このメインストーリーに、二つのサブストーリーが巧みに絡んでくる。

一つは、そこから遡ること約十年前の一九八三年から始まり、ノースカロライナ州リッジフィールド大学の学生だったピーターが二年生のとき、図書館で働いていた彼はアマンダを見初め、二人の付き合いが始まり、愛が育まれてゆく流れだ。

そして一五九二年のロンドンでは、ロバート・グリーンが、極貧の中、瀕死の状態にあった。彼は、愛人が床に投げ捨てて出て行った『パンドスト』を、死後の後始末の足しにしてほしいと、見舞いに来てくれた友人の書籍商バーソロミュー・ハーボトルに託したことから、この本は時代の流れの中、数奇な運命を辿ることになる。

この頃、ビブリオ・ミステリという言葉をよく見聞きするようになった。ミステリを読むことが好きであれば、まずは本好きでもあるのだから、本にまつわるミステリがあれば、興味を持つ人も少なくないはずで、数々のミステリ作品が出版される中で、おのずと読者に支持されるようになり、ビブリオ・ミステリというジャンルが確立してきたのではないだろうか。

私の場合、このジャンルに注目するきっかけとなったのは、『ミステリマガジン』（二〇〇七年九月号）の「本に殺されるなら本望」という特集だった。その中の「ビブリオ・ミステリはこれを読め！」というブック・ガイドの冒頭に、創作集団・逆密室による定義があり、それが明確だったので、こういう切り方なのかと、それ以降、ビブリオ・ミステリを捉えていくための基準にしている。少々長くなるが、それを以下に引用すると、「一、本に関する職業の人物が主人公となる（古本屋、司書、編集者など）。二、本に関する場所が主舞台となる（図書館、出版社、書店など）。三、作中で特定の本（およびその背景）が重要な役割を果たす（トリビア程度では不可）。四、作中でとりあげられた本の構造が、小説全体に影響を及ぼす（メタフィクショナルなものも含める）。以上の一〜三の二つ以上を満たしているものをビブリオ・ミステリの必要条件、四を十分条件とする」と、なる。

このジャンルに属する代表作としてまず思い浮かんだのは、ミステリの古典として高い評価を得ているウンベルト・エーコの『薔薇の名前』、〈忘れられた本の墓場〉の存在が本好きの心に響くカルロス・ルイス・サフォンの『風の影』や『天使のゲーム』、ジョン・ダニングの『死の蔵書』から始まるクリフ・ジェーンウェイを主人公に据えたハードボイルド・テイストな一連の作品などである。更に軽いタッチのものとしては、ミステリ専門書店の女性店主が活躍するシリーズがあり、最近は翻訳が滞っているのが残念なキャロリン・G・ハートのデス・オンデマンドシリーズや、対照的に、いま売り出し中のローナ・バレットの手になる本の町の殺人シリーズを挙げることが出来るし、SF的な異色作だが、ジャスパー・フォードによる文学刑事サーズデイ・ネクストが活躍するシリーズも、忘れてはいけない。このように思いつくままに作品を挙げていたら、ビブリオ・ミステリ分野を更に細かくジャンル分けして整理したくなるくらいである。

『古書奇譚』を前述の定義に照らし合わせれば、主人公のピーターは古書を扱う書籍商だし、仕事場にしているコテージや鑑定依頼を受けた旧家の図書室など、書物に関わる場所が主要舞台になっているだけでなく、彼は学生時代には大学図書館の特別蒐集室で働いていた。そして謎めいた由来の『パンドスト』が重要な役割を果たしているのだから、本書は、必要条件を充分に満たした申し分のないビブリオ・ミステリだと、捉えることが出来る。

更に言えば、作者のチャーリー・ラヴェットは、英文学者で古書商の父親の影響を受けてきただけでなく、一九八四年から九〇年代の初めにかけて、実際に古書ビジネスに携わっている。また、大いに自負しているように、ルイス・キャロルに関する書籍や資料のヘビーな蒐集家でもある。作者は、この商い側・蒐集側の両方で培ってきた経験をもとに、古書が関わる世界を生々しく描き、ピーターを行動させているので、作者の複合的な目配りは、より厚みのある臨場感として読者に伝わるにちがいない。

しかし、それだけに終わっていないのが、『古書奇譚』の魅力である。

なによりも、本書は、サスペンスに溢れたミステリとして存分に楽しめる作品である。さあ、主人公と共に、古書を巡るスリリングな冒険に出発しよう。文学上の謎に知的な刺激を受けながら時代を行き来し、その稀覯本は本物なのか偽物なのか、陰謀や思惑が複雑に絡み合う展開に翻弄されながら、意外な結末を知ることが出来るのは、読者に与えられた特権なのだから――。そして本書が持っているミステリの醍醐味を共有していただければと、願っている。

もう一つ、『古書奇譚』には、本好きの琴線に触れる恋愛小説の要素がたっぷり盛り込まれていることも付け加えておきたい。ピーターとアマンダの愛は純粋だからこそ、ストレートに、そしてしめやかに、読者に伝わるのだろう。シャイで本好きな主人公が、図書館で運命の女性と出会い、不器用ながらも、しっかりと二人の愛を育んでゆく。その成り行きに、もどかしい思いをさせられる分、ピーターに肩入れしたくなるのは、きっと、私だけではないはずだ。

特に忘れられないのは、二人がつきあうようになって初めての誕生日プレゼントのために、ピーターが、ジョージ・マクドナルドの空想小説『北風のうしろの国』を再製本していく場面である。彼は、アンティーク・ショップで、一八七〇年に発表されたこの小説のボロボロに傷んだ古い版を見つけ、約一ケ月の手間暇をかけ、心を込めて皮張りの新たな装丁の本へと仕上げていく。そんな彼の愛の証に、物理的な本が持っている新たな価値を見出す思いがしたのだった。

アメリカではすでに作者のミステリ二作目が出版されている。タイトルは"First Impressions"、今度はジェイン・オースティンが絡むビブリオ・ミステリだそうだ。インターネット上の読者の反応は、本作に劣らず好評なので、この作品も翻訳されればと、期待を寄せている。

# 悪意の波紋

エルヴェ・コメール　　山口羊子・訳

百万ドル強盗事件から四十年。罪を逃れ隠遁生活を送る男を、犯罪記者の女が訪問する。一方、ある青年は元カノに送ったラブレターを盗み返そうとするが…。様々な人生はどこで交錯するのか？　群像フレンチミステリー。

# ゲルマニア

ハラルト・ギルバース　酒寄進一・訳

一九四四年ベルリン。ユダヤ人の元刑事オッペンハイマーは突如ナチス親衛隊に連行され殺人事件の捜査を命じられる。失敗すれば死、成功しても命の保証はない。生き残る道はどこに？　ドイツ推理作家協会賞新人賞受賞作。

集英社文庫・海外シリーズ

S 集英社文庫

古書奇譚《こしょきたん》

2015年11月25日　第1刷　　定価はカバーに表示してあります。

著　者　チャーリー・ラヴェット
訳　者　最所篤子《さいしょあつこ》
発行者　村田登志江
発行所　株式会社 集英社
東京都千代田区一ツ橋2-5-10　〒101-8050
電話　【編集部】03-3230-6094
【読者係】03-3230-6080
【販売部】03-3230-6393（書店専用）
印　刷　中央精版印刷株式会社　株式会社美松堂
製　本　中央精版印刷株式会社

フォーマットデザイン　アリヤマデザインストア　　マークデザイン　居山浩二


ISBN978-4-08-760713-0 C0197